Tulpenfrieden

2

Tulpenfrieden

A.C. Scharp

Coverdesign: László Zakariás [tsg]

ISBN-13: 978-3746082257

Herstellung und Verlag: BoD –
Books on Demand, Norderstedt

Teil 1

Kapitel 1

»Das darf doch nicht wahr sein!«

Alexander Wackernagel antwortete stellvertretend für seinen Vater, da der stocksteif auf seinem Stuhl saß und der Hoffnung erlegen war, er hätte sich vielleicht verhört. In seinem Alter war das schließlich schon mal möglich.

»Leider doch«, erwiderte der Notar. Obwohl er der Familie Wackernagel unangenehme Neuigkeiten mitteilte, schien ihn das nicht sonderlich zu interessieren. Das war ein Leichtes für ihn, denn ihn hatte man schließlich nicht um sieben Millionen geprellt.

Adalbert Wackernagel und seine Kinder dagegen schon. Während es Adalbert schnurzegal war, wenn seine Kinder leer ausgingen, trieb die Aussicht, dass ihm das ebenso passierte, seinen Adrenalinspiegel in schwindelerregende Höhen, die von seinem Herzen mit einem warnenden Doppelschlag zur Kenntnis genommen wurden. Er griff nach einem Glas Wasser, das die Sekretärin umsichtig vor ihn gestellt hatte. Wahrscheinlich war sie der Meinung gewesen, er würde es brauchen.

Seine Haushälterin, Gertrud Helmersheim, hätte vielleicht ebenfalls einen Schluck gebraucht, hatte sich aber anscheinend nicht für solch eine Sonderbehandlung qualifiziert. Wäre auch noch schöner. Sie hatte in Adalberts Augen für heute schon genug Vorzugsbehandlung.

»Ich habe mir schon gedacht, dass der Entschluss Ihrer Frau und Mutter von Ihnen kontrovers aufgenommen wird«, sagte der Notar, der vermeintlich heimlich auf seine Uhr schielte. Adalbert hatte es dennoch gesehen.

»Daher habe ich Sie auch zur Testamentseröffnung eingeladen. Sicherlich ergeben sich noch Fragen.«

»Worauf Sie wetten können.« Adalbert stellte sein Wasserglas zurück und richtete sich auf. Alexander öffnete den Mund, wurde allerdings von ihm mit einer harschen Handbewegung zum Schweigen gebracht.

»Was um alles in der Welt hat sich meine Frau dabei gedacht?«

»Sehen Sie, Herr Wackernagel«, erwiderte der Notar, in seinen Ohren wahrscheinlich milde, in Adalberts Ohren klang es, als wolle er ein beleidigtes Kind beruhigen. Er zog scharf die Luft zu einer Entgegnung ein, aber der Notar redete schon weiter.

»Ich war auch äußerst überrascht. Immerhin hat Ihre Frau das vorherige Testament schon seit etlichen Jahren bei uns hinterlegt. Aber vor drei Monaten stand sie bei uns im Büro und wollte umgehend ein neues verfasst haben. Nicht einmal auf einen Termin hat sie sich eingelassen. Es musste sofort sein. So, als hätten wir gar nichts zu tun.« Das schien ihn immer noch zu beleidigen.

»Dann hätten Sie der dummen Gans das ausreden sollen«, schnauzte Adalbert. »Oder mich anrufen. Wahrscheinlich stand sie unter Medikamenten. Sie ist im September die Treppe hinuntergestürzt. Da war einiges an Schmerzmitteln im Spiel.«

Adalbert erwartete für die dumme Gans regen Widerspruch von seinen Kindern, die saßen jedoch paralysiert herum und starrten vor sich hin. Anscheinend hatte der Verlust ihres Erbes die Loyalität zu ihrer Mutter doch nachhaltig geschädigt.

»Herr Wackernagel, ich bitte Sie«, erwiderte der Notar und blickte schon wieder auf seine Uhr. Adalbert verspürte den Drang, ihm diese an unbeleuchtete Stellen zu stopfen. Leider war er dafür zu alt, nicht mehr drahtig und beweglich genug.

»Ihre Frau machte keinesfalls den Eindruck, als wäre sie irgendwie nicht bei Sinnen. Außerdem handelt es sich um ihr Vermögen, damit kann sie machen, was sie möchte. Das wissen auch Sie.«

Das war Adalbert in der Tat leider nur allzu bekannt. Vor 40 Jahren hatte er es als Segen angesehen, eine Frau zu heiraten, die von ihren Eltern ein so bedeutendes Erbe zu erwarten hatte. Leider war Elisabeths Vater nicht halb so verliebt in Adalbert gewesen wie seine Tochter. Er hatte es sehr gut verstanden, sein Vermögen zu schützen. Er übertrug es noch zu seinen Lebzeiten auf Elisabeth und sorgte dafür, dass ein Ehevertrag sämtliche Ansprüche, auf die Adalbert gehofft hatte, im Vorfeld erfolgreich aushebelte.

»Trotzdem hätten Sie mich warnen können«, sagte Adalbert, allerdings nur, um das letzte Wort zu haben. Der Notar hatte natürlich recht.

»Es tut mir leid, Herr Wackernagel. Wir sind dem verpflichtet, der unsere Rechnungen bezahlt«, erwiderte der Notar mit unbeweglicher Miene. Es war unmöglich, herauszufinden, was er wirklich dachte, um ihm auf diese Weise eine unverschämte Antwort zu unterstellen.

»Wie konnte Mama das nur tun?« Auch Angelika Wackernagel fand ihre Sprache wieder. Wenn es nach ihrem Vater gegangen wäre, hätte sie auch weiter den Mund halten können. »Was wird denn jetzt aus uns?«

»Wie wäre es denn mal mit arbeiten?«, schlug ihr Bruder Alexander süffisant vor.

»Rede nicht so ein dummes Zeug«, knurrte sein Vater. »Du bist auch nicht besser als deine Schwester, nur weil du einem Job nachgehst, den ein Erdmännchen sicherlich besser erledigen könnte.«

Alexander hatte allen Möglichkeiten, die ihm sein Elternhaus bot, zum Trotz einen Job als Kellner angenommen. Was eine Übergangslösung zwischen Schule und Studium sein sollte, entpuppte sich mittlerweile als ein 17 Jahre anhaltendes Streitthema ohne Happy End.

»Zumindest tue ich was«, sagte der trotzdem beleidigt.

»Ich auch«, erwiderte Angelika. »Ich bin schließlich Hausfrau und Mutter. Ich habe ein Kind zu versorgen.«

»Sich nach der Disco von einem Dahergelaufenen im Hinterhof schwängern zu lassen, kann man nun kaum als den Anfang einer gelungenen Karriere bezeichnen.«

»Muss das sein?«, fragte Alexander missbilligend, der sich im Inneren sicher dasselbe fragte, aber der Meinung war, er sollte seiner Schwester beistehen.

»Ach hör auf, du bist auch nicht viel besser.« Ärgerlich winkte Adalbert ab und stieß dabei das Wasserglas um. Die Lache kroch zielstrebig über den schmalen Glastisch und tropfte zwischen Gertrud Helmersheims Beinen auf den Teppich. Der Notar schaute konsterniert.

»Iiih«, entfuhr es der Helmersheim dann auch umgehend. Die Haushälterin fasste das offensichtlich als einen gezielten Anschlag auf ihre Person auf. Schließlich gehörten ihr jetzt Elisabeth Wackernagels sieben Millionen.

»Stellen Sie sich nicht so an«, pflaumte Adalbert sie an, der rot angelaufen war. Allerdings mehr aus Zorn als aus Schuldgefühl. »Sie haben doch heute das große Los gezogen.«

»Stimmt«, pflichtete sein Sohn Alexander ihm bei. Ihm wurde wohl plötzlich wieder bewusst, dass sie ein lohnenswerteres Ziel hatten, als sich untereinander an die Gurgel zu gehen. »Was haben Sie mit meiner Mutter gemacht? Warum bekommen Sie das ganze Geld?«

»Vielleicht dachte Ihre Mutter, es sei bei mir besser aufgehoben«, antwortete Gertrud spitz. Überhaupt hatte sie einen Gesichtsausdruck aufgesetzt, der nichts Gutes hoffen ließ. Ihre devote, leicht einfältige Art, die sie sonst auszeichnete, war auf wundersame Weise verschwunden.

»Ich denke, das sollten Sie gemeinsam unter sich besprechen«, sagte der Notar und schaute jetzt ganz unverhohlen auf die Uhr.

»Wenn Sie das noch einmal tun, stecke ich Ihnen das Ding in den Hals«, brüllte Adalbert. Erschrocken ließ der Notar den Arm sinken. Aber Adalbert musste sich einfach Luft machen. Er hatte sich lange genug beherrscht.

»Für den Sanierungsstau sind leider Sie verantwortlich.«
Der Produktionsleiter bemühte sich scheinbar, freundlich zu klingen, aber Adalbert Wackernagel konnte man so leicht nicht täuschen. Er bekam schlechte Laune. Die hatte er zwar schon von Natur aus, dennoch gab es durchaus noch Steigerungsmöglichkeiten. Darüber hinaus gefiel es ihm nicht sonderlich, von seinen Angestellten kritisiert zu werden, auch nicht durch die Blume. Schon gar nicht, wenn sie recht hatten.

»Wenn Sie frühzeitig mit dem Auftrag angefangen hätten, gäbe es diese Probleme jetzt nicht«, erwiderte er gereizt.
Adalbert hörte einige Dinge nicht gerne. Dazu gehörten auch sämtliche Formulierungen, die mit Sanierung zu tun hatten. Sanieren war gleichbedeutend mit Geld ausgeben, viel Geld. Geld, das er momentan nicht hatte. Jetzt erst recht nicht mehr. Nicht, dass das einen großen Unterschied machte. Selbst wenn er es gehabt hätte, würde er es nicht ausgeben. Seine Näherinnen sollten sich eben etwas mehr anstrengen.

»Daran liegt es nicht, das wissen Sie genau«, entgegnete sein Produktionsleiter. »Wir arbeiten mit den altertümlichsten Maschinen. Es ist nur eine Frage der Zeit, bis uns hier alles um die Ohren fliegt.«
»Gar nichts fliegt«, widersprach Adalbert und richtete sich in seinem Sessel auf. Das war gar nicht so einfach, da der mehr zum gemütlichen Liegen als zum angespannten Diskutieren gedacht war.
»Widrige Umstände müssen natürlich bei der Planung mit berücksichtigt werden. Dafür kriegen Sie eine ganze Menge Geld. Sorgen Sie nicht dafür, dass mir das leidtut.« Um seine rigorose Haltung zu bekräftigen, legte er den Hörer auf.
Er lehnte sich zurück, was der Sessel direkt zum Anlass nahm, wieder in seine Liegehaltung zu kippen. So konnte

Adalbert nicht mehr vom Raum sehen als die Jagdtrophäen, die ziemlich nah unter der Decke hingen. Adalbert hatte nie gejagt. Sie waren noch aus dem Nachlass seines Schwiegervaters. Seine Frau Elisabeth hatte ihm verboten, sie abzunehmen. Die Tatsache, dass auch Elisabeth jetzt tot war, hatte allerdings noch nicht gereicht, die Energie aufzubringen, diese widerlichen Totenschädel abzuhängen. Dafür gab es zu viel Ärger in der Firma. Das Entfernen von toten Tierteilen stand nicht ganz oben auf seiner Agenda.

In seiner Fahnenfabrik gab es ernstere Probleme. Sie produzierte zu teuer und zu langsam und war damit chancenlos gegenüber der Konkurrenz aus Asien. Nebenbei suchte sich Adalbert seine Kundschaft sehr gezielt aus. Er wollte Fahnenherstellung der alten Tradition verkörpern und aus Prinzip keinen neumodischen Kram verkaufen. Dabei konnte keiner sagen, wie genau sich dieses Prinzip zusammensetzte. Er ebenfalls nicht, es war ihm aber auch egal. Er wollte gestickte Fahnen mit Wappen an den Adel liefern, leider war in dieser Sparte die Klientel etwas knapp.

Mittlerweile hatte er sich aus seinem Sessel gekämpft, der sehr hartnäckig war und seinen Besitzer unbedingt von den Vorzügen des flachen Liegens überzeugen wollte. Die Mechanik war kaputt. Man musste immer höllisch aufpassen, sich nicht zu weit zurückzulehnen. Der Anruf aus seiner Firma hatte ihn das leider vergessen lassen. Einen neuen Sessel würde es nicht geben. Für die paar Jahre, die er noch lebte, war dieser genug. Sein ganzes Leben hatte er jeden Cent zusammengehalten, war sparsam gewesen und knauserte bei sich und den anderen.

Das allein war der Grund, warum ihn sein Schwiegervater überhaupt seine Tochter hatte heiraten lassen. An zu großer gegenseitiger Sympathie lag es nämlich nicht. Aber Elisabeth war nicht schön und auf dem besten Wege, eine alte Jungfer zu werden. Dieser Umstand, gepaart mit seiner offen zur Schau getragenen Sparsamkeit, versöhnte Elisabeths Vater eines Nachts mit der Situation. Ebenfalls hilfreich erwies sich eine Flasche des schlimmsten Fusels, den Adalbert für kleines Geld hatte auftreiben können. Am nächsten Morgen war das Gehirn seines Schwiegervaters so nachhaltig geschädigt, dass dieser sich nicht mehr daran erinnern konnte, warum er überhaupt jemals etwas gegen diese Verbindung gehabt hatte. Er fand von dem Tag an alles prima.

Elisabeth war zwar nicht die Schönste, hatte aber einen hellen Kopf, den sie leider nicht mehr benutzte, da sie so unglaublich in ihren Verlobten verschossen war. Als sie ihrer geistigen Fähigkeiten wieder gewahr wurde, war es zu spät. Sie waren verheiratet und Adalbert kümmerte sich um die Geschicke der Firma. Elisabeth begnügte sich mit der Rolle als Ehefrau und Mutter, jedoch ließ sie Adalbert zu keiner Zeit vergessen, dass das Familienvermögen ihr gehörte und das auch so bleiben würde.

Adalbert öffnete eine Schublade seines Schreibtischs, der direkt vor der Wand stand und den Blick auf ein monströses Ölgemälde mit Hirschen in der Brunft ermöglichte. Es war in der Lage, einem jeglichen kreativen Gedanken auszutreiben. Deswegen hatte Adalbert auch die Aussicht auf den Park auf der anderen Raumseite verschmäht und den Schreibtisch genau so hinstellen lassen. Seiner Meinung nach wurde Aussicht maßlos überschätzt, und Geschäfte kreativ zu führen, war nicht das, was er sich unter einem seriösen Geschäftsgebaren vorstellte. Der Leiter der Buchhaltung hatte einmal angemerkt, dass ein wenig Kreativität den Konten der Firma sicherlich guttun würde. Nach dieser Bemerkung musste er sich zwei Wochen mit Bleistift, Radiergummi und Rechenschieber herumschlagen, nicht ohne von Adalbert gefragt zu werden, ob das für ihn jetzt kreativ genug war. Adalberts Konten tat dies sicherlich gut, da er den teuren Strom nicht bezahlen musste, ohne den die Computer nicht liefen. Danach wurde das Thema nicht mehr angeschnitten.

Adalbert zog einen Schnellhefter hervor, der einen Stapel karierte Seiten enthielt, die alle sowohl auf der Vorderseite als auch auf der Rückseite mit seiner engen, steilen Schrift vollgeschrieben waren. Zwischendurch konnte man Zahlen erkennen, stramme, winzige Soldaten, die trotzig zurück- starrten, um ihm deutlich zu machen, dass sie sich nicht auf wundersame Weise vermehren würden, um ein paar schöne Nullen vor dem Komma zu produzieren.

Adalbert war allerdings ebenso dickköpfig. Wenn er die Zahlen nicht schönrechnen konnte, dann würde er einen fin- den, der das konnte. Es musste doch Leute geben, die bereit waren, in seine Firma Geld zu investieren und dabei seinen Werten treu zu bleiben. Einen Investor. Das war das, was er nun brauchte. Er schob den Schnellhefter zurück in die Schublade. Heute war noch nicht der Tag, eine Niederlage einzugestehen. Sein Buchhalter sollte gefälligst Geldgeber auftreiben, dann machte er in seiner hoch bezahlten Arbeits- zeit wenigstens etwas Vernünftiges.

»Das Essen steht auf dem Tisch«, sagte plötzlich die Stimme seiner Haushälterin Gertrud Helmersheim hinter ihm.

So wenig er sich nach dem Tod seiner Frau der Jagdtrophäen entledigt hatte, genauso weilte Gertrud Helmersheim noch in der Villa. Elisabeth hatte ihr sogar das Haus vermacht, aber Adalbert äußerst großzügig ein Wohnrecht bis zum Le- bensende eingeräumt. Obwohl die Stimmung im Haus seit dem Termin beim Notar vor zwei Tagen alles andere als ge- mütlich war, machte die Helmersheim keine Anstalten, die Villa zu verlassen.

»Gibt es Probleme?«, fragte sie. Es klang anteilnehmend, war es aber nicht. Das wusste Adalbert genau. Sie wollte ein- fach ihre Neugier befriedigen.

»Keine Probleme«, antwortete er und ging an so dicht an ihr vorbei, dass sie fast in den Wandschrank gedrückt wurde. »Alles mehr als bestens.«

Er ging ins Esszimmer und setzte sich an den langen, dun- kel lackierten Tisch aus Akazienholz, an dem zehn Gäste

Platz fänden, wenn er denn mal welche einladen würde. Das Etwas auf seinem Teller sah nicht sonderlich einladend aus.

»Lungenhaschee«, sagte Gertrud stolz, die wohl seinen Blick bemerkt hatte.

Missmutig ließ Adalbert seine Gabel auf dem Teller kreisen und überlegte, wie viele Jahre es wohl für Totschlag im Affekt geben würde. Aber selbst seine Vorstellung, jedes Gefängnis wäre nur ein Ort, um Gleichgeschlechtlichen an den Hintern zu fassen, erschien ihm im Moment der erfreulichere Tausch zu sein. Nicht, dass er jemals gleichgeschlechtliche Fantasien gehabt hätte. Genau genommen tat er sich mit erotischen Fantasien jeglicher Art ausgesprochen schwer. Dass es Frauen gab, die in der Lage waren, so etwas Abscheuliches wie Lungenhaschee zu servieren, tat sein Übriges, dort keinen Nerv zu reizen.

»Wenn Sie Probleme in der Firma haben, sollten Sie mit jemandem darüber sprechen.«

Das Weib hatte wieder an der Tür gelauscht. Er war fast versucht, in schalldichte Türen zu investieren, verwarf diesen Gedanken allerdings schnell wieder. Es würde reichen, seine Stimme in Zukunft etwas mehr zu dämpfen.

»Ich habe Probleme mit Ihnen. Aber das ist Ihnen ja wohl bekannt«, knurrte er. »Außerdem würde ich es begrüßen, wenn Sie nicht hier im Haus bleiben würden.«

»Warum nicht?« Gertrud löste sich aus dem Schatten des Türrahmens, in dem sie bis gerade in respektvollem Abstand gestanden hatte. Sie trat näher an den Tisch und wartete anscheinend auf eine Gelegenheit, sich in einem unbeobachteten Moment mit an den Tisch zu setzen.

»Stehen bleiben!«, herrschte Adalbert sie vorsorglich schon mal an. Gertrud hielt inne. Dennoch hinderte sie das nicht daran, dem ehemaligen Hausherrn ihre Fähigkeiten näherzubringen.

»Ich kann Ihnen helfen. Erst recht jetzt, wo Ihre Frau nicht mehr da ist.« Gertrud schlug ein schnelles Kreuz. »Sehen Sie, ich führe Ihren Haushalt, und das sehr sparsam. Daran ändert auch mein neuer Reichtum nichts.«

»Wenn dabei nicht mehr herauskommt als das, was ich hier auf dem Teller habe, ist es damit sicherlich nicht weit her«, sagte Adalbert und legte angewidert die Gabel beiseite.

»Ich darf ja nichts ausgeben«, klagte Gertrud. »Ich habe keine Möglichkeiten, Sie von meinen Qualitäten zu überzeugen.«

»Ihre Qualitäten interessieren mich einen Dreck«, schnauzte Adalbert und griff nach dem Nachtisch. Apfelmus. Der Hunger würde es reintreiben. »Man sollte in der Lage sein, sparsam und trotzdem schmackhaft zu kochen.«

»Sie könnten das Geld wiederbekommen, wenn Sie meinem Vorschlag zustimmen würden«, erwiderte Gertrud, wich aber trotzdem einen Schritt zurück, als würde sie ihrer eigenen Courage nicht trauen.

Adalbert konnte sich leider noch viel zu gut daran erinnern. Das war der Tag, an dem er ernsthaft erwogen hatte, aus dem Fenster im zweiten Stock zu springen.

»Ich könnte zu mehr Genugtuung kommen, wenn ich Ihre Leiche an die Anatomie verkaufe«, erwiderte Adalbert drohend.

Gertrud hatte zwar die Hoffnung, einmal als Frau Wackernagel anstatt als Frau Helmersheim durchs Haus zu streifen, allerdings dachte Adalbert nicht im Traum daran, auf diesen Vorschlag einzugehen, auch wenn er damit die Kontrolle über das Familienvermögen wieder an sich reißen könnte.

»Sie sind nur so launisch, weil Sie in Ihrem Innersten mit sich selber unzufrieden sind. Das hat gar nichts mit dem Essen zu tun.«

»Mumpitz«, sagte Adalbert. »Und wenn Sie mich mit Ihrem Essen vergiften, haben Sie ebenfalls gar nichts gewonnen. So kann man mich auf jeden Fall nicht vom Heiraten überzeugen.«

»Schon gut.« Gertrud kam näher und zog vorsichtig den Teller mit dem verschmähten Essen zu sich ran. Sie war eine hochgewachsene, schlanke Gestalt, ohne dürr zu sein, mit Pausbacken und Schlafzimmerblick. Sie trug ihr Haar klassisch hochgesteckt, seit sie vor fast zehn Jahren das erste Mal hier durchs Haus gestreift war. Sie hatte einmal erwähnt, dass Stil und korrekte Kleidung ihrer Stellung als Hausdame angemessen sein müssten. Adalbert war das ziemlich egal, wegen ihm hätte sie nackt durchs Haus rennen können. Das störte wahrscheinlich noch nicht einmal mehr den Gärtner. Für den Chauffeur hätte er diesbezüglich nicht seine Hand ins Feuer gelegt, aber den hatte er zwei Tage nach der Testamentseröffnung sowieso entlassen. Den Bentley konnte er alleine nicht mehr unterhalten.

»Seit der Baumgartner nicht mehr da ist, muss ich immer mit dem Fahrrad fahren, wenn ich einkaufen will«, hob Gertrud an, als hätte sie seine Gedanken gelesen. Vorher hatte sie sich vom Chauffeur in die Stadt fahren lassen. Das ging jahrelang so. Adalbert ärgerte sich immer noch schwarz, dass ihm das nicht früher aufgefallen war. Wenn er sich die Kosten für das Benzin ausrechnete, das dafür draufgegangen war, wurde ihm schwindelig.

»Dann bleiben Sie wenigstens fit«, giftete er. Der Stachel seines Verlustes steckte noch äußerst schmerzhaft in seinem Fleisch.

»Ich verstehe nicht, warum Baumgartner gehen musste und dieser Centowski bleiben darf.«

Sie brachte es tatsächlich fertig, beleidigt zu klingen. Adalbert fragte sich, ob es eher daran lag, dass sie sich nun mehr bewegen musste oder weil sie Vladimir nicht leiden konnte. Er vermutete eine Mischung aus beidem.

»Wenn Vladimir nicht mehr da ist, bleiben nur noch Sie zum Rasenmähen«, sagte er daher süffisant. Gertrud nahm den Teller endlich vom Tisch, nachdem sie ihn die ganze Zeit mit dem Zeigefinger um die eigene Achse gedreht hatte.

»Ihre Schwester hat angerufen, als Sie vorhin am Telefonieren waren«, ignorierte sie seine letzte Bemerkung. »Sie will sich nachher noch mal melden.« Sie verschwand Richtung Küche.

Kapitel 2

Gertrud Helmersheim war eine gute Haushälterin, die über Anstand und Stil verfügte und daher perfekt für den Dienst in einem anspruchsvollen Haus geeignet war. Zumindest war das ihre Meinung, auch wenn keiner im Hause Wackernagel jemals den Eindruck machte, er sähe das ebenso. Gertrud war nur eine weitere in einer endlosen Reihe von daherkommenden Haushälterinnen der letzten 40 Jahre, da keine es in Adalbert Wackernagels Nähe und seinem immensen Sparwahn lange aushielt. Gertrud hatte Zeit ihres Lebens nicht viel besessen, daher fiel ihr diese Aufgabe weitaus leichter als ihren Vorgängerinnen, die vom Virus der modernen Zeit infiziert waren, dass jede Arbeit erst dann zu leisten wäre, wenn man im Gegenzug einen tarifgebundenen Lohn und mehr Freizeit bekäme, als man überhaupt gedachte zu arbeiten.

An dieser Krankheit litt Gertrud allerdings nicht. Sparsamkeit war ihr nicht fremd, daher kam sie auch mit Geiz besser zurecht als alle anderen. Sie hatte es warm und trocken, genug zu essen und bis vor Kurzem sogar noch einen Chauffeur, der sie mit dem Bentley zum Einkaufen fuhr.

Den hatte sie jetzt zwar nicht mehr, dafür aber sieben Millionen Euro. Sie könnte sich durchaus ein Auto kaufen. Leider brächte sie das auch nicht weiter. Gertrud hatte keinen Führerschein.

Daher verließ sie nach dem Mittagessen das Grundstück zu Fuß, um an der nächsten Hauptstraße in einen Bus zu steigen. Das war nicht so einfach, wie es sich anhörte. Die Villa der Wackernagels lag abseits der Straße, ein gepflasterter Weg schlängelte sich in Serpentinen Richtung Herrenhaus, der von Erlen gesäumt war, die der Gärtner Vladimir Centowski jeden Herbst verfluchte, wenn deren Blätter ein weiches, rutschiges Bett bildeten.

Die Serpentinen waren reine Angeberei. Das Herrenhaus lag auf keinem Berg, nicht einmal auf einer mauen Anhöhe, sie blähten die Fahrstrecke nur unnütz auf, was im vorherigen Jahrhundert die Pferde in eine müde Verzweiflung getrieben hatte, bis sie endlich den Lichtschein wahrnahmen, der ihnen Ruhe und Erholung versprach. Der Bentley hatte es ebenfalls schwer gehabt, mit seinem enormen Wendekreis durch die Kurven zu manövrieren, aber Baumgartner meisterte diese Aufgabe so souverän, dass Gertrud, eingekuschelt in den bequemen Polstern der Rücksitzbank, fast ein wenig an Liebe glaubte, als sie seine feisten Finger virtuos am Lenkrad kurbeln sah.

Als sie die Hauptstraße erreichte und das große Tor aufdrückte, war sie trotz der feuchten Kälte verschwitzt und erwog den Kauf eines Rollers, der sie zumindest bis ans Eingangstor bringen sollte.

Sie schaute auf die Uhr, sie hatte noch fast zehn Minuten Zeit. Gemächlicher ging sie die 500 Meter zur Bushaltestelle. An der Straße könnte sie den Bus noch aufhalten, wenn er an ihr vorbeifuhr. Aber die Zeit reichte. Sie stellte die schwere schwarze Tasche aus Kunstleder ab, deren Henkel schon faserig und abgeschabt waren. Gertrud störte sich nicht an solchen Äußerlichkeiten. Ihr Sohn ebenfalls nicht, Hauptsache, der Inhalt stimmte. Dass er stimmte, dafür sorgte seine Mutter.

»Bratkartoffeln, Kotelett, Leipziger Allerlei«, sagte sie eine halbe Stunde später stolz, als sie den Henkelmann aufschraubte, um seinen Inhalt auf den Teller rutschen zu lassen.

»Die Bratkartoffeln sind matschig«, beschwerte sich ihr Sohn, dessen Nase den Geruch aufnahm und der prüfend sein Mittagessen betrachtete.

»Sie können dir trotzdem schmecken«, erwiderte seine Mutter mit einem leisen Tadel in der Stimme. »Ich hätte dir besser etwas von dem Lungenhaschee gebracht.«

»Das kann der Alte selber fressen«, entgegnete ihr Sohn rüde.

Allein die Vorstellung, dass der Arbeitgeber seiner Mutter diesen Scheiß vorgesetzt bekam, während sein Haushaltsgeld woanders in Koteletts investiert wurde, ließ ihn grinsen.

Gertrud war so lange von hochherrschaftlicher Vornehmheit gewesen, bis ihr ein Franzose vor über dreißig Jahren den Verstand mit seinem Akzent und den lustigen Grübchen raubte, als er ihr die Heirat versprach. Leider waren seine Absichten genauso falsch wie sein Akzent, als er sich ein paar Monate später wieder nach Hessen davonmachte, wohlweislich ignorierend, dass Gertrud sein Kind im Bauch trug. Die kleidete sich ab sofort in wallende Gewänder und gab das Kind nach der Geburt zur Adoption frei, in der Hoffnung, dass der Verlust ihres Jungfernhäutchens erst dann auffallen würde, wenn sie eine Hochzeit hinter sich hatte. Dazu sollte es nicht kommen. Ihr Vater steckte sie nach der Hauswirtschaftsschule in Lohn und Brot und das Thema Männer war vom Tisch und sollte es auch bleiben.

Gertrud dachte nicht weiter darüber nach, bis auf gelegentliche Ausrutscher wie das Anhimmeln des Chauffeurs, was beim Anhimmeln blieb, da er wieder der dicke, schwabbelige Koloss wurde, sobald er den Bentley verlassen hatte.

Vor zwei Jahren wurde sie wieder unfreiwillig mit ihrer Vergangenheit konfrontiert, als ihr Sohn auf einmal am Tor des Herrenhauses klingelte und sich als Freund der Familie Helmersheim vorstellte. Leider war es ein ziemlich abgebrannter Freund, der in Gertrud Schuldgefühle der Art weckte, die sie nie für möglich gehalten hatte. Nicht zu vergessen die Mutterliebe, die auf einmal gewaltig aus dem lange verbarrikadierten Versteck hervorbrach und Gertrud so überwältigend traf, wie sie das nie für möglich gehalten hätte. Trotzdem wusste keiner außer ihr etwas von seiner Existenz.

»Sei nicht so ordinär«, sagte sie milde und kramte eine lange, schmale, mit Samt überzogene Kiste aus der Tasche.

Sie war schwer. Gertrud ließ sie die letzten Zentimeter auf den Tisch fallen. Pling machte es im Inneren.

»Das Silberbesteck«, erwähnte sie unnötigerweise. Sie hatte ihm bereits versprochen, es mitzubringen.

»Das solltest du nicht tun«, sagte ihr Sohn, aber seine gierigen Finger krallten sich in den Samt, was hässliche Abdrücke auf der makellosen Oberfläche hinterließ.

»Ich bringe es ja wieder zurück, sobald ich das Geld habe«, entschuldigte Gertrud sich. Sie fühlte sich mit der Sache nicht wohl. Es gehörte zwar alles ihr, aber sie wollte sich nicht aufführen wie ein Aasgeier, bevor die Leiche kalt war.

»Bring es zum Pfandleiher und sag dem, dass wir es kurzfristig wieder auslösen. Das wird nicht mehr so lange dauern.«

»Mach dich mit solchen Aktionen bloß nicht verdächtig.«

»Warum sollte ich? Ich kann nichts dafür, dass ich das Geld geerbt habe. Sie hatte schon ihre Gründe dafür. Das Besteck wird keiner vermissen, es lag die letzten zehn Jahre ganz hinten im Buffetschrank.«

»Wenn man es sich ansieht, weiß man auch, warum«, sagte ihr Sohn, der den Deckel hatte aufschnappen lassen. »Es ist grauenhaft.«

»Ja, nicht? Es sollte dir aber über deinen Engpass hinweghelfen. Sobald das Geld da ist, lege ich es wieder zurück und keiner wird etwas merken.«

Sie klapste ihrem Sohn auf die Hand, als er nach einem Messer greifen wollte. Sie hatte es gestern den ganzen Abend poliert.

Clara Wackernagel war eine feine Frau. Zumindest sagte das jeder im Ort, wenn sie schlank, aufrecht und stilsicher gekleidet im Discounter einkaufen ging, in den sie mit ihrer eleganten Erscheinung so gar nicht passen wollte.

Dass sie nicht reich war, obwohl sie reiche Verwandte hatte, war ein offenes Geheimnis, aber es reichte immer noch für die nötigsten Dinge. In letzter Zeit schien es daran allerdings auch zu mangeln. Die Wangen ihres schmalen Gesichts fielen noch mehr zusammen, als sie es ohnehin schon taten. Untrügliches Zeichen für eine schwere Krankheit oder halt nicht genug zu essen, da waren sich die Dorfbewohner einig. In Menschen- und Nachbarschaftsbeobachtung konnte man ihnen so leicht nichts vormachen.

Obwohl die dörfliche Menschenkenntnis meistens ihrer zu großen Selbstüberschätzung zum Opfer fiel, traf sie diesmal eindeutig ins Schwarze. Clara bekam nicht mehr genug zu essen, seit ein Parasit mit dem Namen Mitzi Weidenbruch in ihr Leben gekommen war. Dabei war es sicherlich nicht so, dass Mitzi eine gute Verpflegung nötiger brauchte als Clara.

Sie waren ein komisches Paar, das von den Dorfbewohnern kritisch beäugt wurde, wenn sie wie Pat und Patachon den schmalen Bürgersteig an der Hauptstraße zum Einkaufen entlangliefen, wo Mitzi wegen ihrer Leibesfülle immer aufpassen musste, nicht neben den Randstein zu treten und sich einen ihrer Füße zu verstauchen, die im Vergleich zum Rest des Körpers unverhältnismäßig klein wirkten.

Sie wären ein noch komischeres Paar gewesen, wenn die Einwohner gewusst hätten, aus welchem Grund sich die beiden Frauen zu einer Zweckgemeinschaft zusammengeschlossen hatten. Clara versuchte seit über 50 Jahren auf dem Drahtseil zu leben, das ihre Homosexualität mit den Vorurteilen der Gesellschaft verband und alle Fragen ihrer Eltern und ihres Bruders, warum sie nie geheiratet hatte, mit einem Schlag in zwei Hälften geteilt hätte. Es lebte sich merkwürdig entspannt in einem Ort, wenn man hin und wieder Schulfreundinnen einlud und es vermied, mit diesen händchenhaltend durchs Dorf zu ziehen.

»Meine Füße tun mir weh«, beklagte Mitzi sich, die es Clara schon übel genug nahm, überhaupt mit zum Einkaufen kommen zu müssen. Von dem unfreiwilligen Spaziergang gar nicht zu reden.

»Freu dich doch. Es regnet nicht und du kommst ein wenig unter die Leute. Du beklagst dich doch jeden Tag, dass es so langweilig im Haus ist.«

»Hier draußen ist es ja fast noch langweiliger.« Mitzi schmollte. Clara merkte das nicht nur daran, dass sie dem Fahrer eines vorbeifahrenden Autos den Stinkefinger zeigte, weil er durch eine zugefrorene Pfütze fuhr, deren Eisschicht durch das Gewicht des Wagens in kleine Stücke zerbröselte, die zwar kurz optimistisch hochsprangen, aber es trotzdem nicht schafften, Mitzis Schuhe, geschweige denn ihre Beine mit Pfützenwasser zu benetzen.

»Weißt du was? Nach dem Einkaufen setzen wir uns in den Bus und fahren nach Dinkelsbühl. Da gibt es ein paar Geschäfte und Cafés, dort finden wir sicher etwas, was dir gefällt.«

»Der Kleiderwühltisch, Drogerie und Apotheke. Na, das wird besonders spannend. Warum können wir nicht in eine richtige Stadt fahren, München zum Beispiel? Ich ziehe mich hübsch an und wir kommen aus dem Dorfmief heraus.«

»Weil ich mir das nicht leisten kann«, sagte Clara geduldig. »Danke, Elisabeth«, fügte sie in Gedanken hinzu. Natürlich war ihr klar, dass sie keinerlei Anspruch auf Erbteile jedweder Art hatte, trotzdem hatte sie die ganzen Jahre fest damit gerechnet. Ihre Schwägerin hatte sie gemocht und auch keinen Zweifel daran gelassen, dass Clara nicht leer ausgehen würde. Was sie auf einmal dazu bewogen haben könnte, die Helmersheim als Erbin einzusetzen, das wusste nur der Himmel.

»Du hast mir versprochen, du würdest reich.« Mitzi schaffte es, trotz ihrer 50 Jahre eine hinreißende Schnute zu ziehen. Sie sah aus wie ein gut gefütterter Weckmann mit Rosinenaugen. Clara fand sie zum Anbeißen.

»Nur Geduld«, erwiderte sie dennoch sachlich, obwohl sie wusste, dass Geduld hier mit Sicherheit nicht helfen würde. Wenn ihr Bruder nicht noch vorhatte, ihr eine stattliche Summe zu vermachen, sah es mit dem Erben für sie mehr als schlecht aus. Aber das konnte sie Mitzi auf gar keinen Fall sagen. Es war schon schwer genug, diese auf Dauer zu fesseln, zumal Mitzi weit entfernt davon war, lesbisch zu sein. Sie war ein üppiger Figurenballon, der es ebenso mit einem Opossum getrieben hätte, wenn das ihr versprochen hätte, sie mit Geld und Wohlstand zu versorgen.

Leider war die Auswahl an solventen Opossums momentan leicht eingeschränkt, und es war ebenso kein Mann in Sicht gewesen, der sich bereit gezeigt hätte, sie für eine Weile zu versorgen. Clara hatte sie nachts am Crailsheimer Bahnhof aufgegabelt, wo sie auf einer Bank sitzend hingebungsvoll an einem Flutschfinger-Eis lutschte. Der Anblick scheuchte Claras Gefühle schnell und unerbittlich in ihre Lenden und ließ ein leeres Gehirn zurück, das Mitzi umgehend anbot, ihr eine Unterkunft, ihr Geld und ihr Herz zu schenken mit der leisen Hoffnung, Unterkunft und Herz wären ausreichend, um ihr Mitbringsel auf Dauer zu fesseln. Diese Illusion wurde ihr allerdings bereits am nächsten Morgen wieder geraubt, als Mitzi sich trotz ihres Gewichtes behände aus ihrer Umarmung löste und das Thema wieder auf wichtigere Dinge brachte, nämlich wann es was zu erben gäbe und wie lange das schätzungsweise dauern könnte. Schließlich hätte sie noch eine Menge anderer vielversprechender Optionen.

Clara wusste zwar nicht, welche Optionen das waren, war allerdings auch nicht bereit, es darauf ankommen zu lassen. Sie war in Mitzi Weidenbruch verliebt und würde alles versuchen, damit diese sie nicht verließ.

Kapitel 3

»Ich werde nicht mehr kochen«, verkündete Gertrud abends, als Adalbert unheilvoll Richtung Küche schritt, nachdem er eine Weile am Esszimmertisch verbracht hatte, ohne dass sich irgendetwas tat, was nach Nahrung zubereiten aussah oder sich danach anhörte.

»Abends kochen wir sowieso nicht«, knurrte er. »Aber etwas Brot und Butter wären wohl nicht zu viel verlangt.«

»Ich meinte prinzipiell«, stellte seine Haushälterin klar. »Ich habe es nicht mehr nötig zu kochen.«

»Als hätten Sie in Ihrem Leben prinzipiell schon mal gekocht«, erwiderte Adalbert und merkte, wie seine schlechte Laune, die im Magen angefangen hatte, langsam den Nacken hochkroch, um seine Stimmung im Kopf ebenfalls zu vermiesen. »Sie haben irgendetwas zusammengerührt. Von kochen konnte da noch nie die Rede sein.«

»Dann werden Sie es ja auch nicht weiter vermissen, wenn ich es jetzt nicht mehr tue«, antwortete Gertrud erstaunlich logisch. Normalerweise begriff sie nicht einmal die einfachsten Zusammenhänge.

Adalbert hätte gerne so einiges auf diese offensichtliche Frechheit geantwortet, aber ihm fiel nichts Passendes ein.

»Wer soll hier die Arbeit machen?«, fragte er gereizt, obwohl er sich die Antwort darauf ohne Weiteres selbst hätte geben können.

»Ich schlage vor, Sie stellen eine Haushälterin ein«, erwiderte Gertrud.

»Sehr witzig«, brummte Adalbert, verzog sich aber ins Wohnzimmer, um dort einen Cognac zu trinken. Wenn er schon Hunger hatte, konnte er auch genauso gut beduselt sein. Vielleicht sättigte Alkohol auch ein wenig. Der Gedanke erschien ihm exzellent, haperte allerdings an seiner praktischen Ausführung. Der Cognac war nicht mehr da.

»Frau Helmersheim, kommen Sie sofort hierher!«, brüllte er durch den Flur Richtung Küche. Dafür, dass er ihr nicht mehr zu befehlen hatte, kam sie erstaunlich schnell.

»Herrgott, ich dachte, Ihnen ist etwas passiert«, sagte sie und es klang nicht so, als würde sie sich darüber freuen, dass das nicht so war. »Warum schreien Sie denn so?«

»Vielleicht, weil ich umgehend erfahren möchte, wo mein bester Cognac geblieben ist. Die Flasche war vorgestern noch halb voll. Jetzt ist hier nichts mehr!«

Adalbert fuchtelte wild vor dem offenen Barschrank herum und merkte, dass das ziemlich dämlich aussehen musste. Er nahm die Hände wieder runter.

»Die Flasche ist nicht mehr da, weil ich den Rest getrunken habe.«

»Meinen Cognac? Was haben Sie an meinem Cognac zu suchen?«

»Wiederholen Sie nicht immer das Wort Cognac. Das hört sich ziemlich irre an. Wieso ist das automatisch Ihrer?«

»Weil ich ihn gekauft habe.«

»Weil Ihre Frau ihn gekauft hat. Das ist ein Unterschied. Das wissen wir spätestens seit der Testamentseröffnung.«

»Ich kann mich nicht erinnern, dass meine Frau Ihnen die Hoheit über die alkoholischen Getränke hier im Haus vermacht hat.«

»Nicht ausdrücklich. Aber das Nutzungsrecht an allen Sachen hier im Haus, die mit ihrem Geld gekauft wurden. Das dürfte so ziemlich alles hier sein. Oder gibt es da Sachen, von denen ich nichts weiß?«

Das war das Problem. Da die Helmersheim schon fast zehn Jahre im Haushalt war, wusste sie beunruhigend viel. Manches ergab sich nach solch einer Zeitspanne von selbst, anderes hatte sie sich an den Türen erlauscht.

»Trotzdem können Sie hier nicht alles benutzen, wie es Ihnen passt«, erwiderte er mit erzwungener Ruhe. »Ich bin immer noch der Hausherr. Sie wohnen hier, dürfen aber nicht einfach meine Sachen nehmen. Ich gehe ja auch nicht in Ihr Zimmer und benutze Ihren Badeschwamm.« Allein die Vorstellung ließ ihn schaudern.

»Was Sie natürlich jederzeit dürften, denn Sie wissen ja ...«

»Ja, ich weiß«, schnitt Adalbert ihr das Wort ab. Der Gedanke blieb für einen kurzen Moment in seinem Kopf hängen. Wenn es der Firma noch schlechter gehen würde, wäre es nicht doch der richtige Weg, die Helmersheim zu heiraten? Wäre er damit seine Probleme los? Wie er es drehte und wendete, er konnte sich keine Katastrophe ausmalen, die ihn dazu veranlassen könnte, seine ehemalige Haushälterin zu ehelichen. Nachdem er mit Elisabeth zwei Kinder gezeugt hatte, war er der Meinung gewesen, seiner Pflicht mehr als Genüge getan zu haben. Elisabeth hatte das ähnlich gesehen. Seine Frau hatte ihre rosarote Brille mittlerweile abgeworfen hatte und fand das quengelige Etwas in ihrem Bett nicht mehr attraktiv genug, um sich mit ihm zu vereinen, ohne Kinder zu zeugen. Glücklicherweise waren die beiden Versuche Treffer gewesen und Adalbert nicht gezwungen, dergleichen noch einmal zu wiederholen. Er bezweifelte, dass sich die Helmersheim damit zufriedengeben würde, einen Mann zu heiraten und nur einen Mitbewohner zu bekommen. Das waren sie im Moment gezwungenermaßen sowieso schon. Adalbert hatte keine Ambitionen, das noch auszuweiten.

»Gehen Sie mir aus den Augen«, sagte er daher nur und fuchtelte erneut wie wild in der Gegend herum.

»Ich ziehe mich zurück«, erwiderte Gertrud hoheitsvoll. »Ich gehe nicht, weil Sie mich weghaben wollen. Nur, damit Sie es wissen.«

»Ja, ja, wenn Sie meinen.« Adalbert fehlte die Kraft und sein Cognac, um sich noch weiter mit dem Weib zu beschäftigen. Er verzog sich in sein Arbeitszimmer.

Elisabeth hatte diesen Raum immer gemieden. Er war ihr zu düster, holzlastig und frauenfeindlich. Und dann diese Jagdtrophäen. Nachdem sie sie auch gehasst hatte, hatte Adalbert nie verstanden, warum er sie dann nicht einfach im Müll entsorgen durfte.

Er machte einen Bogen um seinen Sessel. Er hatte heute Abend nicht mehr die Kraft, sich aus seiner Liegeposition zu befreien. Er spürte, dass er 74 Jahre alt war. Ein Gefühl, das der Cognac sicherlich verdrängt haben könnte, aber anscheinend konnte er nicht mehr alles haben.

Er hörte den Fernseher im Wohnzimmer. Er hatte die Tür zum Flur offen stehen lassen und die Helmersheim sie augenscheinlich auch nicht geschlossen. Vor dem Tod seiner Frau hatte die in ihrem Zimmer geguckt. Elisabeth hatte nie ferngesehen. Sie bezog ihre Informationen aus der Tageszeitung und aus dem Radio. Sie war die letzten 40 Jahre eine äußerst erholsame Mitbewohnerin gewesen. Adalbert begann, sie ein wenig zu vermissen. Das Gefühl wurde stärker, als es an der Tür klopfte. Elisabeth hätte ihn nie in seinem Arbeitszimmer gestört. Gertrud wartete das obligatorische Herein gar nicht erst ab, sondern steckte ihren Kopf herein.

»Wir könnten ein Feuer anzünden. Es ist kalt draußen.«

»Ich habe zu arbeiten!«

»Das sagen Sie immer. Dabei tun Sie nichts.«

Klatsch. Die Tür fiel zu und Adalbert in seinen Sessel. Der reagierte unwirsch auf diese rüde Nutzung und klappte nach hinten weg.

»Warum weiß ich nichts von dem Testament?«

Clara Wackernagels Stimme wurde allgemein als angenehm empfunden. Sie war beruhigend dunkel und hatte ein weiches Timbre. Es lag auf jeden Fall nicht an ihrer Stimme, dass sie ihrem Bruder Adalbert auf die Nerven ging.

»Weil es dich nichts angeht, darum«, sagte er kurz angebunden und fluchte innerlich, nicht auf die Anruferkennung geachtet zu haben. Es gab drei Anschlüsse im Haus, einen in seinem Arbeitszimmer, einen weiteren in Elisabeths Zimmer und der im Foyer war für den Rest des Hauses da. Von dem in seinem Arbeitszimmer kannte keiner die Nummer. Eigentlich war er auch nur auf dem Weg in die Küche, da er den Kampf gegen den Hunger und damit ebenfalls gegen seinen Stolz verloren hatte. Normalerweise nahm er das Telefon fürs Haus gar nicht erst ab. Allerdings wollte er vermeiden, dass die Helmersheim wieder aus ihrem Zimmer herauskam.

»Das hast du mir schon gesagt, als Elisabeth gestorben ist. Hätte mir Gertrud keine Karte geschickt, wüsste ich es bis heute noch nicht. Also weißt du …«

Adalbert fragte sich, was er ihrer Meinung nach wissen sollte, hatte aber keine Lust, danach zu fragen und das Gespräch über Gebühr auszudehnen.

»Du hättest es schon erfahren. Schließlich kommst du viermal im Jahr zu Besuch. Ungebeten, wie ich betonen möchte.«

»Ich bin auch nicht wegen dir gekommen. Von mir aus kannst du in der Hölle schmoren. Aber du weißt genau, wie sehr ich Elisabeth mochte.«

»Dann kommst du jetzt also gar nicht mehr?«, erkundigte sich Adalbert nun doch interessiert. Das wäre jetzt die erfreulichste Nachricht, die er die letzten Tage gehört hätte.

»Verdient hättest du es auf jeden Fall.«

Adalberts Hoffnung verabschiedete sich so schnell, wie sie gekommen war. Er wurde seine Schwester nicht dauerhaft los. Das spürte er.

Clara Wackernagel, sechs Jahre jünger als ihr Bruder, lebte immer noch in ihrem Elternhaus, auf das Adalbert nach dem Tod der Eltern damals großzügig verzichtet hatte. Das war auf jeden Fall die Version, die er nach außen hin verbreitete. In Wahrheit hatte sein Vater ihn beiseitegenommen und ihm klargemacht, dass er gefälligst auf das Haus verzichten sollte, da er so gewinnbringend geheiratet hatte und darüber hinaus die Fahnenfabrik erben würde, für die Clara weder Talent noch Interesse aufbrachte. Da sie als Sekretärin in einem Sägewerk arbeitete, hatte sie ein Auskommen, welches durch eine Ausgleichszahlung ihres Bruders noch entsprechend aufgestockt wurde. Adalbert war seit dem Tod der Eltern nicht mehr in seinem Elternhaus gewesen, allerdings hatte er sich einmal von Baumgartner mit dem Bentley dort vorbeifahren lassen, als er geschäftlich in Bayern zu tun hatte, ohne darüber nachzudenken, dass der Wagen in dem 700-Seelen-Dorf auffallen musste. Nachdem er genervt eine Schar Kinder angebrüllt hatte, die seiner Meinung nach nicht den respektvollen Abstand einhielten, den das Auto forderte, hatte sich seine Anwesenheit endgültig herumgesprochen, da eines der gescholtenen Kinder heulend nach Hause lief und mit einer sehr aufgebrachten und sehr kräftig aussehenden Mutter wieder zurückkam, die Adalbert dazu veranlasste, seinerseits Baumgartner anzubrüllen, damit er das Gaspedal durchtrat. Dabei konnte er wenigstens im Vorbeifahren noch erkennen, dass sein Elternhaus mittlerweile in einem beklagenswerten Zustand war. Putz bröckelte aus den Backsteinfugen und das Dach sah auch nicht mehr aus, als wäre es noch sonderlich dicht. Adalbert rappelte sich von der Rücksitzbank hoch, auf die er kurzfristig beim Beschleunigen zurückgedrückt wurde – der Bentley hatte über 500 PS –, ließ sich aber sofort wieder in die Polster fallen, als er das Gesicht seiner Schwester am Fenster sah. Noch Tage später lebte er in der diffusen Angst, sie würde anrufen und ihn um Geld für die Renovierung bitten.

»Soll ich kommen?«, wurde er wieder in die Gegenwart katapultiert.

»Was? Nein! Wieso?«

»Natürlich um dich zu unterstützen. Ist bestimmt im Moment alles andere als leicht mit Gertrud. Vielleicht bringt meine Anwesenheit da etwas.«

»Außer dass mir dann zwei Weiber auf die Nerven gehen, sehe ich nicht, was das helfen sollte. Wer hat dir überhaupt von dem Testament erzählt?«

»Wer schon? Natürlich die Kinder. Die haben mich angerufen. Waren natürlich geschockt. Nun ja, ich übrigens auch.

Ich hätte nie gedacht, dass Elisabeth ihre Familie so übergehen würde. Dich? Gut, ja. Das ist keine Überraschung. Aber die Kinder? Warum, frage ich mich da nur. Was ist passiert?«

»Woher soll ich das wissen?«, bellte Adalbert. »Das ist mir auch scheißegal. Fest steht, ich muss jetzt damit leben. Die verdammte Helmersheim kriege ich bis zu ihrem Tod nicht mehr aus der Bude.«

Er sinnierte über den Tod und überlegte, ob es klug wäre, die Haushälterin so schnell wie möglich dahin zu befördern.

»Das wirst du wohl ertragen müssen. Ich würde dir nicht empfehlen, sie um die Ecke zu bringen«, erwiderte Clara, als hätte sie seine Gedanken gelesen. »Damit kommst du auch nicht an ihr Geld.«

»Du redest Quatsch«, knurrte Adalbert, der sich ärgerte, von Clara durchschaut worden zu sein. Außerdem wusste man nie, ob man nicht vielleicht abgehört wurde. Er schüttelte prüfend den Hörer, als erwarte er, dass entweder eine Wanze durch die Sprechschlitze fiel oder jemand »Hören Sie auf, mir wird schwindelig« sagte. Nichts davon passierte.

»Die Kinder hat es auf jeden Fall hart getroffen«, sagte Clara ungerührt. »Härter als dich. Du hast schließlich noch deine Firma.«

»Die hat gar nichts getroffen«, empörte sich Adalbert. »Die sollen gefälligst arbeiten gehen. Müssen andere Menschen ebenfalls. Auch ich.«

»Alexander geht arbeiten. Angelika könnte etwas mehr tun, da gebe ich dir recht.«

»Mehr tun? Wie wäre es mit überhaupt was tun? Sie nimmt dieses Kind als Vorwand, die Hausfrau und Mutter zu spielen.«

»Das Kind ist dein Enkel und heißt Timo.« Adalbert spürte einen leisen Tadel in Claras Stimme.

»Mir ist es egal, wie der Wechselbalg heißt. Der will sicherlich auch noch irgendwo erben. Sollen sie bei der Helmersheim anklopfen. Seit wann bist du überhaupt der Fürsprecher meiner Kinder?«

»Weil sie mich angerufen und sich bei mir ausgeheult haben. Angelika mittlerweile schon das zweite Mal. Und weil sie mich um Geld anpumpen. Ich habe kein Geld, und wenn, würde ich es ihnen nicht geben. Mein Geld brauche ich für mich.«

»Schon gut«, würgte Adalbert sie ab, da er befürchtete, jeden Moment von seiner Schwester ihrerseits um Geld angehauen zu werden. »Ich werde sie anrufen, damit sie das lassen.«

»Soll ich wirklich nicht kommen?«, fragte Clara noch mal.

»Nein«, erwiderte er kurz angebunden und legte auf. Es war schließlich alles gesagt.

Diese verdammten Kinder.

Er hätte gut ohne welche auskommen können, aber für Elisabeth waren sie die Erfüllung gewesen. Schöne Erfüllung. So eine der Art, die sich durch die Lande schnorrte und alles anbettelte, was nur den Hauch von Wohlstand versprühte. Was seine Kinder betraf, war das schon jemand, der kein Minus auf dem Konto hatte.

Adalbert wusste zwar nichts über Claras Kontostand, aber trotzdem fragte er sich, wie um alles in der Welt Alexander und Angelika vermuten konnten, bei ihrer Tante gäbe es irgendetwas zu holen. Schließlich ließ sie bei ihren Besuchen in der Villa keine Gelegenheit aus, über ihre kümmerliche Rente zu klagen.

Er überlegte, ob er sich überhaupt um diese Sache kümmern musste, aber er befürchtete, dass Alexander und Angelika auf die Idee kämen, die Helmersheim um Geld anzupumpen und das dann vielleicht auch noch bekämen. An und für sich hatte er nichts dagegen, da es nun ja offensichtlich nicht mehr sein Geld war, es auch nie gewesen war, aber er wollte sich nicht die schadenfrohen Blicke ausmalen, wenn seine Kinder da Erfolg hätten, wo er noch nicht mal versucht hatte, etwas von dem wiederzubekommen, was ihm seiner Meinung nach zustand.

Er ging in Elisabeths Zimmer, in dem sie all die Sachen aufbewahrt hatte, die ihr Spaß machten. Hier stand das Klavier, auf dem sie die letzten Jahre öfter herumklimperte, ohne dass sich in Adalberts Ohren eine merkliche Verbesserung ihres Könnens eingestellt hatte. Hier standen ihre Bücher, reihenweise unförmige Werke über Kunst und Malerei, die eigentlich keinen wirklich begeistern konnte, außer, dass man mit ihnen versuchte, den Besuch zu beeindrucken. Besuch war allerdings im Hause Wackernagel spärlich gesät. Elisabeth hatte an Kunst allgemein Interesse und sicherlich alle Bücher darüber aufs Genaueste studiert.

Adalbert kramte in den Schubladen des filigranen Sekretärs, an dem seine Frau ihre Post beantwortet hatte, bis er fand, was er suchte: das schmale lederne Notizbuch, in das sie in ihrer akkuraten, leicht kindlichen Schrift die Telefonnummern der Menschen geschrieben hatte, die ihr am Herzen lagen. Die Liste war überschaubar, daher fand Adalbert die Namen seiner Kinder zügig. Er ließ sich auf dem weißen Biedermeierstuhl mit dem rosa Polster nieder, auf dem er sich eindeutig schwul vorkam, und zog das Telefon auf dem Sekretär an sich ran.

»Wackernagel«, keuchte seine Tochter in den Hörer, eindeutig gehetzt. Adalbert hatte absichtlich nicht auf dem Handy angerufen, da er keine Lust hatte, zwischen Eisessen und Schuheshoppen abgefertigt zu werden wie ein lästiges Insekt. Er fragte sich, was sie gerade tat.

»Hier ist dein Vater«, sagte er herablassend. Anruferkennung war keine Option im Hause Wackernagel.

»Ach, du ... ja ... gut.« Angelika schien irgendwie erleichtert. »Ich wäre fast nicht rangegangen.«

Adalbert konnte nicht einordnen, ob das vorwurfsvoll, erleichtert oder enttäuscht klang. Er beschloss, sich darüber nicht den Kopf zu zerbrechen.

»Was für ein Pech«, antwortete er. »Wenn es deine Tante gewesen wäre, wärst du sicher schneller drangegangen. Du telefonierst im Augenblick viel mit ihr, habe ich gehört.«

»Zwei Mal«, sagte Angelika, er hörte ihr Zögern in der Stimme. Wahrscheinlich überlegte sie sich gerade, wie viel ihm Clara von ihren Unterhaltungen erzählt hatte.

»Auf jeden Fall oft genug, um sie in Alarmbereitschaft zu versetzen. Was zum Teufel gehen sie unsere Familienangelegenheiten an?«

»Sie gehört zur Familie ...«, erwiderte Angelika, als wäre sie sich dabei selber nicht so ganz sicher.

»Aber nicht zu dem Teil der Familie, der sich mit dem Erbe beschäftigen soll.«

»Ich dachte, es ginge sie auch was an.«

»Ich dachte, ich dachte. Du denkst eben nicht, genau das ist das Problem. Wenn du das tun würdest, würdest du deine Tante nicht um Geld anbetteln.«

»Wen soll ich denn sonst fragen? Mama ist tot, das Erbe ist futsch und von dir gibt es doch nichts.«

»Das wäre wohl auch noch schöner. Ich werfe kein gutes Geld schlechtem hinterher. Das hat deine Mutter schon zur Genüge getan.«

»Mama wusste, dass ich für Timo sorgen muss.« Angelika klang jetzt eindeutig weinerlich. Das war neu. Normalerweise war sie von einer fast unglaublichen Unverfrorenheit. Eine Eigenschaft, die sie sicherlich von ihrem Vater geerbt hatte. Adalbert hätte stolz sein müssen, aber er fand Ähnlichkeiten seiner Person im Charakter seiner Kinder immer ganz besonders lästig, da sie blöden Sprüchen von unbeteiligten Beobachtern Tür und Tor öffneten.

»Was kann ein Kind schon brauchen?«, fragte er. Das war eigentlich die falsche Frage auf die Antwort, was ein Kind überhaupt bekommen sollte. Seine Kinder hatten eindeutig zu viel bekommen. Wohin das führte, sah man ja hier.

»Papa, darf ich nach Hause kommen?«, fragte seine Tochter so unvermittelt, dass er fast den Hörer fallen ließ.

»Auf keinen Fall!«, brüllte er in die Muschel und drückte auf die Gabel.

Danach hatte er eigentlich keine Lust mehr, auch noch mit seinem Sohn zu sprechen, aber er musste verhindern, dass der die Kunde über das vermasselte Erbe noch weiter in die Welt hinaustrug. Nicht auszudenken, wenn sich das bis zu seinen Geschäftspartnern herumsprechen würde. Die Firma in finanziellen Schwierigkeiten, das war eine Seite, aber kein Erbe zu besitzen, das hier und da ein paar Forderungen deckeln konnte, war definitiv eine andere.

Alexander leistete sich nicht mehr den Luxus eines Festnetzes. Adalbert überlegte ernsthaft, sich in den Bus zu setzen, um mit seinem Sohn persönlich zu sprechen, aber er rechnete kurz nach und stellte fest, dass sich damit unterm Strich auch nicht viel sparen ließ. Er musste sich halt kurz fassen. Das war bei Alexander leichter als bei seiner Tochter, da er ebenso wortkarg war wie sein Vater.

»Ich hoffe, die Sache mit dem Erbe bleibt da, wo sie hingehört, nämlich unter denen, die bei der Testamentseröffnung dabei waren.«

»Warum sollte ich das herumerzählen?«

»Deiner Tante hast du es erzählt.«

»Sie ist auch meine Tante.« Schon wieder dieses Sie-gehört-zur-Familie-Argument.

»Wegen mir. Sonst geht es allerdings keinen was an.«

»Du meinst, ich sollte keine Anzeige in der Zeitung aufgeben?«

Die Tochter dämlich, der Sohn pampig. Das hatte man Elisabeths liberaler Erziehung zu verdanken.

»Lass es einfach«, erwiderte er nur.

»Wenn du meinst«, sagte Alexander kurz angebunden und legte auf.

Adalbert betrachtete den Hörer und stellte fest, dass die Freude über die Genvererbung eindeutig überschätzt wurde.

Kapitel 4

Vladimir Centowski war mit seinem Leben so zufrieden, wie man es als russischer Pole nur sein konnte. Die Heirat seines polnischen Vaters mit einer russischen Schönheit aus Wolgograd, die er bei einem Kuraufenthalt in Sotschi kennengelernt hatte, bescherte ihm zwar eine interessante ethnische Kombination, allerdings auch eine nicht zu unterschätzende Identitätskrise, da seine russische Melancholie gepaart mit der polnischen Nörgelei nicht gerade dazu prädestiniert war, ihn dauerhaft mit seinem Leben zu versöhnen. Das merkte man ihm auch fast 60 Jahre später noch jeden Tag an, ein Umstand, der Adalbert Wackernagel regelmäßig zur Weißglut brachte.

Vladimir hatte es als Glücksfall empfunden, als er vor zwölf Jahren die Stelle des Gärtners im Hause Wackernagel antreten durfte. Ein Gefühl, das er spätestens am ersten Arbeitstag revidierte, nachdem ihn Adalbert sehr nachdrücklich und vor allen Dingen sehr laut über seine Vorstellungen informierte, wie eine gelungene Parkanlage auszusehen habe. Eine Unterredung, in der es Vladimir diesmal nicht zugutekam, sich mit seinen mangelnden Deutschkenntnissen herauszureden, die in Wirklichkeit nicht so existent waren, wie er seinem Gegenüber gerne glaubhaft machen wollte. Außerdem wäre es Adalbert sicher auch egal gewesen.

Es war der Frau seines Chefs ganz egal, was er tat, zumindest war Vladimir ihr in den ganzen Jahren nie näher als zehn Meter gekommen, was Elisabeth Wackernagel dazu veranlasste, ihn mit hochgezogenen Augenbrauen zu betrachten und anscheinend zu überlegen, ob es angebracht wäre, die Polizei zu rufen.

»Der Gärtner«, klärte dieser Idiot von Baumgartner sie auf, als er ihr die Tür des Bentleys öffnete.

Der Gärtner nahm es nicht allzu schwer, er hatte mit Adalbert Wackernagel wahrlich genug zu tun und kein Interesse daran, demnächst noch seiner Frau Elisabeth Rede und Antwort stehen zu müssen.

Er blickte durch die bodentiefen Fenster des Gesindehauses in seinen Park, der sich lustlos unter den spärlichen Schneeflocken verkroch und wie Vladimir nur darauf wartete, dass der Frühling einzog und alles wieder anfing zu blühen.

Sein Chef hatte noch nicht über das Testament mit ihm gesprochen, aber die Haushälterin hatte ihn darüber nicht lange im Unklaren gelassen. Dennoch wusste Vladimir nicht, was das für ihn bedeuten sollte. Er hatte auf jeden Fall keine Lust, sich von der Helmersheim irgendwelche Befehle geben zu lassen.

Vladimir mochte seinen Chef. Er hatte klare Vorstellungen davon, was er wollte oder nicht, wen er leiden konnte oder auch nicht. Bei ihm gab es kein Zaudern, kein Wischiwaschi oder falsche Freundlichkeit, die Vladimir in Deutschland schon mehr als genug erlebt hatte.

Er war im Oktober sehr überrascht gewesen, Elisabeth aufrecht und schmal im langen Wollmantel die große Runde schreiten zu sehen, die am äußeren Rand des Anwesens an einer mannshohen Ligusterhecke entlangführte.

Der Park des Wackernagel-Anwesens war großzügig angelegt, schwelgend in einer Zeit, als Preise für Land noch keine Rolle spielten und die Möglichkeit boten, weit entfernt von der Zivilisation zu bleiben, die allgemein sowieso überschätzt wurde.

Die große Runde war nur für Bewegungsfanatiker oder Lebensmüde. Da Vladimir wusste, dass Elisabeth beides nicht war, folgte er ihr in gebührendem Abstand. Um diese Jahreszeit wurde es schnell dunkel und es war bereits jetzt bitterkalt. Ein unfreiwilliger Sturz konnte einen dabei schnell zu einer Eisskulptur werden lassen, wenn keiner wusste, wo man sich herumtrieb.

»Vladimir, schleichen Sie nicht so hinter mir her«, sagte Elisabeth unvermittelt, ohne sich umzudrehen. Der Angesprochene wunderte sich, dass sie seinen Namen kannte. Sie blieb stehen und wartete, bis er zu ihr aufgeschlossen war.

»Alles in Ordnung?«, fragte er linkisch. Sich mit Frauen mit Stil zu unterhalten, fand er anstrengend, was ihn aber nicht daran hinderte, Clara Wackernagel zu vergöttern.

»Ja«, antwortete Elisabeth nur. Das war nicht gerecht, denn Vladimir hatte sein Kontingent im Smalltalk bereits erschöpft.

Als er noch krampfhaft überlegte, wie er das Gespräch weiterführen sollte oder ob es nicht besser wäre, sich unauffällig wieder zurückfallen zu lassen, nahm ihm Elisabeth die Entscheidung ab.

»Wenn Sie wüssten, dass etwas nicht in Ordnung ist, wie würden Sie das regeln?«

»Nicht in Ordnung? Was nicht in Ordnung? Meine Arbeit?«

»Nein, nein«, wehrte Elisabeth ab. »Nichts in der Art. Wenn Sie merken, dass nicht jeder Ihnen so wohlgesonnen ist, wie Sie das vermutet haben.«

Vladimir grübelte noch über das Wort *wohlgesonnen* nach, als Elisabeth schon weitersprach.

»Wenn alle nur Geld von Ihnen wollen und es nicht erwarten können, bis Sie das Zeitliche segnen.«

»Das kam in meiner Familie nicht so oft vor«, erwiderte Vladimir hilflos. Das Gespräch überforderte ihn zusehends.

»Ich will am liebsten gar nichts mehr essen. Ich glaube oft, ich werde verrückt, aber dann schmeckt wieder etwas komisch und alle gucken mich an, als würden sie auf etwas lauern.«

»Das glauben Sie nur«, erwiderte Vladimir lahm und schaute sich um, ob sich nicht vielleicht ein anderer in den Garten verirrt hatte, dem er Elisabeth aufs Auge drücken konnte.

»Mein Bein tut weh«, sagte Elisabeth und blieb stehen, um sich den schmerzenden Oberschenkel zu reiben. Warum machte sie auch solche Spaziergänge, nachdem sie vor ein paar Wochen so schwer die Treppe heruntergefallen war?

»Soll ich Auto holen?«, fragte Vladimir hoffnungsfroh. Damit hätte er eine Möglichkeit, hier wegzukommen, außerdem nutzte er jede Gelegenheit, den Bentley auf dem Grundstück zu bewegen, da er keinen Führerschein hatte. Baumgartner hätte ihm das gerne untersagt, aber er hatte Adalberts Billigung, was eine weitere Diskussion erübrigte.

»Nein, es geht gleich wieder. Wenn Sie mich nur ein wenig stützen würden? Dann gehen wir zum Haus zurück.«

Vladimir lenkte Elisabeth Richtung Rasen, den er eigentlich keinen gerne betreten ließ. Aber es war eine deutliche Abkürzung und das hier eindeutig ein Notfall.

»Dieser Sturz. Es hat alles mit diesem Sturz begonnen.«

»Sind schwer gefallen«, sagte Vladimir beruhigend. »Das passiert.«

»Ich bin nicht gefallen, ich wurde gestoßen.«

»Von wem?«, fragte Vladimir, obwohl er es eigentlich so genau gar nicht wissen wollte.

»Wenn ich das wüsste.« Elisabeth seufzte. »Es war dunkel. Aber ich habe deutlich die Finger im Rücken gespürt.«

»Warum sagen Sie nichts?«

»Weil ich nicht weiß, wer es war. Nachher erzähle ich es dem, der es getan hat.«

»Vielleicht war ich es.«

»Was hätten Sie denn davon?«

»Weiß nicht«, hatte er geantwortet. Heute wusste er natürlich, wie haarscharf er an den Millionen vorbeigeschrammt war. Elisabeth Wackernagel hatte eindeutig nach jemandem gesucht, dem sie vertrauen konnte. Ein Posten, den nachher Gertrud Helmersheim einnehmen durfte.

Vladimir seufzte und setzte sich wieder an den Tisch, um im Blumenkatalog Blumenzwiebeln zu bestellen. Adalbert wollte im Frühjahr ein Tulpenbeet.

Teil 2

Kapitel 5

Die Glocke im Flur bimmelte. Andere Menschen mochten an dieser Stelle eine ultramoderne Türklingel mit vier verschiedenen Liedern haben und konnten über USB natürlich unzählige mehr einspielen. Adalbert hatte eine Glocke.

Die Glocke war ein tonales Highlight, was allerdings nur eine gewisse Zeit in der Lage war, seine Sinne zu erfreuen. Nach fast fünf Minuten ließ dieses Gefühl schon merklich nach. Wo war diese verdammte Haushälterin? Er sprang von seinem Schreibtisch auf und ging im Stechschritt zur Tür, die er dann so heftig aufstieß, dass beinahe die altmodischen Türangeln aus 70 Jahre altem massivem Holz herausgerissen wurden.

»Geht hier vielleicht jemand mal an die Tür?«, brüllte er in das stille Haus. Mit jemand war dabei ausschließlich die Haushälterin gemeint, da der Gärtner im Gesindehaus wohnte und es keine anderen Angestellten gab.

»Wer bin ich denn hier? Der Portier?« Gertrud Helmersheim legte in nahezu beängstigender Geschwindigkeit Selbstbewusstsein auf wie leichte Mädchen Make-up vor ihrem Einsatz auf dem Strich. Adalbert fragte sich, wie weit sie damit am Ende dieses Jahres wären. Wahrscheinlich erwartete man dann von ihm, seine Haushälterin von früh bis spät zu bedienen.

Am liebsten wäre er wieder ins Arbeitszimmer verschwunden, wohin er sich mittlerweile abends immer zurückzog, wenn er nach Hause kam. Er konnte es sich nicht vorstellen, mit Gertrud in trauter Zweisamkeit im Wohnzimmer die Tagesschau zu sehen. Das Gebimmel ging ihm allerdings extrem auf den Geist.

Er ging zur Gegensprechanlage und drückte wahllos auf einen Knopf, wobei im selben Augenblick der Bildschirm der Überwachungskamera aufleuchtete. Das war ein Glückstreffer. Adalbert stand mit der Anlage auf Kriegsfuß. Er sah einen jungen Mann, Mitte dreißig, mit einem absolut nichtssagenden Gesicht. Wohl um diesen Mangel auszugleichen, hatte er sich einen gigantischen Schnurrbart wachsen lassen, der mit Bartwichse an den Enden nach oben gezwirbelt war. Es sollte wahrscheinlich flott aussehen, Adalbert fand es nur idiotisch.

»Was wollen Sie?«, herrschte er ins Mikrofon.

»Herr Wackernagel?«, fragte der Schnurrbart und wartete anscheinend auf eine Bestätigung, die ihm Adalbert nicht geben wollte.

»Mein Name ist Sven Roetig«, stellte der Fremde sich daher vor. »Ich bin Privatdetektiv.« Als ob das etwas erklären würde.

»Kenne ich nicht«, erwiderte Adalbert und wollte den Bildschirm schon fast wieder ausschalten, wenn er sich zugetraut hätte, den richtigen Knopf noch mal zu finden.

»Ich vertrete Ihre Frau Elisabeth«, sagte Roetig schnell, als hätte er schon genau so etwas befürchtet.

»Meine Frau? Da kommen Sie allerdings etwas spät. Sie ist tot.«

»Das weiß ich doch«, entgegnete der Schnurrbart, als sei das das Selbstverständlichste der Welt. Wahrscheinlich war er verrückt geworden. Mit Verrückten gab sich Adalbert nicht so gerne ab. Die waren ihm zu unberechenbar.

»Ihre Frau hat mich vor ihrem Tod noch engagiert. Sie hatte Angst, sie würde sterben.«

»Da sehen Sie, dass sie nicht ganz bei Trost war. Wir müssen schließlich alle sterben.«

»Wir werden aber sicher nicht alle umgebracht«, erwiderte Roetig und kam unvermittelt näher an die Kamera heran. »Lassen Sie mich bitte herein, dann erkläre ich es Ihnen. Hier ist bestimmt nicht der richtige Platz dafür.«

Adalbert war versucht, diese Bitte zu ignorieren, aber bei Roetigs Anliegen konnte er das nicht machen. Er drückte wahllos auf ein paar Tasten, bis er die mit dem Toröffner fand.

»Die Straße entlang«, knurrte er und hoffte inständig, dass dieser Detektiv zu Fuß oder zumindest mit dem Fahrrad da war. Bis er am Haus war, hätte sich sein Mütchen auf ein vernünftiges Maß heruntergekühlt. Leider tat der ihm diesen Gefallen nicht. Adalbert konnte potentes Motorengeräusch hören, was ihn veranlasste, einen Blick durch das Fenster neben der Haustür zu wagen. Ein Mustang, schlecht schien man von Detektivarbeit nicht zu leben. Sven Roetig sah aus der Nähe noch nichtssagender aus. Der Schnurrbart war viel zu groß für sein Gesicht. Alles in allem wirkte er wie ein abgehalfterter Pornostar aus den 70ern. Adalbert wurde das Gefühl nicht los, dass er ihn schon einmal gesehen hatte.

»Ein wunderschönes Haus«, sagte Roetig und schaute sich aufmerksam in der Eingangshalle um. »Spätviktorianisch?«

»Was weiß ich«, raunzte Adalbert. »Das interessiert mich auch nicht. Ich will mit Ihnen keine Konversation machen.« Er sah, wie die Klinke der Wohnzimmertür vorsichtig nach unten gedrückt wurde.

»In mein Arbeitszimmer«, sagte er knapp und schob den Detektiv so unwirsch vor sich her, dass der beinahe zu Fall kam. Für seine 74 Jahre war er schon noch eine ernstzunehmende Persönlichkeit.

Das Arbeitszimmer barg eine Reihe unwiederbringlicher Schätze, die allesamt von Adalbert gehegt und gepflegt wurden, wenn auch nicht wegen ihrer antiquarischen Einzigartigkeit, sondern einzig und allein ihres Wertes wegen. Dazu gehörte auch das Berliner Grammophon, zu dem es noch einen Satz tadelloser Schellackplatten gab, die zwar keineswegs Adalberts Musikgeschmack entsprachen – das war sowieso schwierig –, ihm jetzt allerdings gute Dienste erwiesen. Gertrud Helmersheim, die sich schon garantiert an der Tür ihr Ohr plattdrückte, würde nichts hören als Gemurmel und das Grammophon den *Mikado* plärren.

»Welchen Unsinn hat sich meine Frau ausgedacht?«, fragte er Roetig, der ihm für seinen Geschmack seine Augen zu viel im Zimmer herumschweifen ließ und das Inventar aufmerksam unter die Lupe nahm. »Wenn Sie noch Geld von ihr bekommen, haben Sie Pech gehabt. Dafür bin ich nicht zuständig.«

»Nein, nein. Keine Sorge«, erwiderte Roetig und setzte seinen Inspektionsgang fort.

»Rennen Sie nicht so nutzlos im Zimmer herum. Das geht mir auf den Geist. Sagen Sie, was Sie wollen und verschwenden Sie nicht meine Zeit.«

Der Detektiv hörte mit seiner Wanderung auf und setzte sich auf einen der Ledersessel, ohne auf Adalberts Aufforderung, Platz zu nehmen, zu warten. Dann wäre er ohnehin nicht zum Sitzen gekommen.

»Ihre Frau hat mich Anfang Dezember aufgesucht«, begann Roetig, der in dem tiefen Sessel noch nichtssagender aussah als so schon. »Sie wollte mich beauftragen, Nachforschungen anzustellen. Sie hatte die Vermutung, dass jemand sie umbringen wollte.«

»Hören Sie«, sagte Adalbert und überlegte, wie er den ungebetenen Gast schnell wieder loswerden konnte. »Meine Frau war ein bisschen überspannt. Zu viel Inzucht. Ihr Vater hat eine Cousine geheiratet, verstehen Sie? Dummes Zeug zu erzählen, war ihr Tagesgeschäft. Sie ging sowieso kaum aus dem Haus. Wer sollte sie schon umbringen?«

»Genau das ist der Punkt, Herr Wackernagel«, erwiderte Roetig. »Sie glaubte, jemand aus der Familie wollte das.«

»Aus der ... was? Da sehen Sie, wie verrückt sie war.«

»Mir kam sie sehr klar und vernünftig vor.« Roetig zog eine Schachtel Zigaretten aus seiner mit Lammfell gefütterten Cordjacke.

»Denken Sie nicht mal dran«, sagte Adalbert beim Anblick der Zigarettenschachtel. Qualm und Rauch hätten ihm jetzt noch gefehlt. Er erwischte die Helmersheim schon mal dabei, wenn sie mit dem Oberkörper aus dem Erkerfenster der

Küche hing, als hätte man sie an der Taille durchtrennt, damit sie ihren Rauch so weit wie möglich in den Garten pusten konnte. Seinem Sohn Alexander gestattete er nicht mal das, seit er letzten Sommer dafür gesorgt hatte, dass alle Rauchmelder Alarm gaben. Da diese Melder mit der örtlichen Feuerwehr gekoppelt waren, blieb Adalbert auf einem verwüsteten Garten und einer enormen Rechnung sitzen, die Alexander sich zu bezahlen weigerte. Es hatte Vladimir Wochen gekostet, alles wieder herzurichten.

»Ich habe ja nicht behauptet, Sie hätten sie umgebracht«, sagte Roetig beruhigend und steckte das Zigarettenpäckchen wieder zurück. »Woran ist Ihre Frau gestorben?«

»Sie war leberkrank. Schon seit Jahren, auch wenn Sie das nichts angeht. Sie wartete auf einen Spender. Na ja, den hat sie dann nicht mehr gebraucht.«

»War sonst etwas ungewöhnlich an ihrem Tod?«

»Was zum Teufel schwebt Ihnen denn da vor? Meine Frau war krank und alt und ist dann gestorben.«

»Vielleicht hat jemand nachgeholfen?«

»Wozu sollte das gut sein? Sie wäre doch keine 100 Jahre mehr geworden. So lange kann man sich schließlich auch noch gedulden.«

»Nicht, wenn man Geld braucht.« Roetig schlug die Beine übereinander und machte nicht den Eindruck, so schnell das Haus verlassen zu wollen.

»Die Kinder bekamen Geld von ihr.« Adalbert betrachtete den ungebetenen Besuch im Sessel und ihm schwante, dass diese mickrige Gestalt Ärger bedeuten könnte.

»Aber geerbt haben Sie nichts, das sehe ich doch richtig?«

»Woher wissen Sie das?«, fragte Adalbert empört, obwohl es ihm durchaus klar war, dass die Geschichte über eine Haushälterin, die über Nacht reich geworden war, in der Verbandsgemeinde Seligenwalde schneller die Runde gemacht hatte als ein Hecht im Haifischbecken.

»Davon redet doch jeder«, bestätigte Roetig seine Theorie. »Da ist es doch kein Wunder, dass Fragen gestellt werden. Ich stelle keine Fragen, ich habe ja schon die Antworten.«

»Sie haben gar nichts«, herrschte Adalbert ihn an. »Eine verdorbene Moral, das haben Sie.«

»Ich bin nicht derjenige, der mit einer Frau verwandt war, die um ihr Leben fürchtete«, erwiderte Roetig folgerichtig. »Meine moralischen Grundsätze stehen also nicht zur Debatte.«

»Hören Sie, meine Frau ist tot. Jeder von uns wird das früher oder später sein. Sonst gibt es hier für Sie kein Geld zu verdienen. Wenn Sie im Dreck wühlen wollen, empfehle ich Ihnen die feuchte Stelle hinten am Teich. Ansonsten werde ich Sie nicht mehr wiedersehen.«

»Falsch, Herr Wackernagel. Sie werden mich wiedersehen. Meine Moral macht doch etwas mehr her, als Sie vermuten. Ihre Frau hat mich beauftragt und mich im Voraus bezahlt. Einen Auftrag nehme ich ernst. Berufsehre, wissen Sie?«

Adalbert interessierte Roetigs Berufsehre kein bisschen und er wollte diese Meinung nochmals laut und mit entsprechenden Worten kundtun, aber Roetig hatte sich bereits aus dem Sessel geschält und machte sich auf den Weg zur Tür.

»Ich glaube, Sie haben jetzt genug nachzudenken. In ein paar Tagen komme ich wieder und nehme meine Ermittlungen auf. Sonst muss ich leider sofort zur Polizei gehen. Ich glaube nicht, dass Sie begeistert sind, wenn die hier rumschnüffeln.«

Adalbert war auch nicht begeistert, dass die Russen Tschetschenien überfallen hatten, da er in dieser Zeit etliche Fahnenentwürfe machen musste, die nicht langlebiger waren als die Luftblase, auf der sich die autonome Republik zu bilden versuchte. Aber alles wäre besser, als diesen Möchtegern wieder ins Haus zu lassen. Leider hatte dieser recht. So viel öffentliches Interesse konnte er nicht gebrauchen, wenn er auf der Suche nach einem Investor für seine Firma war. Er musste einen Weg finden, sich diesen Roetig dauerhaft vom Hals zu schaffen.

Er hatte den Bildschirm der Überwachungskamera vorhin nicht wieder ausgeschaltet, da er nicht mehr wusste, wo. So sah er den Mustang durch das Haupttor fahren und fand erstaunlicherweise den Schließer auf Anhieb. Die alten Torflügel schwangen gemächlich und synchron wieder zu. Es war nichts Aufgeregtes in ihrem Tun.

»Ich soll wohin kommen?«

»Nach Hause. Morgen. Wir haben Probleme.«

Sein Sohn hatte mit Sicherheit auch noch andere. Adalbert konnte über seine finanzielle Situation nur spekulieren, wusste jedoch aus Erfahrung, dass es damit nicht weit her sein konnte.

»Welche sollten das sein?« Alexander klang hochmütig.

Adalbert hätte ihm am liebsten den Hörer um die Ohren geschlagen. Leider musste er damit warten, bis sein Sohn leibhaftig vor ihm stand.

»Die, die uns deine gehirnamputierte Mutter eingebrockt hat. Sie hat einen Detektiv beauftragt, weil sie glaubte, jemand wollte sie umbringen.«

»Wie kommt sie denn darauf?«

»Wie soll ich das wissen? Fest steht nur, dass wir so einen Möchtegern-Columbo am Hals haben, der auf einmal beim Tod eurer Mutter sein Ehrgefühl entdeckt.«

»Warum hast du ihm kein Geld gegeben, damit er es lässt?«

»Bessere Vorschläge hast du natürlich nicht. Dann kann ich mir direkt ein Schild *Schuldig* um den Hals hängen. Lass deine nutzlosen Ratschläge, wo sie sind, und komm gefälligst her.«

Adalbert überlegte, wann er das letzte Mal seine Kinder freiwillig eingeladen hatte. Er tendierte zu nie und wusste auch warum.

»Schon gut, ich bin morgen da.«

Alexander gab erstaunlich schnell nach. Das war ungewöhnlich. Seit dem Tod seiner Mutter hatte er keinen Grund mehr gesehen, das elterliche Anwesen aufzusuchen. Es ärgerte Adalbert, dass er diesen paradiesischen Zustand jetzt beenden musste.

»Ruf deine Schwester an. Sie soll gefälligst auch kommen. Aber ihren Sohn soll sie in der Zeit bei einer Freundin unterbringen. Ich kann nicht noch nervige Kinder ertragen.«

»Sag ihr das selbst«, erwiderte Alexander, legte aber diesmal nicht den Hörer auf. Die Nachricht seines Vaters schien ihn doch aufgerüttelt zu haben.

»Sie wird sowieso nicht auf mich hören«, schob er dann fast entschuldigend hinterher.

»Weil du eine Memme bist«, konnte Adalbert sich nicht verkneifen. Er legte auf und betrachtete die röhrenden Hirsche auf dem Bild über dem Schreibtisch, als wie zum Hohn Gertrud mal wieder ohne anzuklopfen das Zimmer betrat.

»Ich würde Ihnen empfehlen, sich noch Lebensmittel schicken zu lassen, wenn die Kinder kommen. Ich glaube nicht, dass die mit Toast und Butter zufrieden sind.«

»Scheren Sie sich raus«, erwiderte Adalbert unfreundlich. Er erwog ernsthaft die Anschaffung einer Folterkammer. Leider ließ sich so etwas bis morgen sicher nicht mehr arrangieren. Er seufzte und wählte die Nummer seiner Tochter.

Wenn du es nicht willst, dann gib es doch mir«, hörte Adalbert bereits die schleifende Stimme seiner Tochter, als wäre sie auch noch zu faul, den Mund richtig aufzumachen und wenigstens ihre Stimmbänder zum Arbeiten zu bringen.

Er hatte im Bad ein Auto die Einfahrt hochkommen hören, das er zwar nicht sehen konnte, aber dessen Erscheinen keinen besonders großen Platz für Spekulationen bot. Dass Alexander seine Schwester mitgebracht hatte, zeugte von der Art Schock, den man erst im Nachhinein bekam, wenn man sich klarmachte, dass sich das Leben von null auf jetzt schlagartig ändern konnte. Sie waren früh und sogar zu zweit da, wenn auch nicht in trauter Einigkeit. Das war aber für diese Unterredung nicht unbedingt vonnöten.

Er hörte Gertrud summend in der Küche werkeln und mit dem Geschirr klappern. Sie hatte eine ausgeprägte Vorliebe für Alexander, die diesem in der Gemengelage einen nicht unbedeutenden Vorteil verschaffen konnte. Wahrscheinlich machte sie ihm aus ihrem persönlichen Vorrat etwas zu essen, an den Adalbert nicht einmal ansatzweise herandurfte. Aus Verzweiflung hatte er sich selbst in ein Geschäft begeben, um sich mit dem Nötigsten zu versorgen. Ein Ausflug, den er die letzten 30 Jahre nicht mehr unternommen hatte. Es gab nichts, was ihn zu einer Wiederholung veranlasste. Er beschloss, das nächste Mal seine Sekretärin zu schicken.

Die Stimmen kamen aus dem Esszimmer. Er durchquerte die Eingangshalle und verspürte wenig Lust, dort hineinzugehen. Die Entscheidung wurde ihm von der Helmersheim abgenommen, die scheinbar das Knarren der Holztreppe gehört hatte.

»Alle warten schon auf Sie«, schaffte sie es tatsächlich, vorwurfsvoll zu klingen, als ob sie das etwas anginge. Tatsächlich war es bereits 9 Uhr. Adalbert hatte nicht wirklich gut geschlafen.

»Dann machen sie wenigstens etwas Sinnvolles«, erwiderte er nur und ärgerte sich sofort, dass er das kommentierte. Die Flucht zur Haustür hinaus in ein anderes – vielleicht schöneres – Leben war hiermit eindeutig vereitelt. Aber schließlich war er immer noch das Familienoberhaupt. Er straffte seine Schultern und merkte die Arthrose. Etwas herzumachen war beileibe nicht mehr so einfach wie früher. Die Stimmen verstummten, als er das Esszimmer betrat. Gertrud kam von der anderen Seite aus der Küche. Sie hatte tatsächlich wieder eine Schürze an. Die hatte sie nicht mehr getragen, seit sie zur Hausherrin geworden war. Sie brachte einen Teller mit belegten Broten, den sie vor einen schmächtigen Jungen mit braunen Augen stellte. Adalberts Enkel Timo. Der erinnerte sich vage daran, sich den Besuch des Kindes verbeten zu haben.

»Papa«, schluchzte seine Tochter auf und eilte auf ihn zu, um ihm seinen mittlerweile fadenscheinigen, aber sauberen Anzug vollzuheulen. Adalbert bezweifelte, dass das gut für den Stoff war, und schob sie beiseite. Der Anzug hatte schließlich schon 30 Jahre gehalten. Qualität war halt Qualität. Bekam man heute so gar nicht mehr. Elisabeth hatte mal erwähnt, dass das auch ein Glück war. Aber was wussten Frauen schon davon? Vom effektvollen Weinen anscheinend ebenso wenig. Adalbert konnte noch nicht mal ansatzweise eine Träne in den Augenwinkeln seiner Tochter erkennen.

»Wer ist dieser Detektiv?«, fragte Alexander, dem das Getue seiner Schwester wohl ebenfalls auf den Wecker ging.

»Ein Sven Roetig«, erwiderte sein Vater. »Habe mich gestern noch über ihn erkundigt. Hat tatsächlich ein Gewerbe.«

»Wie kommt Mama nur auf so was?«, fragte Angelika und fuhr sich mit der Hand über die Augen, um ihre imaginären Tränen wegzuwischen.

»Die Frage ist: Warum macht sie so ein blödsinniges Testament?«

Der Tod seiner Frau war zu verkraften, der Verlust des Geldes nicht. Adalbert dachte da praktisch.

»Woher sollte sie denn wissen, dass man sie umbringen will?« Alexander besaß durchaus die Fähigkeit zum praktischen Denken. Leider nutzte ihm das auch nichts, er war trotzdem ein Versager.

»Wenn sie geglaubt hat, sie würde umgebracht, muss schon irgendetwas vorgefallen sein. Ist etwas vorgefallen?« Die letzte Frage war an seinen Vater gerichtet.

»Sie wurde umgebracht?«, fragte Gertrud dazwischen.

»Ja ... nein ... ach, halten Sie den Mund«, entfuhr es Adalbert. »Ich habe auf jeden Fall nichts dergleichen bemerkt.«

Das wäre auch schwierig gewesen. Das Ehepaar Wackernagel hatte sich in den letzten Jahren höchstens noch einmal am Tag gesehen.

»Warum fragen wir nicht Frau Helmersheim?«

Alexander drehte sich ruckartig um, um die Haushälterin ins Visier zu nehmen, die sich in ihren Augen scheinbar mit dem Servieren der Brote eine eigene Lizenz zur Teilnahme an dieser Veranstaltung verdient hatte.

»Warum mich?«, fragte diese, so direkt angesprochen, dennoch entsetzt.

»Weil Sie als Einzige vom Tod meiner Mutter profitieren«, erwiderte Alexander kalt. »Was liegt dann näher, als dass Sie sie auch umgebracht haben?«

»Aber ich habe nichts von dem Testament gewusst! Ich habe Ihre Mutter sehr gemocht. Warum sollte ich sie umbringen?«

»Um an ihr Geld zu kommen«, rief Angelika dazwischen. Typisch seine Tochter. Außer zu unqualifizierten Bemerkungen für nichts zu gebrauchen. Sein Enkel Timo dagegen saß bewundernswert ruhig auf einem der Esszimmerstühle mit den hohen Lehnen und hatte bis dato noch keinen Kommentar abgegeben. Daran hätte sich seine Mutter mal besser ein Beispiel genommen.

»Ich wusste nichts von dem Geld.« Gertrud nahm die letzte Anschuldigung zum Anlass, ebenfalls Platz zu nehmen. »Das habe ich erst bei der Testamentseröffnung erfahren.«

»Wie geht es denn jetzt weiter?«, fragte Angelika.

»Dieser Roetig will hier bei uns Ermittlungen anstellen. Er hat von deiner Mutter schon Geld bekommen und will dafür sogar Leistung zeigen.«

»Dann verweigere ihm den Zutritt zum Haus«, sagte Alexander. »Wenn du ihn nicht reinlässt, kann er nichts ermitteln.«

»Das fällt auch nur einem Erbsenhirn wie dir ein. Wenn ich das nicht zulasse, geht er direkt zur Polizei.«

»Lassen Sie ihn doch ermitteln«, warf Gertrud schüchtern ein. Das Dilemma des angeblichen Mordes schien sie doch erschüttert zu haben.

»Wenn Ihre Frau und Mutter umgebracht worden ist, wollen Sie doch sicherlich wissen, von wem.«

»Oder auch nicht«, erwiderte Alexander kryptisch. Adalbert warf ihm einen skeptischen Blick zu, konnte an seiner Mimik jedoch nichts erkennen.

»Also, wo schlafe ich?«, fragte sein Sohn dann und erhob sich, um eine Form der Aktivität auszustrahlen, die er bei wirklich wichtigen Dingen nicht besaß.

»Bei dir zu Hause natürlich«, rief Adalbert, der in Panik geriet. Einer der Vorteile von Elisabeths Tod war eindeutig, dass seine Kinder nicht mehr kamen. Daher hatte er ihnen sofort klargemacht, dass er ihre Zimmer ausräumen lassen würde. Leider hatte Vladimir das noch nicht getan.

»Halte ich nicht für klug. Wenn dieser Detektiv kommt, sollten wir alle hier sein.«

»Das finde ich auch«, warf Angelika ein, die zwischenzeitlich mit ihrem Handy gespielt hatte.

»Ich beziehe die Betten«, erwiderte Gertrud glücklich, diesmal ganz ohne Widerstand. Sie war offensichtlich froh, nicht mehr mit Adalbert allein sein zu müssen.

Kapitel 6

Ob Mitzi Weidenbruch wirklich lesbisch war, war für Clara Wackernagel noch nicht konsequent logisch geklärt. Sie hatte Mitzi allerdings auch noch nicht danach befragt.

Mitzi war weder bekennend lesbisch noch hetero, noch nicht einmal bisexuell aus Überzeugung, sie verstand es nur gut, den Eindruck zu erwecken, den andere gerne von ihr haben wollten. Das konnte sie in der Tat meisterhaft. Genauso meisterhaft verstand sie es, sich wie ein zu gut gefüttertes Chamäleon auf eine neue Situation einzustellen. Daher überraschte es nicht, dass sie nicht so ganz zufällig auf ihre neue Gefährtin getroffen war.

»Wie weit bist du schon gekommen?«, fragte sie die männliche Stimme am anderen Ende der Leitung, nachdem Mitzi sich in den Heizungsraum neben der Waschküche gezwängt hatte, damit Clara ihr Gespräch nicht mitverfolgte. Im Nachhinein war das keine ihrer besten Ideen. Der Raum war nicht dafür ausgelegt, Personen ihrer Größenordnung zu beherbergen. Sie drückte sich gegen den Heizöltank, der jedoch aus massivem Stahl war und unbeeindruckt zurückdrückte. Sie atmete kurz und flach und hoffte, dieses zu überleben, ohne in Ohnmacht zu fallen. Sie bezweifelte, dass man sie hier so schnell finden würde.

»Nicht sehr weit«, sagte sie daher knapp, die Atemluft war zu kostbar. Das schien ihrem Gesprächspartner nicht zu genügen.

»Etwas genauer würde ich es schon gerne wissen.«

»Sie macht noch keine Anstalten, wieder nach Seligenwalde zu fahren. Ich habe gehofft, es würde schneller gehen. Ich langweile mich hier noch zu Tode.«

»Etwas Langeweile ist ein kleines Opfer für das, was wir bekommen können. Du musst am Ball bleiben.«

Mitzi wäre liebend gerne am Ball geblieben, Beziehungen mit Frauen fand sie immer leicht ermüdend. Kuschelsex und Oralverkehr, davon hatte sie jetzt schon genug.

»Was kann ich denn dafür, dass der Alte seiner Schwester nichts von dem Mordverdacht erzählt hat? Kann man so was ahnen? Anscheinend versucht der alles, damit sie bloß nicht kommt.«

»Umso wichtiger, dass du sie darin bestärkst, es doch zu tun. Wir müssen in diese Villa, davon hängt alles ab.«

Mitzi machte den Fehler, sich mit der linken Hand eine Haarsträhne aus dem Gesicht zu streichen, was ihre Oberweite so unglücklich verschob, dass sie den Arm nicht mehr herunterbekam.

»Nach allem, was ich bisher gehört habe, dreht der alte Wackernagel sowieso ziemlich am Rad. Ich weiß nicht, ob ich überhaupt so weit an ihn rankomme.«

»Da habe ich vollstes Vertrauen in dich«, sagte ihr Partner. »Du kannst jeden schnell überzeugen.«

Allmählich wurde ihr schummerig von dem ekligen Heizölgestank, der mit jedem Atemzug tiefer in ihre Zellen kroch. Das nächste Mal würde sie im Garten hinter der Laube telefonieren, wenn es sein musste sogar bei 20 Grad minus.

»Ich gebe mir Mühe«, erwiderte sie. »Ich höre jetzt auf, sonst sucht sie mich.«

Sie drückte das Gespräch weg und versuchte vorsichtig, sich wieder in die Richtung zu schieben, aus der sie gekommen war. Das war ein guter Plan, wenn er denn funktioniert hätte. Nach ein paar kurzen Rucken, die empfindlich ihre Bauchdecke malträtierten, sah sie ein, dass sie feststeckte.

Sie hielt still und horchte ins Haus hinein. Leider machte die geschlossene Feuerschutztür ihren Dienst so gut, dass sie nicht einmal das leiseste Geräusch vom Rest des Hauses durchließ. Es im Leben zu was zu bringen, war ein schweißtreibender Job. Das stellte sie nicht zum ersten Mal fest. Und ein demütigender noch dazu. Trotzdem machte sie das in ihrer unglücklichen Situation einzig Logische. Sie rief Clara an, damit sie ihr zur Hilfe eilen konnte.

»Was hast du überhaupt da unten gemacht?«, fragte die, als sie später eine Wundsalbe auf Mitzis geschundenen Bauch strich.

»Ich habe etwas gehört. Vielleicht Mäuse«, murmelte Mitzi und verzog das Gesicht, als Clara die Salbe verrieb.

»Wolltest du die mit dem Handy anrufen?«

Mitzi übersah manchmal, dass sie in Clara zwar eine unangenehm verliebte, aber keine geistig zurückgebliebene Idiotin vor sich hatte.

»Das Handy hatte ich nur so dabei«, erwiderte sie und gab rasch ein kurzes *Au* von sich, damit Clara sich wieder auf etwas anderes konzentrieren konnte. Es funktionierte.

»Mein armer Liebling«, sagte Clara mitfühlend.

»Vielleicht sollten wir zu deinem Bruder fahren«, kam Mitzi wieder zu der Mission zurück, die sie zu erfüllen hatte. Die Striemen an ihrem Bauch sollten nicht umsonst gewesen sein. »Ich meine jetzt, wo die Heizung sowieso nicht mehr geht.«

»Ich glaube nicht, dass mein Bruder sehr wild darauf ist.«

»Aber wir können doch unmöglich hier in der Kälte sitzen?«

»Wir haben doch noch den Ofen. Wir werden schon nicht erfrieren.«

»Und was ist mit dem Wasser? Ich werde auf keinen Fall hierbleiben, wenn die Heizung nicht funktioniert.«

»Mein Bruder wird uns vielleicht gar nicht reinlassen, wenn er einen schlechten Tag hat. Dafür fahre ich keine 400 Kilometer.«

»Aber ich fahre weg, und zwar mit dem Zug, wenn wir nicht da hinfahren.«

Mitzi schlug Claras Hand weg, die mittlerweile ihren Weg ein Stück weit tiefer gefunden hatte. Ihr stand jetzt nicht der

Sinn nach Sex. Erst wollte sie die Fahrt nach Seligenwalde in trockenen Tüchern haben.

»Adalbert wird nicht glücklich sein«, erwiderte Clara und seufzte. Anscheinend malte sie sich die Reaktion ihres Bruders bereits aus.

»Wer weiß«, sagte Mitzi undurchsichtig. Der sollte sehr glücklich sein, wenn sie mit ihm fertig war.

»Mitzi, dort darf auf keinen Fall einer wissen, in welcher Beziehung wir zueinander stehen«, sagte Clara eindringlich. »Du bist eine Freundin, die eine Weile bei mir wohnt.«

»Wegen mir«, erwiderte Mitzi gleichmütig. Das sollte kein Problem werden. Eine Zeit ohne dauerndes Gefummel an ihrem Körper, das konnte sie spielend verkraften. Wenn alles nach Plan lief, brauchte sie es danach nie wieder zu ertragen.

Gertrud Helmersheim war zeitlebens eine bescheidene und unauffällige Person. Ihr neuer Reichtum aber schrie förmlich danach, vielleicht doch einmal über die Stränge zu schlagen. Daher gestattete sie sich den Luxus eines Taxis und ließ den Fahrer bis zum Haus vorfahren, nachdem sie das Haupttor aufgedrückt hatte. Eine Maßnahme, die Adalbert wieder herauslockte, nachdem er den ganzen Tag verschollen war.

»Wo kommt das fremde Auto her?«

»Das ist ein Taxi. Das können Sie hoffentlich noch erkennen«, erwiderte Gertrud schnippisch. »Ich fahre in die Stadt.«

»An Ihrer Stelle hätte ich mir einen Hubschrauber bestellt«, knurrte Adalbert, wollte es aber anscheinend nicht auf eine neue Diskussion ankommen lassen und verzog sich wieder. Wahrscheinlich in sein Arbeitszimmer, das zwar schon zu Lebzeiten Elisabeths sein Zufluchtsort gewesen war, sich aber mittlerweile als erster Wohnsitz entpuppte. Gertrud war es gleichgültig, wo Adalbert sich aufhielt. Hauptsache, er ließ sie in Ruhe.

»Schönes Anwesen«, sagte der Taxifahrer beifällig, als er die Serpentinen zum Haupttor hinunterfuhr. »Nur ein bisschen umständlich zu erreichen.«

Er kurbelte hektisch am Lenkrad, konnte aber nicht verhindern, dass der rechte Vorderreifen an der tückisch im Gestrüpp versteckten zwergengroßen Mauer entlangschrappte. Anscheinend hielt er eine Demonstration seines letzten Satzes für hilfreich. Es hatte in der Nacht vorsichtig geschneit und rüpelhaft gefroren. Es war glatt.

Gertrud blendete ihn und sein Geplapper aus, eine Fähigkeit, die sie besonders in den letzten Tagen mit Adalbert perfektioniert hatte, und schaltete sich erst wieder dazu, als das Taxi anhielt.

»Keine besonders gute Gegend für eine Frau wie Sie. Sind Sie sicher, dass Sie hier aussteigen wollen?«

»Natürlich«, antwortete Gertrud kurz und reichte ihm ein paar Geldscheine. Vor einigen Wochen noch hätte diese Frage sie unsicher gemacht, aber die harte Schule im Hause Wackernagel zeigte erste Wirkungen.

Sie überquerte die Straße, die wie ausgestorben wirkte, und verschwand in der Flucht eines Hauseingangs, wo sie auf einen Klingelknopf aus Edelstahl drückte, der mit schwarzer undefinierbarer Schmiere überzogen war.

»Du kommst spät«, sagte ihr Sohn nur, als er ihr die Tür öffnete.

»Die Kinder machen einiges an Arbeit«, erwiderte Gertrud und verspürte ein schlechtes Gewissen, das durchaus noch steigerungsfähig war, wie sich umgehend herausstellte.

»Was zu essen hast du diesmal auch nicht dabei.« Ihr Sohn schmollte.

»Wir haben das Haus voll, die Kinder sind da.«

»Aber es sind nicht deine Kinder, oder sehe ich das falsch?«

»Nein«, antwortete Gertrud.

Sie inspizierte das Polster des Esszimmerstuhls und befand es nicht für vertrauenswürdig genug, sich mit ihrem schwarzen Stiftrock darauf niederzulassen. Sie wählte einen Küchenstuhl mit Plastikbezug, setzte sich vorsichtig auf den äußeren Rand und versuchte, sich auszubalancieren.

»Mensch, lass dich nicht ausnutzen. Hast du mir ein bisschen Kohle mitgebracht?«

»Nein«, sagte Gertrud zum zweiten Mal. Sie empfand das Gespräch als zunehmend schwieriger. »Das mit den Banken ist noch nicht geregelt.«

Gertrud kannte sich im Erbrecht ungefähr so gut aus wie katholische Priester beim Babysitten, aber ihr drängte sich der Gedanke auf, dass der Notar diesen Teil seiner Pflichten absichtlich in die Länge zog. Das fand ihr Sohn anscheinend auch.

»Du hast mir versprochen, dass ich das Geld so schnell wie möglich bekomme.«

»Ich regle das schon«, erwiderte Gertrud schärfer, als sie es vorgehabt hatte. Die Woche war schon frustrierend genug gewesen, da sie durch die Villa schlich wie ein Kind, mit dem die anderen nicht spielen wollten, es sei denn, sie bezahlte sie dafür. Sie hatte nicht die geringste Lust, hier ebenfalls dieses Gefühl zu haben.

»Was das Geld angeht, darüber sollten wir noch mal reden«, sagte sie trotzdem, wohl wissend, dass das nicht auf Gegenliebe stoßen würde. »Ich bin von deinen Ideen nicht so wirklich überzeugt. Alles sehr viel Risiko, finde ich.«

»Seit wann bist du auf einmal Unternehmensberaterin?«

»Bin ich natürlich nicht«, erwiderte sie und bereute ihren Vorstoß bereits. »Aber vielleicht sollte ich das Geld erst einmal anderweitig anlegen.«

»Was weißt du schon vom Anlegen? Wir haben was besprochen. Vielleicht fragst du noch den Alten, was du mit seiner Kohle tun sollst.«

»Herrn Wackernagel«, tadelte sie mild.

Gertrud würde den Teufel tun, ihrem Sohn zu erzählen, dass ihr dieser Gedanke bereits ebenfalls gekommen war, wenn Adalbert nicht seine offenkundige Feindseligkeit an den Tag legen würde.

»Scheiß drauf. Lenk nicht ab. Wenn du mir das Geld jetzt nicht gibst, tust du es doch gar nicht mehr«, sagte ihr Sohn, der die Lage leider schon genauer durchschaut hatte, als es ihr lieb war.

»Das habe ich nicht gesagt. Nur im Moment noch nicht. Nicht, bevor ich nicht alle Möglichkeiten geprüft habe.«

»So ein Quatsch. Du willst mich hinhalten. Vergiss nicht, du bist mir was schuldig. Für mein ganzes Drecksleben bist du verantwortlich.«

»Na, vielen Dank.«

»Nachher gibst du dem Alten seine Millionen noch zurück. Du stehst doch sowieso auf den. Meinst du, das merkt der nicht?«, sagte er.

»Wie kannst du das behaupten? Nachher kommt noch einer auf die Idee, ich wäre für den Tod von Frau Wackernagel verantwortlich.«

»Blödsinn. Sie hat dir doch ihr Geld hinterlassen, um dem Mörder in ihrer eigenen Familie eins auszuwischen. Der Alte müsste doch froh sein, wenn du Interesse an ihm zeigst. Es sei denn, er macht sich an dich ran, um dich nach der Hochzeit abzumurksen.«

Gertrud rief sich Adalberts ablehnende Haltung ihr gegenüber ins Gedächtnis.

»Auf keinen Fall«, entgegnete sie voller Inbrunst. »Er zeigt nicht den Hauch von Interesse an mir.«

»Doof ist der auch nicht. Warum sollte er nicht die Frau heiraten, die ihn um sein Geld gebracht hat? Scheint er sowieso gewohnt zu sein, wo die Kohle seiner Alten gehört hat.«

Gertrud missbilligte zwar die Wortwahl, aber keinesfalls die Schlussfolgerung. Nach dem Segen der Erbschaft noch einen Ehemann abgreifen zu können, katapultierte sie auf den Gipfel der Genüsse, denen man im Leben nicht so

schnell zuteilwurde. Sie war nur allzu bereit, diese moralische Schwelle ihrer Intention mit vernünftigen Argumenten
wegdiskutieren zu lassen.

»Es wäre schön, wenn ich einmal heiraten würde«, sinnierte sie und überlegte gleichzeitig, ob Weiß in ihrem Alter
noch eine angebrachte Farbe war. Da keiner wusste, dass sie
einen Sohn hatte, entschied sie sich dafür. Weiß also.

»Es wäre schön, wenn ich das versprochene Geld kriege.
Wir haben was ausgemacht. Vergiss das nicht!«

»Wenn ich dir das Geld nicht gebe, ist das nur zu deinem
Besten. Vielleicht wirst du das eines Tages verstehen.«

Gertrud kramte trotzdem ein paar Scheine aus ihrem
Portemonnaie. Es war nicht die Zeit, kleinlich zu sein.

Kapitel 7

Adalbert hatte immer schon mehr oder weniger erfolgreich versucht, seinen Kindern aus dem Weg zu gehen. Als Elisabeth noch lebte, klappte das sogar vorzüglich, da weder Alexander noch Angelika versucht hatten, Geld von ihm zu verlangen, zumal sie das auch eher aus einem Stein hätten herauspressen können. Ihre Muttern stellte alleine wegen der Höhe ihres Vermögens ein viel lohnenswerteres Ziel dar.

Dieses Vorteiles war Adalbert sich nun leider nicht mehr so sicher und da sein Gespür ihn nur selten trog, überraschte es ihn nicht, als es an die Tür seines Arbeitszimmers klopfte und Alexander den Kopf hereinsteckte, ohne ein Herein abzuwarten.

»Wenn du gekommen bist, um mir auf die Nerven zu fallen, dann kannst du direkt wieder gehen«, sagte sein Vater, der sich im Moment einiges gewünscht hätte, was aber alles weit davon entfernt war, seinen Sohn zu sehen.

»Ich muss mit dir sprechen.« Alexander machte nicht den Eindruck, als ob ihn die Meinung seines Vaters sonderlich interessierte. Auf jeden Fall trat er ganz ins Zimmer und schloss die Tür hinter sich.

»Damit uns keiner belauscht«, sagte er fast entschuldigend.

Adalbert wusste beim besten Willen nicht, wobei man sie belauschen sollte, darüber hinaus war es ihm sowieso egal. Er hatte sich noch nicht einmal dafür interessiert, als Angelika mit 17 Jahren Sex mit ihrem Freund in ihrem Zimmer hatte und damit das ganze Haus an ihrem Lustgewinn teilhaben ließ. Weit entfernt davon, jemals überhaupt selbst so etwas wie Lustgewinn gehabt zu haben, stopfte er sich einfach Watte in die Ohren und ging zu Bett mit dem guten Gefühl, wenigstens als Einziger den moralischen Gegenpol in diesem Haus zu bilden.

»Ich könnte ein bisschen Geld gebrauchen«, sagte Alexander und versuchte ein Lächeln.

Adalbert konnte sich nicht mehr daran erinnern, wann ihn sein Sohn das letzte Mal angelächelt hatte. Normalerweise strafte er ihn mit Missachtung und ließ nie einen Zweifel daran aufkommen, dass sein Vater ihm herzlich egal war. Es musste schon ganz übel um ihn bestellt sein.

»Das ist schön für dich. Ich auch«, erwiderte Adalbert und sah das Gespräch von seiner Seite aus als beendet an. Er drehte sich wieder in seinem Stuhl Richtung Schreibtisch und versuchte erneut, in das hoffnungslose Unterfangen einzutauchen, die Firma ohne Zuhilfenahme eines Investors wieder in die Bahn zu bekommen.

»Ich meine es verdammt ernst.«

Alexander ging zum Kamin mit den Händen in den Taschen und versuchte, den Ernst der Lage damit zu unterstreichen, dass er düster in die Kaminesse blickte, als gäbe es da etwas Außergewöhnliches zu sehen, das ihn schlagartig aus seiner Misere befreien würde.

»Ich auch. Mir ist es verdammt egal.« Adalbert hielt es nicht für nötig, sich erneut umzudrehen.

»Was willst du gegen das hier unternehmen?«

»Wogegen? Dass ihr euch hier breitmacht und du mich um Geld anpumpst?«

»Ach, hör auf. Das hat Angelika mit Sicherheit auch schon gemacht.«

Merkwürdigerweise hatte die das nicht getan, ein Umstand, der Adalbert beunruhigte. Er konnte es nicht leiden, wenn andere Menschen nicht das taten, was er von ihnen erwartete. Das Leben wurde damit zu unberechenbar.

»Nein«, sagte er nur und hoffte, die Diskussion damit im Keim erstickt zu haben. Leider nicht.

»Das meine ich auch nicht.«

Sein Sohn war wirklich eine Zecke. Eine Zecke mit ausschweifendem Lebenswandel und zu wenig Geld, eine Kombination, die sich nur in den seltensten Fällen vertrug.

»Ich hoffe nur nicht, du willst das Ganze aussitzen und überhaupt nichts mehr unternehmen.« Die Zecke ließ nicht locker.

Adalbert freute sich, dass seine Metapher aufging. Viel mehr Spaß hatte er in diesem Haus sowieso nicht mehr.

»Du kannst dich doch nicht ernsthaft hier hinsetzen und der Haushälterin Mamas Vermögen überlassen?«

»Nein, natürlich nicht. Ich könnte sie vor Gericht zerren, eine Anzeige in der Zeitung aufgeben und zusätzlich Sendezeit kaufen, damit die Aufmerksamkeit wenigstens komplett auf uns gerichtet ist.«

Adalbert klappte seinen Schnellhefter unwirsch zu. Für heute war er nicht mehr in Stimmung, irgendwen oder irgendwas zu retten. Er hatte nur den Wunsch, sich selbst so schnell wie möglich aus der Unterhaltung zu retten.

»Das ist doch wohl egal.« Alexanders schmale Wangenflügel flatterten, eine Angewohnheit, die er von seinem Vater übernommen hatte, wenn auch seine Wangen voller waren und noch wesentlich mehr hermachten als die in dem verkniffenen Gesicht seines Vaters.

»Wir wollen unser Recht und vor allen Dingen das Geld wiederhaben. Es steht uns schließlich zu.«

»Dir steht überhaupt nichts zu, und um mein Recht brauchst du dich nicht zu kümmern.«

Adalbert drehte sich wieder um, um zu demonstrieren, dass er an einem weiteren Gespräch nicht mehr interessiert war. Leider achtete er nicht auf die offen stehende Schublade, in die er gerade den Schnellhefter gelegt hatte. Durch sie fand er sehr schnell die Wut wieder, die er benötigte, um bei Alexander seine Rolle in dieser Sache klarzustellen.

»Ich finde trotzdem, du solltest kämpfen. Angelika meint das auch.«

»Das könnte euch so passen. Ich soll vor Gericht ziehen, einem Winkeladvokaten Tausende Euro in den Rachen schmeißen ohne Aussicht auf Erfolg. Und wenn ich Erfolg haben sollte, kriecht ihr aus den Löchern und verlangt einen

Erbteil, den ihr schon dreimal die letzten 15 Jahre erhalten habt durch das Geld, das euch eure Mutter zugesteckt hat.«

Der Schmerz in seinem Knie ließ nicht nach und das verschlechterte seine Laune noch zusätzlich, zumal das in seinem Alter schon mal den schleichenden Prozess in den Tod bedeuten konnte. Das hatte man schließlich an Elisabeth gesehen. Zwar war ihre Lebererkrankung nicht von der Hand zu weisen, aber so richtig abwärts war es erst gegangen, als es für sie auf der Treppe abwärts ging. Adalbert hatte keine Lust, ihr so schnell nachzufolgen, aber nach der Meinung dieses Detektivs hatte er diesbezüglich nichts mehr zu befürchten. Schließlich hatte er nicht geerbt, was manchmal sogar ein Glück war.

»Also wirst du gar nichts tun«, stellte Alexander fest. Adalbert fand, dass er gehetzt aussah. Normalerweise war sein Gesichtsausdruck entspannt mit der Gewissheit eines Menschen, der wusste, dass am Ende alles positiv für ihn ausging. Heute wanderte er während des Gesprächs unschlüssig hin und her, sodass sich Adalbert vorkam wie bei einem Tennismatch.

»Zumindest nicht, bevor dieser Schnüffler hier wieder abrückt, wenn er denn mal endlich kommen würde. Ich halte es nicht für besonders strategisch, die Helmersheim vor Gericht zu zerren, wenn diese wahnwitzige Idee nicht ausgerottet wird, bevor sie zu bizarre Blüten treibt.«

»Du wirst deinen Starrsinn noch bereuen. Das verspreche ich dir!«

»Was soll das werden? Eine Drohung? Wenn du auch von mir nichts mehr bekommen willst, dann mach nur so weiter.«

Alexander schritt zur Tür und murmelte etwas, was sich für Adalbert nach *Scheiße* anhörte. Scheiße oder nicht, er würde sich von den Gören nicht vor den Karren spannen lassen.

Adalbert hatte das Glück, dass die Villa sehr weitläufig war. Was er in normalen Zeiten als Nachteil empfand, entpuppte sich nun als Glück, zumal neuerdings sein Arbeitszimmer nicht mehr sicher vor unerwünschten Störungen war. Der Versuch, die Tür hinter sich abzuschließen, hatte nur zur Folge gehabt, dass Gertrud mittlerweile äußerst bestimmt daran klopfte und Einlass verlangte mit der fadenscheinigen Begründung, sie hätte als Hausherrin jedes Recht, sich jederzeit in jedem Raum aufhalten zu dürfen. Adalbert war selbstverständlich klar, dass ihr wahres Motiv nur darin lag, ihn zu schikanieren oder ihn vor den Altar zu zerren, was in diesem Fall wohl auf das Gleiche hinauslief.

Ein entspanntes Arbeiten war so aber leider nicht ganz einfach, da er ein strikter Gegner von schnurlosen Telefonen war, was seinen Produktionsleiter nahezu zur Verzweiflung trieb, nachdem Adalbert bereits zum fünften Mal das Gespräch unterbrochen hatte, um irgendwo im Haus zu verschwinden, nur weil er scheinbar wieder Schritte gehört hatte, die auf sein Arbeitszimmer zukamen, das in weiser Voraussicht von den früheren Bauherren mit zwei Zugängen ausgestattet worden war. Wahrscheinlich hatten die auch eine nervige Haushälterin und ebensolche Verwandtschaft.

»Warum kommen Sie nicht einfach in die Firma und überzeugen sich selbst?«, wagte der Mitarbeiter einen Vorstoß, nachdem Adalbert gefühlte zehn Minuten nach dem Abbruch des Gesprächs wieder anrief, nachdem er dieses bereits mehrmals unterbrochen hatte.

»Das können Sie getrost mir überlassen. Ich kann hier im Moment nicht weg.«

»Hier wären Sie aber auch mal wieder vonnöten«, traute sich der Produktionsleiter zu sagen, was er aber sofort wieder bereuen sollte.

»Wo ich vonnöten bin oder nicht, haben nicht Sie zu entscheiden. Ich überlege ernsthaft, ob Sie auf Ihrem Platz noch vonnöten sind. Und jetzt verbinden Sie mich in drei Gottes

Namen mit der Buchhaltung. Vielleicht habe ich dort die Chance, eine halbwegs intelligente Unterhaltung zu führen.«

Der Produktionsleiter verband ihn in der Hoffnung, dass Adalberts Probleme zu Hause so schwerwiegend waren, dass sie den Alten nie wieder vor die Tür ließen.

Adalbert wusste zwar nichts von seinen guten Wünschen, sie hätten ihn aber mit Sicherheit auch nicht interessiert. Das mit der intelligenten Unterhaltung war natürlich ein Bluff. In seiner Firma erwartete er die ohnehin ernsthaft von keinem.

Die Intelligenz seines Buchhalters reichte zumindest aus, ihm einen nicht gerade zufriedenstellenden Zwischenbericht zu geben.

»Die Bank würde sich freuen, wenn wir ihr eine nicht unerhebliche Summe kurzfristig zur Verfügung stellen könnten.«

Adalbert überlegte kurz, ob er falsch verbunden worden war, er erkannte jedoch die Stimme seines Buchhalters.

»Sagen Sie, was quasseln Sie da für einen Blödsinn?«

»Ja, meine Freunde sind alle hier.«

Adalbert starrte fassungslos den Hörer an, bevor bei ihm der Groschen fiel.

»Sind Sie nicht alleine in Ihrem Büro?«

»Eine kleine Geburtstagsfeier.« Sein Angestellter hörte sich nicht schuldbewusst an. »Nichts Großes. Nur ein paar belegte Brötchen und eine kleine Schokoladentorte.«

»Soll ich vielleicht kommen und Schnaps und Zigarren bringen?«

»Das wäre natürlich schön«, erwiderte das Geburtstagskind, hörte sich aber nicht mehr ganz so sicher an.

»Sie kommen nach der Arbeit umgehend hoch zur Villa. Bringen Sie die Unterlagen mit. Ich will auf den neuesten Stand gesetzt werden.«

Er legte auf, damit sein Buchhalter nicht mehr mit dem Argument kontern konnte, er hätte noch einen Tisch für zwanzig Mann um 18 Uhr reserviert, was es ihm unmöglich machen würde, nach Feierabend zu kommen.

Adalbert hätte seine Zeit besser in der Firma verbringen sollen, um dort ein Auge auf das zu haben, was seinen Betrieb vielleicht untergehen ließ, aber er weigerte sich seit der Testamentseröffnung, das Haus zu verlassen. Er hatte nicht die geringste Lust darauf, nach Hause zu kommen und nichts mehr zu besitzen, wozu man nach Hause kommen konnte, wobei das Wort Besitz mehr metaphorisch gemeint war.

Er horchte nochmals Richtung Flur, aber er hatte schon eine ganze Zeit im Haus kein Geräusch mehr gehört. Ein Blick auf die Standuhr sagte ihm, dass der ganze Haufen wahrscheinlich in alle Winde verstreut war. Alexander war morgens höchstpersönlich mit der Helmersheim nach Seligenwalde gefahren, um Einkäufe mit ihr zu erledigen, die er sicherlich nicht selbst bezahlen musste.

Adalbert ignorierte seinen knurrenden Magen und rief den Notar an. Das hatte er schon nach Roetigs Besuch machen wollen, aber ab da war so viel Unruhe im Haus gewesen, dass ein normaler Mensch keinen klaren Gedanken mehr fassen konnte.

»Herr Wackernagel, hat das nicht Zeit? Ich bin beim Essen«, sagte der Notar, nachdem Adalbert zu ihm durchgestellt worden war, da er der Sekretärin gedroht hatte, er käme umgehend persönlich vorbei, wenn sie ihn nicht sofort verbinden würde. Offenbar hatte die Sekretärin daran wenig Interesse.

»Es kann nicht warten. Ich habe auch noch nichts gegessen. Ich muss mit Ihnen über meine Frau reden.«

»Ihre Frau? Die ist tot. Ich wüsste nicht, was es da noch zu reden gibt.«

»Natürlich über dieses vermaledeite Testament.«

»Herr Wackernagel, ich verstehe Ihren Schock gut, aber ich kann da einfach nichts machen.«

»Nichts machen oder nicht wollen, egal. Das juckt mich jetzt auch nicht. Wer könnte sonst noch von dem Testament gewusst haben?«

»Keiner. Da bin ich mehr als sicher.«

»Wie können Sie das wissen? Vielleicht hat Ihre Sekretärin an der Tür gelauscht?«

»Das mag in Ihrem Haus üblich sein. Hier ist es das ganz sicherlich nicht.«

»Hat meine Frau nicht eine Andeutung gemacht, warum sie das tut?«

»Nein. Ich pflege meine Mandanten auch nicht danach zu fragen. Schließlich kann jeder mit seinem Geld machen, was er will.«

»Also bin ich genauso weit wie vor unserem Gespräch. Diese Kosten hätte ich mir durchaus sparen können.«

»Herr Wackernagel, hören Sie«, sagte der Notar, allerdings bestimmt nicht, weil Adalbert ihm leidtat. Er wollte ihn wahrscheinlich nur loswerden. »Ihre Frau hat noch gesagt, dass keiner was ahnt und sie gerne Ihre Gesichter sehen würde. Das werte ich dann mal so, dass kein anderer etwas von ihrem Plan wusste.«

»Das bringt mich nicht weiter.«

»Aber das ist Ihr Problem. Ich für meinen Teil esse jetzt weiter.«

Der unverschämte Tropf brachte es tatsächlich fertig, den Hörer aufzulegen. Adalbert mochte es nicht, wenn sich einer seine Waffen zunutze machte.

Da der Tag langsam in eine komplette Katastrophe abdriftete, beschloss Adalbert, dass er Entspannung und Bodenhaftung nötig hatte und verließ eigens zu diesem Zweck sein Arbeitszimmer, um im Esszimmer nach den verstreuten Seiten der Tageszeitung zu suchen, die, nachdem seine Kinder aufgetaucht und selbst die Haushälterin Anspruch auf sie erhoben hatte, nachlässig in einzelnen Teilen auf dem Esstisch verstreut lag.

Weltpolitik und die damit verbundene Nichtigkeit des eigenen Seins schafften es zuverlässig, ihn auf den dringend benötigten Boden der Tatsachen zurückzubringen. Nicht, dass er der Meinung war, sich nicht bereits dort zu befinden. Allerdings brauchte er die Probleme der großen weiten Welt, um seine eigenen mit mehr Abstand zu sehen und sich über seine nächsten Schritte klar zu werden.

Adalbert schüttelte die zum Teil verknüllte Lose-Blatt-Sammlung so heftig, dass die erste Seite der Todesanzeigen den Kampf aufgab und in der Mitte durchriss. Der Beilage Kunst und Kultur geschah Ähnliches, wenn Adalbert dabei auch etwas nachhalf, da er keine Lust verspürte, sich aus den Augenwinkeln eine Skulptur einer dreibusigen Neandertalerin ansehen zu müssen, deren Augen, die scheinbar aus braunen Murmeln bestanden, ihn anklagend anblickten. Er konnte ihren vorwurfsvollen Blick infolge der körperlichen Missbildung zwar verstehen, hatte aber weder Lust noch Muße, sich damit auseinanderzusetzen, ob die Darstellung prähistorischer Frauen mit drei Brüsten pseudokulturell war oder nicht. Er hatte nicht einmal Interesse daran, dass normale Frauen zwei hatten.

Adalbert bekam zunehmend schlechte Laune, da er die Nachrichten aus aller Welt noch nicht gefunden hatte, obwohl das Schlachten der Zeitung einer eigenen Logik gefolgt war. Anscheinend hatte Alexander den Sportteil, Angelika die eingelegten Angebotsblättchen und Gertrud das Feuilleton studiert. Dafür fand er den Teil mit den Lokalnachrichten, auf den er genauso gut hätte verzichten können. Er schob die Beilage beiseite, da er darunter endlich den Teil der Zeitung gesichtet hatte, der ihn interessierte. Sein Blick blieb allerdings an einem Bild des Artikels der ersten Lokalseite hängen, das ihm erschreckend vertraut vorkam, obwohl die andere Hälfte durch den Knickfalz auf der anderen Seite verschwunden war.

Adalbert griff nach der Beilage und schüttelte mit beiden Händen die Falten gerade. Das Haus auf dem Bild war ganz ohne Zweifel sein Haus. Er würde heute eine Ausnahme machen müssen und einen Artikel im Lokalteil lesen.

Adalbert hatte bereits vermutet, dass die Presse von den merkwürdigen Vererbungsmethoden in der Villa Wackernagel Wind bekommen würde. So schnell hatte er allerdings nicht damit gerechnet. Schließlich war Elisabeth keine Dame der Gesellschaft gewesen. Sie legte Zeit ihres Lebens Wert darauf, ein zurückgezogenes, unauffälliges Leben zu führen. Adalbert wünschte sich, diese Eigenschaft hätte sich auch in ihrem Ehebett gezeigt, dann hätte er heute nicht zwei vollkommen nutzlose Idioten im Haus herumlaufen. Die Wissenschaft sollte eher mal untersuchen, wie sich die Vererbung unerwünschter Eigenschaften auswirkte, wenn ein Partner zur Vermehrung gezwungen wurde, die er weder wünschte noch gesucht hatte. Das Ergebnis konnte sich in seinem Fall durchaus sehen lassen und hätte einen eigenen Forschungszweig gerechtfertigt. Der Artikel jedoch handelte weder vom Tod seiner Frau noch von der damit einhergehenden Erbschleicherei.

Reich und schön im herrschaftlichen Anwesen.

Zumindest ein Adjektiv entsetzte Adalbert an der Titelzeile so, dass er sich setzen musste.

Aber alles Geld der Welt hilft nicht gegen Einsamkeit, las er weiter. Scheinbar auch nicht gegen Geisteskrankheit. Zumindest musste der Redakteur an einer gelitten haben, als er solch eine Überschrift verfasste, nachdem er die Helmersheim gesehen hatte. Eine einfache Blindheit war dafür keine Entschuldigung mehr. Für den Rest des Textes auch nicht, denn es wurde keineswegs besser. Vom sehnenden Herz war die Rede, welches immer noch darauf wartete, den Richtigen zu finden.

An sich war es Adalbert egal, mit welchen Worten sich die Helmersheim in der Zeitung anpries und dass sie ein Bild des Hauses anstatt eines von sich selbst benutzt hatte, sprach das doch von einem fast bewundernswerten Weitblick, der allerdings nur so lange bewundernswert war, bis sich Adalbert des kompletten Ausmaßes der Katastrophe bewusst wurde.

Die Villa Wackernagel hatte so viel Wert darauf gelegt, im Verborgenen zu bleiben, dass die Neugier der Bevölkerung im Laufe der Jahre ins Unermessliche gewachsen war. Dies rechtfertigte wohl, sich ab und an selbst davon zu überzeugen, dass es hinter der hohen Hecke und dem hohen Tor mit rechten Dingen zuging, was Adalbert öfter als ihm lieb war dazu bewog, mit der Schrotflinte seines Schwiegervaters in den Garten und den angrenzenden Park zu schießen, und Vladimir regelmäßig dazu brachte, freiwillig in irgendein gerade erst frisch angelegtes Beet zu springen und sich platt in die noch vom Gießen feuchte Blumenerde zu pressen.

Die Bewohner von Seligenwalde wussten, wie die Villa aussah und den paar, die es noch nicht wussten, wurde jetzt mit diesem Artikel ausgeholfen, den sich Adalbert nun anschickte zu Ende zu lesen.

Allerdings sucht auch eine reiche, kultivierte Frau einen adäquaten Gegenpol. Da kommt nur ein ebenso gut situierter Partner infrage. Welche Herren, auf die das zutrifft, haben Interesse?

Adalbert hatte kein Problem damit, Gertrud in Form einer Heiratsanzeige loszuwerden. Er ärgerte sich nur, dass sie das nicht schon zu Lebzeiten seiner Frau versucht hatte. Er befürchtete, dass sich mit diesem idiotischen Artikel sein Problem noch vergrößern würde, da Gertrud sicherlich nicht im Traum daran dachte, die Villa auf Nimmerwiedersehen zu verlassen. Er hegte die berechtigte Befürchtung, es in naher Zukunft nicht nur mit einer selbstzufriedenen Haushälterin zu tun zu haben. Das und eine unbestreitbar wenig positive Aussicht auf seine Stellung hier im Haus ließ es sinnvoll erscheinen, die eigene Haltung noch mal zu überdenken.

Er flappte die Zeitung zurück auf den Tisch, nahm diese nach einer kurzen Überlegung allerdings wieder an sich. Anscheinend hatte noch keiner im Haus diesen Teil gelesen und er würde dafür sorgen, dass das auch so blieb, obwohl er bezweifelte, dass seine Kinder das Haus auf dem Bild überhaupt erkennen würden. Alexander kümmerte sich um nichts anderes als um seine Sportwetten und Angelika war zu minderbemittelt, ein Haus von einem Hundeschlitten zu unterscheiden.

Er rollte den verräterischen Artikel zusammen und machte sich auf den Weg in die oberste Etage, den Dienstbotentrakt, wie er sie gerne immer noch genannt hätte, wenn die dazu erforderliche Dienstbotin nicht gerade zur Herrin seines Hauses avanciert wäre. Irgendwo musste das Weib ja stecken.

Kapitel 8

Keiner in der Firma war ernsthaft unglücklich, wenn Adalbert nicht da war. Allen voran Buchhalter Neudorf und der Produktionsleiter. Außerdem hatten beide unter normalen Umständen mit ihren eigenen Streitigkeiten mehr als genug zu tun. Leider gab es schon länger keine normalen Umstände mehr. Die Sorge um den Fortbestand des Betriebs schweißte sie auf eine Weise zusammen, die sie weder billigten noch fortzuführen gedachten, wenn das finanzielle Desaster ein Ende genommen hatte. Ein Ende war zumindest in Sicht, wenn auch noch vage und abhängig davon, wie geschickt sie ihre Karten auszuspielen vermochten.

»Ist der Austerlitz-Auftrag raus?«, fragte Neudorf, als der Produktionsleiter am späten Nachmittag in sein Büro kam.

»Mit Ach und Krach. Fünf Bahnen Polystretch fehlten. Haben wir dann durch normales Polyester ersetzt. Das sieht so ähnlich aus und das merkt keiner.«

»Wenn Sie das sagen.« Noch vor zwei Jahren wäre Neudorf bei der letzten Aussage schummerig vor Wut geworden, aber mittlerweile hatte er durchaus gelernt, diese Querschläger einer qualitätsbewussten Produktion an sich abprallen zu lassen.

»Aber wir haben keine Ballen mehr. Im Lager sieht es düsterer aus als in einem Affenarsch.«

»Wir brauchen auch keine mehr. Dressner ist abgesprungen. Lässt jetzt im Ausland produzieren. Billiger und schneller.«

»Weiß der Alte das schon?«

»Wie denn? Er lässt sich ja seit Tagen nicht mehr blicken.«

»Würde ich auch nicht, wenn man mich um Millionen geprellt hätte.«

Die Geschichte hatte schneller die Runde gemacht, als es Adalbert lieb sein konnte. Leider hatte er seine Sekretärin als wasserstoffblondes Auslaufmodell beschimpft, was die zum

Anlass genommen hatte, den Hörer in die Hand zu nehmen und ihrem Freund in der Arbeitsvorbereitung delikate Informationen weiterzugeben, die sie zuvor aus einem über dem Wasserdampf des Teekochers geöffneten Brief herausgelesen hatte.

»Hilft aber nichts«, erwiderte Buchhalter Neudorf. »Das Geld hätten wir dringend gebrauchen können.«

»Auch wenn er die Kohle bekommen hätte, wer sagt denn, dass die hier bei uns gelandet wäre? Vielleicht hätte er sich ein schönes Leben gemacht und uns hängenlassen.«

»Nein, hätte er nicht«, antwortete Neudorf bestimmt. »Der alte Wackernagel ist traditionsgebunden. Der hat Werte, auch wenn sie noch so bescheuert sind.«

»Toll«, erwiderte der Produktionsleiter trocken. »Die Werte haben uns doch in diese Scheißlage manövriert. Fahnen für Tschetschenien, ich bitte Sie.«

»Nicht mehr zu ändern.«

Der Auftrag mit den Russen hatte die Firma eine Unmenge an Geld gekostet, von dem sie sich seitdem nicht mehr erholen sollte. »Das meinte ich aber nicht. Der Alte würde sich in Grund und Boden schämen, wenn öffentlich würde, wie schlecht es uns geht.«

»Klar, unsere Arbeiter erzählen draußen auch nichts darüber. Die Näherinnen schauen ins leere Lager und bekommen ihr Geld nicht pünktlich. Ich übrigens letzten Monat auch nicht. Zwei Tage zu spät.«

»Sie haben es doch bekommen, oder nicht? Jammern Sie mir jetzt bloß nicht die Ohren voll. Um die Näherinnen mache ich mir keine Gedanken. Die sprechen doch eh so gut wie gar kein Deutsch und deren Familien auch nicht. Wem sollten sie es denn erzählen?«

»So was kommt immer ans Licht.« Der Produktionsleiter blieb störrisch.

»Zumindest hat es der Bankvorstand noch nicht rausbekommen.«

»Und wem verdanken Sie das? Wenn ich nicht einen Satz lukrativer Verträge zusammengeschustert hätte, um den Bankvorstand zu überzeugen, hingen wir schon lange am Fliegenfänger.«

»Das waren nicht Sie, das war Ihre Frau«, konnte Neudorf sich nicht verkneifen zu bemerken. Der Produktionsleiter hatte von Computern gar keine Ahnung. Ein Grund mehr für ihn, für den Fortbestand der Firma zu kämpfen. Woanders käme er mit seinen rudimentären Talenten bestenfalls noch als Hilfsarbeiter unter.

»Auf meine Anweisung hin, aber egal. Was ist, wenn das rauskommt?«

»Das hätten Sie sich früher überlegen müssen. Dem Brandt wird es auch langsam heiß unterm Hintern. Er möchte dem Vorstand nicht erklären müssen, warum sich auf den Konten immer dann Geld befand, wenn sie sich die näher angesehen haben.«

»Ich dachte, das wäre sein eigener Vorschlag gewesen?«

»War es auch. Blieb ihm auch nichts anderes übrig, hatte sich schließlich schon viel zu weit aus dem Fenster gelehnt. Insolvenzverschleppung nennt man das.«

»Das weiß ich selbst«, erwiderte der Produktionsleiter eingeschnappt. »Was schlägt er denn jetzt vor?«

»Investoren. Was denn sonst? Die Japaner sind sehr interessiert. Die stehen sowieso auf alles, was so traditionell deutsch ist. Wenn ihnen das hier nicht gefällt, was dann?«

»Na, ich weiß nicht«, sagte der Produktionsleiter skeptisch und dachte an die Banner, die sie für eine antisemitische Bewegung genäht hatten. Er bezweifelte, dass sich die Japaner das unter Tradition vorstellten. Auch nicht nach dem Zwischenfall in Nanking, der im Dezember 1937 mit der Ermordung Hunderttausender Chinesen endete.

»Aber ich. Deswegen bin ich auch der Prokurist hier.« Neudorf schob selbstgefällig den gläsernen Briefbeschwerer in der Form eines Adlers auf seinem Schreibtisch zurecht.

»Der Alte macht das garantiert nicht mit. Und von Japanern hält er schon mal gar nichts. Zu klein und zu lästig.«

»Dann müssen wir ihm das halt schmackhaft machen. Selbst er muss einsehen, dass es sonst vorbei ist. Was das für uns bedeutet, muss ich Ihnen ja nicht erst erklären.«

»Nein, wohl nicht.«

Der Produktionsleiter betrachtete trübsinnig den Briefbeschwerer. Er und der Buchhalter wussten nur allzu gut, dass der Verlust ihres Jobs ihr Leben nicht besser machen würde, da sie nicht über die Qualifikationen verfügten, die in einer hochtechnisierten Welt nötig waren. Dafür wurden sie auch hier beschissen bezahlt, aber das wusste außer ihren Ehefrauen keiner. Die unterließen es auch tunlichst, darüber nach außen etwas verlauten zu lassen. Als Hilfsarbeiter mit Hungerlohn unterwegs zu sein, war doch etwas anderes, als ein Prokurist und Produktionsleiter mit demselben zu sein. Das sah man nicht, den Titel aber durchaus.

»Wann kommt er noch mal ins Büro?«, fragte der Produktionsleiter dann.

»Wer weiß das im Moment schon. Verhält sich zu unberechenbar für meinen Geschmack.« Das war ein Ausdruck, den der Buchhalter für den Firmenchef noch nie benutzt hatte. Das gab ihm durchaus zu denken. »Ich sollte heute Abend eigentlich zur Villa hoch. Habe ich aber keine Lust darauf. Ich rufe ihn an und versuche, ihn davon zu überzeugen, dass er sich dringend noch mal in der Firma blicken lassen muss.«

»Machen Sie das«, sagte der Produktionsleiter und verließ das Büro, um den philippinischen Näherinnen auf die Finger zu schauen und vielleicht mal unter den Rock zu greifen.

Neudorf wartete, bis er die Tür vollkommen geschlossen hatte und schaltete den Bildschirm wieder an. Er überlegte, ob er zu seiner Geburtstagsparty eine mobile Cocktailbar mieten sollte.

Teil 3

Kapitel 9

Adalbert fand Gertrud in der Küche, wo sie scheinbar ihren Kochstreik aufgegeben hatte und für alle kochte. Zumindest sah das bei den Mengen der Nahrungsproduktion danach aus.

»Sie kochen wieder«, stellte er fest und konnte sich nicht dazu durchringen, ein *Schön* hinterherzuschieben, was seinen Satz netter und für Gertrud diplomatischer gemacht hätte. Aber er wollte nicht übertreiben. Seiner Meinung nach hatten die Talente der Helmersheim nicht im Entferntesten mit Kochen zu tun. Allerdings wollte er auch nicht wissen, wo ihre Talente stattdessen lagen. Er hatte jedoch so eine Ahnung, dass er sein Wissen diesbezüglich in absehbarer Zeit erweitern musste.

»Nicht für Sie«, sagte Gertrud, als sie eine Packung Eier aus dem Kühlschrank auf die Arbeitsplatte stellte. »Aber die Kinder sollten was essen.«

»Die Kinder – wie Sie sie nennen – sollten durchaus in der Lage sein, sich selbst um ihr Essen zu kümmern«, erwiderte Adalbert beleidigt und verkniff sich die Bemerkung, dass auch er sich nicht dazu in der Lage sah. Leider war klein beigeben nach seinem Blitzentschluss die einzige Möglichkeit, die er sah, die Situation positiv für sich zu entschärfen.

»Ich bin es jedoch nicht«, sagte er und hoffte, es würde versöhnlich genug klingen, ihr Interesse zu wecken. Tat es auch. Jedoch nicht so, wie er es sich erhofft hatte.

»Dann empfehle ich Ihnen einen Kochkurs«, entgegnete Gertrud schnippisch. Die Geschwindigkeit ihrer Metamorphose war wirklich erschreckend. Adalbert bekam eine vage Vorstellung davon, wie sie sich als Ehefrau entwickeln würde, und schauderte. Zum ersten Mal trauerte er seiner Frau tatsächlich hinterher. Jetzt war jedoch eindeutig nicht der Zeitpunkt, Gertruds Vorliebe für ihn auf einen zu harten Prüfstand zu stellen. Jede Antwort, die ihm auf ihre letzte Bemerkung durch den Kopf ging, hätte selbst dem blindesten im Liebestaumel steckenden Weibsbild die Wunschgedanken nach Heirat ausgetrieben. Adalbert beschloss, sich diese Genugtuung für einen passenderen Zeitpunkt aufzuheben.

»Oder wir vergessen unsere Meinungsverschiedenheiten.« Er war mittlerweile ganz in die Küche getreten, was er gerne vermieden hätte, denn der Raum war nicht so groß, wie man es bei der Weitläufigkeit des restlichen Hauses hätte vermuten können.

Er kam Menschen nicht gerne so nahe. Das hatte leider auch Elisabeth feststellen müssen, als sie sich zum Zweck der Zeugung zusammengefunden hatten. Adalbert hielt zwar nichts von Selbstüberschätzung, war aber bei diesen zwei – leider äußerst fruchtbaren – Akten froh darüber gewesen, so gut ausgestattet zu sein, dass er seinem Eheweib nicht allzu nah kommen musste. Es schauderte ihn, diesen Balanceakt der körperlichen Zusammenkunft noch mal wiederholen zu müssen. Außerdem war er 35 Jahre später nicht mehr ganz so spritzig wie einst, weder körperlich noch sexuell. Man würde sehen. Im Moment kaute Gertrud offensichtlich noch an seiner letzten Bemerkung.

»Das bedeutet, Sie geben klein bei?«, fragte sie dann.

Adalbert hätte auch hier wieder eine wenig schmeichelhafte Erwiderung parat gehabt, verschluckte sie aber.

»Wie auch immer«, antwortete er und beglückwünschte sich für sein Verhandlungsgeschick und seine unbewegliche Miene, an der man keinesfalls ablesen konnte, was ihm gerade durch den Kopf ging.

»Ich möchte einen Ihrer ursprünglichen Vorschläge wieder aufgreifen.«

Gertrud sah nicht aus, als hätte sie davon einen auf Anhieb parat.

»Was soll das sein?«, fragte sie daher und ihr Blick bekam etwas Lauerndes. Das war Adalbert in den letzten Tagen öfter aufgefallen. Er hoffte, sich nicht eine zweite Lucrezia Borgia eingehandelt zu haben.

»Nun seien Sie nicht so schwer von Begriff. Womit gehen Sie mir schon seit Tagen auf den Geist?«

»Wie kann ich das wissen, wenn Ihnen alles, was um Sie herum passiert, auf den Geist geht?«

»Im Moment sind es nur Sie.«

Mit Adalberts mühsam aufrechterhaltener Ruhe war es leider nicht so weit her, wie er erhofft hatte. Allmählich bekam er den Eindruck, es wäre erholsamer, bettelarm unter der Brücke zu schlafen, als Tag und Nacht in der Nähe dieser Frau zu sein. Der Eindruck verflüchtigte sich rasch wieder, da er mit 74 Jahren auf solche Experimente nicht mehr die geringste Lust verspürte.

»Hören Sie«, lenkte er das Gespräch wieder in ruhigeres Fahrwasser. »Sie unterbreiten mir fortlaufend Angebote, dass Sie mich heiraten wollen, und können sich dann nicht daran erinnern, wenn ich auf Ihren Vorschlag eingehe?«

»Bis jetzt habe ich noch kein Wort vom Heiraten gehört«, erwiderte Gertrud patzig und zündete das Gas am Herd an.

»Doch, gerade eben. Nun lassen Sie das doch mal«, herrschte er sie an, als sie anfing, Eier in eine Schüssel zu schlagen.

»Dann ist es Ihnen wirklich ernst damit?«

Adalbert versuchte, das Leuchten in Gertruds Gesicht zu ignorieren. Zumindest fuchtelte sie nicht mehr mit dem Mixer herum.

»Was bleibt mir denn für eine Wahl? Eine andere Art des Zusammenlebens scheint hier im Haus wohl sonst nicht möglich.«

Außer der weibliche Part läge 1,80 Meter tief unter der Erde, aber das verkniff er sich.

»Also meinen Sie es wirklich ernst.«

Gertrud ließ sich auf einen der Küchenstühle sinken. Adalbert vermutete, aus übergroßem Glücksgefühl. Er hätte sich ebenfalls gerne gesetzt, wollte aber keine falschen Signale aussenden. Das Glücksgefühl ließ bei ihm noch eindeutig auf sich warten.

»Wer hätte das gedacht«, sagte sie mehr zu sich selbst. Sie strich mit der Handfläche Falten aus der Wachstuchdecke.

»Also ich heute Morgen noch nicht.«

Adalberts Knie tat weh, aber er weigerte sich partout, ebenfalls Platz zu nehmen. In trauter Zweisamkeit am Küchentisch sitzen, das hätte ihm gerade noch gefehlt.

»Wann sollen wir das Aufgebot bestellen?«

Gertrud erwachte aus ihrer Verträumtheit und wandte sich praktischen Dingen zu. Diese Art, Nägel mit Köpfen zu machen, flößte Adalbert Furcht ein.

»Noch nicht jetzt. So viel ist sicher. Was glauben Sie denn, was dieser Detektiv dazu sagen wird? Dann könnte ich auch direkt vom Kirchturm der Gemeinde herunterbrüllen, dass ich meine Frau umgebracht habe.«

»Haben Sie?«

»Reden Sie nicht so ein dummes Zeug. Wollen Sie heiraten oder nicht?«

»Natürlich«, gab Gertrud ihren garantiert gespielten Widerstand auf. »Ich sollte vielleicht ins Gesindehaus ziehen. Mit dir unter einem Dach zu wohnen, ist vor der Hochzeit nicht schicklich.«

Und für Vladimir bedeutete das wahrscheinlich die Höchststrafe. Aber Adalbert sah seine Ruhe im Haus in greifbarer Nähe. Sein Gärtner musste sich halt damit abfinden.

Nachdem Gertrud ins Gesindehaus verschwunden war, fühlte Adalbert eine Befriedigung, die es tatsächlich schaffte, bis zum nächsten Morgen anzuhalten. Mit dem beruhigenden Gefühl, Vladimir würde es schon gelingen, sie in Schach zu halten, machte er sich auf den Weg zum Frühstück und war sogar bereit, seine nervigen Kinder als Gesellschaft zu ertragen, was ihm immerhin natürlicher vorkam, als eine ehemalige Haushälterin gleichberechtigt am Tisch sitzen zu haben.

Allerdings sah die Gestalt, die im Foyer stand und mit einem Teppichmesser ein Stück Tapete von der Wand kratzte, keineswegs nach natürlicher Gesellschaft aus.

»Was machen Sie da? Sind Sie verrückt geworden?«

Das war eine rhetorische Frage. Jeder, der es sich in seinem Haus traute, Tapeten von der Wand zu schneiden, musste verrückt sein.

»Textiltapete. Alt, aber in Ordnung. Natürlich nicht mehr zeitgemäß. Die Farbe ist einfach zu altmodisch. Muss weg«, murmelte die Gestalt und kritzelte etwas in ihren Spiralblock.

»Haben Sie sie noch alle? Meine Tapeten bleiben gefälligst, wo sie sind!«

»Sie sind wer?«, fragte die Gestalt und drehte sich um, damit Adalbert mehr als nur ihr Profil sah, was sowieso wenig aussagekräftig gewesen war, da ein Wust an Haaren es verdeckt hatte. Es handelte sich tatsächlich um eine Frau. Dafür musste man zwar ein wenig Fantasie aufbringen, aber dennoch war es unverkennbar. Frau in Männerlatzhose und mit Afrofrisur, aber eindeutig hellhäutig. Verkehrte Welt.

»Wer ICH bin? Was geht Sie das an? Wer sind Sie? Das ist doch die Frage.«

»Ach, Sie müssen der Untermieter sein.«

Adalbert hatte eine Rossnatur und nie ernsthaft Probleme gehabt, was seinen Herz-Kreislauf-Trakt anging, aber so musste es sich anfühlen, wenn man einen Herzinfarkt bekam. Klopfendes Herz, kalter Schweiß, Rauschen in den Ohren und eine diffuse Sicht auf den Rest der Welt.

»Der Untermieter?«, krächzte er. »Ich bin verdammt noch mal der Hausherr hier.«

»Ich habe was anderes gehört«, erwiderte die Frau im Männerkostüm frech.

Adalbert überlegte kurz, ob es sich lohnte, diese Diskussion weiterzuführen, und beschloss dann, dass es dringendere Fragen zu klären gab.

»Mir egal, was Sie gehört haben. Was mich wieder zu meiner ersten Frage bringt. Wer sind Sie und warum kratzen Sie meine Tapeten ab?«

»Um mir ein Bild davon zu verschaffen, wie es darunter aussieht. Ich bin die Innenarchitektin.«

»Wie kommen Sie hier herein?« Adalbert konnte sich nicht daran erinnern, die Türglocke gehört zu haben. Sie zu überhören, war fast nicht möglich.

»Ein Junge hat mich hereingelassen. Ging gerade zum Schulbus. Ein nettes Kind.«

Adalbert beschloss, mit diesem netten Kind noch ein paar Takte zu reden.

»Aber Sie rennen doch sicher nicht einfach so durch die Gegend und warten, dass Kinder Ihnen das Tor aufmachen?«

»Natürlich nicht. Ich bin im Auftrag von Frau Helmersheim hier. Ich soll das Haus renovieren und neu einrichten lassen.«

»Bitte was? Hier wird nicht renoviert, alles bleibt gefälligst so, wie es ist!«

Er sah Gertrud aus den Augenwinkeln die Haustür öffnen und dass sie sie schnell wieder nahezu unbemerkt schließen wollte.

»Sie bleiben hier. Sagen Sie mir sofort, was dieser ganze Quatsch zu bedeuten hat.«

»Du hast es doch gehört. Ich möchte hier drinnen einiges verändern.«

»Aber ich will das nicht.«

»Leider spielt das jetzt keine große Rolle mehr. Aber du kannst dich auch gerne an der Auswahl beteiligen.«

Gertrud schien auf schön Wetter zu machen. Das half leider nicht viel. In Adalbert tobte ein Gewitter.

»Ich will mich an nichts beteiligen. Ich will es so haben, wie es jetzt ist.«

»Ich sagte ja, dass es schwer ist«, wandte sich Gertrud an die androgyne Erscheinung. »Er hängt halt so an den alten Dingen.«

»Das tun viele und sind trotzdem froh, wenn sie nach vollendeter Arbeit das Resultat betrachten«, sagte der Android fröhlich. »Für heute habe ich auch genug gesehen. Ich habe ein Bild von den Räumlichkeiten und dem Flair, damit kann ich arbeiten. Sie markieren jetzt einfach schon mal, was weg soll, dann lasse ich das heute Nachmittag noch rausschaffen.« Sprach's und verschwand.

»Was bitte wird heute Nachmittag von wem rausgeschafft?«, fragte Adalbert gefährlich ruhig.

»Ein paar Möbel«, erwiderte Gertrud ausweichend. »Alte Sachen. Alles, was im Weg rumsteht.«

»Das Einzige, was im Weg rumsteht, sind Sie. Die Möbel bleiben, wo sie sind. Ich habe keine Lust, das noch mal zu sagen.«

»Und ich habe keine Lust, das immer wieder durchzukauen. Es ist jetzt mein Haus und es sind meine Möbel. Also finde dich bitte damit ab.«

Reich zu sein bescherte der verhuschten Haushälterin ein ganz neues Selbstbewusstsein, das Adalbert keineswegs anziehend fand. Er begann, sich nach Elisabeth zu sehnen. Die hatte sich in den meisten Fällen vornehm zurückgehalten, und das Haus auf den Kopf stellen hatte sie auch nie gewollt.

Er beschloss, die Diskussion für den Moment ruhen zu lassen. Er musste dringend frühstücken, da er in der nächsten Viertelstunde von einem Produktionshelfer abgeholt wurde, um in der Firma nach dem Rechten zu sehen. Der verdammte Buchhalter hatte ihm gestern noch abgesagt. Der Arbeiter hatte sich zwar nicht angehört, als würde er der Aufforderung besonders freudig nachkommen, aber über solche Kleinigkeiten schaute Adalbert schon mal gerne hinweg.

Er verzog sich in die Küche, wo sein Sohn und seine Tochter ebenso unnütz wie die Helmersheim herumstanden, um das Gespräch von dort aus besser belauschen zu können.

»Ist doch gut. Ein bisschen renovieren ist bestimmt ganz hübsch«, sagte seine Tochter.

»Da du nicht hier wohnst, geht dich das nichts an«, knurrte Adalbert.

Seine Frau hatte Opportunisten großgezogen. Angelika wusste ganz besonders, für wen sie Partei ergreifen musste. Sie würde Gertrud auch immer recht geben, wenn damit nur der Hauch einer Chance ausgeatmet wurde, einen Teil des Geldes abzugreifen.

Er ignorierte seinen Sohn, der anscheinend auch noch einen Spruch zur Weltverbesserung auf Lager hatte, und drängte sich an ihm vorbei ins Esszimmer, dessen Frühstücksbuffet eine bemerkenswerte Leere aufwies.

»Wir haben nur noch Haferflocken«, sagte Alexander hinter ihm. »Irgendeiner müsste mal einkaufen gehen.«

Adalbert betrachtete die kargen Flocken und fand, dass es gar nicht so schlecht war, mal eine Mahlzeit auszulassen.

Auf keinen Fall wollte er jedoch auslassen, ein paar Minuten in Ruhe in der Tageszeitung zu lesen, bevor der Wagen ihn abholte und ihm das geistig gesunde Umfeld versprach, das er hier auf keinen Fall finden konnte. Damit ging es aber schon weiter. Die Zeitung war nicht da.

»Gertrud hat sie mitgenommen«, sagte seine Tochter, als er wild vor sich hin murmelnd den Gärtner verfluchte. Vladimir holte die Zeitung morgens immer am Haupttor ab und legte sie vor die Haustür der Villa.

»Dass du am Weltgeschehen interessiert bist, habe ich auch nicht erwartet«, brummte Adalbert erstaunlich friedlich, aber er hatte keine Kraft mehr, sich im Moment weiter aufzuregen. Diese Kraft brauchte er später noch für seine Untergebenen in der Firma. Einer davon war anscheinend bereits da, weil die unsägliche Glocke ertönte. Adalbert beeilte sich, den Knopf zu finden, der das Tor öffnete. Er wollte nicht darauf warten, bis sich eines seiner ungeratenen Gören dazu herabließ.

Eine Stunde später hätte er sich allerdings gewünscht, er wäre bei diesen Gören geblieben. Die konnte man wenigstens rausschmeißen, wenn sie einem auf die Nerven gingen, ohne vor das Arbeitsgericht gezerrt zu werden.

»Den Bankdirektor konnte ich nur beruhigen, weil ich ihm zugesichert habe, dass wir einen Investor finden«, verteidigte sich sein Buchhalter mit Prokura, aber ohne viel Verstand. Der hätte das sicherlich anders gesehen.

»Wir finden keinen Investor. Wenn überhaupt, finde ich einen«, schnappte Adalbert zurück.

»Bei allem Respekt, dafür müssten Sie auch mehr hier sein. In der letzten Zeit war das nicht besonders oft.«

»Wo ich bin oder nicht bin, geht Sie nichts an. Wenn man seine Zeit allerdings damit verbringt, auf meine Kosten Alkohol zu trinken und Kuchen zu essen, kann man nicht viel zustande bringen. Und sagen Sie nicht *bei allem Respekt*. Das sagen Sie jedes Mal, wenn Sie eine Frechheit von sich geben wollen.«

»Er hat aber nicht ganz unrecht«, mischte sich der Produktionsleiter ein, der den Buchhalter zwar nicht leiden konnte, sich jetzt aber bemüßigt fühlte, ihm zu Hilfe zu eilen.

»Ein paar wichtige Kunden sind uns abgesprungen, weil die Lieferzeit zu lange ist. Wenn wir nicht schnell automatischer fertigen, verabschieden sich die mit einem Quäntchen mehr Geduld auch noch. Für meine neuen Kundenvorschläge sind Sie ja auch nicht empfänglich.«

»Wenn Sie den meinen, wo wir 1.000 Schwulen- und Lesben-Fahnen für diesen Christopher Street Day fertigen sollten, nein, dafür bin ich weiß Gott nicht empfänglich.«

»Wie sollte das auch gehen? Die Näherinnen hätten es niemals geschafft, die in diesem Zeitfenster fertig zu stellen. Das geht nicht ohne Automatisierung.«

»Ich sage Ihnen, alles geht ohne diese unsinnigen Maschinen. Sie müssen sich einfach etwas mehr Mühe geben.«

»Ich? Was habe ich denn damit zu schaffen? Ich bekomme ja noch nicht einmal den Faden durchs Nadelöhr.«

»Sie wissen genau, dass ich das nicht gemeint habe«, erwiderte Adalbert ärgerlich.

»Könnten wir noch mal auf das dringlichere Problem zurückkommen?«, mischte sich sein Buchhalter wieder ein. »Wir brauchen bald keine Näherin mehr, wenn wir der Bank nicht etwas bieten können, mit dem sie zufrieden ist.«

»Was schwebt Ihnen da vor?«, fragte Adalbert, der es müde war, sich in dieser Spirale mit im Kreis zu drehen.

»Lassen Sie uns das mit dem Investor noch mal aufgreifen. Ich habe da einen sehr vielversprechenden Kontakt mit einer japanischen Segeltuch-Fabrik geknüpft. Herr Miyazawa ist mit dem Rest des Führungsstabs aus Anlass der Yacht- und Jolle-Messe zurzeit in Köln. Er würde sich unseren Betrieb gerne einmal anschauen.«

»Herr wer?«, fragte Adalbert, der das im Mittelteil nicht verstanden hatte.

»Herr Miyazawa«, erwiderte sein Buchhalter geduldig.

»So heißen keine Leute aus dem Schwarzwald. Wo um Himmels willen kommt der her?«

»Aus Japan. Ich dachte, das wäre klar«, entgegnete der Buchhalter überheblich.

Seine Firma überfüllt mit Japanern, die kaum über seine Nähtische schauen konnten. Adalbert wurde es ganz schlecht.

»Welche Möglichkeiten haben wir noch?«, ächzte er.

»Ich befürchte, nicht mehr allzu viele«, sagte der Prokurist, aber es hörte sich nicht gerade an, als täte ihm das leid. Anscheinend freute er sich darauf, dass bald schlitzäugige Heerscharen die Räumlichkeiten überfluten würden.

»Warum lassen wir nicht einmal einen Besuch zu?«, fragte der Produktionsleiter. Adalbert wurde es bald unheimlich. Bis jetzt hatte er sich auf die Rivalität zwischen den beiden immer verlassen können, die darauf fußte, grundsätzlich das zu sagen, was der andere nicht sagte, und es ihm ermöglichte, entspannt in der Mitte zu sitzen und seinen eigenen Gedanken nachzuhängen. Am Ende war immer viel gesagt, nichts Konkretes entschieden und doch ging es irgendwie weiter. Leider funktionierte das heute nicht. Beide erwarteten seine Entscheidung.

»Sprechen Sie mit dem Mann, wenn Sie unbedingt müssen. Zeigen Sie ihm alles, wenn es sich nicht vermeiden lässt. Dann rufen Sie bei dem Bankdirektor an und sagen ihm, wir sind auf einem guten Weg. Schicken Sie ein Foto von den Japanern mit, falls das helfen sollte. Wichtig ist nur, dass er uns Aufschub gewährt, damit ich in dieser Zeit entscheiden kann, wie es wirklich weitergeht.«

»Wie sollte es sonst weitergehen?«

»Auf jeden Fall nicht mit Japanern«, erwiderte Adalbert unerbittlich. »So viel steht fest.«

Er erhob sich und schob seinen Rollstuhl dabei so weit nach hinten, dass er dem Produktionsleiter über den Fuß rollte. Der ertrug das mit stoischer Miene. So liebte Adalbert seine Funktion als Firmenchef. Frechheiten wurden bei ihm grundsätzlich immer bestraft, wenn auch vielleicht etwas zeitversetzt.

»Ich erwarte, dass Sie mich sofort informieren, sobald es in der Sache etwas Neues gibt.«

»Ich dachte zumindest, Sie würden selbst den Kontakt zum Bankvorstand suchen«, sagte sein Buchhalter ungläubig.

»Wofür bezahle ich Sie denn? Meine Anwesenheit ist zu Hause im Moment nötiger.«

»Ich verstehe«, erwiderte der Prokurist mit unbeweglicher Miene. Adalbert fragte sich, wie viel sie von den Interna in seinem Leben wussten und welche Auswirkungen das auf den Respekt hatte, dem sie ihm entgegenbrachten oder halt nicht mehr. Er schwor sich, hier wieder alle Zügel anzuziehen, wenn er sein anderes Problem gelöst hatte.

»Jetzt sorgen Sie dafür, dass mich einer nach Hause bringt«, schnauzte er, damit kein Zweifel darüber aufkommen konnte, dass sie noch keinen nachgiebigen Tattergreis vor sich hatten. Adalberts Kampfwille war durchaus noch nicht gebrochen. Die Freude darüber, den Sprit für die Fahrt schon mal nicht bezahlen zu müssen, ebenfalls nicht.

Kapitel 10

»Hoffentlich ist es in Seligenwalde nicht genauso langweilig wie in Dinkelsbühl«, sagte Mitzi, während sie versuchte, ihren massigen Körper auf den schmalen Sitzen des Volvos zu verstauen. Der Volvo wehrte sich. Er war mittlerweile zu alt und zu schwach, um Gewicht zu tolerieren, das seine Federn ächzen ließ. Leider nützte ihm dieser Protest wenig.

»Seligenwalde ist schon etwas größer als Dinkelsbühl«, beruhigte Clara sie zerstreut, während sie den günstigsten Weg auf der Straßenkarte studierte. Diese hatte schon in ihrem Auto gelegen, als sie es vor 14 Jahren gebraucht gekauft hatte. Sie hoffte, dass noch alle Straßen da waren, wo sie hingehörten.

»Aber wir übernachten doch in dem Haus deines Bruders?«

»Villa. Aber es war noch nie sein Haus. Das hat meine Schwägerin sogar bis nach ihrem Tod erfolgreich verhindert.«

»Klingt alles recht spannend.« Mitzi zerrte an dem Sicherheitsgurt, dem entscheidende Zentimeter zu seiner Schnalle fehlten. Sie ließ den Gurt zurückschnappen. Clara hoffte, dass sie nicht noch angehalten wurde. Ihr letztes Geld war im Tank verschwunden und der Monatserste war noch zwei Tage entfernt. Der Einkaufsbummel mit Mitzi drei Tage zuvor hatte ihre Barschaft auf ein Minimum eingeschmolzen. Wenigstens hatte sie kurzfristig Urlaub bekommen. Auch wenn ihr Bruder ein Geizhals war, musste Gertrud noch lange keiner sein. Es kam ihr ganz gelegen, sich in der Villa ein paar Tage durchzufressen.

»Wie ist dein Bruder?«, fragte Mitzi in ihre Überlegungen hinein.

»Gute Frage.« Clara versuchte sich krampfhaft an Zeiten zu erinnern, in denen sie mit ihrem Bruder mehr Worte als

Guten Tag und *Guten Weg* gewechselt hatte. »Irgendwie vertrocknet. Innerlich wie äußerlich.«

»Klingt nach toller Unterhaltung. Was ist mit dieser Haushälterin?«

»Gertrud? Ich mag sie gern. Ist aber auch nicht gerade eine Stimmungskanone.«

»Aber sie hat das Geld?«

»Ja, hat sie«, sagte Clara knapp und hoffte, dass Mitzi nicht schon jetzt auf das Naheliegende kam und ihr Glück darin suchte, sich an die Haushälterin heranzumachen, damit diese dann umso bereitwilliger ihr Portemonnaie öffnete. Streng genommen hoffte sie eher, dass Mitzi ihr nicht zuvorkam.

Clara wusste zwar nicht, wie es um Gertruds Sexualität bestellt war, vermutete aber, denkbar schlecht. In die Hände von Mitzi zu gelangen, könnte ihr eindeutig den klaren Blick trüben, den sie benötigte, um zu erkennen, dass vielleicht auch Clara etwas von Elisabeths Vermögen gut gebrauchen könnte. Darüber hinaus wäre Mitzi für sie unwiderruflich verloren. So weit durfte es auf gar keinen Fall kommen.

»Dass meine Schwägerin gestorben ist, ist schon ein Verlust«, lenkte sie daher vom Thema ab. »Sie war so ein lieber Mensch.«

Das war nur die halbe Wahrheit. Elisabeth hatte in den letzten Monaten vor ihrem Tod einiges von ihrem Liebreiz verloren. Das hatte Clara sehr deutlich bei ihrem letzten Besuch im November gemerkt. Sie legte ihre Besuche immer bewusst nicht auf hohe Feiertage wie Weihnachten, Ostern oder Geburtstage. Zusammen solche Feiertage zu begehen, war im Hause Wackernagel keine Option. Das verleitete ihren Bruder zu der Frage, warum zum Teufel sie überhaupt kam und ihm die Haare vom Kopf fraß, von dem zusätzlichen Wasser-, Gas- und Stromverbrauch ganz zu schweigen. Trotz dieser aufmunternden Worte hielt Clara an ihren Besuchen fest, da sie das letzte Band Familie bedeuteten, das sie noch in den Händen hielt, auch wenn diese Familie einen nicht gerade vom Hocker riss.

»Lieber Mensch? Hat dir auch nichts gebracht«, sagte Mitzi und riss die Packung eines Schokoriegels mit den Zähnen auf, da sie sich mit der anderen Hand auf der Handbremse abstützen musste. Die Federn des Sitzes hatten anscheinend endgültig aufgegeben und ihren Körper in eine Schräglage gebracht, die ihre linke Hand ausgleichen musste.

»Hätte sie dir mal eine Million vererbt, das wäre was gewesen. Was hast du davon, wenn die blöde Haushälterin das Geld bekommen hat? Deswegen bist du doch die ganzen Jahre da hingerannt.«

Clara musste ihrer Spielgefährtin recht geben, wenn sie es auch sicherlich etwas anders formuliert hätte. So ganz uneigennützig waren ihre regelmäßigen Besuche in der Villa natürlich nicht gewesen. Weder Adalbert noch Elisabeth garantierten eine gute Unterhaltung und einen angenehmen Aufenthalt, letztere aber eher die Hoffnung auf einen finanziellen Schub, wenn sie mal unter der Erde lag.

Dass das leere Versprechungen bleiben sollten, konnte sie damals noch nicht ahnen, sonst hätte sie Elisabeth zu ihren Lebzeiten schon mehr zugesetzt, auch wenn das bedeutet hätte, ihre Schwägerin in die Geheimnisse der lesbischen Liebe einzuführen. Nicht, dass die jemals erkennbares Interesse an derlei Praktiken gezeigt hatte. Clara vermutete, dass ihr durch den Sex mit ihrem Bruder wahrscheinlich für den Rest ihres Lebens alle weiteren Gelüste vergangen waren.

»Ich fahre dahin, weil es meine Familie ist«, widersprach sie.

Es war nicht gut, wenn Mitzi sich zu sehr auf die Idee versteifte, Clara hätte den Kontakt zu ihrer Verwandtschaft nur des Geldes wegen gesucht. Solche Gedanken verselbstständigten sich gerne. Clara wollte gar nicht erst die Idee aufkommen lassen, nur an dem Vermögen ihrer Schwägerin interessiert gewesen zu sein. Das könnte einen überaus unglücklichen Eindruck auf Gertrud machen, die sie ihrerseits gerne um etwas Geld bitten wollte. Das Dach musste dringend erneuert werden. Sie hoffte, Gertrud hätte ein Einsehen. Elisabeth hatte es nämlich nicht gehabt.

»Verkauf doch das Haus und such dir eine kleine Wohnung«, sagte diese damals, als Clara zum wiederholten Mal davon anfing in der Hoffnung, Elisabeth würde die Andeutungen verstehen, die immer nachdrücklicher und leichter zu durchschauen wurden, je mehr es Clara mit der Zeit auf den Kopf regnete.

»Das ist mein Elternhaus«, erwiderte Clara pikiert, als hätte Elisabeth etwas Unanständiges gesagt. Eine Diskussion mit ihrem Bruder hatte ihr auch nur die Bemerkung »Verkauf doch das Loch« eingebracht. Es war nicht ganz das, was Clara sich unter einer erfolgreichen Konversation vorstellte.

Sie drehte den Kopf, um Mitzi zu bitten, auf der Karte die nächste Ausfahrt zu suchen, aber die war auf dem gepeinigten Sitz zusammengesackt und bereits sanft entschlummert. Die kleinen Hände mit den kurzen Fingern, die an Cocktailwürstchen erinnerten, waren zwischen ihrem Busen und dem Bauchansatz eingeklemmt.

»Du kannst schlafen. Du hast ja auch keine Sorgen«, murmelte Clara, während sie die Straßenkarte zwischen Mitzis massigen Oberschenkeln hervorzog.

Hätte Vladimir nur im Entferntesten geahnt, dass seine heimliche Liebe auf dem Weg nach Seligenwalde war, wäre seine Laune sicherlich eine bessere gewesen als im Moment.

Die Idee mit dem Tulpenbeet fand er generell schwachsinnig, wie so ziemlich alles, was Adalbert an Ideen aufbrachte oder die nicht von Vladimir selbst stammten.

Es hatte in der Nacht gefroren und das Gestrüpp krallte sich mit aller Kraft im Boden fest, sodass er zum Gesindehaus zurückmusste, um aus dem Schuppen noch eine Spitzhacke zu holen.

Das Gesindehaus hatte er sich bis vor fünf Tagen mit dem Chauffeur Baumgartner geteilt, der an sich schon ein nervender Zeitgenosse gewesen war, den er sich aber seit gestern heftig zurückwünschte. Es war ein schmucker Bau mit einer Fassade aus anthrazitfarbenem Schiefer und roten Dachziegeln, der schon vor Jahren in zwei Wohnungen aufgeteilt worden war.

Elisabeth Wackernagel hatte daraus ein Gästehaus machen wollen, was eigentlich als Idee eine gute Sache war. Sie schien allerdings vergessen zu haben, dass sie nicht gerade mit einem Mann verheiratet war, der Gastfreundschaft wie eine Münze hinter dem Ohr hervorzog. Alle Hoffnung der weitläufig Bekannten, für wenig Geld hochherrschaftlich zu wohnen und sich auf dem Land erholen zu können, wurde spätestens in der ersten Nacht zunichtegemacht, als Adalbert mehrere Ladungen Schrot so dicht am Haus abfeuerte, dass die Scheiben zitterten. Mit der Zeit blieben die von seiner Seite unerwünschten Besuche aus und das Haus bekam endlich die Bestimmung, die Adalbert am angenehmsten war, als Chauffeur und Gärtner dort untergebracht wurden. Und nun die Helmersheim. Von allen Dingen, die Vladimir in seinem Leben zu beklagen hatte, schmerzte das im Moment am meisten.

Er kam mit der Spitzhacke aus dem Schuppen und musste feststellen, dass er von der Haushälterin beobachtet wurde, worauf er die Hacke probeweise in ihre Richtung schüttelte, was diese mit sofortigem Rückzug belohnte. Er hielt nichts von Frauen, die Familienstrukturen aufbrachen und die Weltordnung durcheinanderbrachten. Wie sonst war es zu erklären, dass sein Chef diese Erbschleicherin auch noch heiraten wollte. Das hatte Gertrud ihm bereits gestern Abend genüsslich unter die Nase gerieben, als er sie erst mit dem Schürhaken wieder aus dem Haus treiben wollte. Sein Chef hätte die Situation vielleicht entschärfen können. Der zog es aber vor, im geschützten Bereich der Villa zu bleiben.

Vladimir machte ein paar lustlose Schläge in den Boden, der sich davon nur widerwillig auflockern ließ. Es wartete ein ganzes Stück Arbeit auf ihn, das er gut und gerne ins Frühjahr vertagt hätte, wenn sein Chef im Moment nur einen Funken Einsicht gehabt hätte. Er hätte sich gerne wieder nach drinnen verzogen, aber er wusste, dass Adalbert ihn beobachtete, was ihn nicht gerade fröhlicher stimmte. Der Boden wehrte sich, gab aber allmählich nach. Der Ilex hatte im Herbst sein Leben ausgehaucht, was eine Schande war, da er gut aussah, ohne viel Arbeit zu machen.

Durch die Luft hörte er das Sirren der Torflügel, was man immer hören konnte, wenn der Wind günstig stand, obwohl die Entfernung groß war. Besuch war rar in der Villa, aber seit der jüngsten Vergangenheit konnte man sich auf diese Gesetzmäßigkeiten des täglichen Lebens nicht mehr verlassen. Aus Erfahrung wusste Vladimir, dass es eine Weile dauern würde, bis der Besucher am Haus angekommen war, und er nutzte die Zeit, konzentriert und zielstrebig den Boden zu bearbeiten, was langsam die ersten Früchte trug. Die Erde sprang auf und sah aus wie die zerplatzte Kuvertüre eines Donauwellenkuchens.

Obwohl Vladimir keinen Führerschein hatte, bedeutete das nicht, dass er sich nicht für Autos interessierte, daher vermisste er auch den Bentley sehr schmerzlich. Ihm wäre jedes Auto recht gewesen, um seinen Drang nach Technik zu befriedigen, aber was da die Serpentinen entlangkroch, war als die herausragendste Errungenschaft der Weltgeschichte nicht mehr zu erkennen. Dennoch leuchteten Vladimirs Augen auf. Er kannte das Auto von Clara Wackernagel, da es seine Sehnsucht und die Erfüllung seiner Träume beinhaltete, auch wenn ihm der erste Blick, den er in das Beifahrerfenster werfen konnte, erst einmal seinen größten Albtraum erfüllte. Er hasste fette Weiber.

Vladimir war für Clara seit dem Tag in heißer, unerfüllter Liebe entbrannt, als er den ersten Blick auf sie werfen konnte, nachdem sie stolz und aufrecht aus just diesem Auto gestiegen war, das man zum damaligen Zeitpunkt noch fast als modern bezeichnen konnte.

Er wusste sehr wohl, dass ein russisch-polnischer Gärtner weder den Stand noch die Möglichkeiten hatte, eine Frau wie Clara auf Dauer zu begeistern. Dabei war es ihm entgangen, dass er Clara selbst dann nicht hätte begeistern können, wenn er einen Schwanz wie ein Pferd gehabt hätte. Das hielt ihn in Ermangelung anderer Möglichkeiten jedoch nicht davon abgehalten, sie zu lieben.

Er nahm seine Arbeit wieder auf und kam nun wesentlich besser voran, da er seiner Angebeteten zeigen wollte, was für ein kräftiger Kerl er war. Leider interessierte das niemanden. Trotzdem war der Boden nun so weit aufgelockert, dass er die störrischen Gewächse freigab und Vladimir zur Schaufel greifen konnte, um auch die restlichen verdorrten Wurzeln zu entfernen.

Er arbeitete jetzt mechanisch und gründlich, wie jeder Gärtner, der das liebte, was er tat. Die Aussicht, heute noch seiner Traumfrau zu begegnen, hatte ihm Aufwind gegeben. Obwohl er in seinen Gedanken Clara in einem wallend weißen Gewand über den Rasen auf sich zulaufen sah – bei ihr würde er natürlich eine Ausnahme machen, obwohl der Rasen ansonsten Sperrgebiet war –, wurde ihm plötzlich bewusst, dass die Wurzeln auf seiner Schaufel ihre Farbe verändert hatten. Besonders gesund hatten sie zwar auch schon vorher nicht ausgesehen, aber auf keinen Fall waren sie so unflexibel gewesen.

Er ging in die Hocke und nahm eines der merkwürdigen Gebilde in die Hand. Es erinnerte ihn ein wenig an die Reste des letzten Brathähnchens, das er gegessen hatte, nur die waren kleiner gewesen. Es waren eindeutig Knochen.

Vladimir war praktisch veranlagt. Er war Gärtner und kein Bestatter. Wenn hier Knochen lagen, musste sich sein Chef darum kümmern. Er ging zurück in den Schuppen, um einen Kartoffelsack zu holen. Die Helmersheim hatte ihren Beobachtungsposten mittlerweile aufgegeben.

Kapitel 11

»Mama sagt, ich soll dir Gesellschaft leisten«, verkündete das Kind, das sich hinterrücks an Adalbert herangeschlichen hatte, als dieser durch die Fenster des Foyers skeptisch Vladimirs Bemühungen betrachtete, den Ilex mit seinen störrischen Wurzeln aus dem Boden zu ziehen. Obwohl es die letzten Tage nicht wirklich nach Winter ausgesehen hatte, war der Boden nun just in dem Moment gefroren, als er Vladimir in die Kälte jagte, Vorbereitungen für sein Tulpenbeet zu treffen. An dessen verkniffenem Gesichtsausdruck konnte man sehen, wie viel Spaß ihm das machte. Leider bezahlte Adalbert seine Angestellten nicht, damit es ihnen Spaß machte. Er hatte sich am Fenster postiert, damit Vladimir sah, dass es ihm ernst war und der sich nicht bei der erstbesten Gelegenheit wieder zurück ins Warme verziehen konnte. Daher fühlte er sich im Moment voll beschäftigt und hatte keinerlei Ambitionen, sich mit einem Kind auseinanderzusetzen, auch dann nicht, wenn es sein Enkel war. Dann erst recht nicht.

»Nur deine Mutter kann auf so einen Quatsch kommen. Sehe ich aus, als bräuchte ich Gesellschaft?«

»Ich weiß nicht, wie man dann aussieht«, antwortete Timo.

So argwöhnisch Adalbert ihn auch unter die Lupe nahm, er konnte keine Unverschämtheit in seinem Gesicht erkennen, auch nicht an seinem Tonfall.

»Den Verstand hast du offenbar nicht von deiner Mutter geerbt«, brummte er.

»Ist das gut?«

»Zumindest ist es schon mal ein Anfang. Weit ist es mit dem Verstand deiner Mutter nämlich nicht her.«

»Weiß nicht, kann sein.«

Timo hatte sich neben ihn gestellt und beobachtete Vladimir, der trotz der Kälte einen knallroten Kopf bekommen hatte. Es mochte an der körperlichen Anstrengung liegen oder daran, dass sich die Anzahl seiner müßigen Zuschauer um einen erhöht hatte. In die Stille hinein ertönte auf einmal die Türglocke, die Adalbert zusammenzucken ließ. Er schwor sich, das Ding bei der nächsten Gelegenheit aus der Wand zu reißen.

»Wer kommt da?«, fragte sein Enkel neugierig.

»Kann ich durch Wände sehen? Was weiß ich.«

Wo war wieder diese unnütze Helmersheim? Seit Elisabeths Tod war sie die Einzige, die mit dieser verdammten Gegensprechanlage zurechtkam. Diese Ehre schien sie nicht sonderlich zu interessieren, zumindest blieb sie verschwunden. Der markerschütternde Krach ging schon wieder los. Adalbert eilte durch die Halle. Er hoffte, dass es nicht dieser Roetig war. Wann wollte der überhaupt kommen?

Die Gegensprechanlage war gleichzeitig Alarmanlage und ihm in ihrer einschüchternden blinkenden Pracht schon lange ein Dorn im Auge. Elisabeth hatte gemeint, das sei nur so, weil er nicht damit umgehen konnte. Weibergewäsch. Als Fabrikbesitzer würde er wohl mit so einem elektronischen Schnickschnack umgehen können. Von seiner eigenen Überzeugung beseelt, drückte er auf den nächstbesten Knopf. Es tat sich gar nichts.

»Opa, so geht das.« Sein Enkel drängte sich an ihm vorbei und betätigte so schnell ein paar Knöpfe, dass es Adalbert fast schwindelig wurde. Es bewirkte aber wenigstens, dass der Bildschirm aufflackerte und den Blick auf einen grottenhässlichen Volvo freigab.

»Stehen Sie nicht mit diesem Schrotthaufen vor meiner Tür!«, brüllte Adalbert das Gerät an. Leider konnte es ihn nicht hören, da er keinen Knopf gedrückt hatte. Außerdem kam ihm der Schrotthaufen vage bekannt vor. Auch der Kopf, der sich aus dem Fenster dieser Katastrophe, die sich Auto nannte, reckte, um wieder auf die Klingel zu drücken.

»Wage es ja nicht, noch einmal zu klingeln!«

Sein Appell kam diesmal dort an, wo er hin sollte, da Timo es schaffte, den Knopf für die Gegensprechanlage zu betätigen. Der Kopf zog sich zurück ins Wageninnere.

»Soll ich das Tor aufmachen?«, fragte Timo. »Oder lassen wir keinen rein?«

»Das ist deine Großtante«, erwiderte Adalbert resigniert. »Die wird sich nicht abschütteln lassen.«

Er überlegte, ob er Claras Eintreffen überhaupt abwarten oder sich lieber direkt in sein Arbeitszimmer verziehen sollte, befürchtete jedoch, dort vor seiner Schwester genauso wenig sicher zu sein. Außerdem wollte er Timo damit nicht auf dumme Ideen bringen, sonst könnte er sofort eine Drehtür einbauen, so oft, wie das Zimmer dann frequentiert würde.

In seinen Überlegungen hörte er bereits aus der Ferne einen Auspuff röhren, was in dem Fall aber sicherlich nicht von Pferdestärken unter der Haube, sondern von einer längst überfälligen Reparatur zeugte. Er hoffte, dass das Ding nicht genauso qualmte, wie es Krach machte. Ein paar Kurven später sah er, dass das erfreulicherweise nicht so war. Diese kurze Freude war leider vergänglich, denn das, was Clara da im Auto mitführte, erinnerte ihn an ein übergroßes Michelin-Männchen. Er hoffte, dass es eines war. Leider entpuppte sich das Michelin-Männchen als lebendig, als es die Beifahrertür aufstieß und seinen kleinen, mit hohen Hacken bestückten Fuß probeweise auf dem Kies platzierte.

»Du lieber Himmel, was ist das?«, entfuhr es Adalbert, der einen Moment glaubte, eine Erscheinung der nicht so besonderen Art zu haben.

»Wer ist das?«, korrigierte ihn seine Schwester, die in der Zwischenzeit von ihm unbemerkt herangetreten war. Er war zu sehr fixiert auf das, was sich vor seinen Augen abspielte. »Ich habe eine Freundin mitgebracht. Ich hoffe, du hast nichts dagegen.«

»Nein, natürlich nicht«, entgegnete Adalbert sarkastisch. »Solange du sofort wieder mein Haus verlässt.«

»Das werde ich nicht. Ich bin der Meinung, ich werde hier gebraucht«, widersprach Clara und zog sich die Lederhandschuhe aus, die sie immer zum Autofahren trug und die ihr das Gefühl gaben, in einem sportlicheren Wagen zu sitzen. Das hatte sie ihrem Bruder mal erzählt, der auch ohne diese Information hätte weiterleben können. Inzwischen war der Koloss vom Auto vorsichtig über den unebenen Boden zur Haustür getippelt.

»Das nenne ich mal ein Grundstück!« Jetzt sprach es auch noch. Die granatroten Löckchen wippten im Takt zu ihrem wackelnden Bauch, der von einem grauenhaft lila glänzenden Stoff umspannt wurde, von dem Adalbert erst glaubte, er wäre ein Teil des Kleides, bis sich herausstellte, dass es sich um eine Stola handelte. Adalbert war zwar selbst nie weit in Bestimmung weiblicher Kleidungsstücke gekommen, aber seine Frau hatte auch so ein Ding besessen.

»Mitzi, das ist mein Bruder und Timo, der Sohn meiner Nichte Angelika.«

Adalbert wusste nicht, ob sein Enkel ein wohlerzogenes Kind war. Ein ehrliches war er auf jeden Fall.

»O weia«, sagte der, als er schmächtig und kaum zu sehen im Schatten von Mitzi stand.

Adalbert fand, damit hatte er die Lage präzise analysiert.

»Wir haben uns schon lange nicht mehr richtig unterhalten«, sagte Clara später.

Sie hatte die unangenehme Eigenschaft, immer dann aufzutauchen, wenn man sie am wenigsten erwartete. Das konnte sie als Kind schon gut. Adalbert erinnerte sich noch lebhaft daran, wie oft sie ihn dabei erwischt hatte, wenn er die Hühner des Nachbarn mit vergorenen Kirschen fütterte, ganz egal, wie sehr er auch auf der Hut war.

»Das ist auch nicht tragisch«, brummte er. Er hatte für heute sein Pulver schon verschossen und keine Lust mehr, sich noch weiter aufzuregen. Das Gespräch mit Clara würde er schon noch überstehen.

»Das meinst du. Ich habe es immer schon bedauert, dass wir als Geschwister nicht mehr Kontakt zueinander haben.«

»Ich nicht«, erwiderte Adalbert aus tiefstem Herzen. Es hatte lange genug gedauert, bis er Clara endlich loswerden konnte. Er hatte seiner Familie verboten, auch nur auf der Straßenkarte nach Seligenwalde zu suchen, nachdem er Elisabeth kennengelernt hatte. Seine Heirat verschwieg er fürs Erste ganz. Da die Stimmung zwischen ihm und seinen Eltern alles andere als herzlich war, interessierte das auch niemanden so wirklich.

»Gertrud ist mittlerweile schon genauso verschlossen wie du. Ich habe mir doch mehr erhofft, als ich hier angekommen bin.«

»Ich brauche wohl nicht lange zu raten, auf was du gehofft hast.«

»Das ist typisch, dass du so was glaubst. Wenn du von Geld besessen bist, müssen es alle anderen auch sein.«

»Stimmt es etwa nicht?«

»Doch«, sagte Clara. Sie schien verstimmt zu sein. Adalbert konnte sich beim besten Willen nicht vorstellen, warum. Schließlich hatte er recht. »Trotzdem solltest du nicht direkt das Schlechteste denken.«

»Tue ich immer. Ich wurde noch nie enttäuscht.«

»Dann wundert es mich jetzt auch nicht, dass deine Frau ermordet wurde.«

»Du hörst wieder auf die Gerüchte geistesschwacher Haushälterinnen. Keiner ist hier ermordet worden. Elisabeth war krank, das war allgemein bekannt. Sie war zwar manchmal nervend, aber wer sollte sie umbringen?«

»Na, du vielleicht.«

»Falls es dir noch nicht aufgefallen ist, ich habe keinerlei Vorteil bei dieser Geschichte. Und wenn du glaubst, ich hätte Spaß daran, vor der Helmersheim kriechen zu müssen, dann kannst du sie nicht mehr alle haben.«

»Du wusstest vorher nicht, dass Gertrud was erbt.«

Seine Schwester war zwar eine Plage, aber leider eine schlaue. Das hatte sie dieser unglückseligen Haushälterin voraus. Die Helmersheim war wenigstens doof.

»Du auch nicht«, erwiderte er verärgert.

»Keiner von uns. Reg dich nicht auf.« Clara machte den Fehler und ließ sich auf den defekten Sessel fallen, sodass sie umgehend die Zimmerdecke betrachten konnte. Adalbert wäre es normalerweise zwar im Traum nicht eingefallen, ihr zu helfen, aber Claras Gezappel machte ihn nervös. Er trat mit dem Fuß fest gegen das Gestell. Da der Sessel eine ausgezeichnete Mechanik hatte, die ausgesprochen gut übersetzt war, schnellte er umgehend hoch und katapultierte Clara fast gegen die Standuhr, deren Verlust Adalbert doch leidgetan hätte.

»Danke«, sagte Clara nur, die damit eine Klasse bewies, die ihn bei seiner Schwester allerdings nicht überraschte. Auch wenn er sie nur von hinten gerne sah, hatte er ihr noch nie den Stil abgesprochen. Sie war eine erfolglose Bürosachbearbeiterin, die nie über einen Hungerlohn hinausgekommen war, aber das tat sie wenigstens stilvoll.

»Auf was willst du eigentlich hinaus?«, fragte er, da er allmählich der Meinung war, das Gespräch hätte lange genug gedauert.

»Ich möchte wissen, wie wir uns verhalten, wenn dieser Privatdetektiv hier auftaucht. Wann kommt der eigentlich?«

»Wenn ich das wüsste. Außerdem, wir verhalten uns gar nicht. Ich hoffe, dass du dann abgedampft bist.«

»Wenn du nicht weißt, wann der kommt, kannst du auch nicht wissen, wann ich hier weg sein soll«, erwiderte Clara logisch. »Ich glaube weiter, dass ich hier mehr als gebraucht werde. Schließlich wird einer von uns des Mordes beschuldigt.«

»Darauf läuft es wohl hinaus, zumindest redet sich dieser idiotische Detektiv das ein.«

»Nicht zu Unrecht. Elisabeth hat es ihm immerhin gesagt.«

»Was hat dir dieses Weib eigentlich nicht erzählt?«

»Nicht viel. Gertrud ist sehr freigiebig mit ihren Informationen.«

»Dann ist sie das wenigstens bei etwas. Alles andere lässt hier schwer zu wünschen übrig. Belagert mein Haus und weigert sich, das Essen zu bezahlen.«

»Sie wohnt doch im Moment im Gesindehaus?«

»Ja und? Ist das nicht mein Haus?«

»Nein, ist es nicht und ist es auch nie gewesen. Zumindest nicht offiziell. Das hat mich schon sehr überrascht.«

Adalbert hatte seiner Schwester natürlich nie davon erzählt, aber er war dennoch erstaunt, dass das Elisabeth auch nicht getan hatte. Er hatte immer den Eindruck gehabt, die Frauen verstünden sich gut, obwohl Clara Elisabeth auch nicht dazu bewegen konnte, ihr Geld zu geben. Das hätte ihm auch noch gefehlt. Dann war er fast mit der Helmersheim noch zufriedener.

»Kümmere dich um deine eigenen Sachen«, sagte er ärgerlich. Er würde nie wieder Respekt von Clara bekommen, so viel war sicher. Wenn er Glück hatte, brauchte er sie auch nicht mehr wiederzusehen, wenn das hier vorbei war. Und ihre aufdringliche Bekannte ebenso wenig.

»Ruf du lieber deine Freundin zur Räson. Was hast du dir eigentlich dabei gedacht, sie hier anzuschleppen?«

»Sie wohnt im Moment bei mir. Ihre Lebenssituation ist gerade etwas schwierig.«

»Das ist noch lange kein Grund, meine im Gegenzug dafür schwieriger zu machen. Ich kann von Glück sagen, dass ich ihr wohl zu alt bin. Mein Sohn hat nicht ganz so viel Glück.«

»Alexander? Wie kommst du denn darauf?«

»Sie hätte sich heute Mittag im Flur fast auf ihn gestürzt. Obwohl ihn das wahrscheinlich eher umgebracht hätte. Also hätte die Sache noch was Gutes gehabt.«

»Mitzi? Das glaube ich nicht.« Clara fuhr scharf herum und gab die Beobachtung des Gartens oder die Vladimirs auf, so ganz sicher war er sich da nicht.

»Glaub es oder lass es. Mir egal. Du kannst ihr nur mitteilen, dass ich so etwas in meinem Haus nicht dulde. Ja, ich weiß!«, herrschte er sie an, als Clara anhob, etwas zu sagen.

Er brauchte kein Hellseher zu sein, um zu wissen, dass sie ihn nochmals daran erinnern wollte, dass das Haus nicht ihm gehörte.

»Was ist denn jetzt schon wieder?« schnauzte Adalbert, als es an der Tür seines Arbeitszimmers klopfte.

Er hoffte, dass nicht schon wieder Clara zurückkam. Wenn er sich allerdings die Alternativen im Haus betrachtete, war das vielleicht nicht der schlimmste Besuch. Sein Gärtner steckte den Kopf ins Zimmer. Eindeutig eine der besseren Alternativen.

»Kommen Sie herein und machen Sie die Tür zu«, sagte er. Ein Gespräch über den Garten würde seine Aufgebrachtheit über seine Schwester wieder auf ein normales Maß herunterschrumpfen. Oder auch nicht, wenn er sah, was Vladimir anschleppte.

»Was wollen Sie mit diesem Sack hier im Haus?«, fragte er ärgerlich. »Passen Sie doch auf, Sie machen alles dreckig.«

Adalbert konnte Dreck weder im Haus noch draußen ausstehen. Eigentlich hätte er den ganzen Park am liebsten betoniert und grün gestrichen, eine Meinung, mit der er ziemlich alleine dastand. Der Park war das Aushängeschild der Villa, der immer wieder auf Fotos in Büchern der schönsten Gärten der Welt auftauchte. Schon Elisabeth hatte ihn für seinen Wunsch mit einem ihrer sehr merkwürdigen Blicke bedacht, die Menschen haben, wenn sie ihr Gegenüber für nicht ganz dicht halten. Adalbert vermutete, dass er bei der Helmersheim diesbezüglich keine besseren Karten haben würde.

»Hab hier was, sollen Sie sehen«, erwiderte Vladimir ungerührt und stellte den Jutesack vor seine Füße.

Adalbert versuchte, sich im Schreibtischstuhl so weit wie möglich zurückzulehnen. Dieser weigerte sich, seiner Bitte nachzukommen, ein Wunsch, den ihm sein unberechenbarer Liegesessel wahrscheinlich sofort erfüllt hätte. Ein modriger Geruch stieg ihm in die Nase. Feuchte Erde, Schimmel? Auf jeden Fall nichts, an dem man freiwillig riechen würde.

»Haben Sie völlig den Verstand verloren?«, herrschte er Vladimir an. »Das Ding stinkt wie der Teufel.«

»Lag im Schuppen. Waren nur Kartoffeln drin.«

»Und sicher auch noch das ein oder andere mehr. Wahrscheinlich ist noch einer darin gestorben.«

»Nein«, sagte Vladimir. »Nicht im Schuppen.«

Adalbert warf seinem Gärtner einen scharfen Blick zu. Aber sein Gesicht war wie immer unergründlich. Er nahm ein Lineal vom Schreibtisch und stocherte damit so lange herum, bis er den Sack so weit geöffnet hatte, um seinen Inhalt betrachten zu können. Das hatte ihm gerade noch gefehlt.

»Wo genau haben Sie das neue Tulpenbeet eigentlich angelegt?«, fragte er.

»Hinter Rhododendron rechts«, antwortete Vladimir. »Stand alter Ilex-Strauch. War kaputt. Bester Platz dafür.«

»Der Ilex steht schon vierzig Jahre da. Warum sollte der auf einmal eingehen?«

Diese Frage änderte an seiner momentanen Situation zwar nichts, dennoch konnte Adalbert das nicht begreifen. Auf den Ilex war immer Verlass gewesen, seine Geheimnisse nicht preiszugeben. Ein schweigsamer und verlässlicher Zeitgenosse. Wenn Adalbert einen Freund hätte haben wollen, dann wäre es sicher er gewesen. Vladimir Centowski hatte eigentlich auch das Zeug dazu gehabt, stand momentan allerdings in der Gefahr, aus der Liste der Top 2 komplett herauszufallen. Was auch sonst, wenn er mit solchen Neuigkeiten kam?

»Keine Ahnung. Im Herbst auf einmal kaputt.«

»Mit *keine Ahnung* kann ich nichts anfangen.« Adalbert holte ein Packband aus seiner Schreibtischschublade und schnitt ein vorher mit Augenmaß genau bemessenes Stück ab.

»Hier, binden Sie das Ding zu.« Adalbert fuchtelte mit dem Band vor seiner Nase herum.

Einen Moment sah es so aus, als würde Vladimir ihm diesen Befehl verweigern, dann griff er doch nach dem Band und tat seinem Chef den Gefallen.

»Nehmen Sie ihn wieder mit raus und vergraben ihn irgendwo auf dem Grundstück.«

Dieser Wunsch sollte ihm nicht erfüllt werden, Adalbert hatte die Geduld seines Gärtners strapaziert.

»Das sind Knochen von Mensch, nicht von Tier. Das vergrab ich nicht. Braucht richtige Beerdigung.«

»Woher wollen Sie das denn so genau wissen? Das kann alles Mögliche sein.«

Adalbert hielt seinen Gärtner zwar nicht für beschränkt, hoffte jedoch, er wäre vielleicht etwas weltfremd. Er sollte enttäuscht werden. Vladimir knüpfte den Knoten wieder auf und seine Hand langte ohne Scheu in die Tiefen des Sacks, um einen Schädel ans Tageslicht zu holen, den er Adalbert vor die Nase hielt.

»Mensch«, sagte er schlicht.

»Das sehe ich auch. Packen Sie das Ding wieder weg.« Adalbert ertappte sich dabei, wie er wieder in der Gegend herumfuchtelte. Er hielt seine Hände sofort ruhig, er wollte nicht wie ein nervenschwacher Choleriker wirken.

»Vergrab ich nicht«, wiederholte Vladimir noch mal, nachdem er den Sack wieder zugeknotet hatte. »Knochen stinken auch nicht, ist nur der Sack.«

»Dann lassen Sie ihn hier«, sagte Adalbert gottergeben. Noch mehr Aufmerksamkeit zu erregen, konnte er sich beim besten Willen nicht leisten. »Ich kümmere mich darum.«

Vladimir hatte den unschätzbaren Vorteil, keine dummen Fragen zu stellen. Auf jeden Fall nicht allzu viele. Und er redete nicht mehr als nötig, ein erholsamer Zug, den sich

Adalbert noch für mehr Menschen in seiner Umgebung gewünscht hätte.

Nachdem Vladimir wieder gegangen war, betrachtete Adalbert den Sack, der nun so unschuldig vor ihm stand, als würde er tatsächlich nur Kartoffeln enthalten. Wo sollte er mit dem verdammten Ding hin? Er eignete sich wohl kaum dazu, ihn neben die Restmülltonnen zu stellen. Es würde ihm nichts anderes übrig bleiben, als ihn selbst nachts zu vergraben.

Er hörte Geräusche auf dem Flur und verschob seine Grübelei auf später. Er wollte sich nicht mit einem stinkenden Sack erwischen lassen, zugebunden oder nicht. Seine Augen suchten das Zimmer nach einem Versteck ab. Der einzige Ort, der sich eignen würde, war der Kamin, was Adalbert sehr widerstrebte. Er wurde zwar nicht mehr genutzt, aber dennoch vermutete er eine Menge Staub und Dreck darin. Das lag weniger an den haushälterischen Fähigkeiten von Gertrud, sondern mehr daran, dass Adalbert es ihr nicht gestattet hatte, sich länger als nötig in seinem Zimmer aufzuhalten. Daher hatte die Zeit gerade mal zum feucht Wischen und etwas Staub Abwedeln gereicht, bevor Adalbert sie wieder vor die Tür scheuchte.

Der Kamin war zwar nicht so schlimm, wie er befürchtet hatte, eignete sich jedoch nicht besonders dazu, etwas in ihm zu verstecken. Der Schacht führte gerade hoch und bot keinen Vorsprung, der groß genug war, etwas auf ihm abzustellen. Adalbert ließ den Sack hinter dem Kamingitter stehen und hoffte, dass ihn dort keiner bemerken würde.

»Hallo«, flötete es durch die Tür, bevor sie geöffnet wurde und Mitzi Weidenbruch sich ins Zimmer schob. Ohne anzuklopfen war das für Adalbert bereits ein Fall für die Todesstrafe.

Mitzi Weidenbruch war eine beeindruckende Erscheinung, was nicht ausschließlich an ihrer Körperfülle, sondern ebenfalls an ihrer Größe lag. Beides zusammen lieferte unschlagbare Argumente, warum man sich als Mann am besten gar nicht mit Frauen einließ, auf jeden Fall mit keinen, die in der Lage waren, einen mit einer Hand zu erwürgen. Bei Adalbert hätte sicherlich schon ein Zeh gereicht. Alleine der körperliche Unterschied war so offensichtlich, als Mitzi ins Zimmer geflattert kam mit einer Anmut und Grazie, die man ihr bei ihrer Leibesfülle weder zugetraut noch erwartet hätte. Die Aussicht auf männliche Gesellschaft, die sie in den letzten Wochen schmerzhaft vermisst hatte, ließ selbst die magere Gestalt von Adalbert wie einen Schokoladenkeks in einer Abnehmgruppe erscheinen.

Der Schokoladenkeks gab sich offenbar alle Mühe, nicht allzu appetitlich auszusehen und es gelang ihm in geradezu beängstigender Weise. Dabei hatte Mitzi nichts dem Zufall überlassen und sich dem Anlass angemessen noch umgezogen. Ein Jumpsuit, der ihre weiblichen Vorzüge noch brachialer zur Schau stellen sollte, als sie es unter normalen Umständen ohnehin schon tat. Das Reisekleid, das drei Nummern zu groß war und halbwegs Komfort versprach, wenn man nicht nur eine unmenschlich weite Strecke zurücklegen, sondern diese zudem noch in einem klapprigen Volvo verbringen musste, hatte nicht den nötigen Kick geboten, den der Hausherr mit den verkniffenen Gesichtszügen brauchte, um ihn aufzulockern. Adalberts Gesicht nach zu urteilen, empfand er den immer noch nicht. Das konnte sie aber ohne Weiteres ignorieren, da Scheitern in ihren Plänen selten Platz fand.

Sie war mittlerweile ganz im Raum und fand es an der Zeit, die ersten Höflichkeiten mit ihrem Gastgeber auszutauschen, was bei seinem Sohn vor einer Stunde nicht ganz so gut geklappt hatte. Sie versuchte, ihn in die Ecke zwischen Schreibtisch und Kamin zu drängen, da das die einzige Stelle zu sein schien, wo er ihr nicht entkommen konnte. Kennerblick war Kennerblick. Gefahr wittern und entkommen war allerdings eine Fähigkeit, die ihr Gegenüber beherrschte und die darauf hinwies, dass seine 74-jährigen Reflexe doch besser waren, als sie vermutet und gehofft hatte. Der alte Wackernagel war besser in Schuss, als er wirkte.

Nachdem sie sich zwei Runden lautlos im Kreis aus dem Weg gingen und es aussah, als würden sie einen Veitstanz aufführen, erkannte Mitzi, dass das offensichtlich zu nichts führte. Außerdem war sie außer Atem. Sie musste sich ihre Kräfte einteilen und konnte sie nicht jetzt schon für ein Hasch-mich-Spiel aufbrauchen. Sie musste eine andere Taktik einschlagen.

Natürlich hatte sie von Clara bereits erfahren, dass Adalbert für sinnliche Genüsse nicht zu haben war, hielt das jedoch für Blödsinn. Sie wusste aus Erfahrung, dass gerade diese asketischen Spielverderber ihr Heil in opulenten Gespielinnen suchten. Sie glaubte fest an eine sexuelle Unterversorgung, die sie mit ihrer Mission aufzufüllen gedachte und sich hoffentlich noch als Nachtisch den jungen Wackernagel zur Brust nehmen konnte.

Adalbert sah bei Weitem noch nicht aus, als sei ihm das recht, aber sie konnte das nicht mehr zuverlässig beurteilen. Sie bemühte sich, ihr kolossales Hinterteil in seinem Blickfeld zu halten, was es ihr nahezu unmöglich machte, den Kopf in seine Richtung zu drehen.

»Was für ein wunderbares Haus«, durchbrach sie die Stille, die durch heftige Schnaufer aufgelockert wurde. Sie bemühte sich, ihren Herzschlag wieder auf ein normales Maß herunterzuregeln.

»Wäre es, wenn es leer wäre«, sagte Adalbert und verzog sich hinter die Lehne seines Schreibtischstuhls. Anscheinend fühlte er sich mit der schützenden Barriere dazwischen wohler.

»Ach Sie Dummchen«, erwiderte Mitzi und lachte, dass die rötlichen Löckchen wackelten und nicht nur die. »Was sollen Sie denn alleine hier. Vor allen Dingen jetzt, in dieser schweren Zeit, brauchen Sie Beistand.«

»Geld wäre mir lieber«, sagte der Gastgeber ungalant. Mitzi machte sich darüber nicht die meisten Sorgen. Männer pflegten schnell das Geld zu vergessen, wenn man an der richtigen Stelle Hand anlegte.

»Ach Unsinn.« Sie versuchte, den Abstand zwischen sich und Adalbert zu verkleinern. Der rutschte jedoch bewundernswert schnell durch die Lücke zum Couchtisch am Kamin.

»Hier ist ein herrlicher Platz zum Leben, allein der wunderschöne Park. Heilsam für die Seele, das sage ich Ihnen.«

»Es gibt noch andere wunderschöne Plätze auf der Welt. Warum suchen Sie die nicht auf?«

Adalbert versuchte, hinter die Couch zu kommen, um den Abstand zwischen ihnen zu vergrößern. Die Vorhut – in diesem Fall ihre Brüste – musste dagegenwirken.

»Was für ein herrlicher Kamin!« Ihre Stimme war eindeutig das Schönste an ihr. »Warum machen Sie kein Feuer. Wir könnten den Flammen zugucken.« Als sie dem gelobten Bauteil näher kam, hörte sie, wie ihr Gastgeber die Luft einzog. »Was steht denn da?«, fragte sie und beugte ihren Körper so weit vor, dass sie fast vorneweg kippte. Mitzis Hinterteil funktionierte allerdings als Kontergewicht, sie hielt sich bewundernswert in der Waage. »Das gehört doch hier überhaupt nicht hin.«

»Dann passen Sie ja gut zusammen. Kommen Sie aus meinem Kamin. Da sind nur Holzscheite drin.«

»Das ist ja wunderbar. Dann können wir doch sofort Feuer machen.«

»Ich habe noch nie Feuer gemacht und gedenke auch nicht, jetzt damit anzufangen.«

»Aber Sie haben doch einen Gärtner. Den habe ich heute Morgen draußen gesehen. Holen wir ihn rein und lassen ihn das machen. Er hat mit Bäumen zu tun, dann bekommt er bestimmt auch ein Feuer zustande.«

Adalbert hatte anscheinend die Nase voll. Er griff hinter das Kamingitter und zog einen Sack heraus. Dafür gab er sogar seine Deckung auf und kam Mitzi näher, als er es jemals vorhatte. Sein Glück war, dass sie ihre Aufmerksamkeit noch zu sehr auf den geheimnisvollen Beutel im Kamin richtete, sodass sie ihre Chance nicht rechtzeitig erkannte. Adalbert vergrößerte den Abstand wieder. Die Holzscheite klapperten unlustig.

»Was ist das für ein Holz? Das hört sich komisch an.«

»Kümmern Sie sich nicht um den Sack. Gibt es keinen anderen im Haus, dem sie auf die Nerven fallen können?«

Ihr uncharmanter Gastgeber riss die Tür auf und blickte in das Gesicht der Haushälterin und das eines mickrigen Kerls mit einem gewaltigen Schnurrbart.

Teil 4

Kapitel 12

In Alexanders Job als Kellner konnte man einiges an Trinkgeld verdienen, wenn man so imposant attraktiv, redegewandt und charmant war wie er. Man ahnte, wie sein Vater früher einmal ausgesehen haben musste, und das ließ die Tatsache, dass sich seine Mutter Elisabeth in ihn verliebt hatte, nicht mehr ganz so abstrus erscheinen.

Eigentlich hätte es sich so ganz gut leben lassen, aber Alexander hielt es für Verschwendung, solch ein Talent zu haben, ohne etwas daraus zu machen. Die Absicht war löblich, die Ausführung war es eindeutig nicht. Reichen Leuten mit offen stehenden Geldbeuteln vorzugaukeln, Investmentkenner zu sein, klappte auf Dauer nur, wenn man etwas von dem verstand, was man tat.

Erste wütende Belagerungen seiner Maisonettewohnung in Köln, die er nach den ersten Einlagen seiner Kunden angemietet hatte, veranlassten ihn dazu, ein paar Nächte bei einem Kollegen zu übernachten. Der gab ihm die Nummer eines wohlmeinenden Kreditinstituts, nachdem ihm der Dauergast in seiner Ein-Zimmer-Wohnung gehörig auf den Wecker ging.

Alexander zahlte erste Ausschüttungen zurück, mit denen er neue Einlagen bekam, die sich als ebenso fruchtlos erwiesen wie die zuvor. In dem Mischmasch aus Schulden und Verschulden verlor er schließlich den Überblick, wem er noch wie viel Geld schuldete. Leider war es nicht gesund, die Leute zu vergessen, die einem deswegen das Leben mehr als unangenehm machen konnten.

Er hatte noch mal an Silvester versucht, Geld von seiner Mutter zu bekommen und hoffte, mehr Erfolg als Angelika zu haben. Seine Mutter hörte ihm jedoch kaum zu. Irgendetwas beschäftigte sie, aber nicht die Sorgen ihres Sohnes. Sie hatte zwar für ihre Kinder ein Leben lang ein offenes Ohr gehabt, ihre Großzügigkeit aber in den letzten zwei Jahren so sehr auf Eis gelegt, dass Alexander fast das Gefühl bekam, man erwarte von ihm, bei einem Besuch noch Geld mitzubringen. Seinen Vater hätte man sicher nicht lange von dem Sinn dieser Maßnahme überzeugen müssen.

»Du hast vor einem Monat noch 10.000 bekommen. Du gehst arbeiten, du verdienst Geld. Damit solltest du auskommen«, hatte Elisabeth im letzten Sommer betont.

»Leicht gesagt. Du musst nicht mit meinem Lohn leben. Du hast ja auch alles.«

»Du hattest alle Möglichkeiten, Alexander. Gib mir nicht die Schuld, wenn du sie nicht genutzt hast.«

»Aber du hattest einen besseren Start«, erwiderte Alexander, auch wenn er nur vage Erinnerungen an seinen Großvater hatte, der immer mit einem dümmlichen Grinsen in der Gegend herumgelaufen war und mit Kekskrümeln gesprochen hatte.

»Ich hatte deinen Vater«, sagte seine Mutter schlicht. Das konnte in dem Fall alles oder nichts bedeuten. »Ihr müsst erwachsen werden. Du und deine Schwester.«

»Ich verspreche, dass ich mich bessern werde«, machte Alexander einen erneuten Versuch. Der Gesichtsausdruck seiner Mutter deutete allerdings schon an, dass er wenig Erfolg haben würde.

»Ihr bekommt mein Geld, wenn ich tot bin. So lange wirst du dich noch gedulden müssen«, sagte sie bestimmt. Ihr Gesicht ließ keinen Zweifel aufkommen, dass die Unterhaltung beendet war. Das hatte leider nicht so gut geklappt wie erwartet.

Frustriert, nicht das bekommen zu haben, was ihm in seinen Augen zustand, war er wieder auf seine eigene Weisheit angewiesen, die leider nicht so ausgeprägt war, wie er es gerne gehabt hätte.

Ein paar Tage später wäre er froh gewesen, nur frustriert sein zu dürfen, denn die mittlerweile beachtliche Meute, die ihn Tag und Nacht zu verfolgen schien, machte ein normales Leben fast unmöglich. Nachdem er mehrmals auf seiner Arbeitsstelle öffentlich angefeindet worden war, blieb er in letzter Konsequenz zu Hause, was zwar stringent logisch erschien, aber seinen Geldbeutel noch zusätzlich belastete. Er musste an Geld kommen, und das zügig.

Krisensicher erschien ihm, Drogen an gesellschaftsmüde Kids zu verkaufen, die es auf der Suche nach dem großen Kick mit der Qualität des Stoffes nicht so genau nahmen.

Den Einstieg in das große Geschäft bot ihm ein serbischer Landwirt, der immer, wenn er in Deutschland war, ein Bier in dem Lokal trank, in dem Alexander arbeitete.

Da er keine weiteren 50.000 aufbringen konnte, um sich bei seinem serbischen Geschäftspartner in eine kleine Haschplantage mit einem Anteil von 2.000 Pflanzen und dem benötigten Equipment einzukaufen, lieh er sich bei einem Halsabschneider Geld. Bei einem zu erwartenden Gewinnverhältnis von 1:30 hielt er das Risiko für überschaubar. Etwaige moralische Bedenken zerschlugen sich in dem Moment, in dem er seine Lieferung bekam.

Er hatte die einzelnen Päckchen in einer ruhigen Minute hinter der Täfelung in seinem Zimmer versteckt. Die Holzpaneele lösten sich überall im Haus. Er musste sich die nächsten Tage verstärkt damit beschäftigen, den Verkauf anzukurbeln. Der Zahltag kam beunruhigend nah.

Alexander war froh, kurzfristig unter den dunklen Schwingen seines Vaters abtauchen zu können. Da er sich in seiner Wohnung alles andere als sicher fühlte, kam ihm sein Aufenthalt in der Villa wie das Paradies vor.

Er schloss sorgfältig seine Zimmertür und schob die Wandverkleidung beiseite. Die in Ölpapier eingeschlagenen Päckchen schafften es immer, ihn zu beruhigen. Aber der erwartete Anblick blieb aus. Seine Hand stockte kurz, bis sie energischer im Dunkeln herumwedelte und auf keinen Widerstand stieß. Er riss panikartig die Paneele zur Seite, die daraufhin die Waffen streckten und komplett abbrachen. Das

Versteck blieb leer. Nachdem er weitere vier Paneele abgeris-
sen hatte, dämmerte es ihm endlich, dass das Gras weg und
er wahrscheinlich in Kürze tot war.

Kapitel 13

In Anbetracht Adalberts misslicher Lage, in der er dank Mitzi Weidenbruch steckte, konnte man es ihm nicht verübeln, dass er sich beinahe freute, dem Detektiv gegenüberzustehen. Umso mehr ärgerte ihn der Verrat der Helmersheim, die diesem Opportunisten die Tür geöffnet hatte. Von seinem Opfer, die Haushälterin zu heiraten, hatte er sich zwar in erster Linie Zugriff auf das Geld erhofft, hätte aber nichts dagegen einzuwenden gehabt, wenn sie ihm auch hier zur Seite gestanden hätte. Dafür wäre er auch durchaus noch mal bereit gewesen, über die Sache mit dem Sex nachzudenken, die in seinen Augen noch nicht zufriedenstellend geklärt war. Während er sich noch darüber ärgerte, diesen Punkt nicht als Bedingung für seine Einwilligung verhandelt zu haben, brach Roetig das unangenehm werdende Schweigen.

»Sehen Sie nicht so überrascht aus«, sagte er. »Ich habe Ihnen am Samstag angekündigt, dass ich kommen werde.«

»Und ich habe gehofft, es wäre nur ein schlechter Traum gewesen. Wie kommen Sie überhaupt hier rein? Ich habe die Torglocke nicht gehört.«

»Das Tor ist auf einmal kaputt«, sagte Gertrud. »Es steht offen.«

Kein Wunder. In den letzten Tagen musste es mehr öffnen und schließen als in den letzten zehn Jahren.

»Dann rufen Sie gefälligst einen Techniker.«

»Das habe ich ja. Diesen alten Mechanismus kann aber nicht jeder reparieren. Der Mann, der das kann, hat im Moment Urlaub.«

»Solange dann nur Hinz und Kunz hier herumschleichen, können wir ja ganz beruhigt sein. Ich wäre Herrn Kunz aber sehr verbunden, einfach wieder hinauszuschleichen.«

»Ich habe Ihnen bereits gesagt, meine Einstellung erlaubt es nicht ...«

»Ja, ich weiß. Sie sind ein verdammter Heiliger. Also, wie geht es jetzt weiter?«

»Ich habe ihm vorgeschlagen, das Haus systematisch zu durchsuchen. Er fängt auf dem Dachboden an«, mischte Gertrud sich ein.

Der Dachboden war ein gefährlicher Ort, der viele Möglichkeiten bot, sich den Hals zu brechen. Einige Bodenbretter waren morsch, die längst einmal ausgetauscht werden sollten. Adalbert hatte das stets zu verhindern gewusst. Keiner hielt sich dort oben auf, daher konnte er nicht einsehen, Geld dafür aus dem Fenster zu werfen. Elisabeth war es wohl nicht wichtig genug gewesen, mit ihm eine Diskussion darüber zu führen. Er hätte nicht gedacht, dafür einmal so dankbar zu sein.

»Was sucht er denn?«, fragte Mitzi, die hinter Adalbert im Türrahmen erschienen war und den Flur verdunkelte.

»Nichts, was Sie etwas angehen würde.« Das fehlte noch, dass er diesem Weib die Probleme seiner Familiengeschichte auf die Nase binden würde. Das erledigte Gertrud für ihn.

»Indizien, dass Elisabeth ermordet worden ist«, sagte sie. Adalbert stellte fest, dass sie ihr Kreuz durchdrückte, um größer zu wirken. »Elisabeth war Adalberts Frau.« Damit da nur keine Missverständnisse aufkommen konnten.

»Ich dachte, sie wäre krank gewesen?«

Diese fette Frau war nicht nur beängstigend penetrant, sondern auch noch neugierig.

»Das war sie auch«, fuhr Adalbert dazwischen. Dass Mitzi durch die Gegend rennen und vielleicht draußen noch herumplärren würde, dass die Hausherrin abgemurkst worden war, könnte sich sehr kontraproduktiv auf seine Suche nach einem Investor auswirken.

»Aber dieser Schmalspur-Schnüffler verbeißt sich in die Idee, dass ihr Tod andere Gründe hat.«

»Ich verbeiße mich nicht, ich gehe Hinweisen nach«, erwiderte Roetig, bevor die Weidenbruch erneut ihren Senf dazugeben konnte.

»Wo willst du mit dem Sack hin?«, fragte Gertrud. Den hatte Adalbert fast vergessen.

»Da sind Holzscheite drin. Er wollte mir ein romantisches Feuer anzünden.«

»Ein Feuer anzünden? Im Kamin? Das hat er noch nie gemacht.«

»Ich sagte ja auch romantisch«, erwiderte Mitzi von oben herab. Sie hätte auch sagen können: Für Sie alte Krähe nicht, das stimmt. Es hätte sich nicht anders angehört.

»Ich glaube nicht, dass mein Verlobter Interesse daran hat, mit Ihnen romantische Feuer zu entfachen«, sagte Gertrud ätzend, und ausnahmsweise war Adalbert mit ihr da auch mal einer Meinung.

»Das glaube ich definitiv auch nicht«, sagte er daher harsch und hielt den Sack so gut es ging hinter seinem Rücken, weil er hoffte, mit dieser Diskussion die Aufmerksamkeit davon abzulenken.

»Wie Sie meinen«, antwortete Mitzi so gönnerhaft, dass man schon blind und taub sein musste, um die Unverschämtheit in dem Satz nicht herauszuhören. Wenigstens rückte sie ab, wenn ihr Abgang auch ein paar Probleme mit sich brachte, da Gertrud, Roetig und Adalbert sich nicht gleichzeitig auf dem Flur befinden konnten, wenn Mitzi Weidenbruch Durchlass verlangte. Nach einem kleinen Tumult war sie eine Etage höher entschwunden.

»Ich denke, damit sind zum Anfang erst einmal alle Fragen geklärt. Ich mache mich an die Arbeit«, sagte Roetig und schickte sich an, zur Treppe zu gehen.

»Einen Moment, ich zeige Ihnen den Weg«, bot sich Gertrud an. »Aber meine Frage möchte ich dennoch beantwortet haben. Was ist in diesem grässlich muffigen Sack?«

»Eine Überraschung«, sagte Adalbert und hoffte, es hörte sich geheimnisvoll an. Er hatte keinerlei Übung darin. Dieser Meinung war Gertrud anscheinend auch.

»Der Himmel bewahre mich«, erwiderte sie, worüber Adalbert schon ein wenig beleidigt war, schließlich war sie immer diejenige gewesen, die offensichtlich auf Romantik Wert legte. Wie sonst war es zu erklären, dass sie sich in ihrem Zimmer tief in der Nacht stundenlang tränentriefende Schnulzen anhörte, die einem normalen Menschen die Fußnägel aufrollen ließen und die Stromrechnung in die Höhe trieben. Er hatte Elisabeth gegenüber mal erwähnt, dass die Haushälterin nicht ausgelastet sein könnte, wenn sie sich mit solchen Sendungen die Zeit vertrieb, bekam von seiner Frau aber nur zu hören, er solle sich da raushalten und die Mitarbeiterführung den Profis überlassen. Ein Spruch, den seine Mitarbeiter am Tag danach zu spüren bekamen, auch wenn sie nicht sagen konnten, wie und warum überhaupt.

»Ich gebe ihn dem Gärtner, der wird sich schon darum kümmern«, sagte Gertrud und streckte ihre Hand aus.

»Finger weg!«, herrschte Adalbert sie an. »Das ist mein Sack und damit mache ich, was ich will. Sie haben vielleicht die Kontrolle über mein Haus und meine Möbel, aber dieser Sack gehört zum Kuckuck noch mal mir.«

»Sie haben ein lustiges Verhältnis«, konnte der Detektiv sich nicht verkneifen.

»Kein Verhältnis, wir sind verlobt.« Da ließ Gertrud keine Missverständnisse aufkommen. »Adalbert ist nur so entsetzlich steif. Er kann sich einfach nicht an das vertrauliche Du gewöhnen.«

Adalbert hätte sich nach den letzten Tagen gerne an alles gewöhnt, wenn es ihm nur zusicherte, die ehemalige Haushälterin nie wieder zu sehen.

»Heirat? Interessant«, sagte der Detektiv nur und kritzelte irgendetwas in seinen Block. Wahrscheinlich hatte er das im Fernsehen gesehen.

»Ich gehe jetzt auf mein Zimmer«, sagte Adalbert und stieg so hoheitsvoll die Treppe hoch, wie ihm das mit den klimpernden Knochen in dem Sack möglich war.

Die Attacke von Mitzi und die Anwesenheit von Roetig hatten Adalbert kurzerhand aus seinen Gewohnheiten geworfen, dessen er sich schmerzlich bewusst wurde, als er auf seinem Bett saß und den Knochensack schützend hinter seinen Beinen verstaut hatte. Er hätte gerne bequemer gesessen, jedoch war sein Schlafgemach ein Ort, der schon unter normalen Umständen nicht zum Verweilen einlud.

Adalbert war der Ansicht, das Schlafzimmer sei einzig und allein dafür da, sein Haupt nach einem arbeitsreichen Tag niederzubetten und Kraft für den nächsten Tag zu sammeln. Hier war kein Platz für Gemütlichkeit und für Sinnlichkeit erst recht nicht. Er hatte schon vor Jahren das King-Size-Bett gegen ein schlichtes Einzelbett mit Metallrahmen ausgetauscht. Der einzige Luxus, den er sich erlaubte, war, das Bett direkt in die Ecke zu stellen, wo zwei Fenster aufeinandertrafen, was viel Licht bedeutete und im Sommer die Morgensonne vorwitzig hereinscheinen ließ, deren Strahlen nicht wissen konnten, welchem Griesgram sie die Nase kitzelten.

Adalbert nutzte ihren Vorteil, frühzeitig ohne Wecker oder sonstigen Schnickschnack wie Handyalarm wach zu werden, was alles nur unnötig Batterien, Strom oder sonstige Ressourcen kostete. So blieb ihm einzig und allein nur sein Bett, auf dem er sitzen konnte, um seine neue Situation zu analysieren – und selbst das war ihm nicht vergönnt. Es klopfte. Sein Versuch, das einfach zu ignorieren, wurde mit einem weiteren Klopfen belohnt. Er hatte glücklicherweise die Tür abgeschlossen.

»Adalbert, mach auf. Ich weiß, dass du da drin bist«, zischte seine Schwester durch die geschlossene Tür. Adalbert war versucht, sie zu ignorieren. Er wusste allerdings, wie hartnäckig Clara sein konnte und wollte nichts tun, was Roetigs Misstrauen in irgendeiner Form erregen konnte. Der Bursche fabulierte sich schon genug dummes Zeug zusammen.

»Komm rein und schrei hier nicht so herum«, sagte er, als er die Zimmertür öffnete und Clara sich an ihm vorbeidrängte, um seine bereits eingesessene Kuhle in seinem Oberbett mit ihrem dürren Hintern auszufüllen.

»Sitz nicht auf meinem Bett, das kann ich nicht leiden«, murrte er.

Dieser Protest hätte sicherlich mittlerweile sogar nicht mal mehr die Helmersheim beeindruckt, bei seiner Schwester hatte er diesbezüglich noch weniger Hoffnung. Nie war es ihm klarer geworden als in den letzten Tagen, wie sehr seine Welt auseinanderbrach und seine Autorität zu einem nichtssagenden Aschehäufchen verbrannte.

»Dann stell ein paar Stühle hin«, antwortete Clara mit der nüchternen Logik, die ihn schon als Kind zur Weißglut gebracht hatte.

»Ich habe nicht vor, mein Schlafzimmer zu einem Ort der Begegnung zu machen«, antwortete Adalbert pikiert.

»Keine Sorge, das wird sicher nicht passieren«, erwiderte Clara, um dann zu schweigen.

Das allein reichte schon, um Adalbert in Rage zu bringen, allerdings machte er sich aktuell mehr Sorgen, dass Clara den Sack zu ihren Füßen bemerken und unangenehme Fragen stellen würde. Die Sorge war jedoch unbegründet. Clara lag anscheinend nichts ferner, als über das Interieur des Zimmers weitere Fragen zu stellen.

»Ich hatte nach unserem letzten Gespräch den Eindruck, wir reden immer nur und unterhalten uns nie über die wirklich wichtigen Dinge.«

»Was kein Fehler ist«, betonte Adalbert.

Clara nun auch noch in die wirklich wichtigen Dinge einzuweihen, war ein Opfer, das er nicht einzugehen bereit war. Diese Dinge standen im Moment just zu ihren Füßen und er bezweifelte, dass sie dafür irgendein Verständnis aufbringen würde.

»Doch, das ist es«, erwiderte Clara. »Ich habe nämlich mein ganzes Leben etwas geheim gehalten, was mich immer belastet hat. Damit will ich jetzt Schluss machen.«

Adalbert fand es noch schlimmer, dass diese wichtigen Dinge sich offensichtlich nicht auf seine eigenen Probleme beschränkten, sondern ihn damit konfrontierten, sich die von Clara anhören zu müssen. Dazu hatte er noch weniger Lust, als Clara seine eigenen zu erzählen.

»Oder du behältst es einfach weiter für dich«, schlug er vor, wohl wissend, dass dieser Wunsch unerfüllt bleiben würde.

»Nein«, erwiderte Clara erwartungsgemäß. »Ich schleppe das schon lange mit mir herum. Und wer weiß, was dieser Detektiv so alles aufdecken wird. Ich halte es für vernünftiger, schon vorher reinen Tisch zu machen.«

»Sei nicht so melodramatisch. Das Einzige, was dieser Schnüffler will, ist, uns den Mörder von Elisabeth zu präsentieren. Wenn du das nicht zufälligerweise bist, weiß ich nicht, was deine Probleme die Allgemeinheit interessieren sollten.«

»Er könnte aber ein Geheimnis von mir aufdecken, das ich Elisabeth vor ein paar Monaten verraten habe.«

»Hast du im Supermarkt Lutscher geklaut? Wie schlimm können deine Geheimnisse schon sein?«

»Ich glaube, es könnte schon etwas Aufmerksamkeit erregen, dass ich seit meiner Jugendzeit mit Frauen schlafe.«

Adalbert weigerte sich zwar, die Konsequenz dieser Aussage zu tief in sein Gehirn eindringen zu lassen, aber brachiale Geständnisse hatten leider die Angewohnheit, sich nicht von den Wünschen unbeteiligter Anwesender beeindrucken zu lassen.

»Ich vermute mal, das bedeutet, nicht nur in einem Bett?«, fragte er und klammerte sich dennoch an die Hoffnung, Clara hätte sich nur unglücklich ausgedrückt.

»Sei nicht so albern. Dafür bist du zu alt«, erwiderte Clara. »Natürlich meine ich das nicht. Ich rede von romantischen Zusammenkünften.«

»Also von Sex«, stellte Adalbert klar.

»Wenn du es so ausdrücken willst, meinetwegen.«

»Das würde ich lieber nicht, da kannst du sicher sein«, sagte Adalbert, der noch immer an dem Ausdruck der romantischen Zusammenkünfte zu knabbern hatte und versuchte, diese mit der Gestalt von Mitzi Weidenbruch in Einklang zu bringen. Es gelang ihm nicht. Was er sich aber äußerst gut vorstellen konnte, waren die Schlagzeilen, wenn herauskäme, dass die Wackernagel-Familie Mörder, Lesben, Bankrotteure und andere merkwürdige Gestalten zu bieten hatte. Das brachte diese Schmeißfliege von Detektiv sicher auch noch auf die Idee, tiefer in der Geschichte der Familie zu graben. Das musste er unbedingt verhindern. Ganz zu schweigen davon, dass sich danach kaum mehr ein potenzieller Investor für seine Firma finden würde. Wer investierte schon Geld in eine Familiendynastie, die scheinbar nur aus Geistesgestörten bestand?

»Ich würde es begrüßen, wenn du diese Neuigkeiten bis auf Weiteres für dich behalten könntest.«

»Du glaubst gar nicht, wie gerne ich das täte. Vor allen Dingen, wo ich bei dir auf so viel Verständnis stoße. Leider weiß ich, dass Elisabeth Tagebuch geführt hat. Früher oder später wird man es finden. Wer auch immer.«

Für Adalbert stand es außer Diskussion, dass er derjenige sein musste. Überhaupt hatte er eindeutig zu wenig über Roetigs Einsatz in diesem Haus nachgedacht. Sonst wäre er längst schon einmal auf die Idee gekommen, Elisabeths Zimmer zu durchsuchen, um Beweise jedweder Art wegzuschaffen.

Der Detektiv kramte sicher noch auf dem Dachboden herum. Wenn er dort nicht wie gewünscht sein Leben ausgehaucht hatte, wogegen sprach, dass Adalbert noch keinen Aufschrei gehört hatte, gab es für ihn in der zweiten Etage, wo die Dienstbotenzimmer waren, noch genug zu tun. Reichlich Zeit also, um Elisabeths Zimmer im ersten Stock zu untersuchen.

»Was ist das eigentlich für ein stinkendes Teil?«, fragte seine Schwester in diesem Augenblick.

»Nichts, was dich etwas angeht«, erwiderte Adalbert und zog das stinkende Teil hinter ihren Beinen hervor. Dann mussten die Knochen ihn halt begleiten.

Roetig fuhrwerkte im Moment offenbar bereits im zweiten Stock herum und der Richtung der Geräusche nach zu urteilen im Zimmer von Gertrud Helmersheim. Adalbert hoffte, dass er dort auf delikate Dinge stieß, die es Adalbert erlaubten, sich den Rest seines Lebens über die Haushälterin lustig zu machen. So ganz hatte er ihr die Rolle der verklemmten Betschwester nie abgenommen. Er ahnte nicht, wie nah er damit an der Wahrheit war. Aber ganz egal, was die Helmersheim zu verheimlichen hatte, Hauptsache, es beschäftigte den Detektiv so lange, bis Adalbert im Zimmer seiner Frau fertig war.

Elisabeth hatte sich zwar nicht darum geschert, wie es bei ihrem Mann im Arbeitszimmer und Schlafzimmer aussah, für den Rest des Hauses hatte sie allerdings mehr Zeit investiert. Auch wenn die Möbel der gemeinschaftlichen Zimmer zwar elegant, aber dennoch schlicht und praktisch waren, hatte sie sich in ihrem Reich so ausgetobt, dass es Adalbert die wenigen Male, die er in ihrem Zimmer war, in den Augen schmerzte von dem ganzen Ming und Meißen. Verschlungene Figuren, die sich auf allen Flächen wiederfanden und nur darauf warteten, von normal veranlagten Menschen in die Tiefe gerissen zu werden, und Möbel, deren einziger Zweck scheinbar darin bestand zusammenzubrechen, wenn man sich darauf niederließ. Dass das nicht passierte, war eher Elisabeths zarter Gestalt als ihrem guten Geschmack geschuldet.

Da Adalbert nicht vorhatte, hier länger als nötig zu verweilen, störte er sich nicht weiter an den filigranen Gebilden, sondern begann methodisch Schubladen und Schranktüren zu öffnen, wobei er darauf bedacht war, keine Unordnung herzustellen, die es vorher nicht gegeben hatte. Elisabeth war in solchen Dingen ein sehr akkurater Mensch gewesen. So gewissenhaft er sich unter Zeitdruck auch alles anschaute, Elisabeths Tagebücher waren nicht dabei. Es blieb ihm wohl nichts anderes übrig, als ihr Ankleidezimmer ebenfalls zu durchsuchen, das durch eine Verbindungstür vom Schlafzimmer getrennt war. Er hätte das gern vermieden, da er keine besonders positiven Erinnerungen an seinen letzten Besuch dort hatte.

Er sollte damals Elisabeths Cape holen, da sie einen der seltenen Ausflüge machen, aber nicht mehr aus dem Bentley aussteigen wollte. Adalbert trabte los, nicht ohne vorher Protest angemeldet zu haben, der allerdings ungehört blieb. Um nicht noch mehr Zeit zu verschwenden und endlich alleine im Haus sein zu können, ersparte er es sich, seinen Unmut zu deutlich zu zeigen. Der holte ihn sowieso spätestens in dem Moment wieder ein, als er sich im Ankleidezimmer durch schier unerschöpfliche Berge an Jacken, Mänteln und Umhängetüchern gearbeitet hatte, bis er sich die Frage stellte, wie ein Cape überhaupt aussah. Diese Frage verdiente eigentlich eine eingehende Betrachtung, die sie aber nicht bekam. Adalbert war mit dem Manschettenknopf in einer Strickjacke hängen geblieben und bemerkte das erst, als die Rollgarderobe ihren ohnehin nicht festen Stand aufgab und ihn unter einer Masse an nicht näher definierten Kleidungsstücken begrub, in der er ein Cape selbst dann nicht mehr gefunden hätte, wenn er gewusst hätte, wie es aussah. Er verließ diesen Weiberalbtraum unverrichteter Dinge, nicht ohne Gertrud Helmersheim im Vorbeigehen die Anweisung erteilt zu haben, sie solle diesen Saustall gefälligst aufräumen, da ja kein Mensch in der Lage sei, irgendetwas darin zu finden. Auf Elisabeths fragendes Gesicht antwortete er, indem er ihr einen Wachsmantel auf die Rücksitzbank warf, den er im Foyer hatte hängen sehen, ohne sich darum zu scheren, dass dieser Elisabeth so dermaßen zu lang sein würde, dass sie ihn wie eine Schleppe hinter sich herschleifen würde.

Nein, Adalbert verbanden keine guten Erinnerungen mit diesem Raum.

Er schloss die winzige Schublade von Elisabeths Nachttisch, die einzig und allein ein Seidentaschentuch, Nasensalbe und Handcreme enthielt, und strich die Falte in der Zudecke ihres Bettes wieder glatt, die er hinterlassen hatte, als er sich mit einer Hand darauf abstützte. Sich vorzubeugen war auch nicht mehr so einfach wie früher. Daher glaubte er auch erst, das Geräusch, das er gehört hatte, käme von seinen Knochen, die sich über die ungewohnte Bewegung beschwerten. Als er das nächste Geräusch hörte, glaubte er das nicht mehr, es sei denn, seine Knochen hätten sich angewöhnt zu klirren. Das kam eindeutig aus dem Nebenzimmer.

Adalbert suchte eine Sekunde hektisch nach einer Stelle im Zimmer, wo er sich verstecken konnte, bis ihm wieder klar wurde, dass er nicht derjenige war, der hier nichts verloren hatte. Schließlich war es nicht verwerflich, das Schlafzimmer seiner Frau aufzusuchen.

Er war zwar schon vorher nicht laut gewesen, achtete nun aber peinlichst darauf, noch leiser zu sein. Er musste einen Moment überlegen, ob das Ankleidezimmer noch eine zweite Tür besaß, beschloss dann aber, dass das nicht so war, da es bei den baulichen Gegebenheiten keinerlei Sinn gemacht hätte, es sei denn, man nutzte sie, um sich an der Fassade abzuseilen.

Das Zimmer hatte keine Klinke, sondern einen perlmuttfarben schimmernden Drehknopf, der den Schnapper lautlos zurückgleiten ließ. Da Adalbert sich beim besten Willen nicht mehr daran erinnern konnte, ob die Scharniere quietschten, hoffte er, durch einen Spalt genug zu sehen, um festzustellen, wer sich da an den Kleidern seiner Frau zu schaffen machte. Die Helmersheim konnte es nicht sein, die war im Erdgeschoss gewesen. Er hatte sie am Telefon mit dieser Innenarchitektin sprechen hören, und seine Tochter hatte mit seinem Enkel das Haus verlassen. Er war sicher, dieses fette Weib oder seine Schwester hier herumschnüffeln zu sehen. Elisabeth besaß auch etliche Pelze, die so viel wert waren, dass es ihm nachträglich noch Bauchschmerzen bereitete. Seines Erachtens hätte einer mit 200 müden Hamstern auch gereicht, seiner Frau den Wunsch nach Pelz zu erfüllen. Wenn jetzt irgendeine der Frauen gedachte, damit abzudampfen, würde es noch ungemütlicher in der Villa Wackernagel werden, als es im Moment sowieso schon war.

Der zweifingerbreite Spalt reichte, um Adalbert den Blick in einen Ankleidespiegel zu ermöglichen, in dem er eine Person erkennen konnte, die sich einen Strumpfhalter an einem ihrer behaarten Beine zurechtzog. Der Strumpfhalter saß wohl richtig und die Person ließ das knisternde lange Taftkleid an ihren Beinen heruntergleiten.

»Du bist so was von heiß«, sagte Alexander Wackernagel zu seinem Spiegelbild und kniff sich in die Wange.

Kapitel 14

»Und er will sich wirklich so gar nicht darum kümmern?«, fragte Bankdirektor Brandt ungläubig.

»Offensichtlich nicht. Er ist der Meinung, zu Hause hätte er Wichtigeres zu tun.«

»Das erschüttert mich.« Brandt fiel auf seinem Chesterfield-Sessel in sich zusammen. »Nach allem, was ich für ihn getan habe.«

»Nach allem, was Sie in erster Linie für sich selbst getan haben«, korrigierte Neudorf ihn. »Schließlich ging es Ihnen dabei finanziell nicht schlecht. Ich habe Einblick in die Bücher, ich weiß das.«

»Sie wissen gar nichts. Ich trage immerhin das ganze Risiko. Was soll Ihnen schon passieren? Sie verlieren Ihren Job. Ich verliere meine Reputation. Warum habe ich mich darauf nur eingelassen?«

»Weil Sie gierig sind.«

»Nein, weil ich sicher war, dass sich das alles wieder regeln würde. Immerhin ist Herr Wackernagel ein seriöser Geschäftsmann.«

»Altmodisch und stur ist nicht gleichbedeutend mit seriös. Er lehnt jede Art von Neuerungen ab.«

»Leider wird er darum jetzt nicht herumkommen. Dass wir so kurz vor dem Absturz sind, brauche ich Ihnen ja nicht zu sagen.«

Sie schwiegen und betrachteten den Rhein von ihrem sanft schaukelnden Platz in 45 Metern Höhe. Das gab Brandts letzter Aussage noch einen visuellen Reiz.

Neudorf und der Bankdirektor hatten sich an der Rheinseilbahn getroffen, da sie ihre Unterhaltung auf jeden Fall unbelauscht führen wollten. Vor Fahrtantritt aber Ritzen und Löcher auf Abhörmikrofone zu untersuchen, fand Neudorf doch arg übertrieben.

»Dann bleibt uns keine andere Möglichkeit, als zu drastischeren Mitteln zu greifen«, brach er das Schweigen.

»Was soll ich mir denn darunter vorstellen? Drastisch ist es im Moment nur für mich.«

»Ja, schon gut.« Neudorf ging Brandts Gejammer ziemlich auf den Keks. Es gab das Gerücht, dass er sich die Wohnung mit einer Luxus-Sexpuppe teilte. Neudorf wusste nicht, woher diese Vermutung stammte, fand sie aber nicht komplett abwegig.

»Wir könnten ihm drohen, alles öffentlich zu machen«, sagte er.

»Sind Sie vollkommen verrückt geworden? Wenn er sich davon nicht beeindrucken lässt, liefern Sie uns damit alle ans Messer.«

»Das klappt schon. Dem Alten ist Öffentlichkeit ein vollkommener Gräuel. Allein der Gedanke, dass alle Welt von seinem Versagen erfährt, wird bei ihm sicher schon zu Herzrhythmusstörungen führen.«

»Bei mir übrigens auch«, sagte Brandt. »Sein Versagen ist immerhin auch unser Versagen.«

»Ihr Versagen«, korrigierte Neudorf. »Ich habe damit nichts zu tun. Schließlich ist er der Chef und bestimmt letztendlich, wo es langgeht. Da nützt mir auch meine Prokuristenposition nichts.«

»Also, was schlagen Sie vor?«

»Wenn er nicht zu Ihnen kommt, müssen Sie zu ihm. «

Es rüttelte über ihnen, die Gondel blieb stehen. Brandt klammerte sich an dem Buchhalter fest. Neudorf erinnerte sich, dass das öfter mal passierte. Er hoffte, dass er nicht noch mehrere Stunden mit der winselnden Memme verbringen musste. Die Vorstellung machte ihn nervös, da er sich längst nicht so sicher fühlte, wie er vorgab zu sein.

»Sein Sohn ist auch in der Villa. Der wird in dieselbe Kerbe schlagen. War vor einiger Zeit mal bei mir und versuchte zu intervenieren. Der würde seinen Vater jederzeit zum Abschuss freigeben.«

»Vielleicht der geeignete Nachfolger für ihn?« Die Gondel setzte sich in Bewegung und Brandt bekam langsam wieder eine normale Gesichtsfarbe.

»Das fehlte uns noch. Ein eitler, selbstverliebter Blender. Hält sich für eine ganz große Nummer, ist aber ein absoluter Verlierer. Trotzdem habe ich ihn nicht ganz abblitzen lassen. Hatte eine Menge nützlicher Informationen für uns.«

»Irgendetwas, das uns hilft?«

»Das will ich meinen. Oder wussten Sie, dass ein Privatdetektiv im Anmarsch ist, der den Tod von Frau Wackernagel genauer unter die Lupe nehmen will?«

»Das ist natürlich was.« Brandt wollte lässig durch die Zähne pfeifen, aber seine Zahnlücke brachte nur ein leises Zischen heraus. »Das hat der Sohn wirklich erzählt?«

»Live und in Farbe. Es besteht der Verdacht, dass mit ihrem Tod etwas nicht mit rechten Dingen zugegangen ist. Würde auch mit den Problemen in der Firma zusammenpassen. Der Alte brauchte Geld und seine Frau wollte es ihm nicht geben.«

»Wenn er überführt wird, hilft uns das auch nichts. Warum sollte er sich dann erpressen lassen? Die Geschichte erfährt dann doch sowieso jeder.« Brandt ärgerte sich, dass er davon noch nichts gehört hatte, aber Elisabeth Wackernagel hatte ihr Vermögen bei einer anderen – in ihren Augen seriöseren – Bank untergebracht.

»Sie hören mir nicht zu. Nicht die Polizei ist bei ihm, sondern ein Privatdetektiv. Soll noch von seiner Frau vor ihrem Tod engagiert worden sein. Die hatte schon so eine Ahnung, dass ihr jemand den Garaus machen wollte. Wackernagel wird auf jeden Fall alles tun, damit die Sache unter Verschluss bleibt.«

»... und dankbar japanische Investoren akzeptieren, damit das auch weiterhin so bleibt«, sagte Brandt und klang wesentlich glücklicher als zu Beginn der Fahrt.

»Genau. Also müssen Sie dahin und ihm das deutlich machen.«

»Das könnten Sie genauso gut übernehmen.«

»Geht es hier um meinen Hintern? Sie haben sich da rein-manövriert, holen Sie sich auch selbst wieder heraus. Ich habe immerhin die Investoren beschafft.«

Die Gondel kippte sacht nach vorne und verlor an Höhe. Die Station auf der anderen Seite des Rheins kam unaufhör-lich näher. Neudorf war froh, die Kabine bald verlassen zu können. Er wollte die Reisetauglichkeit des Bankdirektors nicht weiteren Prüfungen unterziehen.

»Dann hoffen wir, dass das gut geht«, sagte der und starrte sehnsüchtig auf die Leute, die vor ihnen gerade ausstiegen. Er fühlte sich nicht wohl in seiner Haut, aber das lag be-stimmt nicht alleine an dem ungewöhnlichen Verkehrsmit-tel. Die Aussicht auf eine Diskussion mit Adalbert Wacker-nagel hätte niemanden fröhlich gestimmt. Dieses Gespräch trug allerdings auch nicht viel dazu bei.

»Versauen Sie es bloß nicht!«, sagte Neudorf.

»Ich gebe mir Mühe«, erwiderte Brandt nur und war froh, dass seine Füße wieder festen Boden berührten. »Machen Sie ein Treffen mit diesen Japanern aus und geben Sie mir dann Bescheid.«

Neudorf überlegte, ob er auf demselben Weg wieder zu-rückfahren sollte, entschied sich dann jedoch für ein Taxi. Wenn sie Glück hatten, war bald alles geregelt. Die Japaner würden Geld dalassen und sich wieder nach Japan verziehen. Das war schon ein Grund zu feiern.

Kapitel 15

Adalbert hatte in seinem Leben schon viele merkwürdige Gestalten gesehen und Männer in Frauenkleidern gehörten definitiv dazu, aber dass er seinen Sohn einmal in diese Kategorie einsortieren müsste, hätte er sich trotz dessen ganzer Verrücktheiten dann doch nicht träumen lassen.

Zum Glück hatte Alexander ihn nicht bemerkt. Adalbert drehte den Knauf und ließ das Schloss nahezu geräuschlos wieder zuschnappen. Elisabeths Schlafzimmer hatte im Moment jeden Reiz für ihn verloren, der ohnehin schon nicht besonders ausgeprägt gewesen war.

Wieder im Flur, versuchte er gerade, dass eben Gesehene mit seinem Weltbild in Einklang zu bringen. Das musste jedoch warten. Roetig kam die schmale Treppe vom zweiten Stock herunter, viel früher, als Adalbert ihn erwartet hatte. Eigentlich konnte er es auch nicht erwarten, ihn wieder loszuwerden, aber nach den jüngsten Ereignissen hätte sich dieser für den Rest der Woche im oberen Stock aufhalten können.

»Oben scheint alles in Ordnung zu sein«, sagte Roetig. Adalbert konnte das Bedauern in seiner Stimme hören.

»Was auch sonst?«, erwiderte er. Ihm geisterte ständig im Kopf herum, wie er den Detektiv mit einem Tritt die Treppe hinunter ins Erdgeschoss beförderte, hielt das aber für den weiteren Verlauf ihrer Beziehung nicht förderlich.

»Dort habe ich auch nicht wirklich etwas erwartet«, fuhr Roetig fort. »Jetzt kommen erst die Räume, in denen es interessant wird.«

In Anbetracht dessen, was Adalbert vor wenigen Augenblicken gesehen hatte, konnte er ihm nur zustimmen. Der Detektiv zog ein Papier aus der Brusttasche seiner Lederjacke und faltete es auseinander.

»Nach dem Plan sind hier auf diesem Stockwerk die Schlafzimmer der Familienmitglieder«, sagte er und zeigte über

Adalberts Schulter hinweg vage auf die Tür, die dieser notfalls mit dem bisschen Leben verteidigen würde, das er noch in seinem dürren Hintern hatte.

»Woher zum Teufel haben Sie das?«, fragte er, damit er Zeit gewann, sich mental auf eine körperliche Auseinandersetzung vorzubereiten.

»Von der Hausbesitzerin«, antwortete Roetig diesmal eindeutig von oben herab.

Deutlicher konnte er Adalbert nicht zeigen, dass der in diesem Haus gar nichts mehr zu melden hatte. Er nahm sich vor, mit seiner Verlobten bei nächster Gelegenheit ein ernstes Wörtchen zu reden. Aber erst musste er den Detektiv von dieser Tür ablenken. Es war nicht auszudenken, was der aus der Neuigkeit machen würde, dass der Sohn des Hauses eine Transe war, dazu noch in den Kleidern seiner verstorbenen Mutter. Selbst Adalbert hielt das für reichlich geschmacklos.

»Dann fände ich es vernünftig, im Schlafzimmer meiner Frau anzufangen«, sagte er und fand, dass er das äußerst subtil einfädelte. Menschen neigten dazu, immer das Gegenteil von dem zu tun, was man ihnen vorschreiben wollte. Immerhin war jeder bestrebt, als Freigeist dazustehen und sich nicht fremdbestimmen zu lassen.

»Und Sie wissen natürlich, was vernünftig ist?«

Das war keine Frage, Roetig klang eindeutig spöttisch. Adalbert wäre in diesem Augenblick bereit gewesen, verarmt in einem Altenheim zu sitzen, wenn er ihn nur wirklich die Treppe hinunterwerfen könnte. Aber sein Trick funktionierte besser als erwartet. Adalbert hoffte nicht, dass er sich noch als psychologisches Genie entpuppte. Dafür konnte er andere Menschen zu wenig leiden.

»Natürlich. Immerhin bin ich lebenserfahrener als Sie.«

»Wenn Sie meinen. Trotzdem ist mir das egal. Ich gehe lieber systematisch vor«, erwiderte Roetig und machte sich auf den Weg zum Ende des Ganges, wo sich Alexanders Zimmer befand.

Adalbert hoffte nur, dass sich dort keine Crossdressing-Garderobe befand. Er konnte den Gedanken nicht weiter verfolgen, da er sah, wie Gertrud unten die Haustür öffnete, dicht gefolgt von einem Mann, der Adalbert erst auf den zweiten Blick bekannt vorkam. Trotzdem war er sich sicher, ihn zu kennen. Gertruds Werdegang von einer Haushälterin hin zu einer potenziellen Ehefrau hakte ganz gewaltig, wenn sie damit anfing, irgendwelche Fremde auf das Grundstück zu lassen. Adalbert eilte die ersten Stufen hinunter, bis ihm auffiel, dass er diesen vermaledeiten Sack vergessen hatte. Er musste das verdammte Ding bald loswerden.

»Ein Überraschungsbesuch. Herr Wackernagel erwartet mich nicht.«

Diese kraftlose Stimme kannte Adalbert tatsächlich, obwohl es schon lange her war, dass er deren Besitzer gesehen hatte.

»Lassen Sie den Mann in Ruhe«, herrschte er die Helmersheim an, die Bankdirektor Brandt höflich den Mantel abnehmen wollte. »Er muss sich hier wirklich nicht häuslich einrichten.«

»Falsch, Herr Wackernagel. Ganz falsch.« Brandt schaute sich hilfesuchend im Foyer um, da ihn Gertrud nicht mehr von der Last seines Wintermantels befreien wollte. Das Foyer bot keine Garderobe, die man als Unbeteiligter sofort als solche erkennen konnte.

»Wir haben Dringendes zu besprechen. Sie gehen mir in der letzten Zeit ja eher aus dem Weg.«

»So ein Blödsinn«, herrschte Adalbert ihn an, der nicht vorhatte, seine Firmeninterna vor der Haushälterin zu erörtern, mochte sie seine Verlobte sein oder nicht. »Wir gehen ins Arbeitszimmer.«

Er durchquerte das Foyer so schnell, dass Brandt Mühe hatte, ihm zu folgen.

»Wagen Sie es nicht, der Tür näher zu kommen als jetzt«, herrschte er Gertrud an, die sich anschickte, unauffällig in dieselbe Richtung zu flanieren. »Wenn Sie wieder an der Tür lauschen, werden Sie meiner Frau schneller folgen, als Ihnen lieb ist.«

Er wollte effektvoll die Tür zuknallen lassen, was aber durch ihr Gewicht nicht ganz so einfach war.

»Warum Sie mich zu Hause belästigen, werde ich wohl hoffentlich bald erfahren«, schnauzte er Brandt an, als er den Sack neben den Kamin stellte. Hier hatte er ihn von jeder Stelle des Zimmers bestens im Blick.

»Ich möchte doch bitten. Ein wenig mehr Kooperation wäre hilfreich, Herr Wackernagel.«

»Ein größerer Darlehensspielraum wäre das ebenfalls.«

»Daran ist nicht zu denken. Ich hänge jetzt schon mit einem Bein über Ihrem Abgrund. Ich habe nicht vor, mich ganz in die Tiefe reißen zu lassen.«

»Das wird passieren, wenn wir keine neue Einigung treffen.«

»Herr Wackernagel, ich sage Ihnen was. Ich lasse Sie in die Insolvenz rauschen, dass es nur so scheppert. Dann ist es vorbei für Sie. In Ihrer momentanen Situation, so ganz ohne das Erbe Ihrer Frau, bestimmt kein erstrebenswerter Zustand. Von der Insolvenzverschleppung ganz zu schweigen. Mir wird der Vorstand nur einen Klaps verpassen.«

»Der Disziplinarausschuss wird Ihnen sicher auch noch etwas klapsen. Sie haben auch nicht schlecht daran verdient«, erwiderte Adalbert.

»Mag sein. Aber nicht so ohne Weiteres beweisbar. Damit kann ich leben. Ob Sie das können, ohne Firma, ohne Geld und guten Ruf, das wage ich zu bezweifeln.«

Adalbert hatte Brandt nie als besonders durchsetzungsstarken Menschen erlebt. Er konnte auch nicht erkennen, woher diese plötzliche Entschlossenheit kam.

»Was wollen Sie also jetzt von mir?«, fragte er dann, da er keine befriedigenden Erkenntnisse bekam.

»Ihre Firma wird einen Investor aufnehmen. Schleunigst.«

»Schleunigst bedeutet?«

»Bis spätestens Ende dieser Woche. Die Japaner sind ganz wild darauf. Die mögen solche Traditionsunternehmen. Natürlich wollen sie ihren möglichen Geschäftspartner auch kennenlernen.«

»Ich werde nicht mit Japanern sprechen«, sagte Adalbert bockig.

»Doch, das werden Sie. Eine Auswahl befindet sich bereits auf dem Weg zu Ihrer Firma«, erwiderte Brandt, als wären Japaner eine Kollektion neuer Armbanduhren.

»Ich werde die Anweisung geben, dass sie auf keinen Fall meine Firma betreten dürfen.«

»Zu spät. Ihr Buchhalter und Ihr Produktionsleiter sind auf meiner Seite. Sie haben nicht vor, mit Ihren kurzsichtigen Entscheidungen die Firma weiter zu gefährden.«

Adalbert fragte sich, warum er die beiden nicht schon längst ins Fegefeuer der Arbeitslosigkeit gestoßen hatte. Dafür war es jetzt wohl zu spät.

»Ich komme am Freitag wieder. Dann will ich Ihre Antwort hören. Und bringen Sie diesen Sack nach draußen. Der stinkt grauenvoll«, sagte Brandt.

Er verließ Adalbert ohne ein Wort des Abschieds.

Unangenehme Gespräche hatte Adalbert in seinem Haus in den letzten Tagen reichlich gehabt. Daher war er alles andere als erfreut, dass zu seinen momentanen Problemen noch das Ultimatum von Brandt hinzugekommen war. Adalbert war Geschäftsmann genug, um zu wissen, dass sich seine Probleme mit der Firma nicht auf einmal in Luft auflösen würden, aber trotzdem hatte er die Hoffnung gehegt, sie dort zu lassen, wo sie hingehörten – vor der Tür.

Er verzog sich wieder in sein Arbeitszimmer, wobei der Sack gegen den Türrahmen schlug. Die Knochen klapperten unlustig. Adalbert konnte ihnen das nicht übel nehmen. Besonders lustig war ihm ebenfalls nicht zumute.

Dass der Bankdirektor mit einer Horde Japaner aufgetaucht war, hielt er für ein beunruhigendes Zeichen. Das konnte unmöglich auf seinem Mist gewachsen sein, denn für besonders helle hatte Adalbert ihn noch nie gehalten. Außerdem wusste er, dass Brandt ein Nazi reinsten Wassers war, der eher mit hochgewachsenen blonden Skandinaviern und nicht mit einer Rotte degenerierter kleinwüchsiger Schlitzaugen in seine Firma eingefallen wäre. Das allein musste ihm schon schwergefallen sein. Allerdings war er so geldgierig, dass er dafür sicherlich seine Prinzipien aufgeben würde, solange größere Finanzspritzen von kleinen Menschen am Horizont auftauchten.

Das Problem erforderte eine schnelle Lösung, aber das taten auch noch andere Schwierigkeiten im Haus. Adalbert sah sich gezwungen, eine Prioritätenliste zu erstellen, um festzustellen, was sein dringlichstes Problem war. Das kam allerdings plötzlich aus einer anderen Ecke als vermutet. Er fühlte sich nicht wohl. Das war in seinem Alter nicht unbedingt außergewöhnlich, doch da es ihn so unvermittelt überfiel, schenkte er diesem Umstand Beachtung.

Adalbert ließ sich auf seinen Liegesessel fallen, der ihm diesmal nicht den Gefallen tat, nach hinten überzuklappen, sondern ihn in einer ungemütlich gepressten Stellung sitzen ließ, die ihm sein spitzes Kinn gegen die Brust drückte. Er horchte auf seinen Atem und versuchte, den Angriff aus dem Hinterhalt abzuwehren. Leider kam der nicht nur aus seinem Inneren, sondern abermals in Gestalt von Mitzi Weidenbruch, die mittlerweile jegliche Höflichkeit vermissen ließ und ohne anzuklopfen in den Raum schwebte. Das war allerdings sicher nur ihre Auffassung von dem, was sie hier tat. Adalbert kam es so vor, als rolle eine Dampfwalze auf ihn zu, die es gerade noch schaffte, vor ihm haltzumachen. Dafür war er dankbar, denn er sah momentan keine Möglichkeit, sich aus seiner misslichen Lage zu befreien. Reden konnte er dennoch.

»Was fällt Ihnen ein, einfach hier hereinzukommen?«, nuschelte er und versuchte, der aufkommenden Übelkeit keine Möglichkeit zu geben, sich Luft zu verschaffen.

»Das letzte Mal sind wir gestört worden. Dabei hatte ich noch so viel mit Ihnen vor.«

Die Dampfwalze beugte sich über ihn und verdunkelte den Raum. Adalbert sah die wogenden Brüste auf sich zukommen und hatte einen kurzen Augenblick die Vision, von einer dieser Monstertitten erstickt zu werden. Er hob das Kinn, um über der Schulter von Mitzi nach Luft zu schnappen. Jetzt war ihm wirklich schlecht und auch sein Herz hämmerte in der eingefallenen Altmännerbrust. Er war sich durchaus bewusst, sterben zu müssen, hätte sich allerdings einen etwas stilvolleren Rahmen gewünscht, als das in den schwabbeligen Armen von Mitzi Weidenbruch zu tun.

»Aber jetzt laufen Sie mir nicht mehr weg.« Mitzi nestelte an seinem Krawattenknoten. Adalbert begrüßte es durchaus, dadurch etwas mehr Luft zu bekommen, auch wenn die Umstände, die dazu führten, eher geeignet waren, ihn das Fürchten zu lehren.

»Lassen Sie das«, zischte er.

Zu mehr Gegenwehr reichte es einfach nicht. Also versuchte er, alle Verachtung in dieses Zischen zu legen. Er war sich nicht sicher, ob ihm das gelungen war.

»Unartiger Junge«, gurrte Mitzi.

Offenbar nicht. Sie hatte den Knoten bereits geschickt gelöst. Adalbert wollte sich nicht ausmalen, wie viele arme Tröpfe das bereits über sich ergehen lassen mussten. Aber sicher hatten nicht alle im Sterben gelegen. Er weigerte sich, vor seinen Schöpfer zu treten, ohne richtig bekleidet und dazu noch unzüchtig gewesen zu sein. Da er seine Arme zu dicht am Körper hatte, um sie unter der Weidenbruch herauszuziehen, versuchte er, sich wie ein Aal aus der Zwangslage zu winden.

»Sie wollen mir doch wohl nicht weglaufen?«

Sie drohte ihm neckisch mit dem rechten Zeigefinger. Dafür hatte sie sich ein wenig aufgerichtet, indem sie ihre Knie durchdrückte, ihr Hinterteil in die Luft streckte und sich mit der linken Hand auf der Liege abstützte. Die zeigte sich angesichts dieser gewaltigen Übermacht beeindruckt und kapitulierte. Der Mechanismus brach und sie klappte nach hinten. Adalbert hätte gerne Schadenfreude empfunden, hob sich das aber für später auf. Erst musste er sich darauf konzentrieren, von dieser Masse, die auf ihm gelandet war, nicht endgültig erstickt zu werden.

Er beschränkte sich auf flaches Atmen, das merkwürdigerweise half, seine Übelkeit zu überwinden. Sein Herz hatte sich auch wieder beruhigt. Vermutlich befand es sich aufgrund der abstrusen Situation in Schockstarre. Adalbert konnte es ihm nicht verübeln. Allerdings verübelte er diese Starre einem anderen Teil seiner Extremitäten, die ihm jetzt erst auffiel. Vermutlich hatte er vorher zu viel damit zu tun gehabt, nicht zu sterben. Scheinbar hatte Mitzi eine Wirkung auf ihn, die er so nicht bedacht hatte. Er weigerte sich jedoch, dieses Weib von seiner Erektion profitieren zu lassen, die er nicht einmal selbst einordnen konnte. Wer sagte ihm überhaupt, dass es eine war? Gab es einen Infarkt der Genitalien? Adalbert wusste es nicht, weigerte sich allerdings auch, darüber nachzudenken. Das Thema war so schon eklig genug. Seiner Meinung nach reichte es, die Bekanntschaft mit seinem Penis auf das übliche Maß des Wasserlassens zu beschränken und ihn täglich einmal schnell und ohne hinzusehen mit dem Waschlappen zu waschen. Dennoch handelte es sich unverkennbar um eine Erektion. Schließlich hatte er in seinem Leben schon zwei gehabt. Die waren zwar mit einigen Mühen entstanden, trotzdem zählten sie als solche. Auf jeden Fall reichte es, ihm nicht sämtliche Kompetenz zu dem Thema abzusprechen.

»Gehen Sie runter von mir«, keuchte er und verstärkte seine Bemühungen, sich unter ihrem Leib entlangzuwinden, um wenigstens mit einem Bein den rettenden Fußboden zu erreichen.

»Was los hier?«, hörte er dumpf unter Mitzis Achselhöhle, die erstaunlich angenehm roch, eine Stimme, die von der Tür zu kommen schien. Mitzi richtete sich ein wenig auf, was ihm wieder mehr Luft und Licht, und zudem auch einen freien Blick ermöglichte.

Sein Gärtner stand im Rahmen und überblickte mit steinerner Miene die Szenerie. Es war unmöglich zu erkennen, was er dachte.

»Wir werden wohl gestört«, sagte Mitzi und kicherte. Sie rollte ihren Körper nach links, woraufhin dieser nicht unsanft auf das Parkett plumpste, wie Adalbert hoffte, sondern fast grazil zur Seite glitt. Auch war sie wesentlich schneller auf den Beinen, als es bei ihrem Umfang zu vermuten gewesen wäre. Adalbert hielt einen gut versteckten Sprungfedermechanismus in ihren unanständig hochhackigen Schuhen für möglich. Was Vladimir darüber dachte, war immer noch nicht zu erkennen.

»Scheren Sie sich raus«, japste er. Sein Magen revoltierte, aber die Beklemmung am Herzen war verschwunden. Schlecht war ihm, das konnte er seinem Körper jedoch kaum übel nehmen, schließlich musste der gerade eine Besteigung in Form eines Elefanten ertragen.

»Das machen wir bestimmt bald wieder«, erwiderte Mitzi und drückte ihm verheißungsvoll einen Kuss auf die schmalen Lippen. Adalbert versuchte, dem zu entgehen, indem er die Wangen aufblies, um sie quasi von sich wegzupusten. Natürlich war das bei dem Gewicht unmöglich. Außerdem animierte das auch seine immer noch unbestreitbare Erektion nicht dazu, sich wieder zu verziehen. Er war nur dankbar, dass diese Mitzi scheinbar entgangen war. Sie hätte sich sonst sicherlich noch bemüßigt gefühlt, ihre Lippen woanders aufzudrücken. Er konnte sich nicht vorstellen, dass die Anwesenheit von Vladimir sie ernsthaft davon abgehalten hätte. Der trat unwillkürlich einen Schritt beiseite, als sie an ihm vorbeirauschte. Das war wohl seine Art, Verachtung auszudrücken. Adalbert hoffte, nun keine Diskussion führen zu müssen, die ihm zuwider war. Andererseits war er seinem

Gärtner keine Erklärung schuldig. Außerdem wurde er diese verdammte Erektion nicht los. Das war keine Grundlage für eine Diskussion, bei der er geistig auf der Höhe sein musste. Sein Blut wurde an anderer Stelle gebraucht.

»Hier geht nichts Relevantes vor«, sagte er stattdessen und rollte sich ebenso vom Sessel, wie er es zuvor bei seiner unfreiwilligen Gespielin gesehen hatte. Leider gelang ihm das nicht ganz so elegant. Sein Körper hing auf einmal unbequem kopfüber. In seinen Eingeweiden rumorte es.

»Ich habe Problem«, sagte Vladimir ungerührt. Trotzdem trat er vor, packte seinen Chef von hinten unter den Achseln und stellte Adalbert mit einem Ruck wieder auf die Beine.

»Kein größeres als meins«, erwiderte Adalbert, dem es nun, wo er die Welt wieder aus der richtigen Perspektive sah, wesentlich besser gelang, seine Übelkeit im Griff zu behalten.

»Weiß nicht. Will die Gartenmöbel streichen. Aber Holzschutzmittel ist weg.«

»Sie kommen ernsthaft hier rein, um mir zu sagen, dass Ihre verdammte Farbe nicht mehr da ist?«

»Keine Farbe. Holzschutzmittel. Das ist …«

»Ich weiß, was das ist.« Die Übelkeit verflüchtigte sich langsam. Vielleicht war sie zufrieden damit, dass er sich aufregte. »Es interessiert mich nur nicht.«

Das war nicht fair. Schließlich hatte Vladimir ihn vor Mitzis Zudringlichkeit und wahrscheinlich noch vor weit Schlimmerem gerettet.

»Vor ein paar Tagen war es noch da«, beharrte der allerdings weiter auf einer Diskussion, die absolut fruchtlos war. »Habe extra nachgeguckt. Heute nicht mehr. Warum?«

»Dann kaufen Sie in drei Gottes Namen ein neues. Kann die Welt ja nicht kosten.«

»War bestimmt die Helmersheim«, brummte Vladimir, als er sich nicht besonders ehrerbietig aus dem Arbeitszimmer verzog.

Letzteres vermutete Adalbert auch, da er sich nicht vorstellen konnte, dass seine vor Faulheit stinkenden Kinder oder seine Schwester, geschweige denn dieser Koloss Mitzi sich die Lasur geholt hatten, um seine Gartenmöbel zu streichen. Timo strich er direkt von seiner Liste. Kleine Jungen fanden Holzschutzmittel sicher nicht sonderlich spannend, solange sie in eines dieser neumodischen Tablets starren konnten. Was ihn zu der Frage brachte: Was wollte die Helmersheim mit dem Holzschutzmittel? Er spürte erneut einen Schwall Übelkeit über sich hereinbrechen. Diesmal konnte er die nicht einfach wegdenken. Er erbrach sich in seinen Papierkorb. Der bestand leider aus einem Korbgeflecht, das sich daher sicher nicht mehr saubermachen ließ. Da Adalbert nicht vorhatte, das seinerseits zu tun, würde er ihn wohl wegwerfen müssen. Was für eine Verschwendung! Woher kam nur plötzlich diese verdammte Übelkeit?

Adalbert war zwar altmodisch, aber nicht auf den Kopf gefallen. Er sah zwar kein Fernsehen, war aber belesen und gestattete es sich sogar dann und wann, in einem alten Krimi von Agatha Christie zu schmökern. Die *Queen of Crime* war noch das, was einer gehobeneren Kriminalliteratur am nächsten kam. Man konnte ihm nichts vormachen. Adalbert kannte sich in Giftmorden bestens aus.

Er öffnete die Schublade seines Schreibtisches und holte einen sorgfältig gefalteten Zettel hervor, auf dem er eine Telefonnummer notiert hatte. Er tippte die Nummer ein und wartete. Seine dürren Finger trommelten auf der Schreibtischplatte Stakkato.

»Praxis Dr. Gebauer«, meldete sich eine Männerstimme am anderen Ende.

»Wackernagel. Sie müssen mir eine Frage beantworten.« Für höfliche Umschweife hatte er jetzt keine Zeit.

»Darf ich vielleicht noch meinen Patienten zu Ende behandeln?«

»Nein. Es ist wichtig.«

Dr. Gebauer murmelte etwas hinter zugehaltenem Hörer.

»Ich habe Ihnen doch gesagt, dass Sie mich auf dieser Nummer nicht anrufen sollen. Dass Sie die zufällig bekommen haben, gibt Ihnen nicht das Recht, sie zu benutzen.«

»Jetzt habe ich sie aber mal. Und das gibt mir jedes Recht. Beantworten Sie nun meine Frage?«

»Schießen Sie los«, erwiderte Dr. Gebauer gottergeben.

»Vergiftung mit Lacken, Farben und Lasuren und solchem Zeug, wie schlimm ist das?«

»Das ist redundant«, sagte der Doktor. »Sie beantworten sich Ihre Frage selbst.«

»Klugscheißern Sie nicht herum, sondern antworten Sie mir.«

»Das Wort Vergiftung impliziert schon die Gefährlichkeit.« Dr. Gebauer konnte es wohl nicht lassen. Adalbert beschloss, es ihm durchgehen zu lassen. Er wollte nicht riskieren, aus der Leitung geworfen zu werden.

»Wie schnell geht das vonstatten?«, fragte er stattdessen.

»Kommt auf die Dosis an, würde ich sagen. Wenn Sie einen Liter davon trinken, wird es wohl ziemlich schnell gehen. In Mikrodosen zieht es sich über Wochen hin. Müsste ich genauer nachlesen, ich habe das hier nicht so oft.«

»Wie schnell den nun?«

»Na ja, bei einem Liter wahrscheinlich der sofortige Tod. Das werden Sie ziemlich schnell merken«, sagte Dr. Gebauer und lachte trocken. »Bei einer schleichenden Einnahme eine Woche, einen Monat, ein Jahr. Aber wie gesagt, ich müsste es genauer nachlesen. Außerdem unterscheidet sich das von Mensch zu Mensch.«

»Erektion?«, fragte Adalbert und ärgerte sich darüber, dass er verschämt seine Stimme senkte. Schließlich war er alleine im Raum. Was der Doktor dachte, war ihm ziemlich egal.

»Na, das wäre doch mal ein schöner Tod.« Der Arzt lachte schon wieder.

»Lachen Sie mich nicht aus. Möglich oder nicht?«

»Herr Wackernagel, alles ist grundsätzlich möglich. Warum lesen Sie es denn nicht im Internet nach?«

»Dafür habe ich schließlich Ihre Nummer«, entgegnete Adalbert und legte auf.

Die Tatsache, vergiftet zu werden, traf Adalbert nicht so überraschend, wie er es vielleicht vermutet hätte. Es musste schließlich einen Grund geben, warum Roetig hier erschienen war. Er hatte in Bezug auf Elisabeth nicht ganz die Wahrheit gesagt. In Wirklichkeit fand er seine tote Frau weniger dämlich, als es im Allgemeinen den Anschein hatte. Nervig zwar, aber beileibe nicht dumm. Wenn er sich seine Situation nun anschaute, bekam ihr Verdacht mehr Gewicht. Adalbert verstrickte sich in seinen Überlegungen, bis er überzeugt war, ebenfalls das Opfer eines Giftanschlages geworden zu sein. Das Ende war noch nicht abzusehen. Der Giftmischer ruhte sicher erst, wenn Adalbert ebenfalls das Zeitliche segnete.

Das trug nicht zu seiner Beruhigung bei, wenigstens war er wieder in der Lage, klar zu denken, da seine Übelkeit sich verflüchtigt und auch seine Erektion ein Einsehen hatte und sich abbaute. Wahrscheinlich hatte sie gemerkt, dass es hier für sie nicht viel zu holen gab. Adalbert würde den Teufel tun, sich von seinen Körperteilen versklaven zu lassen.

Er beschloss, noch mal das Zimmer seiner Frau zu untersuchen. Diesmal allerdings nicht mit dem Augenmerk auf ihre Tagebücher, die ihm dennoch hoffentlich bald in die Hände fielen, sondern nach Beweisen dafür, dass sie wirklich vergiftet worden war. Er steckte seine schmale Nase durch den Spalt seiner Tür. Er hatte nicht die geringste Lust, wem auch immer in die Arme zu laufen. Im Foyer herrschte übersichtliche Stille, die er als wohltuend empfand. Unordnung und Lärm waren zwei Dinge, die auf seiner Beliebtheitsskala nicht besonders weit oben standen. Jetzt, wo die Möbel ihren Platz vor dem Haus eingenommen hatten, waren beide bevorzugten Eigenschaften einer wohltuenden Wohnatmosphäre wiederhergestellt, obwohl ihn der Möbelberg vor der Haustür nicht weniger störte. Dafür würde sich hoffentlich in den nächsten Tagen eine Lösung finden. Jetzt war er vorerst mit dem zufrieden, was er für sich erkämpfen konnte.

Von den ungebetenen Hausgästen war nichts zu sehen und Adalbert ging die Freitreppe hinauf. Er bemühte sich – entgegen seiner sonstigen Art –, leise zu sein, um nicht zu riskieren, erneut unfreiwillige Gesellschaft zu bekommen. Aber es blieb ruhig. Er fragte sich, wo zum Teufel dieser Detektiv stecken mochte.

Im Zimmer von Elisabeth wenigstens nicht. Roetig hatte sich nach der Begegnung mit Adalbert erst einmal auf andere Zimmer konzentriert. Ein Verhalten, das Adalbert vollkommen unsinnig vorkam, denn es bot den Verdächtigen zu viel Spielraum, sich etwaiger Beweise zu entledigen, bevor der Detektiv das Zimmer durchsuchte. Adalbert war es vollkommen gleichgültig, welche Motivation der Detektiv für dieses Vorgehen haben könnte, Hauptsache, er hatte jetzt seine Ruhe hier. Er lauschte nochmals in den Flur. Er hörte seinen Enkel mit seiner Tochter sprechen. Überhaupt hielten sich die Kinder bemerkenswert viel in ihren Zimmern auf. Keines von ihnen zeigte gesteigerte Lust, mit ihm zusammenzutreffen, seit Elisabeth nicht mehr da war. Wenn ihr Tod etwas Gutes hatte, dann war es auf jeden Fall das.

Er schloss die Tür zu Elisabeths Zimmer genauso geräuschlos, wie er sie geöffnet hatte. Diesmal nahm er sich nicht die Zeit, den Raum als Ganzes auf sich wirken zu lassen. Er suchte nicht nach einem Geheimversteck einer Frau, die ihre intimsten Gedanken vor anderen verbergen wollte. Wenn sie vergiftet worden war, musste das Gift irgendwie in sie hineingekommen sein. Da er keinen außer sich selbst ausschließen konnte, war es nicht zwingend wahrscheinlich, dass es über das Essen passiert war. Schließlich kamen sowohl Clara als auch die Kinder nur sporadisch zu Besuch und Elisabeth war nicht auf einen Schlag tot umgefallen. Da sie aber bereits eine geraume Zeit den Verdacht hegte, irgendetwas stimme

146

nicht, musste ihr das Gift in Dosen verabreicht worden sein. Adalbert hielt nicht viel von Intuition, vor allen Dingen nicht von weiblicher, aber dem Gedankengang konnte man eine gewisse Logik nicht absprechen. Elisabeth hatte ihr eigenes kleines Bad gehabt, auf das er gerade zusteuerte, da er hier ihre Medikamente vermutete, von denen sie nicht gerade wenig nehmen musste. Er fragte sich, wonach zum Kuckuck er eigentlich suchte.

Der Haushalt Wackernagel war altmodisch, nicht nur voll mit wertvollen Gemälden und abstrusen Dekorationen, ebenfalls beherbergte er Möbelstücke, die in der heutigen Zeit als Retro galten und bestenfalls liebevoll belächelt wurden. Zu diesem Objekt gehörte sicher auch der Medikamentenschrank aus weiß lackiertem Holz, auf dem – wie es sich gehörte – ein fettes rotes Kreuz prangte, damit auch der Blindeste erkennen konnte, was sich hinter diesem Türchen verbarg.

Für Adalbert barg das Möbelstück in erster Linie eine schier unüberschaubare Flut an Tablettenpäckchen. Elisabeths Ordnungssinn verdankten sie jedoch, ihm aufrecht und nach vorne gerichtet entgegenzusehen, wie die Steinskulpturen auf den Osterinseln. Adalbert musste sich nicht zu Akribie und Methodik zwingen, es gab einfach keine andere Herangehensweise, die ihm sinnvoller erschien. Konzentriert nahm er ein Päckchen nach dem anderen, verschaffte sich einen kurzen Überblick auf dem Beipackzettel und drückte jeweils eine Tablette aus dem Cellophan, um sie einer Sichtprüfung zu unterziehen. Er verfügte über ausgezeichnete Augen, denen der körperliche Verfall des Alters bis jetzt nichts anzuhaben vermocht hatte.

Er kam zu dem Schluss, dass er Filmtabletten außer Acht lassen konnte, sofern die Aluminiumfolie der Sichtverpackung unbeschädigt war. In sie ließ sich keine auf Dauer tödliche Substanz einspritzen. Dafür müsste man sie schon komplett austauschen. Das war bestimmt ein Ansatz, den die Polizei gnadenlos verfolgen würde, allerdings hatte Adalbert etwas mehr Hintergrundwissen über die möglichen Täter. Fakt war, dass sie alle nicht genug Sachverstand oder Grips hatten, derart perfide vorzugehen. Seine Schwester eingeschlossen. Er richtete sein Augenmerk auf die Gelatinekapseln, die wesentlich einfacher zu manipulieren waren. Hier wurde er fündig. In jedem Feld erkannte er einen winzigen Riss, der kaum zu sehen war, wenn man nicht darauf achtete. Er puhlte eine Kapsel heraus. Die Hälften der Gelatinehülle waren unsauber zusammengepresst. Er drehte die Packung, um den Namen erkennen zu können. Ein Präparat zur Stärkung der Leberfunktion, seines Wissens frei verkäuflich, hergestellt von den Zusatzmittel-Fabrikanten, die einem in einer Drogerie regalweise suggerierten, dass Gesundheit und langes Leben, gepaart mit einem wachen Verstand, nur einen Kauf weit entfernt lagen.

Der Vollständigkeit halber kontrollierte er die weiteren Päckchen ebenfalls, aber ihm fiel nichts mehr auf. Er ließ die überführte Packung in die Tasche seines Jacketts gleiten und überlegte, was zu tun sei. Grundsätzlich hatte er nichts dagegen, seine Schwester oder eines seiner Kinder loszuwerden, wenn sie einen Mord begangen hatten. Leider vermutete er, dass das dem Ruf der Familie und seiner Firma auf keinen Fall guttun würde. Am Ende musste er sich wirklich mit japanischen Investoren zufriedengeben.

Womit er sich aber auf keinen Fall abfinden konnte, war der Verlust des Vermögens, das ihm in seinen Augen uneingeschränkt zustand. Immerhin war er dafür bereit gewesen, seine wirkliche Frau über die Klinge springen zu lassen. Dabei fiel ihm ein, dass er den Sack wieder nicht mitgenommen hatte. Das war ein Fauxpas, der ihm auf keinen Fall mehr passieren durfte. Nicht auszudenken, wenn das fette neugierige Weib zurück in sein Arbeitszimmer kam.

Genauso lautlos wie er hereingekommen war, verließ er das Zimmer, um sich im Flur wieder einen kurzen Überblick über die Lage zu verschaffen. Immer noch war alles still.

Selbst Timos Geplapper hatte Sendepause. Er hörte jemanden am Ende des Ganges in Alexanders Zimmer rumoren, wahrscheinlich Roetig, da sein Sohn das Haus verlassen hatte. Oder Gertrud, die diesem Faulpelz hinterherräumte. In diesem Augenblick wusste er, was er mit den Tabletten machen würde.

»Holzschutzmittel wieder da«, sagte Vladimir, der im Foyer stand und beobachtete, wie Adalbert die Treppe herunterkam.

»Was für eine Neuigkeit«, erwiderte Adalbert unkonzentriert. Er konnte sich jetzt beim besten Willen nicht um Haus und Hof kümmern. Er hatte hier drinnen genug um die Ohren.

»Komisch«, sagte Vladimir und blieb unbeirrt stehen. »Da kommt noch mehr.« Das war keine Frage. Adalbert seufzte.

»Jetzt Pilze weg.«

»Kein Mensch hat im Winter Pilze.«

»Getrocknet. Auch im Schuppen. Giftig.«

»Wozu um alles in der Welt brauchen Sie giftige Pilze?«

»Für Ratten.«

»Kaufen Sie Rattengift, wie jeder vernünftige Mensch.«

»Pilze besser. Ratten sind schlau.«

Offenbar schlauer als die Deppen auf dem Grundstück.

»Wenn Sie giftige Pilze offen lagern, dann ist Ihnen auch nicht mehr zu helfen.«

Mit dieser kuriosen Aussage ließ Adalbert seinen Gärtner stehen.

Teil 5

Kapitel 16

»Herr Roetig will uns im Wohnzimmer sehen«, teilte Gertrud Adalbert mit. Der wäre dankbar gewesen, wenn es nicht allzu süffisant geklungen hätte. Eigentlich wollte er seine immer noch vorhandene Würde beweisen und diese eindeutig freche Bemerkung unkommentiert lassen, leider gelang ihm das nicht so gut, wie er sich das vorgestellt hatte.

»Seit wann halten Besucher in diesem Haus Audienzen ab?«, schnauzte er. Gertrud trat zwar immer noch einen Schritt zurück, wie immer, wenn er lauter wurde, aber dieser Schritt wurde langsam kürzer. Jetzt war er kaum noch wahrzunehmen.

»Seit es mein Haus ist«, antwortete sie stattdessen und Adalbert fand, dass sie sich unverschämt pampig anhörte. Leider hatte er noch keinen adäquaten Weg gefunden, darauf zu reagieren. Daher hielt er es für besser, sie erst einmal würdevoll zu ignorieren. Das war vielleicht ein Anfang.

»Stell dich nicht so an. Ich habe Schnittchen gemacht«, sagte Gertrud, die sich offenbar Mühe gab, die fürsorgliche Verlobte zu spielen.

»Ich habe keinen Hunger«, knurrte Adalbert, der seinerseits das Knurren seines Magens zu überhören versuchte. Er musste sich dringend ein paar Lebensmittel besorgen, die keinen Kühlschrank benötigten. Er sah karge Zeiten auf sich zukommen.

»Ich habe extra für dich welche ohne Paprikastreifen gemacht. Ich weiß doch, dass du die nicht verträgst.«

»Ich vertrage auch so einiges andere nicht«, antwortete Adalbert kryptisch und ließ sie stehen. Vielleicht gab es im Wohnzimmer doch die weniger anstrengende Gesellschaft.

Ein Blick auf die Anwesenden ließ seine Hoffnung wieder schwinden. Es war ein Irrglaube, dass eine homoerotische Schwester und zwei Kinder, die zu nichts zu gebrauchen waren, auf einmal zu den Menschen mutierten, für die er nach der Enthüllung über das Erbe mehr Respekt empfinden würde. Der Leopard verlor seine Flecken nicht. Das war bekannt.

»Wo ist Timo?«, fragte er.

»Auf einmal interessierst du dich für deinen Enkel?«, fragte Alexander spöttisch, der aber wieder schwieg, nachdem Adalbert ihm einen scharfen Blick zugeworfen hatte. Er hatte seine unverschämten Forderungen und die darauffolgende Drohung noch nicht vergessen. Wenn es nach ihm ginge, musste er das auch nicht. Viel lieber würde er Alexanders Auftritt im Ankleidezimmer vergessen. Das gelang ihm deutlich schlechter.

»Der ist selbstverständlich in der Schule. Außerdem ist das hier doch nichts für das Kind«, sagte Gertrud und schüttelte den Kopf, um ihren Unmut zu unterstreichen. »Also weißt du.«

»Ich weiß nur, dass der Spuk hier schnell vorbei sein wird«, sagte Adalbert. »Was soll das Kasperle-Theater?«

»Ich versuche, die Wahrheit zu finden«, erklärte Roetig hinter ihm, der unbemerkt von ihm das Zimmer betreten hatte. »Obwohl ich scheinbar der Einzige bin, der daran Interesse hat.«

»Oh nein, natürlich nicht!« Gertrud lächelte den Detektiv an und hielt ihm ein Tablett mit Schnittchen unter die Nase. Der bediente sich sichtlich erfreut. Kein Wunder, er musste ja auch nicht um sein Leben fürchten. »Wir alle wollen wissen, was mit Elisabeth passiert ist. Nicht wahr?«

Der letzte Satz war an Adalbert gerichtet, dem gerade erst bewusst wurde, dass auch Mitzi nicht an der Versammlung teilnahm. Wie viel einfacher wäre es gewesen, ihr den Tod von Elisabeth in die Schuhe zu schieben. Aber Adalbert hatte für sich eine Lösung gefunden, die ihn wesentlich mehr befriedigte.

»Alle, bis auf den Mörder«, sagte Roetig und machte eine Pause, die wohl unheilverkündend wirken sollte und die er sich sicher in irgendeinem amerikanischen Schundfilm abgeschaut hatte.

»Dann darf ich wohl erwarten, dass Sie uns den jetzt präsentieren?« Adalberts Laune besserte sich deutlich. Fast erwog er, doch ein Schnittchen zu essen. Er konnte ja eins mit Paprika nehmen. Die waren garantiert in Ordnung. Das Sodbrennen, das er davon bekam, war ein akzeptabler Preis für die Tatsache, dass er bald den Schnüffler und seine Haushälterin vom Hals bekam.

Manchmal musste er sein Gehirn für dessen Fähigkeit bewundern, schnell Zusammenhänge festzustellen und veritable Lösungen zu präsentieren. So wusste er bereits, was er mit den Tabletten machen konnte, sobald er das Zimmer seiner Frau wieder verlassen hatte.

Da Roetig sich rühmte, methodisch vorzugehen, was nichts anderes hieß, als das Haus von oben nach unten und von vorne nach hinten zu untersuchen, stand die Inspektion von Gertruds Zimmer noch aus. Das war das optimale Versteck. Offensichtlich versteckte Tabletten unbekannten Ursprungs sollten in Adalberts Augen immer untersucht werden. So würde er auf jeden Fall vorgehen, wenn er sich Privatdetektiv schimpfen würde. Er wusste zwar nichts von Roetigs wahren Fähigkeiten, aber er hatte dennoch Vertrauen in die seiner Frau. Wenn sie der Meinung gewesen war, er wäre der Beste für den Job, dann war das sicher auch so. Sie hätte keinen Stümper beschäftigt. Also schob Adalbert das Päckchen in die Kommodenschublade, in der Gertruds Strumpfhosen lagen, feine, gazeartige Gebilde, die leicht knisterten, als sie an seinem Handrücken entlangstreiften. Adalbert schüttelte es bei so einer offenkundigen Begegnung mit der weiblichen Sexualität.

»Den Mörder kann ich leider noch nicht bestimmen, aber ich habe deutliche Hinweise, dass Frau Wackernagel mit ihrer Vermutung richtig lag.«

Das hörte sich nicht schlecht an. Adalbert setzte sich auf den Sessel, der am weitesten von den anderen entfernt war, und liebäugelte erneut mit den Schnittchen. Er hatte Hunger. Sein Leben zu schützen, konnte entbehrungsreich sein.

»Herr Wackernagel, erklären Sie mir doch bitte, warum Ihr Gärtner gewisse Pflanzen im Garten ausgemacht hat.« Roetig drehte sich auf seinem Absatz, als wollte er einen Stepptanz aufführen. Er sah affig aus.

»Was gehen Sie meine Pflanzen an?« Irgendwas lief falsch.

»Ich bin ein wenig im Garten spazieren gegangen. Das Haus ist mir auf Dauer zu deprimierend. Zu düster, zu vollgestellt. Es dauert wesentlich länger als angenommen, alles vernünftig zu durchsuchen.«

»Erwarten Sie nur kein Mitleid von mir.«

»Geschenkt. Wie konnte ich auch wissen, dass es in Ihrem Park weitaus interessanter zugeht.«

»Hat die Geschichte auch eine Pointe? Dann wäre es an der Zeit, endlich damit herauszurücken. Umso schneller sind wir hier fertig.«

»Wir sind noch lange nicht fertig. Das können Sie mir glauben. Nicht, solange Sie Ihren Gärtner hochgiftige Pflanzen entsorgen lassen.«

»Haben Sie nichts anderes zu tun, als sich Gedanken um meine Bepflanzung zu machen? Was interessiert mich, was mein Gärtner mit den Blumen treibt?«

»Mit den Büschen«, korrigierte Roetig ihn. Adalbert hätte ihn am liebsten mit einem Tablett Schnittchen beworfen. Sein Hunger war ihm vergangen.

»Ihr Gärtner hat Ilex ausgemacht. Hochgiftig. Ich habe es nachgelesen.«

»Hat er Ihnen das erzählt?« Adalbert beschloss, mit Vladimir ein ernstes Wörtchen zu reden. Er hatte ihm besser gefallen, als sein Deutsch noch so rudimentär war, dass sie sich mit Bildkarten verständigen mussten.

»Brauchte er nicht. Frau Helmersheim hat mir gesagt, dass er das getan hat. Im Winter! Wer macht da schon so was?«

Jemand, der Angestellte beschäftigte, aber nicht sein gutes Geld fürs Faulenzen verschwenden wollte. Aber er ersparte sich die Erwiderung. Roetig hätte das sowieso nicht verstanden. Adalbert begnügte sich damit, seiner Verlobten einen giftigen Blick zuzuwerfen. Die hatte wenigstens den Anstand, ihren dafür schamhaft zu senken.

»Deswegen bin ich der Sache mal auf den Grund gegangen. Ich bin ein wenig spazieren gegangen und habe die ausgerissenen Sträucher in einer Erdmulde nahe am Zaun gefunden. Anscheinend wird da öfter schon mal was verbrannt.«

»Leider immer das Falsche«, murmelte Adalbert, dem zwar jegliche Fantasie abging, der aber überraschend feststellte, dass ihm eine Szenerie, in der Roetig auf einem Scheiterhaufen aus Ilexsträuchern verbrannte, sehr zusagte.

»Sehr witzig«, erwiderte der nur und drehte sich wieder zu dem Rest der Gruppe. Seine Gummisohlen quietschten auf dem blanken Parkett.

»Ich hoffe, Sie halten nicht meinen Gärtner für den Täter«, sagte Adalbert so blasiert wie möglich. Was war aus den verdammten Tabletten geworden? Er wusste, dass Roetig Gertruds Zimmer untersucht hatte.

»Natürlich nicht. Das sollte klar sein.«

War es Adalbert auch. Er hatte nur gehofft, Roetig wäre es nicht so klar gewesen.

»Haben die billigen Plätze Pause?«, herrschte er den Rest seiner Familie an, der einigermaßen betreten auf seinen Plätzen hockte und versuchte, die Aufmerksamkeit nicht auf sich zu lenken.

»Keiner verdächtigt dich, Liebling«, sagte Gertrud, die auf einem Stuhl nahe der Küche Platz genommen hatte und das

Tablett mit eigens für Adalbert hergestellten Schnittchen auf den Knien balancierte.

»Das will ich auch hoffen und nennen Sie mich nicht Liebling.«

»Im Moment auf jeden Fall nicht«, sagte Roetig. »Schließlich können Sie auch jemanden aus Ihrer Familie schützen. Wäre naheliegend.«

Leider naheliegender, als er annahm. Obwohl Adalbert seine Familie ohne Bedenken ewig in der Hölle schmoren ließe, falls es nötig wäre, weigerte er sich trotzdem, seinen Ruf beschmutzen zu lassen.

»Und was kommt jetzt?«, fragte Angelika, die es tatsächlich mal geschafft hatte, die Finger für die Dauer des Gesprächs von ihrem Handy zu lassen.

»Ich ermittle weiter«, erwiderte Roetig und zwirbelte sich die Bartenden. Wahrscheinlich, um sich von seiner eigenen Wichtigkeit zu überzeugen. »Ich bin sicher, das wird nicht der letzte Hinweis sein, den ich finde. Wenn man den Anfang des Knäuels erst mal in Händen hält, wickelt sich der Rest ganz von allein ab.«

Mit dieser grauenhaft ausgelutschten Metapher ließ er seine Verdächtigenrunde allein im Wohnzimmer sitzen.

Adalbert war sich in seinem Leben über so einiges sicher. Er wusste, dass er die Menschen allgemein und die Personen in seinem Haus im Besonderen verabscheute und nicht gottesfürchtig war. Da die eine Sache die andere quasi begünstigte, war er mit seiner Haltung im Reinen. Darüber hinaus hielt er menschliche Nähe und Gesellschaft für überschätzt. Die niederschmetternde Versammlung hatte ihn wieder in seiner Überzeugung bestätigt. Über all das war er sich sicher, weil er auf 74 Jahre Menschenkenntnis zurückblicken konnte. Aber eines wusste er ganz unumstößlich: Er hatte Elisabeth nicht umgebracht.

Also musste es einer der Parasiten in seinem Haus gewesen sein. Diese Erkenntnis traf ihn längst nicht so überraschend wie vermutet. Sie bestärkte ihn nur in dem, was er sowieso schon wusste. Der Mensch schreckte vor nichts zurück, sofern er sich einen Vorteil davon versprach. Adalbert hatte nicht die geringste Lust, die Nummer 1 auf Roetigs Abschussliste zu sein, die er allerdings leicht werden konnte, wenn er ihm nicht schnell einen passenden Täter präsentierte.

Er durchquerte das Foyer, um sich wieder in sein Arbeitszimmer zurückzuziehen, stockte aber und blieb stehen. Das war ungewöhnlich für ihn. Adalbert war immer zielgerichtet, er wollte gar nichts anderes verkörpern. Leider blieb er seinem eigenen Prinzip im Moment nicht treu. Entschlossenheit war etwas anderes. Es gefiel ihm zwar nicht, aber er musste handeln. Mit den Kindern würde er anfangen. Es wäre doch gelacht, wenn er nichts aus ihnen herausquetschen könnte, sofern er sie nur genug in die Mangel nahm. Als sie noch Kinder waren, hatte das immer funktioniert. Er war Realist genug einzusehen, dass das heute vielleicht nicht mehr ganz so einfach war. Einen Versuch war es allerdings wert.

Er bog ab und nahm die Treppe in den ersten Stock. Er würde sich zuerst Alexander vornehmen. Der war die härtere Nuss, daher war Adalbert bei ihm auf frische Kraft angewiesen.

Alexanders Tür war die letzte am Ende des Flurs, allerdings kam er nicht bis dahin, da er auf der anderen Seite deutliches Murmeln zweier Stimmen durch die geschlossene Tür vernahm. Das war das Zimmer seiner Tochter.

Einen Augenblick war er versucht, die schwere Tür so leise wie möglich zu öffnen, war sich aber sicher, dass er das nicht unbemerkt tun konnte. Es musste einen anderen Weg geben zu hören, was dort drinnen vorging. Adalbert kannte das Haus sehr gut, was verwunderlich war, da er sich nie mit ihm und seinem Inventar zu beschäftigen schien. Trotzdem waren ihm sämtliche Besonderheiten des Hauses geläufig.

Rechts neben Angelikas Zimmer gab es einen kleinen Raum, ähnlich wie in Hotels, wo die nötigen Putzutensilien aufbewahrt wurden, damit man sie nicht von einer Etage in die andere schleppen musste. Adalbert hatte diese Abstellkammer schon immer für unsinnig gehalten. Er wusste nicht, was es schaden konnte, Schrubber, Eimer oder was man sonst so brauchte, die Treppen rauf und runter zu tragen. Schließlich bewegten sich die Menschen sowieso zu wenig.

In diesen Abstellkammern gab es ein Lüftungsgitter zum nächsten Raum, damit etwaige Feuchte abziehen konnte, da sie kein Fenster hatten. Hier führte das passenderweise zu Angelikas Zimmer. Adalbert öffnete die schmale Tür lautlos und zwängte sich hinein. Er dankte Gott dafür, so schlank zu sein. Das wäre der fetten Weidenbruch zum Verhängnis geworden.

»Du hättest dich ruhig mehr an dem Gespräch beteiligen können.« Das war eindeutig sein Sohn.

»Lass mich doch in Ruhe«, sagte Angelika. Ihre Stimme zitterte hörbar.

»Lass mich doch in Ruhe«, äffte Alexander sie nach.

Adalbert sah ihn förmlich vor sich, da er eine ältere Version von ihm jeden Morgen im Spiegel betrachtete. Er sah gut aus mit seinen schwarzen Haaren und den blauen Augen. Der Spitzbart gab ihm etwas Dämonisches. Anscheinend standen die Frauen darauf. Alexander war kein Kostverächter, schon in seinen Jugendjahren nicht. Angelika ebenfalls nicht. Ihr hatte das einen Sohn beschert. Alexander hatte mehr Glück gehabt.

»Geh nicht auf mich los, ich kann nichts dafür«, erwiderte Angelika. »Geh zu unserem Vater und sag ihm die Meinung. Er ist doch an allem schuld.«

»Wie sollte das gehen? Schließlich hat unsere Mutter das Testament gemacht.«

»Wahrscheinlich nur, weil er sie schlecht behandelt hat.«

»Quatsch«, erwiderte Alexander. »Sie hatten sich nur nichts zu sagen. Ich glaube heute sogar, dass sie sich nicht besonders mochten.«

»Na ja, vielleicht früher mal«, sagte Angelika.

»Ich hoffe nur, dass der Alte das Testament doch noch anfechtet.«

»Das tut er bestimmt. Das macht er doch, oder?« Angelika hörte sich auf einmal gar nicht mehr so sicher an.

»Weiß nicht. Der Notar schien das alles ziemlich rechtmäßig zu finden. Wenn Vater es nicht tut, dann ich.«

»Mama hat uns nicht gewarnt.« Angelika klang schon wieder weinerlich.

»Was hätte das geändert?«

»Wir hätten mit ihr reden können, sie überzeugen.«

»Du hast dir deine Frage selbst beantwortet. Deswegen hat sie nichts gesagt.«

Sie schwiegen. Adalbert fand, dass es in dem Raum stank. Er beschloss, mit der Helmersheim ein ernstes Wörtchen zu reden, bis ihm einfiel, dass die sich nicht mehr dafür zuständig fühlte. Aber als Hausherrin war sie es dennoch.

»Aber dieser Detektiv kann sowieso noch alles versauen«, sagte Alexander dann. »Der wirbelt jede Menge Staub auf. Der ist nicht nur an dem Wunsch unserer Mutter interessiert. Das sag ich dir. Der lässt sich eine öffentliche Hetzjagd nicht entgehen. Dann ist sowieso Essig damit, das Testament einzuklagen. Dann können wir froh sein, wenn wir mit einem blauen Auge davonkommen.«

»Ich versteh das alles nicht«, sagte Angelika und klang unglücklich. Das war doch endlich mal was Neues. Sardonismus war Adalbert bei seinen Kindern immer das Mittel der Wahl. Anders konnte man mit so viel Dämlichkeit auch nicht umgehen.

»Wen wundert's«, erwiderte sein Sohn.

»Ich hätte nie gedacht, dass uns Mama so in die Pfanne haut.« Angelika ignorierte seine letzte Bemerkung.

»Sie hätte bestimmt auch nicht erwartet, umgebracht zu werden.«

»Ja, aber das konnte sie doch nicht wissen. Wer denkt denn schon an so was?«

»Unsere Mutter war leider klüger, als sie aussah.«

Adalbert fand Alexanders Bemerkung unverschämt. Elisabeth hatte nicht ausgesehen wie eine Idiotin. Er fragte sich, von wem seine Tochter das geerbt hatte.

Sie schwiegen wieder. Diesmal so lange, dass Adalbert sich fragte, ob sie nicht bereits unbemerkt das Zimmer verlassen hatten.

»Ich werde bei der Sache auf jeden Fall nicht leer ausgehen. Das sage ich dir«, meldete Alexander sich dann wieder zu Wort. »Das habe ich dem Alten versucht klarzumachen. Der hat mich einfach auflaufen lassen.«

»Papa lässt sich nicht erpressen. Das weißt du doch. Was hast du ihm denn gesagt?«

»Geht dich nichts an. Ich habe noch was in der Hinterhand. Glaub mir das einfach.«

»Angeber«, erwiderte Angelika nur. Sie schien nicht besonders alarmiert. Alexander war ein Blender. Das wusste sogar seine Schwester.

»Und wenn wir doch noch einmal mit Papa wegen einer Klage sprechen?«, fragte sie dann unvermittelt.

»Mach, was du willst. Ich halte es für Zeitverschwendung. Der hat viel zu viel Angst, dass ihn der Anwalt was kostet.«

»Wenn er gewinnt, ist das doch ganz egal.«

»Und wenn nicht? Der Alte ist kein Idiot. Solche Verhandlungen können sich ewig hinziehen und viel Geld kosten. Der geht kein finanzielles Risiko ein. Außerdem hat er noch seine Firma. Die wird wohl auch etwas abwerfen.«

Die Geschwister trennten sich, ohne ihren Kontostand oder ihre Freundschaft verbessert zu haben.

Die Unterhaltung zwischen den Geschwistern war auch nicht geeignet, die Beziehung zu ihrem Vater aufzubessern.

Die war allerdings – da musste man fair sein – schon vorher kein nennenswertes Highlight gewesen.

Adalbert fühlte sich jedenfalls dermaßen alarmiert, dass in seinen Augen ein umgehendes Handeln gerechtfertigt war. Es konnte nicht schaden, ebenfalls die Zimmer seiner unglückseligen Brut zu untersuchen, vorausgesetzt, dass die mal wieder das Haus verließ. Seit sie wieder im Elternhaus verweilten und Gertrud es sich trotz ihres Hausherrin-Status nicht nehmen lassen wollte, sie zu umsorgen, hatte ihr Interesse am gesellschaftlichen Leben innerhalb von zwei Tagen rapide abgenommen. Vor 15 Jahren hatten sie das Elternhaus gar nicht schnell genug verlassen können.

Adalbert vertrieb sich die Zeit damit, in seinem Arbeitszimmer über sein neues Problem nachzudenken. Bankdirektor Brandt hatte ihn nicht im Unklaren darüber gelassen, dass es nicht gerade förderlich für seine Situation war, den Schlamassel einfach auszusitzen. Obwohl es Adalbert empörte, dass ihm das unterstellt wurde, sah er ein, dass er sich jetzt zumindest parallel mit dem Problem seiner Firma beschäftigen musste, was er lieber erledigt hätte, nachdem er Roetig und seine kruden Theorien vom Hals gehabt hätte.

Eine laute Unterhaltung im Foyer schreckte ihn. Lange Schatten waren ins Zimmer gekrochen und streckten ihre dunklen Finger nach ihm aus. Adalbert hatte nicht vor, sich jetzt schon vom Teufel holen lassen. Er blickte auf die Uhr und erkannte erleichtert, dass er eingenickt sein musste. Es war bereits später Nachmittag. Es wurde einfach nur dunkel. Er drückte die Klinke seiner Tür, die er von Vladimir regelmäßig ölen ließ, sodass er immer in der Lage war zu hören, was sich draußen abspielte, ohne entdeckt zu werden. Leider hörte er dann auch nicht, wenn jemand hereinkam. Ein Umstand, der ihm besonders in der letzten Zeit regelmäßig zum Verhängnis wurde.

Angelika diskutierte mit ihrem Bruder.

»Nimm mich doch einfach mit nach Köln«, sagte sie.

»Ich bin doch nicht dein Taxi. Fahr mit dem Bus.«

»Timo schläft bei einem Freund. So oft habe ich nicht so ein Glück. Ich will ein bisschen Party machen.«

»Du bist 32. Für Party kommst du da ein wenig zu spät.«

»Lass mich einfach in der Innenstadt raus und hol mich da wieder ab, wenn du fertig bist.«

»Meinetwegen. Wenn du dann Ruhe gibst.«

Adalbert hörte, wie die Stimmen sich entfernten und schließlich die Haustür ins Schloss fiel. Er verließ das Arbeitszimmer, um fast umgehend mit Gertrud zusammenzustoßen. Die alte Krähe wollte wieder lauschen. Er hätte es sich denken können.

»Ich gehe jetzt rüber ins Gesindehaus«, sagte sie. Ihre Miene war so unschuldig, wie sie nur sein konnte.

»Wo ist dieser Detektiv?«

»Der ist vor einer halben Stunde gefahren. Ich wollte ihn in einem der Gästezimmer unterbringen. Daran hatte er leider kein Interesse. Er will sich seine unvoreingenommene, kritische Sicht auf die Dinge nicht nehmen lassen.«

»Ha, ha«, erwiderte Adalbert humorlos. »Haben Sie meine Schwester und dieses Ungetüm gesehen?«

»Sitzen im Wintergarten. Ihre Freundin trinkt mehr, als es ihr guttut. Aber deine Schwester will gleich ins Bett gehen.«

Dann konnte er die Untersuchung ihres Zimmers vergessen. Also mussten die der Kinder erst mal reichen.

Er wartete, bis Gertrud ebenfalls die Haustür hinter sich geschlossen hatte, und eilte hinterher, um die altmodische Kette vorzulegen, die seit der Alarmanlage nicht mehr im Gebrauch war. Mit Mitzi und Clara waren genug Personen im Haus.

Er beschloss, sich erst Angelikas Zimmer vorzunehmen, da ihm sein Instinkt sagte, hier schnell fertig zu werden. Seine Tochter war ein eindimensionaler Geist. Wenn sie etwas verheimlichte, würde er es schnell finden, auch wenn Roetig es anscheinend nicht gefunden hatte. Das mochte daran liegen, dass er nur auf das Offensichtliche achtete. Adalbert suchte jedoch tiefer in den Abgründen seiner Kinder.

Die Abgründe bei seiner Tochter waren nicht sonderlich tief. In ihrem Leben drehte es sich offensichtlich nur um Kleider, Schuhe und Schmuck. Und wenn man damit durch war, fing es bei den Kleidern wieder an. Teure Kleider allerdings. Obwohl Adalbert nur Fahnen nähen ließ, verstand er dennoch etwas von edlen Stoffen. Er fragte sich, wie seine Tochter sich das leisten konnte. Einen Moment dachte er an Prostitution, dann aber rief er sich das plumpe Gesicht seiner Tochter ins Gedächtnis und verwarf diesen Gedanken sofort. Trotzdem kostete solch ein Lebenswandel Geld. Der Verlust des Erbes musste sie hart getroffen haben.

Adalbert begab sich zum Zimmer seines Sohnes, während er noch über die Schlüsse nachgrübelte, zu denen er in Angelikas Zimmer gekommen war. Das Zimmer seines Sohnes kam ihm vertraut und bekannt vor, da es ebenso wenig persönlich war wie seines eigenes enthielt. Es wunderte Adalbert nicht sofort, Alexander hatte einiges von ihm. Erst auf den zweiten Blick kam es ihm ungewöhnlich vor. Er konnte keinerlei persönliche Dinge finden, nicht mal einen Kugelschreiber.

Adalbert sah seine Kinder zwar am liebsten von hinten, er hatte aber dennoch etliche Jahre mit ihnen in einem Haus verbracht. Es war merkwürdig, dass der selbstverliebte Alexander alles dafür tat, keinerlei Spuren seiner Anwesenheit zu hinterlassen. Wenn sie nicht im Haus waren, dann woanders. Er musste das Auto durchsuchen.

Die Entscheidung bescherte ihm vier weitere Stunden des Wartens, Zeit, die er normalerweise bereits in seinem Ohrensessel mit der Tageszeitung verbracht hätte, um den Tag Revue passieren zu lassen. Als er endlich die Scheinwerfer des Autos im Foyer sah, war er erneut eingenickt. Leider war der antike Dreieckstuhl neben der monströsen Schrankgarderobe nicht sonderlich bequem. Er wurde nur dazu genutzt, sich im Sitzen die Schuhe zubinden zu können. Eine Erleichterung, auf die man mit über 70 Jahren Wert legte. Im Foyer bekam er aber auf jeden Fall mit, wenn seine Brut nach Hause kam.

Adalbert stand vorsichtig auf und rieb seine schmerzende Hüfte. Die Scheinwerfer des Autos erloschen. Er trieb seine Augen an, sich schneller wieder an die Dunkelheit zu gewöhnen, ging dennoch mehr aus Instinkt als mit freiem Sichtfeld in die Richtung, in der sein Arbeitszimmer lag. Dort legte er sich wieder auf die Lauer.

Alexander hatte Wort gehalten und seine Schwester wieder aufgelesen, was ihn nicht davon abhielt, mit ihr laut zu diskutieren. Adalbert fluchte unhörbar. Der Lärm würde hoffentlich nicht bis zum Gesindehaus schallen und Vladimir oder – schlimmer noch – die Helmersheim auf den Plan rufen.

Im Foyer zankten sie sich weiter, diesmal aber in deutlich verringerter Lautstärke. Sie hingen ihre Jacken auf und verschwanden eine Etage höher. Adalbert war froh, dass sie sich nicht noch für einen Schlummertrunk entschieden hatten.

Er wartete vorsichtshalber eine weitere halbe Stunde, bevor er in Alexanders Jackentasche nach dem Autoschlüssel suchte. Dabei warf er noch schnell einen Blick in sein Portemonnaie. Wie konnte man mit so vielen Kreditkarten und so wenig Bargeld Überblick über seine Finanzen behalten? Und sich als Kellner so ein Auto leisten, ging ihm draußen durch den Kopf, als er vor dem Mercedes stand. Aber diese durchaus interessante Frage musste warten. Er öffnete die Heckklappe und die Beleuchtung des Kofferraums flammte auf, in dem sich ein Berg grauer Papprollen unterschiedlicher Länge befand. Sie waren mit einem weißen PVC-Stopfen verschlossen. Adalbert öffnete eine der kleineren und ließ ein gerolltes dickeres Papier herausgleiten, das er vorsichtig ausbreitete. Ein Bild. Ein Druck, genau genommen. Hochwertig zwar, aber immer noch ein Druck. Mehr zur Bestätigung als aus Neugier öffnete er noch drei weitere dieser Rollen, bis ihm etwas auffiel. Er hatte diese Bilder schon mal gesehen. Und zwar in seinem Haus. Die Wand des Treppenhauses war über drei Etagen mit Bildern zugehangen, denen er keine sonderliche Beachtung schenkte, da sie in seinen Augen durchweg scheußlich waren. Scheußlich zwar, aber echt. Und echt viel wert. Adalbert öffnete weitere Rollen und fand in jeder das entsprechende Pendant eines Bildes im Haus.

Er wusste jetzt endlich, was Alexander vorhatte.

Kapitel 17

Die frischgebackene Verlobte fühlte sich nicht so zufrieden, wie sie es vermutet hatte, jetzt, wo sie doch endlich an ihr Ziel gekommen war.

Das lag noch nicht mal an ihrem Verlobten selbst. Von Adalbert hatte sie keinerlei Zugeständnisse erwartet und es interessierte sie streng genommen auch nicht. Sie würde Frau Wackernagel werden. Das war alles, was es zu dieser Sache zu sagen gab. Wenn auch die Aussicht darauf nicht so spannend war, wie sie sich das erhofft hatte, vor allen Dingen dann nicht, wenn man nichts hatte, womit man ein Zeichen setzen konnte. Gertrud wollte nichts weniger als einen Ring.

Elisabeth hatte das meiste des Schmucks im Tresor ihres Juweliers aufbewahrt und zu Hause nur eine Handvoll ausgesuchter Stücke gehabt, die wöchentlich ausgetauscht wurden. Leider hatte sich kein Ring darunter befunden, sodass Gertrud sich genötigt sah, beim Juwelier anzurufen. Der weigerte sich allerdings strikt, ihr ohne amtliche Dokumente auch nur ein Stück davon vorbeizubringen. Dass sie Claras Bekannte vorhin bei Adalbert im Arbeitszimmer gesehen hatte, machte ihre Lage nicht gerade einfacher, denn das erschwerte ihre Chance, ihren Anspruch an ihren Verlobten so darzustellen, dass selbst diese aufdringliche Weidenbruch keine Möglichkeit hatte, es misszuverstehen. Dafür wäre es sehr förderlich gewesen, als Frau des Hauses wertvollen Schmuck sowie einen Verlobungsring zu tragen, damit ihr Status sich deutlich von dem eines dahergelaufenen Straßenflittchens unterschied.

Das Straßenflittchen hatte derweil im Wohnzimmer Platz genommen. Die Polster des Dreisitzers waren unter Tüll und Fleisch verschwunden. Über die Lehne baumelten die Beine dieses kolossalen Körpers. Mit jeder Rückwärtsbewegung schlugen Fersen auf die Glasplatte des Beistelltischs auf. Aus dem Fernseher plärrte eine Nachmittagssoap und die Fernbedienung drohte unter den Höhlengängen ihres Busens zu verschwinden. Sie musste wieder heruntergekommen sein, als Gertrud mit dem Juwelier telefonierte.

»Wir schauen in diesem Haus tagsüber kein Fernsehen«, sagte Gertrud spitz. »Wir essen im Wohnzimmer auch nicht.«

Sie hob mit spitzen Fingern eine Tüte Kartoffelchips vom Teppich auf und legte sie auf dem Couchtisch ab. Auf dem Boden lagen Krümel. Sie würde sie saugen müssen, denn sie hatte wenig Hoffnung, dass es Clara, die Kinder oder sogar Adalbert täten. Obwohl der dazu sicherlich einiges in beträchtlicher Lautstärke zu sagen hatte. Er hasste Dreck.

»Was soll ich denn sonst hier machen?«, fragte das Tier, das sich im Haus breitgemacht hatte. »Ich würde gerne in die Stadt fahren.«

»Seligenwalde ist keine Stadt, sondern eine Gemeinde«, stellte Gertrud klar, obwohl ihr der Unterschied ziemlich egal war. Sie wusste nur beim besten Willen nicht, welche Art von Konversation von ihr erwartet wurde. Diese Art Besuch hatte man in der Villa nicht oft. Nie, wenn sie genauer darüber nachdachte, zumindest nicht seit sie hier war. Sie war sich jedoch sicher, dass es auch vorher nicht der Fall gewesen war.

»Dann rufen Sie doch ein Taxi«, sagte sie. Vielleicht wurde sie Mitzi so für ein paar Stunden los.

»Zu teuer«, erwiderte diese düster. »Clara hat etwas erzählt von einem Chauffeur.«

»Wir haben keinen Chauffeur«, sagte Gertrud und hoffte, es klänge ausreichend genug von oben herab. »Wozu auch? Wir haben schließlich kein Auto mehr.«

»Aber Sie sind doch reich.« Mitzi hatte noch im letzten Moment nach der Fernbedienung gegriffen, bevor diese auf dem glatten Stoff ihres Oberteils abrutschte und auf den Boden zu fallen drohte. Wenigstens stellte sie den Ton leiser, wenn auch nicht aus Höflichkeit, sondern aus reiner Neugier, wie Gertrud kurz darauf feststellen musste.

»Sie sind doch reich?«, fragte sie nach, als Gertrud keine Anstalten machte, auf die letzte Bemerkung zu reagieren.

»Was geht Sie das an?«, fragte diese ärgerlich. »Aber ich kann Ihnen versichern, es gibt überhaupt keinen Grund, Herrn Wackernagel zu umgarnen. Er hat kein Geld.«

»Aber immerhin eine Fabrik.«

»Die wirft so viel nicht ab«, entgegnete Gertrud selbstgefällig und fragte sich, woher sie das Wissen nahm, um so etwas zu behaupten. Aber das war zweitrangig, solange sie das Ergebnis bekam, das sie sich wünschte, nämlich Mitzi den Spaß an Adalbert zu verleiden.

Die sah allerdings nicht aus, als würde sie diese Nachricht sehr schwer treffen. Immerhin reichte sie, dass sie sich von der Couch aufrichtete, was die Fernbedienung dann doch zum Absturz brachte. Die schien scheinbar genug von den Spielchen zu haben und schlitterte unter die Couch.

»Ach herrje«, rief Mitzi aus und kicherte unangemessen laut, wie Gertrud fand. Dafür hatte sie sich trotz ihrer Leibesfülle erstaunlich schnell erhoben, um direkt danach in die Knie zu gehen und Gertrud ihr beachtliches Hinterteil entgegenzustrecken. Gertrud trat einen Schritt zurück. Sie konnte sich nicht daran erinnern, wann und ob überhaupt sie einem Hintern so nahe gekommen war, geschweige denn einem weiblichen. Menschliche Körper strahlten an keiner Stelle und in keiner Form irgendetwas Sinnliches für sie aus. Sie stellte sich einen Moment vor, Adalbert in solch einer Position betrachten zu müssen, und war dankbar, dass auch Elisabeth das wohl nicht gewollt hatte. Wie war es sonst zu erklären, dass sie konsequent in ihrem eigenen Zimmer geschlafen hatte. Eine Regelung, die in den neun Jahren, seit Gertrud im Haus war, nicht einmal gebrochen wurde, das war sicher. Sie nannte es gerne Intuition. Genau genommen war es altmodische Neugier, die die ehemalige Haushälterin angetrieben hatte, nachts alle Wissenslücken über ihre Arbeitgeber aufzufüllen.

Mitzi hatte derweil anscheinend gefunden, was sie suchte, und wackelte zur Freude darüber noch mal mit dem Hintern, bevor sie mit dem Kopf wieder unter dem Sofa auftauchte. Gertrud war stolz auf sich, als sie keine Wollmaus in ihren Haaren entdeckte. Das Haus war blitzsauber.

Mitzi legte die Fernbedienung sanft auf den Tisch und kam Gertrud so nahe, dass das Ende eines rothaarigen Löckchens sie an der Nase kitzelte. Hätte Mitzi Weidenbruch nur aus Gesicht bestanden und wäre taubstumm geboren worden, wäre sie durchaus anziehend, das musste selbst Gertrud zugeben.

»Was nützt Ihnen das ganze Geld, wenn sie nachts keinen warmen Körper im Bett haben«, flüsterte sie an Gertruds Nase vorbei in ihr linkes Ohr. »Geld ist doch nicht so kuschelig.«

Im Moment war das Gertrud egal. Solange Mitzi nicht auf die Idee kam, sie mit einer Umarmung zu erdrücken, würde sie sich in Zukunft auf Eurostücke betten, wenn das der Preis war.

»Was ist denn hier los?«, hörte Gertrud die Stimme von Clara Wackernagel. Der Herrgott hatte doch manchmal ein Einsehen.

Für Clara war das Gespräch mit ihrem Bruder besser gelaufen, als sie erwartet hatte. Wenigstens hatte er sie nicht des Hauses verwiesen. Ein Verhalten, das er in der Vergangenheit regelmäßig an den Tag gelegt hatte, wenn ihm etwas nicht passte oder sein Weltbild erschüttert wurde, was zugegebenermaßen schnell passieren konnte. Daher buchte sie die Unterhaltung als Erfolg.

Sie hatte Gertrud gesehen, wie sie gestern in einem Mustang den Weg hochgefahren kam, dessen Auspuff ebenfalls so viel Krach machte wie der des Volvos, wenn auch aus anderen Gründen. Anscheinend hatte Gertrud den Besitzer des

Wagens am Haupttor getroffen. Der sah auf eine biedere Art gut aus. Das lag wohl an dem gewaltigen Schnurrbart, den er offenbar mit Bartwichse bändigte und seine Ecken nach oben zwirbelte. Ohne dieses Ding hätte sein Erscheinungsbild weniger Potenzial gehabt.

Es hatte sie nicht überrascht, ihn als den Detektiv vorgestellt zu bekommen. Es verirrten sich nur äußerst selten Menschen in die Villa, die nicht zum Personal oder zur Familie gehörten. Sie empfand Schadenfreude. Adalbert würde in Kürze andere Sorgen haben, als sie wegen ihrer Neigung zu beleidigen. Normalerweise wäre es nur eine Frage der Zeit gewesen, bis er den Schock verdaut und seine ätzenden Bemerkungen wiedergefunden hätte. Roetigs Gesprächsrunde morgens im Wohnzimmer bestärkte sie in ihrer Hoffnung.

Sie suchte Mitzi. Obwohl die Villa groß war, hatte sie trotzdem nicht das Format, eine Frau in ihrer Größe verschwinden zu lassen. Gestern war sie überrascht gewesen, ihre Gespielin bei Adalbert zu finden. Dort hätte Clara sie als Letztes vermutet. Es gefiel ihr nicht besonders. Der einzige Trost war, dass das offensichtlich auch für ihren Bruder galt, dessen ohnehin sauertöpfischer Gesichtsausdruck noch steigerungsfähig gewesen war.

Sie fand Mitzi im Wohnzimmer, allerdings nicht gerade in der Haltung, die sie sich für sie gewünscht hätte. Mitzi kannte weder Schuldbewusstsein noch Moral. Ein Umstand, der sowohl verabscheuungswürdig als auch sehr anziehend war und Mitzi bislang davor bewahrt hatte, schnurstracks an die Luft gesetzt zu werden. Clara war bereit gewesen, das zu akzeptieren. Ihren Bruder hätte sie als Konkurrenz gerade noch gebilligt, da er ein Mann war, aber von Gertrud von ihrem Platz gedrängt zu werden, ging ihr dann doch zu weit.

»Was ist denn hier los?«, fragte sie und wünschte sich, sie hätte das herausbrüllen können. Aber sie war viel zu sehr Dame, um dermaßen aus der Rolle zu fallen. Das erledigte Mitzi bereits trefflich für sie, wie gerade wieder zu beobachten war.

»Hier ist gar nichts los«, erwiderte Gertrud, die ein paar Schritte zurückgetreten war, um sich auf Sicherheitsabstand zu bringen. »Ihre Freundin hat ein sehr einnehmendes Wesen.«

»Das habe ich auch schon bemerkt«, sagte Clara und betrachtete das einnehmende Wesen missbilligend. »Erst mein Bruder und dann Gertrud? Schämst du dich gar nicht?« Unsinnige Frage, deren Antwort sie ohnehin kannte.

»Das ist deine Schuld.« Mitzi setzte sich wieder und zog das Kleid ein Stück die Oberschenkel hoch. Damit konnte sie Clara immer wieder auf Kurs bringen. Aber die war im Augenblick einfach zu wütend, um auf ordinäre Reize anzusprechen.

»Meine Schuld? Was hast du mit meinem Bruder im Arbeitszimmer getrieben?«

»Das interessiert mich als seine Verlobte übrigens auch«, kam ihr Gertrud zur Hilfe.

»Nichts. Dein Bruder ist viel zu steif, aber leider nicht an den Stellen, wo es sinnvoll wäre.«

»Ich hoffe nicht, du hast dich davon selbst überzeugt.«

Obwohl das nicht ganz stimmte. Wenn Clara ihrem Bruder etwas gewünscht hätte, dann wäre es, dass er einmal ordentlich an dem schlaffen Sack gepackt und ihm dabei die Eier gequetscht würden. Etwas, was bei Mitzi und ihrer unbändigen Kraft durchaus möglich war. Deswegen hatte sie immer noch den Schimmer eines blauen Flecks an ihrer rechten Brust.

»Nein. Wieso sollte ich? Du weißt doch, dass ich auf Frauen stehe.«

»Bitte?«, fragte Gertrud, die anscheinend gerade erst begriffen hatte, an welcher Katastrophe sie gerade vorbeigeschlittert war. Mitzi sorgte dafür, dass sie das auch nicht so schnell vergessen sollte.

»Es stimmt, Darling«, gurrte sie und erhob sich wieder, damit sie Gertrud näher kommen konnte, die sicher nicht freiwillig wieder in ihre Nähe gehen wollte. »Clara und ich teilen unser Bett, aber wir führen eine offene Beziehung.«

»Sagt wer?«, fragte Clara, die sich beim besten Willen nicht daran erinnern konnte, das einmal mit Mitzi besprochen zu haben.

»Sei nicht so engstirnig. Wieso sollte man nicht auch Spaß mit anderen haben? Vor allen Dingen, wenn sie so viel zu bieten haben.«

Dass Mitzi dabei nicht auf Gertruds körperliche Vorzüge anspielte, brauchte sie nicht extra zu erwähnen, obwohl Clara Gertrud durchaus ansehnlich fand. Mitzi bestimmt eher ihr Bankkonto.

»Ich bin verlobt«, sagte Gertrud und versuchte, die Tür zu erreichen, vor der Clara stand, da sie sich bei ihr wohl sicherer fühlte.

»Ich sag auch keinem was. Wenn es dich nicht stört, mich erst recht nicht.«

Clara reichte es. Wenn irgendjemand Anspruch auf Gertrud und auf ihr Vermögen hatte, dann war eindeutig sie es. Verliebt hin oder her, sie würde sich von Mitzi nicht den Rang ablaufen lassen.

»Wenn Gertrud das überhaupt in Erwägung ziehen würde, dann sicher nicht mit dir. Das stimmt doch?«, wandte sie sich zur Angesprochenen.

»Ich glaube, ich möchte das nicht«, antwortete diese hilflos.

»Sag das nicht, bevor du nicht gesehen hast, was dir entgeht«, sagte Mitzi und öffnete mit einem Ruck ihr Wickelkleid, an dessen Bändern sie bereits die ganze Zeit genestelt hatte. Ihr Körper barst hervor wie Hirnmasse aus einem geborstenen Schädel.

»Vielleicht gefalle ich dir ja besser«, sagte Clara, bereit, bis zum Äußersten zu kämpfen, zog ihre Bluse aus und streifte

die Träger ihres BH herunter. Vielleicht stand Gertrud ja
nicht auf dicke Frauen.

Kapitel 18

Adalbert hatte den Morgen in Elisabeths Zimmer zuge-
bracht, weil er sich so weit entfernt wie möglich von der
restlichen Familie über den Wirkstoff der verschwundenen
Pilze genauer informieren wollte. Das war gar nicht so einfach, da er über keinen Internetzugang verfügte. Bis heute
hatte er das auch nicht vermisst. Die Lexika gaben ebenfalls
nichts her. Er überlegte kurz, Dr. Gebauer nochmals anzurufen, aber er wollte ihn nicht auf die Idee bringen, dass in
der Villa Wackernagel vielleicht nicht alles zum Besten bestellt war, indem er sich innerhalb kürzester Zeit nach zwei
komplett unterschiedlichen Vergiftungsmethoden erkundigte. Das war genau die Art von Publicity, die er in seiner
momentanen Situation nicht schätzte. Deswegen rief er in
einer Apotheke in der Stadt an, wo man ihn unmöglich
kennen konnte.

»Was haben Sie gegessen?«, fragte die Apothekerin, die anscheinend neben dem Telefonat noch einen Kunden bediente.

»Pilze, sogenannte Feld-Trichterlinge.«.

»Sie rufen an, um mir das zu sagen?«

»Natürlich nicht. Ich will von Ihnen wissen, wie giftig die
sind.«

»Woher soll ich denn das wissen?«

»Sind Sie eine Apotheke oder nicht?«

»Sind wir, aber wir sind kein Gewächshaus.«

»Wenn Sie immer so hilfsbereit sind, müssen Sie sich nicht
wundern, wenn alle Leute ihre Sachen im Internet bestellen.«

»Hören Sie«, sagte die Apothekerin, merklich um Haltung
bemüht. »Ich halte mich für durchaus hilfsbereit, aber dieses
Gespräch hier für unnütz. Wenn Sie glauben, Sie haben einen giftigen Pilz gegessen, fahren Sie ins Krankenhaus oder

rufen den Giftnotruf an, statt mich hier um Ferndiagnosen zu bitten.«

Auf den Giftnotruf hätte er wirklich selbst kommen können. Wo stand so eine Nummer? Wahrscheinlich im Telefonbuch. Das lag auf dem Beistelltisch im Foyer. Er war am Fuß der Treppe, als Gertrud im Erdgeschoss ohrenbetäubend zu schreien anfing.

»Oh mein Gott. Lasst mich in Ruhe! Das kann nicht sein!«

Nicht, dass Adalbert auf ihr Gebrüll etwas gab, wegen ihm hätte sie unten von einem Eindringling abgemurkst werden können. Unter anderen Umständen hätte er sich in den nächstbesten Raum verzogen und so getan, als wäre er nicht im Haus.

Roetigs Interesse an seiner Durchsuchung war jedoch schlagartig verschwunden, da er – immer zwei Stufen nehmend – die Treppe hinunterstürzte, um die Ursache des Lärms herauszufinden. Adalbert tat es ihm wohl oder übel gleich, wenn auch in einer gemäßigten Geschwindigkeit. Kaputte Knochen konnten in seinem Alter eine Menge Ärger machen. Das hatte seine Frau eindrucksvoll bewiesen. Ein paar Monate später war sie tot gewesen. Das wünschte er sich ein paar Augenblicke später allerdings ebenfalls.

Die Aussicht auf nackte Brüste – und davon bekam man heutzutage einige geboten – hatte in ihm nie etwas anderes als Langeweile ausgelöst. Dabei hatte er sich jedoch nie vorgestellt, was die seiner Schwester in ihm auslösen würden. Es war eindeutig nicht Langeweile, obwohl das eine naheliegende Vermutung war, denn besonders spektakulär waren die Dinger wirklich nicht. Eher überkam ihn Ekel. Die letzte Frau, die er nackt sehen wollte, war Clara. Und natürlich seine Mutter. Würde er die jetzt allerdings unbekleidet sehen, hätte er bestimmt noch ganz andere Probleme, von Ekel mal abgesehen. Es war unmöglich festzustellen, woran Roetig gerade dachte. Er sagte auf jeden Fall nichts.

»Was zum Teufel geht denn hier vor?«, brach Adalbert das peinliche Schweigen.

»Sie wollten mich vergewaltigen«, schluchzte Gertrud und versuchte, sich hinter seinem Rücken zu verstecken.

»Das ist schwer zu glauben.« Da Adalbert Sorge hatte, sie würde ihm dort den Anzug vollheulen, eilte er ein paar Schritte vor, was er umgehend bereute, da er fast mit Mitzi zusammenprallte, die aus dem Wohnzimmer kam. Er versuchte, seinem Blick schnellstmöglich eine andere Richtung zu geben, leider war das wieder die seiner Schwester.

»Zieh dir bloß was über«, keuchte er, obwohl er nichts erkennen konnte, was sie über sich ziehen sollte. Wo immer ihr Oberteil war, im Foyer befand es sich nicht. Adalbert zerrte kurzerhand den Teppich vom Boden und warf ihn Clara über. Damit war wenigstens die Familienschande verdeckt. Für Mitzis Größe gab es leider keinen passenden Teppich im Haus.

Gertrud hatte die Zeit mittlerweile genutzt, sich dem Detektiv heulend an den Hals zu werfen, der anscheinend versuchte, sie ungelenk zu trösten, indem er ihr wie einem Pferd auf den Rücken klopfte. Mitzis Brüste bewegten sich wie leichte Wellen, die immer wieder an die Grenze des Ufers stießen, als sie herausfordernd die Hände in die Hüften stemmte. Sie hatte die Augen halb geschlossen und blickte lasziv auf Adalbert hinunter.

»Entscheiden Sie, wer hier besser bestückt ist«, sagte sie.

»Das werde ich sicherlich nicht tun«, schnappte Adalbert. »Und wenn Sie glauben, dass mich Ihre Schläuche nur einen Deut interessieren, dann kann ich Ihnen versichern, Sie sind auf dem falschen Dampfer.«

»Was wird denn das?«, fragte plötzlich Alexander, der am Treppenaufgang aufgetaucht war. In seinenr normalen Kleidung, wie Adalbert beruhigt feststellte. Leider hatte Alexander den Sack in der Hand, den Adalbert in Elisabeths Schlafzimmer stehen gelassen hatte. Er riss ihn seinem verdutzten Sohn aus der Hand. Es klang wie ein Windspiel.

»Der gehört mir«, schnauzte er. »Ich gehe jetzt in mein Arbeitszimmer und wehe, irgendeiner heult noch, ist nicht angezogen oder sonst wie auffällig, wenn ich da wieder rauskomme. Dann sprenge ich diesen verdammten Laden in die Luft.«

Er durchquerte das Foyer mit großen Schritten.

»Guck mal, Mama, ein nackter Busen«, hörte er noch die Stimme seines Enkels Timo, als er die Tür hinter sich zuschlug.

Nach einem Tag mit dermaßen viel nackter Haut schlief es sich schlecht. Wenigstens war Adalbert nicht gezwungen, auf dem Rücken liegend stundenlang wach in die Dunkelheit zu starren. Da er seinen Sohn überwachen musste, konnte er das sitzend tun.

Im Haus war es beeindruckend schnell ruhig geworden, da es die Hälfte der Bewohner nach ihrem Auftritt offenbar vernünftiger fand, sich ohne weitere Diskussionen zurückzuziehen. Adalbert war dafür dankbar, denn er hatte schon mehr gesehen, als er für einen Tag verkraften konnte. Um diese Bilder aus dem Kopf zu bekommen, hatte er jetzt ausreichend Zeit. Es würde eine lange Nacht werden und vielleicht auch nicht die letzte dieser Art.

Adalbert hatte sein Hauptquartier auf der ersten Etage in dem Zimmer neben der Treppe aufgeschlagen. Dieses Zimmer wurde nicht mehr benutzt. Früher hatte es hier Hausmessen gegeben, aber diese Zeiten waren lange vorbei. Er nahm auf dem Polsterstuhl Platz und versuchte, es sich zwischen Kommode und Kredenz so bequem wie möglich zu machen. Er legte seine Füße auf dem Sack ab, in dem die Knochen mit einem beleidigten *Krz* antworteten. Das klappte wenigstens insoweit, dass er einnickte, um mit einem unangenehmen Schlag an den Hinterkopf wieder aufzuwachen. Er war mit dem Kopf an die Lehne gestoßen. Aber das war es nicht, was ihn geweckt hatte. Er trat mit der Fußspitze auf den Schalter der Stehleuchte, die sofort ihren Dienst versagte und das Zimmer in Schwarz hüllte. Der Lichtschein, der unter der Tür hindurchkroch, sagte ihm, dass er genau zur richtigen Zeit wach geworden war. Er versuchte, auf seiner alten Junghans mit dem Zifferblatt aus gebürstetem Silber etwas zu erkennen. Leider war es dafür zu dunkel. Hören konnte er auch nichts. Es blieb ihm offenbar nichts anderes übrig, als einen Blick auf den Flur zu wagen. Das war weitgehend gefahrlos möglich, da er bereits nachmittags die Scharniere, die Klinke und das Schloss mit Nähmaschinenöl gefettet hatte, das er im Zimmer seiner Frau gefunden hatte.

Er presste sein Ohr gegen das Türblatt und horchte angestrengt auf die andere Seite. Egal, wer sich da draußen herumtrieb, er tat das auf jeden Fall im Erdgeschoss. Adalbert drückte die Klinke hinunter, die sich aus Dank für die liebevolle Behandlung am Nachmittag geräuschlos bewegte. Er sah Alexander aus der Haustür verschwinden. Jetzt konnte er nichts anderes tun als zu warten, dass sein ungeratener Sohn das zu Ende brachte, mit dem er sich endgültig seinen Platz in Adalberts Erbfolge und Gunst verspielt hatte. Das Licht, das aus dem Flur ins Zimmer drang, reichte aus, die Uhrzeit zu erkennen. Es war zwei Uhr. Adalbert schloss die Tür wieder und drehte den Schlüssel herum. Sollte Alexander die Bilder im Schutz dieses Zimmers austauschen wollen, sollte er dabei seinen Vater dabei nicht entdecken.

Alexander tat nie viel, um seinem Vater eine Freude zu machen. Heute Nacht tat er es, wenn auch unbewusst. Adalbert war sich sicher, dass sein Sohn ihn mindestens noch eine Woche schmoren gelassen hätte. Wahrscheinlich in der Hoffnung, sein Vater würde in der Zeit wegen Schlaflosigkeit tot umfallen.

Wenn er schon warten musste, sprach nichts dagegen, das im Sitzen zu tun. Adalbert machte es sich wieder zwischen Kommode, Kredenz und Knochen bequem. Langes Nachdenken lag ihm nicht, dabei kam in der Regel nicht viel herum und er ärgerte sich, nicht wenigstens die Bilanzen der

Firma mitgenommen zu haben, die er im Schein einer Taschenlampe hätte studieren können. Daher konzentrierte er sich auf die Geräusche, die er jenseits der Tür hören konnte. Die waren rar gesät. Sein Sohn gab sich wirklich Mühe, so leise wie möglich zu sein. Aber anscheinend auch so schnell wie möglich, wie ihm ein erneuter Blick auf den Flur zeigte, als Alexander mit Papprollen nach unten ging. Der hatte sein Hauptquartier anscheinend im Zimmer gegenüber aufgeschlagen. Dort stand die Tür ein wenig auf. Adalbert konnte sich nicht daran erinnern, dass sie das vorher bereits getan hatte. Offensichtlich war er mit der ersten Etage fertig.

Sein Sohn behielt dieses Tempo bei, sodass Adalbert bereits eine Stunde später seinen Posten aufgeben konnte, um sich im Treppenhaus einen Überblick über die Lage zu verschaffen, nachdem er sich sicher war, dass sein Sohn wieder selbstzufrieden im Bett lag.

Die Qualität der Drucke war hervorragend, darüber gab es keinen Zweifel. Adalbert wäre es nicht aufgefallen, wenn er es nicht gewusst hätte. Die Bilder waren zwar wertvoll, aber in seinen Augen nicht zur näheren Betrachtung geeignet. Wie nah er an einem unersetzlichen Verlust vorbeigeschlittert war, verursachte ihm im Nachhinein noch Übelkeit.

Er verbot sich, den Gedanken weiterzuspinnen und machte sich stattdessen sofort an die Arbeit. Vielleicht bekam er so die Möglichkeit, in dieser Nacht noch den Schlaf zu erhalten, den er brauchte. Das mochte an seinem besseren Gewissen liegen, oder einfach auch an der Tatsache, dass sein Schlafbedürfnis proportional mit seinem Alter abgenommen hatte.

Sein Sohn dagegen schien nicht in dem Maße intelligenter geworden zu sein. Er hatte zwar sein Auto abgeschlossen, aber den Schlüssel in seine Jacke gesteckt, die im Erdgeschoss an der Garderobe hing. Damit hatte er unbewusst sein Schicksal entschieden. Adalbert beschloss, auf einen Eklat am nächsten Morgen zu verzichten und stattdessen die Bilder wieder zurückzutauschen. Egal, was sein Sohn mit den Bildern vorgehabt hatte – sicher an Hehler verhökern –, er würde damit im günstigsten Fall unangenehm auffallen. Wenn er Glück hatte, war es nur das. Auf andere Möglichkeiten konnte Adalbert nur hoffen. Er bedauerte, nicht dabei sein zu können. So musste nur der Gedanke daran reichen, ihn in Stimmung zu versetzen.

Das Vorgehen seines Sohnes war zu gut gewesen, um es nicht zu kopieren. Er schaffte die Rollen aus dem Kofferraum in das Zimmer, das ihm als Versteck gedient hatte, und begann systematisch und so schnell, wie es seine arthritischen Finger zuließen, die hässlichen Schinken, einen nach dem anderen, wieder an den Ort zu platzieren, wo sie schon immer hingehört hatten.

Leider war er sich nicht bewusst, dass er dabei von ein paar fassungslosen Augen beobachtet wurde.

Kapitel 19

Gertrud konnte nicht schlafen. Das Zusammentreffen mit Mitzi und Clara hatte ihr Weltbild nachhaltiger erschüttert, als sie es zugeben wollte. Eingekeilt zwischen weiblichen Brüsten zu sein, war nicht das, was sie sich als Dame des Hauses für ihre Zukunft vorstellte. Sie beschloss, das Besuchsrecht von Mitzi auf jeden Fall noch mal zu überdenken und das von Clara vielleicht am besten gleich mit. Wer wusste, auf welche Ideen die sonst noch kämen.

Daher schob sie diesem Vorfall die Schuld für den Schlaf zu, der einfach nicht kommen wollte. Auch überlegte sie, welche Anhaltspunkte Roetig noch aufgreifen würde, um ihren Verlobten ins falsche Licht zu rücken.

Alles in allem war es eine durchwachsene Nacht, die sie um halb vier Uhr aus dem Bett an das Fenster des Gesindehauses trieb, da es doch anregender war, die Schatten der Nacht im Park zu beobachten, als sich hin- und herzuwälzen. Oder das Licht, das zu dieser Stunde im Haupthaus durch die Vorhänge schien. Wahrscheinlich geisterte wieder eines der Kinder durchs Haus, um sich im Wohnzimmer an den Alkoholvorrat zu machen, der ein nahezu unbeachtetes Leben führte. Der einzige Alkohol, dem im Hause Wackernagel gehuldigt wurde, war Adalberts Cognac. Den hatte der nun endgültig außer Reichweite geschafft. Der unsachgemäße Gebrauch durch Gertrud hatte ihm sicher gereicht und er wollte ihn nicht ebenfalls noch in Alexanders Kehle verschwinden sehen.

Das Licht blieb an. Gertrud erwog mittlerweile ernsthaft, wieder ins Bett zu gehen, da ihr linker kleiner Zeh einschlief. Sie nahm noch einen Schluck ihres Kamillentees und kniff die Zehen in ihren Pantoffeln zusammen, um dem kleinen wieder Blut einzupumpen. Sie erkannte, dass die Haustür geöffnet wurde und eine Gestalt die drei Stufen der Eingangstreppe hinunterging. Zumindest sprach der schwankende Lichtkegel dafür. Gertrud drehte sich um und eilte in den Flur, was ihren Zeh unsanft aus seiner Lethargie riss, um sich ihren Mantel überzuwerfen. Im Herrenhaus ging etwas vor. Kurz darauf hätte sie sich gewünscht, weiter unwissend geblieben zu sein. Gertrud verstand nichts von Kunst, wusste aber von Elisabeth, wie viel die Bilder im Treppenhaus und auf den Fluren wert waren. Der finanzielle Verlust wäre vielleicht noch zu verschmerzen gewesen, nicht aber die Erleuchtung, dass ihrem Verlobten scheinbar jedes Mittel recht war, sich ein Leben ohne sie aufzubauen.

Sie hatte sich hinter dem Stamm einer Tanne versteckt und fragte sich, welche Art von Reaktion sie von sich selbst erwartete. Da ihr neues, ersehntes Leben zum Greifen nah war, beschloss sie, dass nur die Offensive das Ergebnis erzielen würde, das sie sich erhoffte: Adalbert wieder zur Vernunft zu bringen.

»Was tust du hier?«, fragte sie daher ein paar Minuten später im Foyer und, damit es besser wirkte, hinter Adalberts Rücken, der sich auf ihre Ansprache mehrere Sekunden erst einmal gar nicht bewegte. Als sie sich gerade fragte, ob er vor Schreck vielleicht gestorben war, drehte der sich langsam, aber überaus lebendig um.

»Was schleichen Sie hinter mir herum?«

»Das ist doch wohl nicht die Frage. Du schleichst. Und ich will wissen, wieso.« Es interessierte sie, wie er sich aus dieser Situation winden würde.

»Das geht Sie nichts an.« Adalbert machte Anstalten, die Treppe wieder hinaufzugehen.

»Das ist mein Haus, also geht es mich auch etwas an«, erwiderte Gertrud und beglückwünschte sich für ihr neu erworbenes sicheres Auftreten.

»Sie träumen doch«, sagte Adalbert patzig. Ihre Verlobungszeit hatte sie sich doch etwas anders vorgestellt. »Mir war übel, aber das sollten Sie ja wohl am besten wissen.«

»Was weiß ich über deine Übelkeit?« Gertrud war nun ernsthaft verwirrt. Das Gespräch lief so gar nicht nach ihren Vorstellungen. Adalbert war Welten davon entfernt, zerknirscht auszusehen.

»Meine Anwesenheit ist wohl nicht weiter vonnöten. Ich gehe ins Bett.« Adalbert machte sich wieder auf den Weg nach oben.

»Und das war alles? Mehr willst du mir nicht sagen?«

»Ich wüsste nicht, was. Gute Nacht.«

Gertrud sah den Schatten seiner dürren Gestalt die Wand entlangkriechen und fragte sich, ob sie vielleicht geträumt hatte. Sie löschte das Licht der oberen Etage und huschte in die Küche, um dort hinter verschlossener Tür zu überdenken, was sie eben erlebt hatte.

Gertrud war ihr ganzes Leben der Meinung gewesen, dass Liebe überschätzt wurde. Gestützt wurde das durch die Überzeugung und den Glauben eines Menschen, der seine Thesen mangels Gelegenheit keiner Prüfung unterziehen konnte. Sie glaubte jedoch an die Verbindung, die durch gemeinsame Interessen entstand. Deswegen war sie sicher, dass Adalbert und sie ein durchaus erfülltes Leben führen konnten, da das Geld diese Gemeinschaft zusammenhalten würde. Wenn sie Interesse daran hatte, dass dies auch so blieb, musste sie ihm den Weg versperren, der ihn unabhängig von ihr machen würde. Daher blieben ihr nicht viele Möglichkeiten, den Rest der Nacht zu gestalten.

Gertrud machte sich ans Werk, um eine Stunde später das Ergebnis erschöpft, aber zufrieden betrachten zu können. Sie war sicher, Adalbert die Ambitionen gründlich ausgetrieben zu haben, sein Heil woanders zu suchen. Ihre nackten Beine froren unter dem langen Mantel und sie schlüpfte aus der Haustür, um sich im Gesindehaus einen weiteren Tee zu machen und im Sessel ein wenig zu ruhen. Bald würde im Herrenhaus der erste Bewohner aufstehen.

Gertrud hätte Mitzi fast noch sehen können, wenn sie sich noch einmal umgedreht hätte, bevor sie im Gesindehaus verschwand. Es hätte sie sicher stark verwundert, Claras Gespielin um diese Uhrzeit so voll bekleidet zu sehen, als würde sie zu einer Nordpolexpedition aufbrechen.

Ein bisschen kam es Mitzi auch so vor. In der Nacht waren die Temperaturen unter zehn Grad minus gefallen, was Schnee noch unwahrscheinlicher machte, als er diesen Winter sowieso schon war. Da Mitzi Besuche in ländlichen Regionen gleichsetzte mit Ausflügen in die Wildnis, hatte sie es sich nicht nehmen lassen, ihre verschwenderisch mit Hermelin gefütterte Lederjacke mitzuführen, die ihren Umfang noch um etliche Zentimeter erweiterte. Die hatte sie ihrem vorletzten Verehrer abgeschwatzt. Dem war sie eigentlich viel zu teuer gewesen, er hatte aber die Hoffnung gehabt, Mitzi würde durch dieses großzügige Geschenk seiner Frau nichts verraten. Das tat sie auch nicht, allerdings erst, als sie ihn noch um 5.000 Euro Bargeld erleichtert hatte. Mit leerem Bankkonto, aber froh über seine neu gewonnene Freiheit kehrte der reumütig zu seiner Frau zurück, um für den Rest seines Lebens ein mustergültiger und geläuterter Ehemann zu bleiben.

Mitzi tappte vorsichtig die Stufen hinunter, damit sie nicht ausrutschte. Der Reif knirschte unter ihren Schuhen. Einen Treppensturz konnte sie nicht gebrauchen. Sie war sich nicht sicher, in dieser Jacke alleine wieder auf die Füße zu kommen. Schon ohne Jacke war das ein nahezu aussichtsloses Unterfangen.

Auf dem Rasen fühlte sie sich sicherer und schritt entschlossener aus, was ihr eigentlich gut gelang, wenn man davon absah, dass ihre Oberschenkel unangenehm aneinanderrieben. Sie verkürzte ihren Schritt und schaute auf die Uhr. Sie hatte noch reichlich Zeit.

Mitzi kam in den Sinn, dass dieser Gärtner vielleicht ebenso früh wach sein könnte und schwenkte nach rechts, um zwischen den Tannen auf einem künstlich angelegten

Weg aus Steinplatten aus der Sichtweite der Nebengebäude zu verschwinden. Sie wollte diesem Vladimir nicht auch noch über den Weg laufen. Der machte nicht den Eindruck, als ob Mitzi ihrerseits welchen auf ihn gemacht hatte. Eigentlich hätte gerade das ihren Jagdtrieb angeheizt, aber in dieser Mission hatte sie wichtigere Dinge zu erledigen.

Sie hatte die Außenmauer in nördlicher Richtung erreicht, hier war das Grundstück am schmalsten. Das zumindest hatte ihr der entzückendste Mann gesagt, den sie seit einigen Jahren gesehen hatte. Sie beobachtete die weißen Kringel, die aus ihrem Mund kamen, und sah sie in der Dunkelheit verschwinden. Entzückend oder nicht, es war kalt und allmählich sollte er kommen. Eiseskälte war durchaus in der Lage, Mitzis Libido empfindlich abzukühlen. Diese wurde allerdings sofort wieder angekurbelt, als ein Ast knackte und der Mann in ihren Blickwinkel trat. Sie breitete ihre Arme aus, aber er drückte sie wieder hinunter.

»Dafür haben wir keine Zeit. Wenn deine Clara aufwacht, musst du wieder im Haus sein.«

»Ich sage ihr einfach, ich war auf einem Spaziergang«, hauchte Mitzi verführerisch, wie sie hoffte. Das hätte sicher mehr hergemacht, wenn es aus ihrem Mund nicht dampfen würde, als hätte sie gerade einen kräftigen Zug an einer Zigarre gemacht. Diese verdammte Kälte. All die Reize, die sie sonst an den Mann oder die Frau brachte, waren hier nichts wert.

»Das glaubt sie bestimmt. Du bist ja prädestiniert für Spaziergänge.« Schrecklich, diese Ironie.

Mitzi liebte es, wenn er sich gewählt ausdrückte. Dabei machte es ihr auch wenig aus, dass der Schuss gegen sie ging. Wenn sie auf jede Beleidigung in ihrem Leben reagiert hätte, wäre sie nicht sonderlich weit gekommen. Schließlich war es auch die Wahrheit. Wichtig war nur, dass ihm sein Sarkasmus spätestens dann verging, wenn er seinen Kopf zwischen ihren Schenkeln hatte und nach Luft rang. Dann gab es selbst für ihn nicht mehr viel zu reden. Erst recht nichts Beleidigendes.

»Wie weit bist du mit dem Alten?«

Sie sah sein Gesicht zwar nicht mehr deutlich, da er sich wieder ein Stück von ihr entfernt hatte, erkannte aber das Aufblitzen eines Feuerzeugs und die Glut seiner Zigarettenspitze.

»Es macht sich«, sagte sie und versuchte, seine Reaktion festzustellen, aber es war einfach noch zu dunkel.

»Es macht sich«, äffte er sie nach. Der rote Punkt flammte kurz auf und verdunkelte sich dann wieder. »Das geht zu langsam. Ich dachte, du wärst so überzeugend.«

»Das bin ich doch, das weißt du. Aber im Moment sind alle ziemlich angespannt. Der Alte auch. Nicht so einfach, seine geheimen Triebe auszupacken, wenn man mitten in einer Mordermittlung steckt.«

»Das ist keine Mordermittlung. Schließlich war noch keine Polizei da. Wie ich das sehe, könnte es aber bald so weit sein. Bis dahin musst du den Tattergreis an der Angel haben.«

»Warum nicht die Haushälterin? Das brächte uns doch viel mehr.«

»Was soll das bringen? Selbst wenn du ihr den schlaffen Hintern küsst, kann sie dich jederzeit wieder rauswerfen, wenn sie genug von dir hat.«

»Warum sollte sie das tun?« Mitzi schob die Unterlippe vor. Sie hatte oft genug bewiesen, dass sie Menschen mit ihrem Sex dauerhaft binden konnte.

»Diskutier nicht. Das ist zu unsicher und fertig.«

»Aber viel lohnender.«

»Der Alte hat eine Fabrik. Da ist noch genug für uns. Um die restlichen Millionen können wir uns dann immer noch kümmern.«

»Wenn du meinst«, erwiderte Mitzi friedfertig. Er hatte sicher recht, das hatte sich in der Vergangenheit schon öfter gezeigt.

Sie wollte noch mal ihr Glück versuchen und trat auf ihn zu. Ihre Hände suchten den Weg unter seine Jacke, aber das war schier unmöglich, da er den Kordelzug so fest zusammengezogen hatte. Ihren klammen Fingern fehlte die Kraft, sich durch den Eingang dieser Festung zu mogeln.

»Hör auf«, sagte er auch umgehend. »Hier ist weder die Zeit noch der Ort dafür.«

»Wir sind ein ganzes Stück vom Haus weg.«

»Wir sind auch ein ganzes Stück von einer Heizung weg. Und wenn du meinst, ich würde mir hier für eine schnelle Nummer die Gonaden abfrieren, dann hast du sie nicht mehr alle.«

»Was sind Gonaden?«, fragte Mitzi, obwohl sie jetzt doch beleidigt war. Sie hätte durchaus ein paar Streicheleinheiten vor ihrem weiteren Einsatz gebrauchen können.

»Du bist eine«, sagte er ungalant. »Aber davon wirst du nie was merken. Mach dich ins Haus, bevor jemandem auffällt, dass du nicht da bist. Die haben bestimmt auch ein Lexikon, mit dem du dein Fremdwörterwissen erweitern kannst.«

»Wann treffen wir uns wieder?«

»Wenn du etwas vorzuweisen hast, was uns weiterbringt. Also gib ein bisschen Gas.«

»Geht klar, Herr General«, sagte Mitzi und versuchte zu salutieren. Das war mit der dick gefütterten Jacke allerdings unmöglich. Ihr Schönling war bereits in der Dunkelheit verschwunden.

»Dann halt nicht«, sagte Mitzi zu sich selbst. Sie machte sich auf den Weg zurück zur Villa und versuchte, sich ein Leben hier mit Adalbert vorzustellen.

Teil 6

Kapitel 20

Adalbert hatte sich alle Mühe gegeben, den fehlenden Schlaf nachzuholen. Leider klappte das nicht so perfekt, wie er es sich gewünscht hatte. Sein Körper weigerte sich ab 5 Uhr beharrlich, wieder einzuschlafen. Adalbert gab den Kampf entnervt auf und beschloss, wenigstens den Vorteil aus seiner Lage zu ziehen, das Haus zumindest noch eine Zeit lang für sich alleine zu haben.

Er wunderte sich, dass im Foyer das Licht brannte. Er wusste, dass er es ausgemacht hatte, auch ohne sich konkret darin zu erinnern. Das war eines der Dinge, die er automatisch machte. Alles andere wäre Geldverschwendung, und die duldete Adalbert in seinem Haus nicht. Genauso automatisch wie er seine Blase trainiert hatte, nur zweimal am Tag auf die Toilette zu gehen, um Wasser zu sparen, löschte er das Licht hinter sich, selbst wenn noch jemand im Zimmer saß. Dass es nun brannte, konnte nur bedeuten, dass schon jemand vor ihm wach war.

Er trat leise an den Treppenabsatz, als das Licht wieder verlöschte. Dennoch konnte er noch Mitzis gewaltiges Hinterteil aus der Haustür verschwinden sehen. Er hoffte, auf Nimmerwiedersehen. Leider war das wenig wahrscheinlich. Das Tor hatte eine Nachtschaltung, die es komplett vom Strom trennte, damit es nicht zu öffnen war. Außerdem wussten Frauen wie Mitzi, wo es ihnen gut ging.

Ohne das Rätsel über Mitzis Verbleib gelöst zu haben, ging Adalbert in sein Arbeitszimmer, um sich zu überlegen, wie er die Japaner wieder loswurde. Das konnte er genauso gut im Dunkeln tun. So war es ihm vielleicht auch möglich, von seinem Beobachtungsposten am Fenster aus zu klären, wo und warum sich die Weidenbruch auf seinem Grundstück herumtrieb.

Er setzte sich in einen der mächtigen Ohrensessel, die direkt vor der Glasfront standen und im Hellen einen wunderbaren Blick auf den Park boten, der nahezu perfekt hätte sein können, wenn sich das Gesindehaus auf der rechten Seite nicht neugierig ins Bild gedrängt hätte. Adalbert machte die Stehleuchte neben sich aus.

Es war Februar und um 5 Uhr noch dunkel. Als sich seine Augen langsam an die Lichtverhältnisse gewöhnt hatten, konnte er dennoch schemenhaft das Gesindehaus ausmachen, kurze Zeit später Sträucher und Bäume. Es war ein beruhigendes Bild, das ihm den Eindruck vermittelte, vor Sonnenaufgang wäre zumindest draußen die Welt noch in Ordnung, wenn sie auch weit davon entfernt war, es drinnen ebenfalls zu sein.

Das blieb sie fürs Erste auch. Wenigstens so lange, bis er draußen einen Lichtschein sah, der aufgeregt auf und nieder hüpfte. Jemand war mit einer Taschenlampe unterwegs. Adalbert drückte sich tiefer ins Polster, obwohl aus diesem Winkel keine Gefahr bestand, gesehen zu werden. Die Weidenbruch kam zurück. Das war unschwer zu erkennen, auch ohne Tageslicht. Sonst gab es kein bewegliches Ziel auf dem Grundstück, das diesem Umfang entsprach, es sei denn, mittlerweile wären Grizzlybären eingewandert. Der Lichtkegel der Taschenlampe schwenkte zur Haustür, um im gleichen Augenblick zu verlöschen. Mitzi hatte ihren Weg gefunden.

Adalbert hörte das Klacken der Haustür. Danach war wieder Stille. Die Stufen im Treppenhaus waren zu solide gebaut, um sie zum Knarren zu bringen. Das gelang selbst der Gespielin seiner Schwester nicht. Er wollte gerade das Licht wieder einschalten, als er ein weiteres am Gesindehaus aufblitzen sah. Irgendjemand hatte das Außenlicht angemacht. Adalbert weigerte sich, Bewegungsmelder einzurichten, die zu jeder passenden und unpassenden Gelegenheit angingen und somit einfach nur Strom verschwendeten. Selbst Elisabeths Argument, auf dem Grundstück gäbe es keine anderen

Personen oder Fahrzeuge als die, die auch hierhin gehörten, änderte an seiner Haltung nichts.

Das Außenlicht verlosch und das im Flur ging an. Dann hatte Vladimir sich also ebenfalls draußen herumgetrieben. Adalbert wurde schwindelig, und das lag keinesfalls am Schlafmangel. Sein Gärtner traf sich mit der Dicken. Adalbert wollte sich keinesfalls ausmalen, wozu. Aber der Verrat war offensichtlich und machte ihn zornig. Adalbert hatte sich anfangs viele Jahre erfolgreich bemüht, seinem Gärtner aus dem Weg zu gehen, da der nicht gerade für seine Herzlichkeit bekannt war. Normalerweise wäre das für Adalbert ein Qualitätskriterium gewesen, das er an das Personal stellte, da Herzlichkeit durchaus etwas war, das einen verfolgen konnte. Im Fall der vorletzten Haushälterin sogar bis in sein Badezimmer, weil die dumme Gans der Meinung gewesen war, er hätte sein Handtuch vergessen.

Adalbert war damals gerade in die Wanne gestiegen und wäre fast ertrunken, weil er vor Schreck ausrutschte und mit seinem Kopf unter Wasser geriet. Die Wanne bestand aus guter alter spiegelglatter Keramik, die es ihm fast unmöglich machte, wieder Fuß zu fassen und seinen Kopf über den Wasserspiegel zu bekommen. Es war der Geistesgegenwart der Wirtschafterin zu verdanken, die ihn kurzerhand am Arm wieder herauszog und den japsenden Adalbert auf den Vorleger fallen ließ. Der war einen Moment sogar dankbar gewesen. Leider hatte er vergessen, dass seine faltigen Genitalien nackt herumbaumelten, bis ihm der kalte Fliesenboden just das wieder ins Gedächtnis rief. Sein Gebrüll rief nicht nur seine Frau auf den Plan, sondern auch den Chauffeur, der versonnen auf dem Vorplatz den Bentley gewaschen hatte.

Elisabeth war keinesfalls eifersüchtig, aber Adalbert so gedemütigt, dass nur einen Monat später Gertrud Helmersheim auf der Bildfläche erschien, die ihm gegenüber eine beruhigende Ignoranz an den Tag legte und Adalberts Weltbild wieder geraderückte, in dem Bedienstete und Herren sich lieber nicht im selben Zimmer aufhalten und wenn, sich besser ignorieren sollten.

Obwohl Adalberts Gebrüll wirklich ohrenbetäubend gewesen war und einen Jäger 200 Meter entfernt daran zweifeln ließ, ob sein letzter Schuss wirklich nur die Hirschkuh getroffen hatte, konnte das Vladimir nicht dazu bewegen, ebenfalls nachzusehen, was im Herrenhaus los war, um damit Adalberts Scham noch zu verstärken. Er war von dem Tag an sein liebster Angestellter.

»In den letzten Tagen läuft es sehr schleppend da draußen«, sagte er ein paar Stunden später, als Vladimir in sein Arbeitszimmer getreten war.

»Ist Winter«, erwiderte der.

»Das weiß ich selbst.« Adalbert hätte sich schon etwas mehr Information gewünscht. »Dennoch ist das kein Grund, nicht heftig zu arbeiten.«

»Ich arbeite. Ist immer was zu tun.«

»Auch irgendwas, das man sehen kann?«, fragte Adalbert süffisant, der sich Vladimirs Einstellung zur Arbeit mittlerweile vorstellen konnte.

Vladimir schwieg auf seine Frage. Wahrscheinlich, weil er keine passende Antwort darauf hatte. Zumindest keine ehrliche.

»Offensichtlich nicht«, sagte Adalbert. »Dann werde ich mal dafür sorgen.«

»Tulpenbeet kann ich nicht weitermachen. Kann man jetzt noch nicht einpflanzen.« Anscheinend wurde sein Gärtner nun doch hellhörig.

»Besteht der ganze Park nur aus Tulpen? Ich habe das Gefühl, die bezahlten Mitarbeiter in diesem Haus sind zurzeit nicht vernünftig ausgelastet.«

»Ist Winter«, wiederholte Vladimir. Er sah jetzt eindeutig beunruhigt aus.

»Das haben Sie bereits gesagt. Es bringt uns aber nicht weiter.«

»Wollen mich entlassen?«, fragte Vladimir.

Verdient hätte er es sicher, wenn er sich mit dem Feind verbündete. In dem Fall reichte aber wohl auch eine Bestrafung, um sein Mütchen zu kühlen. Wenn es einen Lieblingsangestellten in Adalberts Umfeld gab, war Vladimir ziemlich dicht an diesem Privileg dran.

»Das habe ich noch nicht entschieden«, sagte Adalbert dennoch vage. Den Sex an sich hätte er ihm noch verzeihen können, unmöglich aber die Person, mit der er diesen mit Sicherheit gehabt hatte. Was für einen Grund konnte es für die Weidenbruch sonst geben, sich in den frühen Morgenstunden in der Affenkälte draußen herumzutreiben?

»Erst werden Sie mal die Fläche vor dem Haus wieder auf Vordermann bringen. Den Möbelberg abtragen, kleinhacken und vor das Tor schaffen. Dann sehen wir weiter.«

»Ist steif gefroren da draußen!« Vladimir hatte sein sonst immer stoisches Verhalten für einen Moment abgelegt.

»Das ist mir dort auch lieber als an anderen Stellen«, entgegnete Adalbert und scheuchte den von seiner letzten Bemerkung deutlich verwirrten Gärtner mit einer Handbewegung nach draußen.

Fruchtlose Diskussionen machten Adalbert hungrig. Da er die mit seinem Gärtner häufiger führte, war es ein Wunder, dass er immer noch so dürr war wie ein Stangenspargel.

Hunger selbst machte einen allerdings nicht zum Koch. Das hatte er die letzten Tage leidvoll feststellen müssen. Dabei gab es keinen Unterschied, ob man aus Protest oder aus Überlebenstrieb nichts aß. Adalbert verweigerte konsequent die Nahrung, weil er auf eine Erfahrung wie zwei Tage zuvor im Arbeitszimmer nicht noch mal scharf war. Hätte es sein Geiz erlaubt, würde er dreimal am Tag im besten Restaurant von Seligenwalde essen, was in dem Fall ein Döner mit oder ohne Tzatziki war.

Er durchquerte missmutig das Foyer Richtung Küche. Seine Sekretärin hatte ihm schnell klargemacht, dass sie nicht in dem Maße für sein Leibeswohl verantwortlich war, wie er sich das vielleicht vorstellte. Adalberts Einwand, dass er schließlich nichts Unanständiges von ihr forderte, brachte sie auch nicht dazu, jeden Tag zum Herrenhaus zu kommen, um sich um sein leibliches Wohl zu kümmern. Aus den Fenstern im Foyer sah er Roetig im Garten herumspringen. Wahrscheinlich wieder, um irgendwelche harmlosen Pflanzen als Mordwerkzeuge zu deklarieren. Seine Pilze hatte er jedoch nicht entdeckt. Wie auch, wenn die bei Adalbert im Essen gelandet waren.

Gertrud werkelte in der Küche an dem blank geschrubbten Holztisch und formte kleine Teigbällchen zu verführerisch aussehenden Fladen. Wahrscheinlich wieder für die Kinder. Bei seinem Essen hatte sie immer den Eindruck erweckt, als könne sie keinesfalls kochen, auf jeden Fall nicht gut und preiswert.

Sie bemerkte ihn im Türrahmen und drehte den Kopf zu ihm.

»Ist dir immer noch schlecht?«, fragte sie.

»Nein«, antwortete Adalbert knapp und öffnete unschlüssig mehrere Schranktüren. Konserven schienen ihm momentan die sicherste Ernährung zu sein.

»Dann warte. Gleich bekommst du was zu essen.« Nach seinem Heiratsversprechen hatte sie ihr Kochembargo wieder eingestellt. Eigentlich war fast alles wie immer.

»Ich werde mich hüten«, knurrte Adalbert und beäugte misstrauisch die auf dem Tisch liegenden Maultaschen. Die waren gut, das wusste er. Vielleicht spielte ihm auch nur der Hunger einen Streich.

»Kein Lungenhaschee«, sagte Gertrud und klang friedfertig.

»Das sehe ich selbst. Trotzdem nein.« Adalbert fuhr mit seiner Schrankinspektion fort. Nichts sah danach aus, als könne es in sinnvoller Reihenfolge zu einer anständigen Mahlzeit herhalten.

»Isst du eigentlich überhaupt noch etwas? Mit uns am Tisch auf jeden Fall nicht.«

»Das liegt wohl eher an der zweifelhaften Gesellschaft.«

»Die Kinder werden sicher nicht mehr lange bleiben. Und der Detektiv wird bestimmt auch bald fertig sein. Es ist trotzdem gut, dass er da ist.«

»Wüsste nicht, was daran gut sein sollte. Sie mussten ihn ja auch unbedingt reinlassen.«

»Die Wahrheit soll ans Licht. Ich möchte unser gemeinsames Leben unbelastet beginnen. Dazu gehört auch, den Tod deiner Frau aufzuklären. Vor allen Dingen, wenn damit etwas nicht mit rechten Dingen zugegangen ist.«

»Ihnen wäre es auch sicher lieber, wenn er meinen direkt mit untersuchen könnte.«

Eigentlich hatte Adalbert nicht vorgehabt, sich auf diese Diskussion einzulassen. Aber als er durch das Küchenfenster einen Blick in den Park warf, der rechtlich gar nicht mehr ihm gehörte, packte ihn doch die Wut. Die alte Vettel hatte sein Haus und sein Geld. Nun noch nach seinem Leben zu trachten, erschien ihm sinnlos und außerordentlich ungerecht.

»Was redest du denn da, Dummerchen«, erwiderte Gertrud zärtlich und schüttelte leicht mit dem Kopf. Adalbert schüttelte es auch. Verniedlichungen konnte er auf den Tod nicht ausstehen.

»Ich rede davon, dass Sie mir nach dem Leben trachten. Oder warum sonst sind diese beschissenen Pilze aus dem Gartenhaus verschwunden? Meinen Sie, dem Gärtner würde das nicht auffallen? Centowski kennt den Park und das, was da so rumsteht.«

»Welche Pilze?« Gertrud schaffte es tatsächlich, verwundert und unschuldig auszusehen.

»Kommen Sie mir nicht so. Sie wissen verdammt gut, wovon ich rede. Glauben Sie nicht, dass ich das vorgestern nicht schon am eigenen Leib erfahren hätte. Der Teufel war hinter mir und meinem Leben her, auch wenn ich den fast mit dieser fetten Walküre verwechselt hätte.«

»Der Teufel mit Pilzen?« Gertrud hatte das Formen des Teiges aufgehört. Ihr Gesichtsausdruck erweckte den Eindruck, sie halte ihn für irre. Vielleicht wollte sie auch Zweifel an seiner Zurechnungsfähigkeit schüren, weil sie ebenso scharf auf seine Firma war.

»Stellen Sie sich nicht so dumm an. Ich meine natürlich die unsäglichen Herzbeschwerden und den kalten Schweiß. Übelkeit und Bauchschmerzen, als ob einer Polka in meinen Eingeweiden tanzt.« Und die Erektion. Darüber hielt er jedoch den Mund. An diesem Symptom war sie sicher besonders interessiert.

»Oh Gott.« Gertrud sank auf den Küchenstuhl.

»Lassen Sie den aus dem Spiel. Der wird Ihnen nicht helfen. Aber Ihr Plan ist nicht aufgegangen. Ich lebe noch und habe nicht vor, diesen Zustand in naher Zukunft zu beenden.«

»Aber ich wollte dich doch nicht töten!« Gertrud sah nun eindeutig schuldbewusst aus.

»Das ist schwer zu glauben. Wenn man jemandem einen giftigen Pilz unterjubelt, denkt man sich etwas dabei. Ich habe gesagt, dass ich Sie heirate. Ist das nicht genug? Was zum Teufel wollen Sie noch?«

»Dich auf jeden Fall nicht vergiften.« Gertrud hatte sich wieder erhoben und setzte ihre Arbeit an den Maultaschen fort. Sie hatte sich beeindruckend schnell wieder beruhigt. »Von den Pilzen weiß ich nichts. Von den Nebenwirkungen schon. Dabei hatte der Heilpraktiker gesagt, dass es vollkommen ungefährlich sei. Ist schließlich alles Natur.«

»Hätten Sie die Güte, das so zu erklären, dass ein intelligenter Mensch das ebenfalls versteht?«

»Ich habe dir ein erektionsförderndes Mittel ins Essen gemischt. Das kommt aber nicht von Pilzen. Zumindest glaube ich das nicht. Und das sollte dich auch nicht töten. Eher das Gegenteil bewirken.«

»Hat es aber nicht.«

Das erklärte zumindest seine Erektion. Adalbert ließ sich auf einen Stuhl fallen. Bei dem, was er hier hörte, brauchte er ein wenig körperliche Unterstützung.

»Wie kommen Sie dazu, mir Erektionsmedikamente zu geben?«

»Ich wollte dein Interesse an der Sache etwas anregen. Wir heiraten schließlich.«

»Mein Interesse muss nicht angeregt werden. Auf jeden Fall nicht an dieser Stelle.«

Das sollte auch so bleiben, dafür würde er sorgen.

»Sollte es doch. Aber ich wollte dir keinesfalls schaden. Wenn du solche Nebenwirkungen hast, höre ich damit natürlich sofort auf.«

»Das will ich Ihnen auch raten«, blaffte Adalbert und verließ die Küche.

»Hat es denn gewirkt?«, rief sie ihm hinterher.

Das Weib war eindeutig verrückt. Das erklärte allerdings nicht den Verbleib der Pilze.

Es zerrte an Adalberts Nervenkostüm, dass im Moment kein Tag mit der beruhigenden Routine anfing, die ihn seit 40 Jahren begleitete. Er begab sich in sein Arbeitszimmer, den einzigen Raum, der ihm in diesem Haus noch so etwas wie Schutz bot.

So dringend, wie die Geschichte mit den Pilzen eine Aufklärung erforderte, durfte er dennoch nicht seine Probleme an der anderen Front außer Acht lassen. Bankdirektor Brandt hatte nicht den Eindruck erweckt, als ließe er sich mit seinen Forderungen auf längere Diskussionen, geschweige denn weitere Hinhaltetaktiken ein.

Adalbert bohrte mit der Schuhspitze an dem losen Paneel, hinter dem der Knochensack eine vorübergehende Ruhestätte gefunden hatte. Mit dem Druck seines Schuhs wich es leicht nach innen, aber nicht genug, um einen Verdacht zu schüren, der weitere Untersuchungen rechtfertigte. Die Paneele waren alle etwas lose, obwohl sie sich nicht so weit zur Seite drücken ließen wie dieses. Er setzte sich an den Schreibtisch und schaute den Hirschen auf dem Bild bei der Brunft zu, in der Hoffnung, dort eine Inspiration zu finden, dem Ultimatum des Bankdirektors zu kontern. Dazu sollte er nicht kommen. Es klopfte.

»Scheren Sie sich weg. Ich habe keine Zeit«, rief er.

»Dann sollten Sie sich die besser nehmen«, sagte Roetig, der seinen Kopf ins Zimmer steckte, es leider aber nicht dabei beließ und den Rest seiner unseligen Person ebenfalls noch nachschob.

»Gehen Sie schnüffeln und lassen Sie mich in Ruhe.« Adalbert merkte selbst, wie kraftlos er geworden war. Das lag an dem fehlenden Essen. Und an diesem verdammten Zeug, das aus ihm einen Hengst in Dauerstellung machen sollte.

»Wissen Sie, Herr Wackernagel, Ihr Haus ist eine Fundgrube ungewöhnlicher Ereignisse. Mich wundert es nur, dass hier mit der Fülle der Mordmethoden nicht schon vorher einer umgekommen ist.«

»Das ist wohl in jedem Haushalt so.«

Lohnte sich ein vehementes Aufbegehren? Adalbert fand, nicht.

»In der Form habe ich es noch nie erlebt, wie Gelegenheit auf Möglichkeit trifft.«

»Ach ja? Wie viele Morde haben Sie denn schon untersucht.«

»Das geht Sie nichts an«, erwiderte Roetig nicht unfreundlich.

Es ging Adalbert wirklich nichts an. Darüber hinaus wollte er es auch gar nicht näher wissen.

»Mir ist eben noch etwas Spannendes aufgefallen.«

»Im Garten?«, fragte Adalbert, der sich erinnerte, Roetig vom Fenster in der Halle aus gesehen zu haben.

»Korrekt. Seine Erzeugnisse sind anscheinend die Geheimwaffe gegen unliebsame Hausbewohner.«

»Wenn dem so wäre, wären Sie mit Sicherheit schon nicht mehr unter uns.«

»Danke für die Warnung. Ich werde sie mir zu Herzen nehmen.«

»Sind Sie immer noch bei diesem blödsinnigen Strauch? Ich sagte bereits, dass mein Gärtner den ausgegraben hat, weil er eingegangen ist.«

»Unter anderem. Aber Sie wissen von mir nicht, dass ich ein begeisterter Pilzsammler bin. Schon seit meiner Kindheit. Daher sind mir die Feld-Trichterlinge auch aufgefallen, als ich das erste Mal das Gartenhaus besichtigte.«

»Weiter«, sagte Adalbert knapp und bemühte sich, keine Miene zu verziehen. Das gelang sehr gut, wie meistens.

»Wissen Sie, diese Pilze sind giftig. Zwar nicht direkt tödlich, aber das kann der Laie ja nicht wissen.«

»Das heißt, meine Frau ist damit vergiftet worden. Das sagen Ihnen diese Pilze im Gartenhaus?«

»Jetzt nicht mehr, denn die sind nicht mehr da. Irgendeiner hat sie weggenommen.«

»Dass meine Frau bereits seit drei Wochen tot ist, ist Ihnen aber noch klar. Das können unmöglich diese Pilze gewesen sein.«

»Unterschätzen Sie mich nicht, Herr Wackernagel.«

Roetigs Schnurrbart vibrierte. Er sah jetzt eindeutig gefährlich aus. Dieser Eindruck wurde durch die affige Lederjacke noch unterstützt, die er ebenfalls immer trug.

»Sie nehmen mich noch nicht ernst genug. Die Pilze waren getrocknet, was sie nicht weniger gefährlich macht. Ich versichere Ihnen, ich werde den Sumpf in diesem Haus trockenlegen und das Gebilde von Lug und Trug in der Luft zerreißen.«

»Seien Sie nicht so melodramatisch«, antwortete Adalbert ärgerlich, der Theatralik noch weniger mochte als niedliche Kosenamen. »Sie kommen in mein Haus und basteln sich aus einer kruden Theorie meiner Frau und an den Haaren herbeigezogenen Indizien einen Mordfall zusammen.«

»Fest steht, es gab Möglichkeiten genug, Ihre Frau zu töten.«

»Fest steht, die gibt es auf jedem Grundstück und in jedem Haus zuhauf. Da ist unser Anwesen nichts Besonderes.«

»Aber die sieben Millionen Ihrer Frau machen es zu etwas Besonderem. Und die finden Sie auf anderen Anwesen nicht *zuhauf*, wie Sie so schön sagten.«

»Was gedenken Sie nun zu tun? Sich noch mehr mögliche Tötungswaffen aus dem Ärmel ziehen?«

»Ja. Wenigstens so lange, bis ich die gefunden habe, die mit dem Tod Ihrer Frau zusammenpasst.«

Roetig verließ das Zimmer mit der Haltung eines Mannes, der sich sicher war, alle Trümpfe in der Hand zu halten. Ob er alle hatte, konnte Adalbert nicht beurteilen. Sicher war jedoch, er selbst besaß eindeutig zu wenige, seit er die Tabletten in Gertruds Zimmer versteckt hatte.

Die Tabletten! Wenn Roetig sie nicht gefunden hatte, dann mussten sie noch in dem Zimmer der Haushälterin sein. Das manipulierte Päckchen war bislang der einzig schlüssige Hinweis darauf, dass beim Tod seiner Frau doch nicht alles mit rechten Dingen zugegangen war. Es war sträflich nachlässig von ihm gewesen, sie nach Roetigs Versammlung im Wohnzimmer nicht wieder an sich genommen zu haben.

Adalbert öffnete vorsichtig die Tür. Er wollte sich nicht gerade jetzt einer weiteren Diskussion stellen. Er hörte Gertrud hinter der geschlossenen Küchentür mit dem Geschirr klappern – zu sorglos für seinen Geschmack. Roetig war wie vom Erdboden verschwunden, seine Kinder nebst Enkel hatten das Haus verlassen und was Clara und ihre Gespielin trieben, wagte er sich nicht einmal auszumalen.

Erstaunlich behände glitt er die Treppen hinauf in den obersten Stock, getragen von der beruhigenden Gewissheit, nicht vergiftet worden zu sein, obwohl die verschwundenen Pilze Fragen aufwarfen, die noch geklärt werden mussten.

Bei diesen Fragen sollte es allerdings nicht bleiben. Sein Versteck unter den Strumpfhosen in der Kommodenschublade war leer. Die Tabletten waren verschwunden.

Adalbert ging durch den Flur in Richtung Arbeitszimmer, als er Geräusche aus dem Kaminzimmer hörte. Die wollte, konnte er aber nicht ignorieren. Dazu waren die Geräusche zu beunruhigend. Jemand schob Möbel hin und her. Er öffnete die Tür mit einem Ruck.

»Was machst du denn jetzt schon wieder?«

»Ich will an den Schrank, das siehst du doch.«

Clara zerrte an der Ottomane, die einen dazu einladen sollte, gemütlich liegend den Flammen im Kamin zuzuschauen. Adalbert konnte sich nicht daran erinnern, dass jemals irgendeiner dort gelegen hatte. Das mochte aber auch daran liegen, dass man im Kamin kein Feuer anzünden konnte, ohne dass der Raum umgehend mit Qualm gefüllt wurde. Der Schornstein war Jahrzehnte nicht mehr gefegt worden. Er war wahrscheinlich mit Laub und Leichenteilen von Tieren vollgestopft, die so leichtsinnig waren, von der Kaminplatte in die Tiefe zu stürzen und auf dem Zwischenrost zu landen. Das war auf der Hälfte eingelassen worden, wahrscheinlich, um es Einbrechern nicht zu leicht zu machen.

»Was hat der Sessel damit zu tun?«

»Er steht im Weg.«

Leider wurde das Zimmer im Laufe der Jahre auch dazu benutzt, allen möglichen Krimskrams abzuladen, da es seine eigentliche Funktion – Kaminzimmer zu sein – schließlich nicht besonders überzeugend erfüllte.

Der Schrank, an den Clara heranwollte, stand an einer unzugänglichen Ecke, wahrscheinlich weil das, was sich darin befand, zwar wertvoll, aber dennoch scheußlich war.

»In dem Schrank gibt es nichts, was dich interessieren könnte. Also scher dich raus.«

»Es interessiert mich sehr wohl.«

Adalbert bemerkte, dass Clara neuerdings einen noch schnippischeren Ton anschlug, der ihm nicht gefallen wollte. Diese hatte es gerade geschafft, die Ottomane so weit zu schieben, dass sie einen schmalen Gang zu der Vitrine freigab, die eine umfangreiche Sammlung an Hummelfiguren beherbergte. Selbst Elisabeth hatte das meiste scheußlich gefunden, obwohl sie in Adalberts Augen ebenfalls einen gewöhnungsbedürftigen Geschmack gehabt hatte. Adalbert fragte sich, warum sie sie nie verkauft hatte, aber bei ein paar Millionen war man darauf nicht unbedingt angewiesen.

»Ich finde es eine Schande, dass ihr das Zimmer nicht nutzen könnt. Elisabeth hatte nicht die geringste Lust dazu, obwohl ich es ihr mehrfach vorgeschlagen habe.«

»Wofür auch? Wer sollte schon hier am Kamin herumtrödeln, wenn es im Haus mehr als genug zu tun gibt.«

»Daher solltest du eine neue Haushälterin einstellen. Denn Gertrud wird das nicht mehr machen.«

»Ja, ja. Das sagte sie schon.« Adalbert merkte, wie die Ader über seiner Stirn zu klopfen anfing. Seine Schwester garantierte ihm wieder eine ausgeprägte Migräne.

»Deswegen miste ich aus. Hier an dem Schrank fange ich an.«

»Und wo gedenkst du das Ganze hinzumisten? Zufällig steht hier einiges an Wert.«

»Das weiß ich. Deswegen hole ich es jetzt auch hier heraus. Ich bin es leid, Mitzi keine schönen Dinge kaufen zu können. Seit sie hier ist, ist sie außer Rand und Band.«

»Dann würde ich vorschlagen, du fährst wieder mit ihr weg«, erwiderte Adalbert hoffnungsfroh.

»Und dann? Ich bin pleite, ich kann ihr nichts mehr bieten. Dann dauert es nicht mehr lange und sie ist weg.« Clara schnipste mit den Fingern, wahrscheinlich um anzudeuten, dass Mitzi einfach verpuffen würde. Adalbert hielt das allerdings schon anatomisch für unmöglich.

»Ach, diese Sache«, sagte er gequält und hoffte, er bekäme nicht wieder unfreiwillig einen Kursus in gleichgeschlechtlicher Liebe, die er – unnütz zu erwähnen – ganz besonders eklig fand.

Clara rüttelte an dem schmiedeeisernen Schlüssel, der sich nicht kampflos im Schloss drehen wollte. Im Schrank klirrte es beunruhigend. Adalbert schloss kurz die Augen. Schließlich ergab sich das Schloss, der Schnapper knackte und brach ab. Adalbert hörte ihn im Schrank auf den Innenboden fallen. Die Tür öffnete sich und die Scharniere quietschten. Das Klirren hatte nichts Gutes zu bedeuten gehabt. Die Bleikristall-Karaffe war kaputt.

»Wie ich sehe, nimmst du deine Mission, das Haus zu zerstören, sehr ernst«, sagte Adalbert, der abzuschätzen versuchte, wie viel Geld dort zu Bruch gegangen war. Falls er jemals wieder seines Vermögens habhaft würde, würde er Clara für alles zur Rechenschaft ziehen.

»Das ist nun nicht mehr zu ändern«, erwiderte diese. »Der Rest bringt sicherlich auch noch ein schönes Sümmchen.«

»Ein ... was? Du wirst keinesfalls diese Abscheulichkeiten hier wegschaffen.«

»Was wollt ihr denn damit? Sie sind hässlich, keiner will sie haben, und sie stehen unnütz herum.«

»Bis jetzt habe ich nur eine Beschreibung von dir gehört.«

Sie standen sich gegenüber und taxierten sich. Eine Etage tiefer hörte man Stimmen. Die schienen Clara aus ihrer Starre zu lösen.

»Sag, was du willst. Diese Dinger kommen weg. Schließlich steht mir auch noch was zu.«

»Ich hör wohl nicht recht. Was sollte dir bitte zustehen?«

»Elisabeth hat mir immer zu verstehen gegeben, dass für mich gesorgt sein würde.«

»Dann kann ich dir nur raten, in Zukunft etwas besser zuzuhören. Elisabeth hatte das sicher nicht vor. Warum auch? Nur weil du hier viermal im Jahr eingefallen und um sie herumscharwenzelt bist?«

»Elisabeth und ich hatten ein Band, das du nie verstehen wirst.«

»Ich hoffe, das muss ich auch nie«, entgegnete er angewidert.

Adalbert hatte genug von dem Zirkus im Haus, der sich jeden Tag zu verschlimmern schien. Er drängte sie harsch zur Seite und griff in den Schrank, um die nächstbeste Figur zu nehmen. Er wog sie in der Hand, sie schien das richtige Gewicht zu haben. Sie traf Clara an der Brust.

»Was machst du da?«, kreischte sie, obwohl das unmöglich wehgetan haben konnte. Dafür war die Entfernung zu kurz. Die änderte sie zu seiner großen Freude selbst. Sie wich zurück, wobei sie versuchte, den Weg zur Tür abzuschätzen und gleichzeitig Adalbert nicht aus den Augen zu lassen. Das ermöglichte Adalbert, mit der nächsten Figur besser zielen zu können. Klatsch.

»Du bist doch komplett verrückt geworden«, schrie Clara. Adalbert hörte Fußgetrappel auf der Treppe. Die nächste, klatsch und klirr. Clara stürzte zur Tür hinaus.

Adalbert eilte ihr hinterher und drehte den Schlüssel im Schloss. So konnte er wenigstens ungestört jedes einzelne Stück dieses unglückseligen Nippes genüsslich auf der Erde zerschellen lassen.

Kapitel 21

Vladimir konnte zwei Dinge absolut nicht leiden: als Halbpole automatisch mit Diebstählen jeglicher Art in Zusammenhang gebracht zu werden und unterstellt zu bekommen, er würde nicht arbeiten. Dazwischen gab es noch etliche andere Dinge, aber diese beiden störten ihn am meisten. Adalbert hatte seine Ehre in einer Art angegriffen, die ihm wahrscheinlich noch nicht mal bewusst war. Trotzdem grollte Vladimir ihm zutiefst.

Erst einmal machte sich das darin bemerkbar, dass er im Park wie wild auf die Haselnusssträucher eindrosch. Das widersprach zwar gänzlich seinem Naturell, das von Natur aus respektvoll mit Fauna und Flora umging, aber Adalbert hatte beschlossen, dass sie weichen mussten, da machte das jetzt wohl auch nichts mehr aus.

»Vladimir, lassen Sie doch die Büsche in Ruhe«, sagte eine Stimme hinter ihm, die er auch mit Watte in den Ohren wiedererkannt hätte. Clara Wackernagel war zu ihm in den Park gekommen.

»Die sollen weg«, antwortete er. Das war nicht gerade originell, aber es fiel ihm schwer, in einer Sprache originell zu sein, die nicht seine Muttersprache war. »Will der Chef so.«

»Ihr Chef hat hier nichts mehr zu wollen«, sagte Clara.

Vladimir schwieg. Darauf gab es wohl keine passende Antwort. Clara Wackernagel trug einen unförmigen Wollmantel, von dem Vladimir wusste, dass er sonst an der Garderobe im Foyer hing. Frau Wackernagel hatte ihn immer getragen, wenn sie in der Kälte in den Park ging.

»Mantel ist von Frau Wackernagel«, sagte er dann, weil Clara keine Anstalten machte, ihrerseits ihre Konversation wieder aufleben zu lassen.

»Natürlich ist er das«, erwiderte Clara unerwartet heftig, was Vladimirs Herz noch mehr bluten ließ, als es das ohnehin schon tat. Er überlegte krampfhaft, womit er sie beeindrucken konnte, leider fiel ihm nicht mehr ein als seine Fähigkeit, Milch durch die Nase zu saugen. Er bezweifelte, dass das sein Ansehen in den Augen seiner Traumfrau steigern würde. Die Entscheidung wurde ihm abgenommen, denn Clara sprach von sich aus weiter.

»Alles hat ihr gehört. Und jetzt gehört es der Haushälterin. Alles, Vladimir. Alles. Das verstehen Sie doch.«

»Ja, schon«, erwiderte dieser, obwohl er grundsätzlich gar nichts verstand. Er überlegte, ob Clara auf irgendetwas hinauswollte, was seine Anstellung in diesem Haus betraf, aber auch diesen Gedanken konnte er nicht zu Ende führen.

»Und wer hat nichts bekommen?«

Er beschloss, es wäre nur höflich, auf die Frage zu antworten, obwohl sie ihn nicht anblickte.

»Herr Wackernagel«, sagte er daher, sicher, mit dieser Einschätzung richtig zu liegen.

»Wer? Ach ja, der auch.« Clara winkte verächtlich ab. »Der hat schließlich noch seine Firma. Aber mir, mir hat Elisabeth auch was versprochen, was ich doch so dringend brauche. Aber habe ich was bekommen?«

»Nein«, antwortete Vladimir diesmal selbstbewusster. Das zumindest wusste er sicher. Er hatte ein Gespräch zwischen Clara und der Helmersheim belauscht, im Gesindehaus. Wie auch im Haupthaus gab es hier ein Lüftungsgitter, das einen Raum belüften sollte, den es allerdings nach dem Umbau nicht mehr gab. Das Gitter war dennoch geblieben. Er fragte sich, ob es überhaupt als lauschen galt, denn er hatte noch nicht mal seinen Platz auf der Kaminbank verlassen müssen, um zu hören, was nebenan vorging. Er beschloss, dass sein moralisches Gewissen rein war.

»Stimmt. Ich habe nichts bekommen. Obwohl sie es mir versprochen hat. Sie wollte für mich sorgen. Sie war schließlich meine Schwägerin.«

Vladimir war versucht, ihr anzubieten, für sie zu sorgen, machte aber einen Rückzieher, der aus einem zu geringen Gehalt und allgemeiner Feigheit resultierte.

»Jetzt bin ich wieder auf meine eigene Weisheit angewiesen. Aber ich werde noch etwas bekommen. Dafür werde ich sorgen.«

Vladimir hätte gerne gefragt, wie sie das anstellen wollte, hielt es aber dann für unhöflich. Er hatte eine andere Frage, die ihm keine Ruhe ließ.

»Der Mann. Was will hier?«

»Sie meinen Roetig? Der ist Privatdetektiv.«

»Wofür Detektiv?« Vladimir war aus seiner Heimat gewohnt, dass Familien ihre Fehden unter sich austrugen. Fremde hatten dabei nichts verloren.

»Ja, wissen Sie das denn nicht? Der soll den Tod der Hausherrin aufklären. Meine Schwägerin hatte vor ihrem Tod nichts Besseres zu tun, als draußen herumzuerzählen, man wolle sie ermorden.«

»Mord?« Vladimir versuchte, das eben Gehörte mit dem in Einklang zu bringen, was Elisabeth Wackernagel ihm im Oktober im Park erzählt hatte. Es passte erschreckend gut zusammen. Damals hatte er es nicht so ernst genommen. Die Hausherrin schien ein wenig verwirrt gewesen zu sein.

»Ja, Mord. Und jetzt geht es uns nämlich an den Kragen, weil nun dieser Detektiv hinter uns her ist.«

Vladimir wusste nicht, wer *uns* war, aber er bekam eine Vision von einer meuchelmordenden Gruppe, bestehend aus Ehemann, Kindern und Schwägerin, die Elisabeth in gemeinschaftlicher Mordlust die Treppe hinuntergestoßen hatten. Machte ihn das jetzt schon zum Mitwisser? Ihm wäre es lieber gewesen, er hätte ohne dieses Zusatzwissen weiterleben können.

»Ist bestimmt nicht so«, sagte er und hoffte, dass es beruhigend genug klang, um Clara davon zu überzeugen, dass er es wirklich nicht glaubte.

»Doch, es ist so. Ich weiß das«, erwiderte Clara, die sich anscheinend den Mord partout nicht ausreden lassen wollte. »Es ist nur eine Frage der Zeit, bis dieser Roetig das findet, wonach er sucht. Solche Männer geben nicht auf. Er nimmt den Auftrag von Elisabeth über ihren Tod hinaus ernst. Sonst hätte er sich einfach ihr Geld einstecken können. Keiner hätte davon gewusst.«

Vladimir wünschte sich, der Detektiv hätte das getan. Dann wäre ihm dieses Gespräch erspart geblieben. Er hätte sich mit Clara unterhalten, ihr den Platz für das neue Tulpenbeet gezeigt und sie zu einem heißen Getränk ins Gesindehaus bitten können. Dort hätte sie wegen des verlorenen Erbes ein paar Tränen vergießen können, die er – ganz Mann von Welt – mit der Spitze seines kleinen Fingers einfach weggeschnippt hätte. Dafür hätte sie ihn natürlich geküsst und sich ihm ganz hingegeben. Wie dieses Hingeben aussehen sollte, blieb selbst in seiner Fantasie vage und verschwommen.

»Ich gehe wieder rein«, sagte Clara plötzlich und zog den Wollmantel enger um sich. »Nehmen Sie nicht so ernst, was ich eben gesagt habe. Vielleicht musste das einfach mal raus.«

Vladimir blickte ihr nach, wie sie auf dem unebenen Weg von einer Steinplatte zur anderen hüpfte. Er malte sich den schlanken, aufrechten Körper unter dem Mantel aus und stellte Vergleiche zu Mitzi her. Er musste ihr helfen, dann konnte er seinen Traum vielleicht tatsächlich sogar einmal zu Ende träumen.

Kapitel 22

Adalbert hatte nach den heutigen Vorfällen den Verdacht, sein Schlafmangel habe Halluzinationen hervorgerufen. Um diese Theorie ausschließen zu können, verzog er sich ins Arbeitszimmer und legte sich in seinen Liegesessel, der zumindest für den Moment seinen Widerstand aufgegeben hatte und tadellos funktionierte.

Er war tiefer eingenickt, als er es vorhatte. Daher hörte er das Klopfen erst, als es sich kontinuierlich zu einem Bummern ausgeweitet hatte, von dem er Angst hatte, dass es ihn das Türblatt kosten würde.

»Herein«, rief er, noch orientierungslos, dafür umso ärgerlicher, da er es vorzog, Besuch in korrekter Haltung zu begrüßen. Es musste Besuch sein, sonst hielt es hier ja keiner mehr für nötig zu klopfen. Aber es war zu spät, das Herein war bereits ausgesprochen.

»Ich bin wieder da«, sagte Sven Roetig, der seiner Aufforderung unverzüglich nachgekommen war.

»Das ist leider nicht zu übersehen.« Adalbert schob es seiner Benommenheit zu, dass er nicht erst *Wer ist da?* gefragt hatte, und beschloss, darauf in Zukunft wieder etwas mehr Wert zu legen.

»Sie werden sich fragen, wo ich heute gesteckt habe«, sagte Roetig, der unter anderem offenbar an maßloser Selbstüberschätzung litt.

»Nein. Das habe ich keineswegs. Es war auch ohne Sie spannend genug.«

»Es wird noch spannender, Herr Wackernagel, so viel kann ich Ihnen auf jeden Fall verraten.«

»Der Herr bewahre mich«, antwortete Adalbert, der zwar nicht beunruhigend religiös, aber der Meinung war, der Herr könnte sich in seinem Fall ruhig ein wenig bemühen.

»Ich habe heute ein Labor aufgesucht, da ich ein paar Tabletten gefunden habe, die mir verdächtig vorkamen.«

Die Tabletten ließen Adalbert dann doch genauer hinhören. Anscheinend hatte sich Roetig von der Giftpflanzen-Theorie auf eine neue gestürzt, die nicht so abwegig erschien wie seine vorherige.

»Tabletten finden Sie hier überall im Haus. Hier wohnen alte Menschen, wenn Ihnen das noch nicht aufgefallen ist. Ein verdammtes Haus voller Mumien ist das.«

Vielleicht wäre der Herrgott bei dieser Ausdrucksweise doch nicht so sehr an ihm interessiert.

»Ist mir aufgefallen«, sagte der Detektiv unbeeindruckt. »Mir ist aber auch aufgefallen, dass an diesen Tabletten manipuliert wurde.«

Also hatte er doch die präparierte Blisterpackung gefunden. Adalbert hielt sich im letzten Augenblick zurück, sonst hätte er befriedigend geseufzt. Wenn es jetzt ganz gut lief, war er die Helmersheim heute Abend noch los.

»Was Sie nicht sagen«, erwiderte er so neutral wie möglich und beglückwünschte sich noch im Nachhinein zu seinem grandiosen Einfall, das Corpus Delicti im Zimmer der Haushälterin versteckt zu haben.

»Erstaunlich, nicht wahr? Wollen Sie gar nicht wissen, was das Labor in diesen Tabletten gefunden hat?«

»Wenn es unser Gespräch abkürzt, bitte.«

»Phosphor, hochkonzentriert sogar. Der Inhalt muss ausgetauscht worden sein.«

»Auf was für Ideen die Menschen kommen«, sagte Adalbert, musste aber zugeben, dass ein wenig mehr Empathie seinerseits hilfreich sein würde. »Also wurde meine Frau wirklich umgebracht? Es war kein Hirngespinst von ihr?«

»Offensichtlich nicht. Das Zeug wirkt in der Dosierung langsam. Zu langsam, um bei dem Arzt Ihrer Frau einen Verdacht aufkommen zu lassen, zumal sie sowieso leberkrank war. Da wäre fast das perfekte Verbrechen gelungen.«

Wenn Roetig sich noch mehr hätte aufplustern können, wäre er bestimmt einen halben Meter gewachsen. Dafür zitterten seine Bartenden siegessicher.

»Um das zu verhindern, haben wir ja Sie«, sagte Adalbert trocken und überlegte, ob er damit leben könnte, nie wirklich zu wissen, wer der Mörder von Elisabeth war.

Nur der Wunsch, dass Gertrud es war, machte sie noch nicht zu einer Mörderin. Adalbert hatte allerdings kein Problem damit, dass sie für den Mord an seiner Frau büßen würde. Das war der einzige Weg, wieder der sieben Millionen habhaft zu werden. Auch wenn es bedeuten würde, dass er den Rest seiner Familie mit einem Bannfluch belegen musste, damit die nicht wieder in seine Nähe kamen, um ihm nach dem Leben zu trachten. Mit diesen Aussichten konnte er allerdings leben.

»Richtig«, erwiderte Roetig selbstgefällig und beruhigte seine aufgeregten Bartenden durch Zwirbeln. »Aber Sie zeigen mir wenig Interesse daran, wer Ihre Frau umgebracht hat.«

»Was macht das für einen Unterschied? Tot ist sie trotzdem.«

»Einen sehr großen sogar. Ganz genau ist dieser Unterschied ein paar Millionen groß.«

Darauf gab es keine passende Antwort. Trotzdem schien Roetig zu warten.

»Wo haben Sie diese Tabletten denn jetzt gefunden?«, fragte Adalbert, der damit hoffte, eine lange Geschichte endlich abzukürzen.

»Ja, das ist eine komische Sache. Ich hätte schwören können, diese Tabletten schon einmal im Zimmer Ihrer Frau gesehen zu haben. Habe ihnen nicht weiter Beachtung geschenkt. Ein harmloses Nahrungsergänzungsmittel. Stellen Sie sich vor, wie überrascht ich war, als ich genau diese Tabletten im Zimmer Ihrer Haushälterin fand.«

»Wer hätte das gedacht«, sagte Adalbert und fühlte sich das erste Mal seit langer Zeit wieder zufrieden. Das Schicksal meinte es noch gut mit ihm.

»Ja, wer wohl«, entgegnete Roetig. »Es ist wirklich erstaunlich, wie dumm die Täter manchmal sind.«

»Dann ist ja jetzt bald alles zur Zufriedenheit geklärt. Sie haben Ihre Arbeit erledigt und die Schuldige wird ihrer gerechten Strafe zugeführt.«

»Nicht so schnell, Herr Wackernagel. Sie haben noch nicht alles gehört.«

»Offenbar nicht«, antwortete Adalbert resigniert, aber er war in großmütiger Stimmung.

»Wissen Sie, lückenlose Beweisführung, die ist wichtig. Darauf kommt es im Prozess an. Das zwingt auch uns Privatdetektive, überaus ordentlich zu arbeiten. Zum Glück. Sonst hätte ich nicht das herausgefunden, was ich herausgefunden habe.««

»Das wäre?«, fragte Adalbert knapp. So allmählich hatte er keine Lust mehr.

»Fingerabdrücke«, sagte Roetig und zog das Wort genüsslich in die Länge. »Aber nicht die der Haushälterin. Auf der Packung waren Ihre Fingerabdrücke. Wissen Sie was? Ich denke, es ist an der Zeit, Ihre Frau exhumieren zu lassen.«

Es war dermaßen still im Raum, dass Adalbert die Schritte hören konnte, die in schnellem, aufgeregten Takt auf die Tür zukamen. Die Tür wurde mit einem Ruck aufgerissen.

»Da ist ein Mann für dich, Liebling«, sagte die Helmersheim und blickte unschlüssig zwischen Liebling und Roetig hin und her.

»Nennen Sie mich nicht Liebling«, antwortete Adalbert tonlos und versuchte zu ergründen, was in dem Kopf des Schnüfflers vorging. Der gab sich so geheimnisvoll wie die Sphinx.

»Dann sag mir bei Gelegenheit, wie ich dich nennen soll.«

»Wir nennen uns gar nicht«, erwiderte Adalbert, der Roetig weiter fixierte, besonders, nachdem er den geflüsterten Ausdruck *reizendes Verbrecherpärchen* aus seinem Mund zu hören glaubte.

»Was wollen Sie hier?«, herrschte er seine Verlobte an. Nichts konnte jetzt so wichtig sein als das, was er hier hörte.

»Da ist ein Gerichtsvollzieher. Der will Sachen abholen.«

»Was faseln Sie da für einen Blödsinn? Ich habe nichts getan, was einen Gerichtsvollzieher rechtfertigen würde.«

»Da ist der aber anderer Meinung. Ich habe ihm gesagt, die Sachen gehören dir gar nicht mehr. Das hat ihn nicht beeindruckt.«

»Verflucht noch mal! Ich komme.« Adalbert drehte sich ärgerlich auf dem Absatz und gab das Fixieren von Roetig kurzfristig auf. Das führte sowieso zu nichts.

»Ich weiß nicht, was er will«, plapperte Gertrud indes auf ihn ein. »Es klang so verworren. Irgendwie sind Rechnungen von Versandhäusern nicht bezahlt worden. Wir bestellen doch gar nichts bei Versandhäusern.«

»Ich auf jeden Fall nicht. Wie das mit Ihnen ist, weiß ich nicht.«

»Ich sicher nicht. Und deine Frau – Gott hab sie selig – ganz bestimmt auch nicht.«

»Lassen Sie Gott aus dem Spiel. Der hat damit nicht das Geringste zu tun. Warum haben Sie den reingelassen?«

Mit *den* war das schmächtige Männlein gemeint, das beseelt von seiner Wichtigkeit an der Haustür stand und versuchte, mit bedeutungsvollem Gesichtsausdruck dem protzigen Eindruck der Wackernagel-Villa entweder gerecht zu werden oder ihn zumindest abzumildern. Beides gelang ihm nicht besonders gut.

»Sie sind der Hausherr?«, fragte er Adalbert.

»Ja«, sagte dieser knapp, als Gertrud im selben Augenblick »Nein« sagte.

Der Geldeintreiber beachtete sie nicht, was ihn in Adalberts Augen fast wieder sympathisch machte.

»Ich habe hier einen Pfändungsbefehl ... Moment, wo habe ich ihn denn?« Das mickrige Männchen kramte in seiner Aktentasche. Fast sein ganzer Kopf war darin verschwunden.

»Es wäre wünschenswert, Sie wären besser vorbereitet«, sagte Adalbert kalt.

Roetig war aus seinem Arbeitszimmer getreten und winkte ihm zum Abschied zu, bevor er Richtung Obergeschoss verschwand. Verdammter selbstgefälliger Schnüffler.

»Oh, das bin ich. Natürlich bin ich das. Nur bei so vielen Fällen heutzutage ... Sie wissen, wie das ist.«

»Das weiß ich ganz sicher nicht. Was ich aber weiß, ist, dass Sie mir die Zeit stehlen, von der ich nicht allzu viel habe.«

»Hier ist sie ja«, sagte der Gerichtsvollzieher triumphierend und zog eine Akte hervor

»Was haben wir denn da? Haftanordnung, Person hat sich der Festnahme entzogen, soso, interessant. Eingetragener Bürge: Adalbert Wackernagel. Das sind doch Sie?«

»Ja, das ist er«, kam Gertrud Adalbert zuvor. Der bedachte sie mit einem vernichtenden Blick.

»Halten Sie den Mund«, zischte er. »Ja, das bin ich«, erwiderte er dann.

»Sag ich doch«, gab Gertrud spürbar beleidigt zurück. Leider reichte es nicht, sie verschwinden zu lassen.

»Für wen soll ich bürgen? Ich habe nie etwas unterschrieben. Also packen Sie Ihre Sachen zusammen und verschwinden.«

»Einen Augenblick«. Schon wieder verschwand er mit seiner langen Nase in der Aktentasche.

»Hier habe ich es doch«, sagte er dann triumphierend und strahlte Adalbert an, als gäbe es dafür einen heiteren Anlass. Adalbert schnappte sich das Blatt. Gertrud trat näher, um ihm über die Schulter zu blicken, aber er drehte sich rüde weg.

»Das ist doch Ihre Unterschrift?«, fragte der Gerichtsvollzieher. Das war sie natürlich nicht. Adalbert war absolut in der Lage, seine eigene Unterschrift zu erkennen. Obwohl sich offensichtlich jemand Mühe gegeben hatte, seine enge Schrift mit den steilen Buchstaben nachzumachen. Leider waren ihm diese gelungenen Fälschungsversuche aus früheren Zeiten noch bekannt. So wurden die Entschuldigungen unterschrieben, die es einem ermöglichten, anstatt am Sportunterricht der Schule teilzunehmen lieber im Café zu sitzen, um sich dort einen zu suchen, der einen besser heute als morgen schwängern würde. Der Schuldeneintreiber deutete Adalberts Schweigen als Zustimmung und zog ihm vorsichtig, aber bestimmt das Blatt wieder aus der Hand.

»Sie wollten Ihrer Tochter doch helfen, sonst hätten Sie das sicher nicht unterschrieben. Wäre auch eine Schande, wenn so eine feine Familie bei Krisen nicht zusammenhält.«

Adalbert hätte ihm gerne so einiges über die feine Familie erzählt, fand aber nicht, dass das seine Lage nennenswert verbessern würde. Im Gegenteil, es fiel ihm immer schwerer, die Fassade dieser Familie aufrechtzuerhalten.

»Wo darf ich denn anfangen?«, fragte der Vollstrecker. Schon wieder dieses dumme Lachen. Er hatte wohl den Beruf gefunden, der ihm Spaß machte.

»Draußen vor dem Tor«, erwiderte Adalbert, der sich von den letzten Neuigkeiten gerade wieder erholte. Gertrud nickte zu seiner Unterstützung bestätigend. Es hatte auch Vorteile, verlobt zu sein. Gertrud war ohne Frage der Meinung, sie sollte zu ihrem zukünftigen Mann halten. Das konnte sich noch als nützlich erweisen, vor allen Dingen, wo die Lage sich durch Roetigs Indizien gerade drastisch verschärfte.

»So funktioniert das leider nicht, Herr Wackernagel«, sagte der Gerichtsvollzieher. »Da habe ich ganz strenge Vorschriften. Das können Sie sicher nachvollziehen.«

»Ihre Vorschriften sind mir grundsätzlich egal. Trotzdem verstehe ich, was Sie meinen. Nur der Zeitpunkt passt mir nicht. Kommen Sie an einem anderen Tag wieder.«

»Das ist nicht so einfach«, sagte das Männlein und klang gekränkt. Wahrscheinlich, weil seine Arbeit so wenig wertgeschätzt wurde. Adalbert hoffte, er hatte keine anderen Sorgen.

»Das ist ganz einfach. Sie gehen wieder und tun so, als hätten Sie niemanden hier angetroffen. Einfacher geht es kaum.«

»Sie bitten mich zu lügen?«

»Ich bitte Sie, an einem anderen Tag wiederzukommen. Das ist alles. Das wird doch wohl noch möglich sein.«

»Heute ist es wirklich sehr unpassend«, sagte Gertrud hinter Adalberts Rücken. »Rufen Sie morgen an und machen einen Termin aus.«

Vladimir, der eine Hacke geschultert hatte, schlappte unlustig über den Kies. Wahrscheinlich wollte er gerade die Haselnusssträucher umhacken. Den Möbeln vor dem Haus war er noch nicht zu Leibe gerückt. Keiner tat in diesem Haus mehr, was er sollte. Adalbert beschloss, ihm seine Vorstellungen noch mal energischer klarzumachen.

»Hören Sie, ich regle das, zu meinem Wort stehe ich.«

Der mickrige Vollstrecker stand unschlüssig auf der Freitreppe und drehte nervös die Schuhspitze hin und her, als wolle er Cha-Cha-Cha tanzen.

»Wenn Sie den Weg nicht finden, wird Sie mein Gärtner gerne begleiten«, sagte Adalbert.

Ein Blick auf den mürrischen Vladimir mit seiner Hacke überzeugte den Schuldeneintreiber wohl davon, es für heute gut sein zu lassen.

Adalbert hatte in den letzten Tagen an so einiges zu denken gehabt. Was er mit den Knochen machen sollte, wusste er immer noch nicht. Wenigstens waren die hinter der Holzverkleidung in seinem Arbeitszimmer fürs Erste gut versteckt.

Diese trugen mit zu seiner schlechten Dauerstimmung bei, nebst dem verlorenen Erbe, dem unwillkommenen Besuch und nicht zuletzt diesem Detektiv. Weiß der Teufel, wie ernst er dessen Drohung nehmen musste, Elisabeth zu exhumieren, und wie gefestigt seine moralische Haltung war, die er liebend gerne zur Schau stellte. Adalbert fragte sich, ob er ihn mit den Bildern aus dem Flur locken konnte. Wenn Roetig ihm allerdings ernsthaft am Zeug flicken wollte, dann trug die Aktion sicher nicht gerade dazu bei, die Polizei von seiner Unschuld zu überzeugen. Mit dieser unangenehmen Erkenntnis ging er durch die Hintertür des schmalen Flurs am Ende des Foyers in den Park, um Vladimir zu erschrecken, der auf dem Komposthaufen hinter dem Gesindehaus tote Ratten entsorgte.

»Warum Sie schleichen hier rum?«, fragte der Gärtner, der neuerdings missmutiger als der Hausherr selbst war. Auch sein Respekt ließ zu wünschen übrig, konnte Adalbert nicht umhin zu bemerken.

»Ich schleiche, wann und wo ich will«, entgegnete der, musste zu seinem Bedauern aber feststellen, dass seine Worte längst nicht mehr so scharf aus seinem Mund entwichen, wie sie es noch vor einer Woche getan hatten. Ihm fehlte im Moment die Motivation, an allen Fronten zu kämpfen.

»Wohin mit Sack?«, fragte Vladimir. Wenn er die Schwäche seines Chefs erkannt haben sollte, ließ er es sich nicht weiter anmerken.

»Das entscheide ich, wenn hier wieder Ruhe eingekehrt ist.«

Eigentlich wollte er ihn vor einer vielleicht drohenden Hausdurchsuchung in Vladimirs Wohnung unterbringen. Er hatte gehofft, dass der sich im Park bei der Arbeit befand, die er ihm zugeteilt hatte. Dann hätte er sich dort erst einmal in Ruhe nach einem geeigneten Versteck umsehen können. Vladimirs Anwesenheit störte diese Pläne empfindlich.

»Habe Ihnen gesagt, ist Mensch, muss man begraben.«

»Na fein, dann können Sie das ja machen«, erwiderte Adalbert erleichtert.

»Nicht hier. Gehört auf Friedhof. Geweihte Erde. Muss sein. Sonst kommen böse Geister und holen einen.«

Über böse Geister auf dem Grundstück hätte Adalbert ihm eine Menge erzählen können, fand allerdings, dass das nicht zur Lösung seines Problems beitrug.

»Dazu kommen wir später. Wenn das ganze Chaos hier vorbei ist«, sagte er und fragte sich, wie er Vladimir dazu bewegen konnte, den Sack an sich zu nehmen. Er rechnete sich seine Chancen eher mager aus. Sein Gärtner hatte – genau wie die vermaledeite Haushälterin – beunruhigend schnell Selbstbewusstsein an den Tag gelegt, seit Elisabeth tot war. Er überlegte, ob er noch mal die Möglichkeit einer Kündigung im Raum schweben lassen sollte, aber er wusste, dass solche Drohungen nicht an Kraft gewannen, je öfter man sie aussprach.

»Sind wieder Leute gekommen. Diesmal nur zwei.«

»Leute, was für Leute? Wo kommen die denn her?«

»Standen am Tor. Hab sie zu Haus geschickt.«

»Warum schicken Sie ohne meine Einwilligung einfach Leute hier herauf?«

»Haben unten geklingelt. Aber meldet sich keiner.«

Das war durchaus möglich. Die Helmersheim war einkaufen, seine Tochter mal wieder sonst wo, sein Enkel in der Schule und Clara und ihre unsägliche Gespielin mit dem klapprigen Volvo in Köln, da es die Weidenbruch nach Abwechslung gelüstete. Wenn er Glück hatte, verfuhr seine Schwester sich und sie und der Klops kämen nie wieder zurück. Alexander war zwar auf seinem Zimmer, aber der wäre nie freiwillig auf die Idee gekommen, an die Gegensprechanlage zu gehen. Er selbst wollte jetzt am liebsten zur Beruhigung seiner Nerven eine Runde um den Weiher drehen, um nachzudenken und Klarheit über ein paar Dinge zu bekommen, die in seinem Haus vorgingen. Was ihn zu Roetig brachte. Weder der noch sein Auto war in Sichtweite.

»Wo sind diese Leute denn jetzt?«, fragte er und merkte, wie ihm der Zorn den Nacken hochkroch. »Treibt sich jetzt jeder Strauchdieb hier herum?«

»Wollten zum Haus«, sagte Vladimir schulterzuckend. »Werden wohl da sein.«

Adalbert machte sich auf den Weg zurück zum Herrenhaus, wo sich hoffentlich das Rätsel um die fremden Besucher aufklären würde. Wahrscheinlich waren es irgendwelche Japaner, die sich nach der Firma erkundigen wollten. Aber für Japaner waren die beiden Besucher eindeutig zu groß und zu breit in den Schultern. Einer hatte mindestens ein Kinn zu viel, das von einem zu engen Krawattenknoten in Schach gehalten wurde. Der zweite wirkte mit der sportlichen Gestalt im gut geschnittenen Anzug auf den ersten Blick deutlich souveräner. Außerdem waren sie offenbar so manierlich erzogen, nicht einfach durch das offen stehende Tor zu fahren. Der leidlich gute Eindruck verflog schnell, als der Sportliche den Rotz die Nase hoch in den Rachen zog und ihn auf den Kies spuckte. Adalbert betrachtete den gelben Schnodder angeekelt. Bankdirektor Brandt hatte anscheinend vor, ihm jeden Abschaum in seine Firma zu setzen, wenn der nur genug zahlte.

»Ich weiß, warum Sie hier sind. Sie können sofort wieder gehen«, sagte er. Mit solchem Benehmen hatte sich der ungebetene Besuch nicht für eine höfliche Begrüßung qualifiziert.

»Wir gehen nirgendwo hin«, sagte der mit dem Doppelkinn und schob seine Brille hoch auf die Stirn. Er sah aus wie ein feister Idiot, der gelehrt aussehen wollte. Leider wie ein sehr unnachgiebiger noch dazu.

»Wir wollen erst mit Herrn Wackernagel reden.«

»Das denke ich mir. Der aber nicht mit Ihnen. Also verlassen Sie das Grundstück.«

»Der alte Mann ist nicht sehr freundlich«, sagte der Spucker. Sein Tonfall gefiel Adalbert nicht. Er war sicher, dass der ungebetene Gast keine Probleme damit hatte, die Freundlichkeit bei seinem Gegenüber zu erzwingen. Das war keine beruhigende Feststellung. Vielleicht war in diesem speziellen Fall doch etwas Diplomatie vonnöten.

»Hören Sie, ich weiß nicht, was man Ihnen erzählt hat. Aber hier ist nichts zu holen. Ich bin nicht an einem Investor interessiert.«

»Schlecht. Sehr schlecht. Warum auf einmal nicht mehr? Vorher waren Sie ganz scharf darauf, das Investment unseres Chefs anzunehmen.«

Was zum Teufel hatte Brandt diesem Chef erzählt? Adalbert hatte nicht übel Lust, den Bankdirektor bei der nächsten Gelegenheit zu erwürgen, wenn er noch die Kraft dazu gehabt hätte.

»Glauben Sie mir, ich habe noch nie ein Angebot Ihres Chefs angenommen«, erwiderte er. »Wie käme ich denn dazu? Bis jetzt habe ich noch keine Hilfe gebraucht, und das wird auch so bleiben.«

»Also sind Sie nicht Herr Wackernagel?«

»Wer soll ich denn sonst sein? Steht schließlich unten am Tor. Aber Ihr Investment kann mir trotzdem gestohlen bleiben. Das können Sie Ihrem Chef ausrichten.«

»Sie haben gleich die Gelegenheit, ihm das selbst zu sagen. Wir werden Sie zu ihm bringen.«

»Das können Sie sich sparen. Meine Meinung wird sich nicht ändern.«

»Wer weiß. Unser Chef kann sehr überzeugend sein. Wir auch«, sagte der mit der kalten Stimme und wirkte einen Moment wieder äußerst gefährlich. Wahrscheinlich blieb ihm nichts anderes übrig, als ihre Einladung anzunehmen. Beide kamen beunruhigend näher. Sie machten Anstalten, Adalbert in die Richtung ihres Wagens zu drängen.

Der betrachtete gerade den Lincoln, der ihn an seinen Bentley und daran erinnerte, wie schön es war, mit dem Auto nebst Chauffeur durch die Gegend gefahren zu werden, als Alexander um die Hausecke bog. Oder etwas, das vage wie sein Sohn aussah. Alexander trug eine Perücke und Elisabeths schwarzes Chiffonkleid mit den großen roten Blumen. Einen Moment war Adalbert unfähig, seinen Blick von der monströsen Oberweite zu lösen. Was Alexander in die Körbchen gesteckt haben musste, um das zu bewirken, wollte Adalbert gar nicht wissen. Der unliebsame Besuch drehte sich um, um einen Blick auf die merkwürdige Gestalt zu erhaschen, die umgehend kehrtmachte und hinter dem Haus verschwand.

»Meine Tochter«, sagte Adalbert hilflos.

»Mein Name ist Hansen«, stellte sich ein unscheinbarer Mann mit grauen Haaren und einem ebenso grauen Pullunder vor. Er deutete Adalbert an, sich zu setzen. Fett eines Brathähnchens tropfte von seinem Zeigefinger auf die Tischdecke. Das würde in diesem versifften Lokal sicher keinen stören. Hier war Hansen der einzige Gast.

»Liefern Sie mir Antworten, Herr Wackernagel?«, fragte Hansen.

»Das habe ich sehr wohl vor, finde es aber an der Zeit, erst einmal die richtigen Fragen zu stellen«, erwiderte Adalbert, der von Anfang an klarstellen wollte, wer hier die Gesprächsführung übernahm. Allein deswegen blieb er besser stehen.

»Ich bin offensichtlich einem Missverständnis aufgesessen. Sie sind keine Investoren. Sehe ich das richtig?«

»Wie man's nimmt«, sagte der Pullunder. »Wir investieren unser Geld und bekommen es nachher mit Profit zurück. Mit sehr viel Profit.«

»Man könnte es also ein gutes Investment nennen«, konstatierte Adalbert. »Liege ich richtig, dass Sie in eines meiner kreuzdämlichen Kinder investiert haben?«

»Sie sind wahrscheinlich nahe dran. Sie sind es auf jeden Fall nicht. Es ist ein jüngerer Mann. Er heißt Alexander. So heißen Sie doch nicht?«

»Nein«, antwortete Adalbert einsilbig.

Er befürchtete, aus dieser Misere nicht ganz so einfach wie beim Gerichtsvollzieher herauszukommen. Er glaubte nicht, dass Vladimir hier nur annähernd die physische Überzeugungskraft hatte wie vorhin.

»Wo ist Ihr Sohn denn nun, Herr Wackernagel? Er soll mir ein paar Fragen beantworten. Wenigstens eine, die mich brennend interessiert. Wo ist mein Geld?«

Wenn sein Sohn nicht gerade als Frau verkleidet herumlief, konnte Adalbert ihm diese Frage ad hoc nicht beantworten. Das hier erklärte wenigstens Alexanders Auftritt. Aber momentan wäre es Adalbert lieber gewesen, sein Sohn wäre transsexuell als verschuldet.

»Von wie viel Geld reden wir denn?«, fragte er matt und erwartete das Schlimmste. Er sollte nicht enttäuscht werden.

»100.000«, sagte der.

»Uff«, bemerkte Adalbert nur. Wofür hatte Alexander so viel Geld gebraucht?

»So kann man es auch sagen. Gut, der eigentliche Betrag war 50.000. Der Rest sind Zinsen.«

»Ich glaube, ich habe den falschen Beruf.«

Adalbert hatte sich wieder gefangen. Allerdings war er sich sicher, dass diese Branche wenig Spaß verstand. Das machte sie ihm beinahe wieder sympathisch.

»Wenn Sie uns nun sagen, wo wir Ihren Sohn finden, sind Sie uns umgehend wieder los.«

»Was werden Sie denn mit ihm machen, wenn Sie ihn gefunden haben und er das Geld nicht hat?«

»Mal sehen, dann könnten wir ihm vielleicht die Beine brechen.«

Dann hatte die Sache wenigstens etwas Gutes. Leider befürchtete Adalbert, seinen Sohn dann überhaupt nicht mehr vom Grundstück zu bekommen.

»Natürlich wollen wir trotzdem unser Geld. Der Herr Papa kann ihm doch bestimmt da aushelfen?«

»Das kann der Herr Papa sicher nicht, das will er schon mal gar nicht«, erwiderte Adalbert und überlegte krampfhaft, wie er aus der Nummer wieder rauskäme.

»Ich würde noch mal darüber nachdenken, Herr Wackernagel. Sonst bricht bei Ihnen zu Hause einiges zusammen.«

Hansen hieb wie zur Demonstration mit der Geflügelschere in die Platte des Tisches. Das klappte nicht gut. Ihre Spitze war zu stumpf, um ernsthaft Schaden anzurichten.

»Seien Sie versichert, ich denke immer sehr genau nach. Daher möchte ich Sie um einen Gefallen bitten.«

»Bin ich die Heilsarmee? Gehen Sie dorthin, die sind für Gefallen zuständig. Ich will nur das Geld.«

»Aber meine Frau ist gestorben und meine Haushälterin hat geerbt. Erkundigen Sie sich, das wird man Ihnen bestätigen. Ich bin nur noch Gast in diesem Haus.«

Man sah Hansen an, dass er für ihn hoffte, dass noch bessere Nachrichten kamen.

»Sie haben doch eine Firma«, sagte der, nachdem ihm sein Lakai mit den zwei Kinnen etwas ins Ohr geflüstert hatte.

»Deswegen habe ich einen Vorschlag für Sie«, erwiderte Adalbert eilig. »Sie bekommen Ihr Geld und ich lege noch einen dicken Batzen drauf. Ich brauche nur einen Gefallen. Beschaffen Sie mir Informationen über eine Person.«

»Nur für Informationen? Das glauben Sie doch wohl selbst nicht.«

»Wenn ich es Ihnen sage. Aber diese Informationen brauche ich schnellstens.«

»Schnell ist kein Problem. Sie wissen, wenn Sie mich verarschen, sind Sie auch weg vom Fenster.«

»Das bin ich sowieso bald. Trotzdem. Ich brauche wichtige Informationen. So wichtig, dass ich mir die etwas kosten lasse.«

»Über wen wollen Sie was wissen?«

Adalbert zog das kleine Notizbuch mit dem Bleistiftstummel aus der Brusttasche seines Anzuges. Das trug er immer mit sich. Er schrieb ein paar Namen auf ein Blatt und reichte es Hansen. Der hatte zumindest den Anstand, sich die Finger an der Serviette abzuwischen, bevor er es an sich nahm.

»Ich telefoniere«, sagte er und verließ den Speiseraum durch eine Tür mit abgeplatztem Furnier und der Aufschrift Privat.

Seine Laufburschen beobachteten Adalbert genau, als mache der Anstalten, bei nächster Gelegenheit das Weite zu suchen. Der hätte sich jetzt eigentlich lieber doch gesetzt, wollte jedoch keine Situation provozieren, in der einer dieser geistigen Hilfsarbeiter die Gelegenheit hätte, eine Waffe zu ziehen. Nach unangenehmen zehn Minuten und gefühlten Stunden kam Hansen endlich zurück. Er reichte Adalbert einen Stapel Ausdrucke.

»Wenn es das ist, was Sie wissen wollten, ist unter Garantie etwas Interessantes für Sie dabei«, sagte er.

Adalbert griff nach den Blättern und überlegte, wie er sich wohl jetzt am geschicktesten empfahl. Er hoffte, er würde wenigstens wieder zurück zur Villa gefahren. Für einen Ausflug mit dem Taxi hatte er nicht genug Bares und für den Bus reichte seine Toleranzschwelle nicht.

»Meine Leute werden Sie jetzt nach Hause bringen«.

Damit war schon mal eines seiner Probleme gelöst.

»In zwei Tagen will ich das Geld haben. Sonst befinden Sie sich in einer sehr unangenehmen Lage, Herr Wackernagel.«

Oder mit einem Betonklotz am Fuß im Rhein. Das konnte nicht schlimmer sein als das, was Adalbert in der Villa jeden Tag erlebte. Zumindest hätte er dann seine Ruhe.

Teil 7

Kapitel 23

»Wo warst du nur so lange?«, fragte Gertrud, als er nach Hause kam.

Sie hatte die letzten Tage wieder stillschweigend das Kochen übernommen. Überhaupt war alles nach der unfreiwilligen Verlobung wieder ziemlich nah beim Alten. Adalbert fand, es war höchste Zeit, dass sich das änderte. Aber Gertrud würde das sicher als Letzte erfahren.

»Das geht Sie nichts an. Kümmern Sie sich um Ihr Abendessen.«

Adalbert hatte nicht wenig Lust, sie sofort an die Luft zu setzen, doch er glaubte nicht, dass das seine Knochen mitmachen würden. Gertrud war ihm körperlich haushoch überlegen. Ihre Zeit würde noch früh genug kommen.

Er ging ins Obergeschoss, da er dort den Rest der Familie vermutete, die zwar allesamt Versager, jedoch wenigstens keine Mörder waren.

»Wo ist dein Bruder?« fragte er Angelika, nachdem er ohne anzuklopfen in ihr Zimmer gegangen war.

»Im Wohnzimmer vielleicht? Oder in seinem Zimmer?«, erwiderte seine Tochter, die gelangweilt auf dem Bett lag und mal wieder mit ihrem Handy spielte.

»Du sollst mir nicht etwaige Aufenthaltsorte nennen. Wild in der Gegend herumraten kann ich selbst. Such ihn gefälligst und kommt runter zu mir ins Arbeitszimmer. Zügig.«

Ohne eine Antwort abzuwarten, machte er sich auf die Suche nach Clara, die eine Etage höher im Gästezimmer in einem Lehnsessel saß und las.

»Wo ist deine Konkubine?«, fragte er ungalant.

»Mitzi?« Wenn Clara das als Frechheit empfunden hatte, verbarg sie es sehr gut. »In Seligenwalde. Hat sich von Alexander da hinfahren lassen. Sie wollte hier nicht versauern.«

»Mir wäre es auch lieber, du hegtest denselben Wunsch. Da das aber offensichtlich nicht zur Auswahl steht, erwarte ich dich umgehend im Arbeitszimmer. Wir haben etwas zu besprechen.«

»Ich lese nur noch das Kapitel zu Ende.«

»Ich habe umgehend gesagt. Daran gab es nichts misszuverstehen.«

»Dann muss es ja schon eine Katastrophe biblischen Ausmaßes sein.«

»Wenn dich das schneller werden lässt, ja.«

Adalbert drehte sich zum Gehen und stellte befriedigt fest, dass seine Schwester ihre lässige Ignoranz aufgab und ihm ins Erdgeschoss folgte. Seine Kinder hatten endlich einmal etwas Beweglichkeit bewiesen und waren schon zur Stelle. Alexander betrachtete den brunftigen Hirsch auf dem Bild. Wahrscheinlich fragte er sich, ob es sich lohnen würde, dieses ebenfalls zu entwenden. Angelika hatte ihre Haltung von vorhin kaum verändert, außer dass sie jetzt auf dem Sessel mit der defekten Mechanik lag und ihr Handy hoch über den Kopf hielt.

»Mach die Tür zu und schließ ab«, sagte Adalbert zu seiner Schwester. »Was wir zu besprechen haben, braucht keiner zu hören.«

»Dann hilft uns das Türabschließen allerdings auch nicht«, bemerkte Alexander, der immer dann eine bemerkenswerte Logik aufbringen konnte, wenn es absolut unnötig war. Adalbert bedachte ihn mit einem vernichtenden Blick, stellte aber das Grammophon an, das ihm bereits beim Gespräch mit Roetig gute Dienste geleistet hatte.

»Ich habe heute einige interessante Dinge erfahren müssen«, sagte Adalbert. Alexanders Gesicht wurde wachsam, selbst Angelika hob den Kopf. Aber ihre Strafe musste noch warten.

»Ich habe mich ein wenig über den Privatdetektiv informiert.«

»Wie macht man das denn? Geht man zur Polizei und fragt die einfach?«

Jetzt, wo sein Sohn sich wieder sicher vorkam, wurde er umgehend frech.

»Das wäre bestimmt auch ein Weg. Aber ich habe es vorgezogen, andere Quellen zurate zu ziehen.«

»Hast du einen anderen Detektiv beauftragt?«, fragte Clara.

»Dazu ist er zu geizig«, meldete sich Angelika aus der Tiefe ihres Sessels heraus.

»Wen interessiert es, woher ich etwas weiß? Die Hauptsache ist doch, dass ich es weiß.«

»Zweifellos«, erwiderte Clara. »Aber was weißt du denn jetzt?«

»Sven Roetig ist mitnichten Privatdetektiv. Zumal das sowieso kein Beruf ist. Er ist ein Ex-Sträfling, der schon einige Zeit im Gefängnis verbracht hat. Wegen Hehlerei, schwerer Körperverletzung und Betrug.«

»Ist nicht wahr?«, sagte seine Tochter verblüfft und klappte mit der Lehne nach oben. Es frustrierte Adalbert zu sehen, dass der verfluchte Sessel bei ihr keine Zicken machte. Wenigstens hatte er nun ihre ungeteilte Aufmerksamkeit.

»Was beweist das?«, fragte Alexander. »Das zeigt nur, dass Mutter auf ihn hereingefallen ist. Sonst nichts.«

»Deine Mutter – möge sie ewig in der Hölle schmoren – hat ihn überhaupt nicht aufgesucht.«

»Das kannst du nicht wissen.«

Adalbert fragte sich, ob Alexander einen bestimmten Grund für sein Verhalten hatte oder ob er ihm einfach nur widersprechen wollte.

»Das kann ich durchaus. Weil Roetig zu dem fraglichen Zeitpunkt gar nicht in der Gegend war. Deine Mutter soll ihn Anfang Dezember aufgesucht haben. Das war seine eigene Angabe. In dieser Zeit war er in Rumänien bei einem Pokerturnier.«

»Ich weiß nicht«, sagte Clara. »Ob das reicht, ihm eine falsche Absicht zu unterstellen? Vielleicht hat er sich dabei ganz einfach vertan.«

»Vielleicht sollten wir ihn lieber mal zur Rede stellen. Irgendwie wird er sich dazu schon äußern.«

Alexander stellte einen Fuß auf den tiefen Kamintisch und stützte sich auf seinem Oberschenkel ab.

»Was sollte er denn davon haben?«, fragte Angelika, die, wenn sie bei der Sache war, halbwegs vernünftige Fragen stellen konnte.

»Das frage ich mich auch. Warum sollte er uns schaden? Er hat doch mit uns gar nichts zu schaffen.«

Clara schob Alexanders Fuß tadelnd wieder vom Tisch.

»Mit unserer Familie nicht, da hast du recht. Aber mit jemandem hier aus diesem Haus.«

»Hier aus dem Haus? Wer sollte das denn sein?«, fragte Angelika.

Adalbert zog sein vorheriges Lob über sie wieder zurück.

»Vladimir, Gertrud und diese Weidenbruch natürlich«, entgegnete Alexander. »Herrgott, bist du hohl.«

Die Weidenbruch heißt Mitzi. Und die ist es bestimmt nicht. Das wüsste ich«, sagte Clara. »Adalbert, wie wäre es, wenn du uns endlich sagst, was du weißt?«

Obwohl Adalbert ihr liebend gerne sofort aufs Butterbrot geschmiert hätte, dass Mitzi etwas mit seinem Sohn hatte, war es nur leider in dieser Situation nicht hilfreich.

»Sven Roetig ist der uneheliche Sohn von der Helmersheim. Sie hatte ihn zur Adoption freigegeben, hat aber seit zwei Jahren wieder mit ihm Kontakt.«

»Aber dann kennt sie ihn ja?«

Clara klang geschockt.

»Das will ich meinen. Auf jeden Fall so gut, dass sie nicht Herr Roetig zu ihm sagt.«

»Das ist wirklich ein dicker Hund«, meinte Alexander.

Adalbert konnte ihm nur zustimmen. Er wusste die ganze Zeit, dass Roetig ihm bekannt vorgekommen war. Er hatte vor zwei Jahren am Tor geklingelt.

Die Platte war zu Ende gelaufen und spielte immer erneut knisternd die letzte Rille ab. Aber darauf achtete niemand. Alexander war zum Fenster getreten und schaute seinem Neffen beim Spielen zu. Angelika saß auf dem Fußteil des Sessels und betrachtete das Parkett, als gäbe es dort etwas Spannendes zu sehen, und Clara hatte sich auf dem Tisch vor dem Kamin niedergelassen. Eine Stellung, aus der Adalbert nicht so ohne Weiteres wieder hochgekommen wäre.

»Warum hat sie das gemacht?«, fragte sie dann. »Was soll dieses ganze Schauspiel hier bloß?«

»Das muss etwas mit dem Erbe zu tun haben.« Alexander drehte sich wieder um. »Es hat einen Grund, warum der Typ hier ist.«

»Natürlich hat es einen Grund«, erwiderte Adalbert. »So schlau sind wir bereits alle. Sogar deine Schwester.«

»Warum will er einen Mord an Mama aufklären?«, fragte die besagte Schwester, die Adalberts letzten Satz anscheinend verschlafen hatte.

»Wahrscheinlich, weil deine Mutter ermordet worden ist«, sagte Adalbert. »Dafür habe ich klare Hinweise gefunden.«

»Warum erzählst du uns erst jetzt davon?«, fragte Clara. »Hätten wir alle nicht ein Recht darauf, das zu wissen?«

»Ihr wisst es ja jetzt. Außerdem habe ich als Ehemann den ersten Anspruch auf das zweifelhafte Vergnügen, das zu wissen.«

»Und weil er wahrscheinlich geglaubt hat, wir hätten etwas damit zu tun«, ergänzte sein Sohn.

»Adalbert, also bitte«, sagte Clara. »Wie kannst du nur so etwas denken.«

»Was soll ich denn sonst denken bei euch Aasgeiern?«

»Glaubst du wenigstens jetzt, dass wir Elisabeth nicht umgebracht haben?«

Das war eine kniffelige Frage, die Adalbert allerdings mit seinem heutigen Wissensstand ohne Weiteres beantworten konnte.

»Ich hege zumindest berechtigte Zweifel«, antwortete er von oben herab. Es tat der Brut nicht gut, wenn er sich von ihrer Unschuld allzu überzeugt zeigte.

»Einigen wir uns darauf, dass es keiner von uns war«, sagte Alexander. »Dann können wir uns endlich Gedanken darüber machen, wer es war.«

»Na, dann doch der Roetig«, sagte Angelika.

»Hast du nicht zugehört? Der wird wohl kaum eine Gelegenheit dazu gehabt haben.«

Alexander verdrehte die Augen.

»Dann bleibt nur Gertrud«, sagte Clara. »Das hätte ich nie gedacht.«

»Aber Gertrud konnte doch nicht wissen, dass sie was erbt.«

»Vielleicht wusste sie es doch. Mama könnte es ihr gesagt haben.«

»Sie hat offenbar ihr Testament geändert, weil sie glaubte, ermordet zu werden. Das passt dann nicht zusammen.«

»Wenn es doch dieser Roetig war?«

»Hört auf damit. Das bringt uns nicht weiter.«

Adalbert knetete seine Stirn. Er bekam plötzlich Kopfschmerzen und merkte wieder einmal, dass er alt wurde. Das ging ihm zu durcheinander hier.

»Das mit der Helmersheim klären wir noch. Aber was ist mit diesem Detektiv?«

»Ich halte ihn für gefährlich. Unberechenbar wahrscheinlich. Nicht auszuschließen, dass er Gertrud gedroht hat.«

Clara war hinter ihren Bruder getreten und massierte seinen Nacken. Sie hatte wohl seine Verspannung bemerkt. Er schüttelte sie ab.

»Das kann ich mir nicht vorstellen«, sagte er, als er seiner Schwester auf die Hand schlug. »Aber er wird sich nicht damit zufriedengeben, einfach hier zu verschwinden. Wir wissen zwar noch nicht, warum er dieses ganze Theater hier initiiert hat, aber es gibt einen Grund dafür.«

»Sprich es aus, wenn wir ihn gehen lassen, kann er uns schaden.«

Alexander mutierte langsam zu einer Regenwurmqualle mit Rückgrat. Wenn er nur die Hälfte seiner jetzigen Energie in das Erlernen eines ordentlichen Berufes gesteckt hätte, wären Adalberst mit seinen Bedenken gegen ihn schon ein ganzes Stück weniger geworden.

»Das ist möglich«, sagte er. »Ich habe keinerlei Interesse daran, einen verurteilten Straftäter draußen herumlaufen zu haben, der in der Gegend herumposaunt, eure Mutter wäre umgebracht worden.«

»Du hast doch irgendwelche Beweise, wie du sagtest«, mischte Clara sich ein. »Es wäre hilfreich, wenn du uns sagen würdest, welche das sind.«

»Das werde ich nicht«, entgegnete Adalbert bestimmt.

»Wahrscheinlich, weil die Beweise auf ihn als Täter hindeuten«, sagte Alexander und lachte hämisch.

»Es sind Indizien, keine Beweise. Die sprechen auch nicht immer die Wahrheit.«

»Dein Vater hat recht«, sagte Clara beschwichtigend. »Keiner hat dich ernsthaft verdächtigt.«

Das hatte seine Schwester ihm auf jeden Fall voraus. Er wäre nicht böse darüber gewesen, wenn seine komplette Familie im Gefängnis versauern würde.

»Was machen wir denn jetzt?«, fragte Angelika piepsig. Sie hatte ihre zur Schau gestellte Langeweile mittlerweile komplett verloren.

Alle schwiegen und hörten dem Klang der letzten Rille zu, einem Singsang aus Rauschen und Knistern. Adalbert ging zur Tür und setzte den Grammophonarm wieder an den Anfang. Haydns Streichquartett in D-Dur ertönte. Er konnte nur hoffen, dass Gertrud nicht die Gelegenheit genutzt hatte, an der Tür zu lauschen. Es sei denn, sie nahm das Gehörte zum Anlass, vom Erbe zurückzutreten und auf Nimmerwiedersehen zu verschwinden.

»Wir müssen diesen Schnüffler loswerden«, sagte er dann, als er sich wieder seiner Sippschaft zugedreht hatte.

»Aber wie? Ich bezweifle, dass er so ohne Weiteres das Feld räumt«, gab Clara zu bedenken. »Wir könnten aber natürlich versuchen, ihn aus dem Haus zu schicken, mit dem, was wir jetzt von ihm wissen.«

»Das reicht bei solchen Typen nicht, Tantchen. Sei sicher. Da müssen stärkere Geschütze her.«

»Also muss er sterben«, sagte Angelika und schlug sich sofort mit der Hand auf den Mund, als wolle sie den Satz wieder zurückschieben.

Seine Tochter hatte über die Jahre schon oft wegen ihrer unglaublichen Blödheit für peinliches Schweigen gesorgt. Es war das erste Mal, dass man schwieg, weil sie etwas durchaus Kluges und Wahres gesagt hatte.

»Meint ihr das wirklich ernst?«, brach Clara als Erste das Schweigen.

»Scheint mir die vernünftigste Lösung zu sein«, sagte Alexander. »Papa?«

Der Papa hörte erst einmal gar nicht hin, so ungewohnt war der Ausdruck seines Sohnes für ihn.

»Ich habe auf jeden Fall nicht vor, mir den Namen der Familie kaputtmachen zu lassen«, sagte er dann. »Wenn das bedeutet, dass dieser Roetig das Grundstück nicht mehr lebend verlässt, dann ist das eine Aufgabe, die erledigt werden muss.«

»Ich habe auch keine Lust auf eine polizeiliche Untersuchung«, sagte Alexander.

Das auf jeden Fall glaubte ihm Adalbert unbesehen.

»Wie machen wir es dann?«, fragte Angelika. Ihr Handy lag nun schon fast während des ganzen Gesprächs unbeachtet auf Adalberts Schreibtisch.

»Wenn wir es machen, dann gemeinsam«, sagte er. »Damit keiner später auf die Idee kommen kann, die anderen zu verraten.«

Für Sven Roetig war es der Glücksfall seines Lebens gewesen, seine Mutter zu treffen. Nicht, dass sie ihm irgendetwas bedeutet hätte. Sie arbeitete jedoch in einer Stellung, die es ihm ermöglichen würde, ein sorgenfreies Leben zu führen, wenn er es nur geschickt anstellte.

Leider hatte sein wohldurchdachter Plan nicht berücksichtigt, dass die ganze Familie verrückt sein könnte. Denn das war sie offensichtlich. Auf jeden Fall, als er sie vor sich stehen sah, nachdem der alte Wackernagel ihn ins Arbeitszimmer befohlen hatte. Roetig ließ sich nicht gerne etwas befehlen. Aber er war großmütig. Seine Mutter hatte exzellent gekocht und sobald die Leiche der Alten ausgebuddelt war, konnte er den Rest der Sippschaft endgültig des Hauses verweisen. Allerdings sah es im Moment nach keiner leichten Aufgabe aus.

»Kommen Sie herein und machen Sie die Tür zu.«

Roetig blickte beunruhigt auf den Schürhaken, den sich der alte Wackernagel aus dem Kaminbesteck genommen haben musste. Hilfesuchend drehte er sich um, aber Alexander stand bereits hinter ihm und versperrte den Rückweg. Er wandte sich wieder dem Alten zu.

Das ruckartige Drehen war ihm scheinbar nicht bekommen. Roetig fühlte sich schlecht. Er spürte, wie sein Polyesterhemd versuchte, den Schweiß aufzusaugen. Das Hemd entschied, dass es schließlich nicht aus Baumwolle war, und ließ ihn passieren, damit dieser dreißig Zentimeter tiefer von der Unterhose aufgesaugt wurde.

»Was wollen Sie mit dieser merkwürdigen Versammlung bezwecken?«

Roetig schluckte. Sein Mund war voller Speichel.

»Falsche Frage«, sagte Alexander hinter ihm.

Roetig riskierte erneut eine Drehung. Das hätte er besser gelassen. Seine Übelkeit wurde nun wirklich unangenehm.

Aber auf die Klinge eines Jagdmessers zu blicken, trug auch nicht wesentlich dazu bei, diese zu lindern. Wenigstens verschwamm ihm die Sicht. Wo hatte der junge Wackernagel das auf einmal her? Er merkte, wie ihm Tränen über das Gesicht liefen.

»Zum Heulen ist es echt zu spät.«

Das musste die Tochter des Hauses sein. Sah nicht schlecht aus. Sein Interesse war jedoch ziemlich schnell abgeflaut, als er feststellte, dass das hübsche Haus offenbar nicht bewohnt war. Das war seine nette Umschreibung für kreuzdoof. Er kniff mehrmals die Augen zusammen. Wenigstens konnte er jetzt wieder etwas sehen. Was er sah, war allerdings auch nicht gerade erfreulich. Angelika und die alte Lesbe hatten sich ebenfalls bewaffnet. Kerzenständer und Hirschgeweih. Reizend. Was lief hier schief?

»Meinen Sie wirklich, Sie kommen damit durch?«

Er spürte es in seinen Gedärmen rumoren. Nicht das noch. Er bezweifelte, dass die Manson-Familie ihm eine Auszeit für einen Toilettengang gewähren würde. Er atmete vorsichtig in sich hinein und merkte, wie der Krampf sich löste.

»Warum nicht? Sie glauben das doch auch«, erwiderte der Alte.

»Jetzt garantiert nicht mehr«, sagte seine Schwester, die an ihn herangetreten war. Sie trug den Kerzenständer.

»Lassen Sie das. Das hat doch keinen Sinn«, keuchte Roetig. Er bekam plötzlich ziemlich schlecht Luft.

»Für Sie nicht mehr, das stimmt«, sagte Clara.

Hatte seine Mutter etwas ausgeplappert? Verdammt. Als sie damit anfing, ihr Geld für sich selbst behalten zu wollen, hätte er bereits etwas gegen diese wirre Idee unternehmen müssen.

»Ach, halten Sie den Mund«, sagte er ungalant. Der Brechreiz wurde langsam unerträglich.

»Das tue ich ganz bestimmt nicht. Wir lassen uns von Ihnen nicht betrügen.«

Eines hasste er an Lesben. Sie waren meistens äußerst penetrant.

»Das sagt die Richtige«, entgegnete er. »Bekommt von ihrem unterernährten Buckelwal Hörner aufgesetzt und merkt es noch nicht einmal.«

»Das tut hier nichts zur Sache«, mischte Alexander sich ein.

»Warum? Wo wir doch gerade so schön bei der Wahrheit sind? Dann können Sie Ihrer Tante ruhig sagen, dass Sie ihren Bettmops knallen.«

»Alexander! Ist das wahr?«

»Ruhe«, zischte Adalbert. »Das klären wir nicht jetzt.«

Sven Roetig bekam nun eindeutig keine Luft mehr. Er stützte sich an der Sessellehne ab.

»Machen wir es jetzt endlich?«, hörte er Angelika noch fragen, bevor ihm schwarz vor Augen wurde.

Kapitel 24

Gertrud hatte sich die Zeit mit ihrem Sohn schön ausgemalt. Sie hatte wochenlang damit verbracht, sich Geschichten auszudenken, die ihre Beziehung auf den Status heben würden, den sie die ganzen Jahre verpasst hatte. Leider verklärte das Wunschdenken ihren Verstand derart, dass sie in der Realität Makel im Charakter ihres Sohnes als liebenswerte Eigenschaften sah, die man nicht so ernst nehmen musste.

Sven Roetig derweil nahm nur eines nicht ernst, und das war zweifellos seine Mutter. Er hatte nie nach ihr gesucht, weil es unterm Strich für ihn keinen Unterschied machte. Er hatte schon für seine Adoptivmutter keine besondere Sympathie gehegt. Sie hatte aus der Tatsache, dass er adoptiert war, keinen Hehl gemacht. Daher ließ sie ihn das bereits im Alter von drei Jahren wissen. Dennoch war es interessant, seine Mutter zu sehen und die damit verbundenen optischen Gemeinsamkeiten, die jeder im Hause Wackernagel deutlich schneller wahrgenommen hätte, wenn er nicht den gewaltigen Schnurrbart getragen hätte.

Elisabeth hatte testamentarisch ein nicht unerhebliches Legat für Gertrud verfügt, das sie eigentlich ihrem Sohn geben wollte. Gertrud hegte keinerlei Groll gegen Elisabeth, es störte sie aber auch nicht besonders, diese sterben zu lassen. Das gestaltete sich einfacher als gedacht. Sie hatte der Hausherrin die Leberpillen aus der Drogerie mitgebracht.

»Das ist Mariendistel«, sagte sie und hielt Elisabeth die Packung hin. »Nehmen Sie die. Die stärkt Ihre Leberfunktion.«

»Frau Helmersheim, das ist die Art von Mittelchen, die einem Sand in die Augen streuen. Das hat ja offensichtlich auch funktioniert.«

»Tun Sie mir den Gefallen. Bitte, ich würde mich so viel besser fühlen.«

»Also gut«, sagte Elisabeth und nahm die Packung entgegen, die ihr so nutzlos vorkam wie ein Kropf am Hals.

Leider war es mit dem einfachen Entgegennehmen nicht getan, da Gertrud sie jeden Abend fragte, ob sie sie auch genommen hätte, was Elisabeth dazu veranlasste, Doktor Wohlheimer danach zu fragen.

»Diese Tabletten plädieren an die Dummheit der Menschen und ziehen ihnen das Geld aus der Tasche«, sagte der. »Aber sie schaden auch nicht.«

Daher nahm Elisabeth sie brav jedes Mal, wenn Gertrud ihr mit anklagendem Gesicht das Glas Wasser und die Packung unter die Nase hielt. Sie beschäftigten in der letzten Zeit ganz andere Dinge, da hatte sie keine Kraft, mit der Haushälterin über Sachen zu diskutieren, die es nicht wert waren.

Gertrud hatte ein schlechtes Gewissen, welches Sven ihr direkt am nächsten Tag auszureden versuchte.

»Sie stirbt doch sowieso.«

»Vielleicht aber noch nicht so schnell.«

»Das macht doch keinen Unterschied. Wie weit bist du, sie davon zu überzeugen, dass ihre Familie ihr nach dem Leben trachtet?«

»Sie denkt viel nach. Es hat auf jeden Fall etwas bewirkt.«

Es war in dem Fall, Elisabeth die Treppe hinunterzustoßen. Das war ein Risiko, aber besser konnte man ihr nicht klarmachen, dass etwas nicht stimmte. Daher zog Elisabeth sie eines Abends ins Vertrauen, als Gertrud ihr das Wasser und die dunkelrote Kapsel ans Bett brachte.

»Was halten Sie von meiner Familie?«, fragte sie unvermittelt.

»Es steht mir nicht zu, darüber etwas zu sagen.«

»Herrgott, Sie werden doch wohl eine Meinung haben? Die hat jeder Mensch. Ich habe Sie schließlich danach gefragt.«

»Meiner Meinung nach denken Ihre Kinder viel zu sehr ans Geld. Sie haben ja auch immer Schwierigkeiten damit.

Das vergiftet den Charakter, wenn Sie mich fragen. Für Geld ist schon viel Unheil angerichtet worden.«

»Ja«, erwiderte Elisabeth nur und hüllte sich in Schweigen. Gertrud blickte auf sie hinunter und fand, dass sie bald ihr Ziel erreicht hatten. Die Hausherrin wirkte gebrochen.

»Was halten Sie von dem Unfall an der Treppe?« fragte sie dann, als Gertrud sich gerade zum Gehen wenden wollte.

»Frau Wackernagel, dazu möchte ich wirklich nichts sagen.«

»Ich bin in 70 Jahren nicht einmal eine Treppe hinuntergefallen.«

»Das ist schnell passiert. Es war bereits dunkel und Sie haben kein Licht angemacht.«

»Das ist es nicht. Deswegen bin ich nicht gestolpert. Ich wurde gestoßen.«

Nun nahm das Gespräch endlich die Wendung, auf die Gertrud so dringend gehofft hatte.

»Nein, das glaube ich nicht«, wehrte sie gespielt ab.

»Wenn ich es Ihnen sage. Ich bin schließlich nicht verrückt. Ich habe die Hand am Rücken gespürt.«

Gertrud setzte ein gequältes Gesicht auf, musste ihre Mimik jedoch mehrfach anpassen, bevor das von der Hausherrin bemerkt wurde.

»Gertrud, was haben Sie? Sie wissen doch was, das spüre ich schon die ganze Zeit.«

»Ja, aber vielleicht habe ich mich auch verguckt. Ich kam doch aus dem oberen Stock, als es passierte. Deswegen habe ich Sie ja auch direkt gefunden.«

»Dürfte ich erfahren, bei was Sie sich vielleicht verguckt haben?«

Gertrud wand sich unangenehm berührt. Das war noch nicht einmal gespielt. Die Lüge wollte ihr nicht so leicht über die Lippen, wie sie gedacht hatte. Jemanden umbringen war eine Sache, lügen eine andere.

»Ich habe einen Schatten gesehen, der im Zimmer neben der Treppe verschwand, als ich kam. Ich glaube, es war ein Mensch.«

»Was sollte es auch sonst sein? Ein Geist?«

Elisabeth stützte sich mit den Handflächen auf der Matratze ab und schob sich offensichtlich unter Schmerzen ein Stück höher, damit sie an das Kissen gelehnt den Worten von Gertrud besser lauschen konnte.

»Nein, natürlich nicht«, erwiderte Gertrud und hoffte, dass sie damit richtiglag. Die Vorstellung, von Elisabeth nach ihrem Tod heimgesucht zu werden, barg wirklich nichts Berauschendes.

»Ja, es war ein Mensch«, sagte sie dann bestimmter. »Ich konnte aber nicht erkennen, wer es war.«

»Warum haben Sie nicht nachgeschaut?«

»Frau Wackernagel, ich war um Sie besorgt. In dem Augenblick konnte ich nicht einordnen, was ich gesehen habe.«

»Und der Täter hatte dann genug Zeit, sein Versteck wieder zu verlassen«, ergänzte Elisabeth. »Haben Sie wirklich keinen erkannt oder wollen es mir nur nicht sagen?«

»Ich schwöre Ihnen, ich weiß nicht, wer es war.«

Zumindest beruhigte das ihr Gewissen insoweit, dass keiner unter ihren Anschuldigungen leiden musste. Außerdem war sie nicht gerade auf Konfrontation mit einem unschuldig Verdächtigten aus. Zudem war es wichtig, dass die Identität des Täters im Verborgenen blieb. Nur so konnte der Plan gelingen.

»Gehen Sie bitte, ich bin müde«, sagte Elisabeth und ließ sich im Bett zurückrutschen. Ein Zeichen, dass die Unterhaltung wirklich beendet war. Gertrud verließ ihr Zimmer in der Hoffnung, das Korn gesteckt zu haben, das die Saat aufgehen lassen würde. Wenn nicht, hatte sie ja immer noch ihr Legat. So war es tatsächlich. Es wurde allerdings Oktober, bis Elisabeth sie zu sich rief.

»Ich war beim Notar«, sagte sie. »Ich habe mein Testament geändert.«

»Ist das nicht ein bisschen voreilig?«, fragte Gertrud unschuldig. »Überstürzen Sie doch nichts.«

»Gertrud, ich habe nachgedacht. Ich werde nicht beweisen können, was passiert ist. Doch weiß ich, was ich gespürt habe. Sie haben mir das bestätigt. Ich werde sowieso sterben, so oder so. Aber ich kann meinen Angehörigen meinen Tod noch mehr verleiden, als sie es sich vorstellen können.«

»Was meinen Sie?«

»Ich habe Ihnen mein ganzes Vermögen vererbt, Gertrud.«

»Oh«, erwiderte diese und ließ sich auf den nächsten Stuhl fallen. Das war noch nicht einmal gespielt.

»Wenn ich tot bin, wird diese Bagage ihr blaues Wunder erleben«, sagte Elisabeth und sah wesentlich zufriedener aus als noch die letzten Wochen, obwohl sie seit ihrem Sturz weiterhin unter Schmerzen litt.

Gertrud brachte ihrem Sohn die erfreuliche Mitteilung.

»Das klappt besser als erwartet. Die Alte sollte mit dem Phosphor in den Kapseln bald hinüber sein.«

»Können wir nicht warten, bis sie ganz normal stirbt?«

»Damit sie es sich wieder anders überlegt und ihr Testament erneut ändert? Kommt überhaupt nicht infrage!«

Also blieb es dabei. Was nicht blieb, war Gertruds Einstellung zu ihrem großzügigen Vorhaben, ihrem Sohn den größten Teil ihres neu erworbenen Reichtums zu überlassen. Bei Licht betrachtet war Sven weit von dem Ideal entfernt, das sie mit ihm verbunden hatte. Ihn für entstandenes Unrecht in seiner Kindheit zu entschädigen, kam ihr nun nicht mehr so verlockend vor. Vor allen Dingen, wo sie durch ihre bevorstehende Heirat fast am Ziel ihrer Wünsche angelangt war. Sie musste ihren Sohn wieder loswerden.

Vladimir Centowskis Feld-Trichterlinge, die er im Schuppen aufbewahrte, kamen ihr dafür gerade recht. Sie waren ein guter Tausch zu dem Holzschutzmittel, das sie zuerst in Betracht gezogen hatte.

Mitzi hatte sich ihr zukünftiges Leben etwas anders vorgestellt, als es sich im Moment gestaltete. Überhaupt war der ganze Plan keinesfalls so gelaufen, wie sie sich das gedacht hatte. Wie auch sonst, wenn die größte unberechenbare Unbekannte in diesem Plan Adalbert gewesen war.

Mitzi wusste eines ganz sicher über Männer: Wenn man ihnen mit Sex kam, gingen sie in die Knie und machten im Endeffekt alles, was man wollte. Leider war sie noch keinem Menschen wie Adalbert begegnet, der seit über drei Jahrzehnten enthaltsam lebte und Sex auch davor als kein besonderes Highlight betrachtet hatte.

Daher zweifelte sie bereits in dem Moment an Alexanders Plan, Adalbert zum Heiraten zu bewegen, um das Geld und die Firma abzustauben, als Adalbert im Kaminzimmer ständig vor ihr flüchtete und nicht bereit war, sie auch nur in seine Nähe kommen zu lassen. Ein paar Stunden später hatte sie das zwar geschafft, geholfen hatte es jedoch nicht, obwohl sie eine deutliche Erektion gespürt hatte.

Sie blickte auf Roetig, der im Arbeitszimmer auf der Erde lag und nichts mehr von seiner Souveränität versprühte. Jetzt war er nur noch eine traurige Gestalt mit einem viel zu großen Schnurrbart. Sie hörte ein Geräusch und zuckte zusammen, was ihre Speckröllchen am Bauch mit einem leichten Nachbeben registrierten. Sie war sich sicher, bei keinem im Haus mehr auf allzu große Gegenliebe zu stoßen. Clara hatte ihr ziemlich deutlich zu verstehen gegeben, dass sie an der Fortsetzung ihrer Liaison nicht mehr interessiert war. Sie würde ihr keine Gelegenheit mehr geben, nachts das Bett zu wechseln, um sie vom Gegenteil zu überzeugen. Das war ärgerlich, weil Mitzi erst dann den Partner zu wechseln pflegte, wenn sie bereits den nächsten in der Hinterhand hatte. Das gestaltete sich in diesem Haus nun immens schwierig. Alexanders Charme war abgekühlt, der so auf sie abgefärbt hatte, dass sie es sich sogar hätte vorstellen können, bei ihm zu bleiben. Zumindest für einen längeren Zeitraum.

Nun gut, dann musste es ohne gehen.

Sie schlich ins Foyer, immer lauschend, ob jemand in der Nähe war oder hinter der nächsten Tür lauerte. Egal wer den Roetig umgebracht hatte, er würde sicher nicht zögern, das ein weiteres Mal zu tun. Sie überlegte, ob irgendjemand sie mit Alexander zusammen im Park gesehen haben konnte. Das war das einzige Mal gewesen, an dem sie in diesem Haus Kontakt gehabt hatten. Alexander hatte das als zu gefährlich empfunden, eine Meinung, die sie heute durchaus teilte.

Sie ging ins Obergeschoss, so leise, wie das bei ihrer Körperfülle möglich war. Wenigstens war die Treppe solide gebaut und beschwerte sich mit keinem Ächzen und Knarzen darüber, dass Mitzi auf ihr nach oben in ihr Zimmer huschte. Sie zerrte den Koffer aus dem Schrank und packte hastig ihre Sachen hinein.

Das größere Problem waren die Rollen mit den Bildern, die sie in einem leer stehenden Zimmer gefunden hatte. Mitzi war kein Kunstkenner, aber nichts in diesem Haus sah billig aus. Sie beschloss, diese als Entschädigung mitzunehmen. Aber es waren einfach zu viele und nicht für den Koffer und keineswegs für eine Plastiktüte geeignet. Sie musste ein passenderes Behältnis finden, auch wenn das bedeutete, das Haus nach einem zu durchsuchen. Das behagte ihr ganz und gar nicht, aber sie sah keine andere Lösung. Die fand sie allerdings auch danach nicht. Es gab in der Villa nichts, was sich eignen würde, die Rollen zu transportieren. Sie hörte Stimmen aus dem Wohnzimmer und vermutete, dass sich die Familie dort zusammengerottet hatte. Sie dehnte ihre Suche nach draußen aus. Dabei musste sie aufpassen, nicht an der rechten Seite des Hauses vorbeizugehen, da man sie sonst sowohl vom Wohnzimmerfenster als auch vom Gesindehaus sehen könnte. Sie schlug einen Bogen, um von der anderen Seite an das Gesindehaus heranzukommen. Sie meinte, dort einen Schuppen gesehen zu haben.

Dort fand sie genau das richtige Behältnis, das es ihr ermöglichen würde, die Bilder halbwegs komfortabel zu transportieren. Der große Laubsack war robust und hatte Henkel auf beiden Seiten. An einem von ihnen konnte sie ihn hinter sich herziehen und mit der anderen Hand den Koffer nehmen. Mitzi hatte durchaus schon bequemere und glanzvollere Abgänge gehabt, aber sie konnte damit leben. Sie nahm denselben Weg zurück und schaffte es ungesehen wieder ins Haus, aber nicht, ohne vorher die Haustür vorsichtig zu öffnen, um zu überprüfen, ob sich die Bewohner immer noch im Wohnzimmer befanden. Sie taten es.

Der Laubsack eignete sich tatsächlich hervorragend für das, was sie vorhatte und ließ sich ebenfalls sehr leicht ziehen. Daher schaffte sie es fast geräuschlos, ihn ins Foyer zu schleifen, nachdem sie unter größeren Mühen den Koffer dorthin befördert hatte. Als sich die Haustür hinter ihr schloss und sie wieder Haken schlagend den indirekten Kurs zum Haupttor einschlug, sollte sie ihr Glück allerdings verlassen. Der Gärtner tauchte plötzlich auf.

»Lassen Sie mich durch«, sagte sie und hoffte, dass allein ihre Gestalt ausreichen würde, sich Respekt zu verschaffen. Sie traute diesem schweigsamen Mann mit den undurchdringlichen Augen nicht.

»Nein. Wir müssen was besprechen.«

»Wirklich? Was denn?« Mitzi versuchte, so viel Koketterie in ihre Stimme zu legen wie möglich. Vielleicht hatte sie damit Erfolg.

»Habe Sie nachts mit Mann gesehen. War Alexander.«

»Ach was. Ein zufälliges Treffen.«

»Soll ich Familie von Treffen erzählen?«

»Wegen mir. Ich reise sowieso jetzt ab.«

»Nein. Erst wenn ich es Familie erzählt habe.«

Er trat einen Schritt auf sie zu. Mitzi musste sich schnell etwas überlegen.

»Kann ich Sie nicht irgendwie umstimmen?«

»Vielleicht ja«, erwiderte Vladimir und starrte begehrlich auf ihren Busen. Also doch nur ein Mann.

Ein Mann, auf den sie zehn Minuten später im Gesindehaus wartete, weil der sich eben frisch machen wollte. Ein

Gedanke, den sie durchaus begrüßte, da sie nicht wusste, wie es mit der Hygiene von Gärtnern bestellt war. Allerdings dauerte das ziemlich lange. Mitzi räkelte sich auf Vladimirs Bett, in das sie sich praktischerweise schon einmal gelegt hatte, traute sich aber nicht die Treppe hinunter, da sie dann doch keine Peepshow vor der Fensterfront machen wollte. Musste sie auch nicht, da Vladimir aus dem Flur kam, wo sich auch das Bad befand.

»Bin fertig. Können gehen«, sagte der zu der überraschten Mitzi.

Die hatte kein Problem damit. dass er scheinbar den Fetisch hatte, sich im Bad zu befriedigen, während sie nackt in seinem Bett lag.

Sie zog sich an und verließ dankbar, aber zügig das Grundstück.

Kapitel 25

Vladimir war schlecht gelaunt. Seit der alte Wackernagel davon überzeugt war, er drücke sich vor der Arbeit, bereitete ihm diese nicht mehr das Vergnügen, das er sonst immer dabei verspürte. Erst recht nicht, wenn er bei unmenschlichen Minustemperaturen Wurzeln aus der Erde zerren musste. Er fühlte sich unter Beobachtung. Ein Gefühl, das er seit vielen Jahren nicht mehr kannte, da er immer komplett freie Hand auf dem Grundstück gehabt hatte. Von der Helmersheim einmal abgesehen, aber was interessierte es ihn schon, was die Haushälterin dachte. Das tat es selbst heute nicht, obwohl sie offiziell die Hausherrin war.

Er hieb im Park wieder einmal auf den gefrorenen Boden ein, ein Unterfangen, das bei diesem strengen Frost dermaßen sinnlos war, dass die Äste der Stechpalme nur müde zurückwippten, weil ihre Wurzeln sie zementhart im Boden festhielten. Das ärgerte Vladimir noch zusätzlich. Er hätte gerne gewusst, mit was oder warum überhaupt er sich den Zorn seines Chefs zugezogen hatte, weil er sich an kein Ereignis erinnerte, das dafür der Anlass gewesen sein könnte.

Aber die Grübelei brachte ihn nicht weiter. Sicher war nur, dass er keinesfalls den Stapel mit den Möbeln abbauen würde, der trutzig und trotzig auf dem Kiesweg stand und ein Bollwerk bildete, das auf etwaige Besucher äußerst bedrohlich wirkte. Nicht, dass diese willkommen waren. Dennoch kamen in der letzten Zeit eine Menge Leute, die auf dem Grundstück herumliefen und es einem arbeitenden Menschen schwer machten, sein Tagewerk vernünftig zu erledigen. Vladimir wusste nicht, in welcher Klemme sein Chef steckte, aber wenn er dem Gespräch zwischen der Dicken und Alexander Glauben schenkte, würde sich Adalberts Situation nicht unbedingt verbessern. Trotzdem war das noch lange kein Grund, ihn zu drangsalieren.

Vladimir saß auch zum Essen im Wohnzimmer, weil die kleine Eckküche dafür zu wenig Platz bot und er den Blick auf den ihm anvertrauten Park liebte. Diese Aussicht wurde jedoch getrübt durch die Vielzahl von Päckchen, die scheinbar harmlos vor ihm auf dem Tisch lagen und ihn dennoch anklagend anblickten, auch wenn man durch das Ölpapier nicht erkennen konnte, was sich in ihnen verbarg. Vladimir hatte genug Degeneriertes gesehen, um zu wissen, was Drogen anrichten konnten.

Allerdings mochte er Timo. Ebenso, wie Timo seinen Onkel Alexander mochte und ihn vor den schädlichen Auswirkungen der unerlaubten Substanz schützen wollte. Warum er meinte, dass die gerade bei Vladimir am besten aufgehoben war, wusste der nicht.

Er fragte sich, warum er sie nicht längst auf dem Kompost vergraben hatte. Allerdings hatte er auf dem Grundstück schon so genug Probleme mit Ratten. Ratten im Drogenrausch hatten ihm gerade noch gefehlt. Die Mülltonne war keine Option, da er nicht wusste, wie genau die Müllabfuhr das kontrollierte, was sie entsorgte. In das Klo hinunterspülen hielt er für risikoreich. So hatte er sich noch nicht entschlossen, was er damit machen sollte. Bis heute.

Leider war es nicht ganz so einfach, seinen Plan auszuführen, wie ihn sich vorzustellen. Nachts war es unmöglich. Der Möbelberg hatte eine besorgniserregende Höhe und stand nicht besonders fest auf seinen Grundpfeilern aus Kommoden und Tischen. Also blieb nur der Tag.

Um tagsüber solche Aktionen durchzuführen, war auf dem Grundstück im Moment ein bisschen zu viel los. Trotzdem sah Vladimir sich gezwungen, den Stapel abzubauen, um ihn danach wiederaufzubauen, nachdem er in jedes einzelne Stück mit Schubladen und Türen einen Teil der Päckchen platzierte, die er loswerden wollte. Leider war das nicht so unauffällig wie erhofft und brachte ihm unliebsame Fragen ein.

»Was treiben Sie da, verdammt noch mal?«, hörte er Adalbert hinter seinem Rücken.

»Ich soll mich um Möbel kümmern. Das mache ich jetzt«, erwiderte Vladimir und hegte die Hoffnung, er würde damit durchkommen. Tat er natürlich nicht.

»Ihr Kümmern finde ich reichlich bizarr.«

Vladimir wusste zwar nicht, was bizarr bedeutete, vermutete aber, nicht Gutes.

»Wollte gucken, was noch in Ordnung ist«, sagte er daher.

»Das war aber nicht die Aufgabe. Wen interessiert es, was davon noch gut ist? Ich will es schließlich keiner gemeinnützigen Organisation spenden.«

Das war ein Glück, obwohl die gemeinnützige Organisation sicher viel Vergnügen an ihrem Geschenk und dem Inhalt haben würde. War das eine Option? Aber Vladimir bezweifelte, dass solche Organisationen es gewohnt waren, mit Drogen zu dealen. Nachher wurden sie dabei noch erwischt und er wäre schuld daran. Das vertrug sich keinesfalls mit seiner Gottesfürchtigkeit.

»Und ich will nicht Möbel entsorgen«, sagte er dennoch mutig. Sein Frust über die ungerechte Behandlung hatte sich noch nicht gelegt.

»Entweder das oder Arbeitsamt«, entgegnete Adalbert und wandte sich zum Gehen. »Sehen Sie zu, dass das Zeug spätestens bis zum nächsten Sperrmüll an der Straße steht.«

»Die nehmen das alles nicht mit.«

»Dann sorgen Sie dafür, dass sie es tun. Muss ich mich denn hier wirklich um alles kümmern?«

Mit dieser Frage, die keiner Antwort bedurfte, verschwand Adalbert wieder ins Haus, in dem es bestimmt wärmer war als hier draußen. Seit die Helmersheim das Sagen hatte, war die Heizung in der Villa höhergedreht worden. Das hatte Vladimir schon bemerkt, als er das letzte Mal drinnen gewesen war.

Unbeeindruckt setzte er die Arbeit fort und stapelte die Möbel weiter um. Der alte Wackernagel würde ihn nicht entlassen, das wusste er. Schließlich war er der Einzige auf dem Anwesen, auf den er sich noch verlassen konnte. Er würde die Möbel auf gar keinen Fall alle ans Tor schaffen. Auf dem Gelände gab es außer einer Schubkarre kein passendes Gefährt für so etwas.

Er würde sich der Möbel entledigen, ohne nur ein Stück von ihnen nochmals anfassen zu müssen. Und auf dieses Freudenfeuer freute er sich ganz besonders.

Kapitel 26

Wenn Adalbert der Meinung war, mit dem Tod von Sven Roetig wären alle seine Probleme vom Tisch, hatte er sich leider getäuscht. Das Problem, die Leiche aus dem Haus zu schaffen, erwies sich als hartnäckiger, als er es anfangs vermutet hatte. Es rannten immer noch dauernd fremde Leute über das Grundstück, obwohl er den Bankdirektor angewiesen hatte, sämtliche Investoren umgehend zurückzupfeifen. Heute Morgen stand sogar einer im Foyer, weil er nicht umgehend die Tür hinter sich abgeschlossen hatte.

Glücklicherweise war kein Hochsommer und Adalbert sowieso der Meinung, es sei nicht gesund, in überheizten Räumen vor sich hinzudämmern. Eine wissenschaftliche Grundlage hatte er dafür nicht parat, aber ihm war jede Meinung recht, die ihm zusätzliche Ausgaben ersparte. Roetig würde schon nicht so schnell zu riechen anfangen. Dennoch war die Stimmung im Haus merklich angespannt. Er konnte nicht leugnen, dass der Tote hinter der verschlossenen Tür seines Arbeitszimmers ein Übriges dazu beitrug. Seiner Gelassenheit tat das allerdings keinen Abbruch. Roetig war weg und bald würde wieder Ruhe in der Villa einkehren.

Seine Kinder und Clara sahen das offensichtlich nicht ganz so wie er. Clara war am Mittagstisch ein wenig grün im Gesicht. Das konnte aber auch mit Mitzis plötzlichem Verschwinden zu tun haben, das sein Enkel mit einem knappen »Weg ist sie, die dicke Frau« kommentiert hatte. Nicht zum ersten Mal fand Adalbert seinen Enkel wohltuend pragmatisch. Das hatte er wohl von ihm geerbt. Angelika war seit dem Vorfall nach eigener Aussage komplett paralysiert, das fiel aber keinem weiter auf. Adalbert merkte jedenfalls keinen nennenswerten Unterschied.

Adalbert hatte bereits mehrere Anläufe gemacht, Vladimir mit der Beseitigung des Detektivs zu betrauen, bis ihm wieder einfiel, wie unnachgiebig der sich bei den Knochen gezeigt hatte. Auch erwies er sich in den letzten Tagen als beunruhigend widerspenstig und schlecht gelaunt. Obwohl Adalbert mittlerweile wusste, dass er Mitzi nicht nachgestellt hatte, sah er trotzdem nicht ein, Vladimirs Strafarbeit auszusetzen. Daher konnte er von ihm im Moment nicht viel Hilfe erwarten. Ausgeschlossen, dass er sich zusätzlich noch um das Beseitigen eines Toten kümmern würde. Adalbert selbst war zu schwach, seine Kinder wahrscheinlich zu weich, blieb nur noch seine Schwester, die er mit dieser ehrenvollen Aufgabe betrauen könnte. Ob sie das ebenso sah, würde sich noch herausstellen.

Gertrud hatte er seit dem Vorfall am Morgen nicht mehr gesprochen, er sah sie nur durch den Park wandeln und wahrscheinlich in Selbstmitleid ertrinken. Dagegen hatte Adalbert nichts. Es war zu erholsam, nicht mehr Liebling oder Schatz genannt zu werden. Er fand es dennoch höchste Zeit, dass sie ihm das Erbe überschrieb und das Haus verließ. Darüber würde es nicht allzu viele Diskussionen geben.

Er beschloss, seiner ehemaligen Verlobten einen neuen Mann zu besorgen. Schließlich rannten genug auf dem Grundstück herum. Vielleicht verließ sie das Haus dann schneller. Adalbert hüllte sich in seinen Popelinemantel und ging gegen seine Gewohnheit bei der Eiseskälte vor die Tür.

Am Teich stand mal wieder eine Horde Japaner, die eifrig Fotos machten, obwohl es dort wirklich rein gar nichts zu sehen gab. Adalbert überlegte, ob er die ungebetenen Gäste mit Hilfe der Polizei vom Grundstück entfernen lassen sollte, als ihm wieder bewusst wurde, dass er im Moment die Polizei auf dem Grundstück nicht brauchen konnte. Er lief über den Kiesweg Richtung Gesindehaus, als ihm auch dort ein sauertöpfisch wirkender Mittfünfziger entgegenkam. Er versuchte, sich seinen Unmut nicht anmerken zu lassen und sprach ihn an.

»Wollen Sie meine Firma kaufen oder meine Haushälterin heiraten?«

»Ist das die einzige Wahl, die ich habe?«, fragte der Mann.

»Natürlich. Sonst wüsste ich nicht, warum Sie hier sind.«

»Wenn Sie schon so fragen, ich würde gerne die Dame des Hauses kennenlernen.«

»Sie ist nicht die Dame des Hauses«, erwiderte Adalbert.

»Das klang in der Anzeige aber ganz anders.«

»In der Anzeige stand auch etwas von reich und schön.«

»Stimmt das etwa nicht?«

Adalbert ärgerte sich über sich selbst. Er sollte die Helmersheim lieber anpreisen. Was er gerade machte, war kontraproduktiv.

»Durchaus«, beeilte er sich zu sagen. »Eine sehr gepflegte, gut aussehende Dame.«

»Wie ich hoffe auch ebenso reich?«

»Ist das so wichtig?«, entgegnete Adalbert. Er hatte kein gutes Gefühl bei dieser Unterhaltung.

»Was meinen Sie, warum ich hier bin?«

»Auf was könnten Sie denn eher verzichten? Auf Geld oder die Schönheit?«

»Auf nichts. Das wurde mir versprochen, deswegen bin ich überhaupt erst gekommen. Arm und hässlich kann ich auch woanders finden.«

Adalbert betrachtete die Erscheinung vor sich und bezweifelte seine letzten Worte stark. Auch wusste er nicht, wie er Gertrud auf die Schnelle zu dem Attribut schön verhelfen konnte. Trotzdem weigerte er sich, schon aufzugeben.

»Ich schlage vor, Sie werfen einen Blick auf sie und entscheiden dann erst«, schlug Adalbert mit dem Mut der Verzweiflung vor. Er sah Gertrud aus Richtung Gesindehaus kommen, wahrscheinlich in Gedanken bei ihrem ungeratenen Sohn, vielleicht aber auch wehmütig wegen der verlorenen Millionen. Das war zwar noch nicht explizit ausgesprochen worden, aber Adalbert ging davon aus, dass ihr das soweit klar war. Es gab für sie keine andere Möglichkeit, als das zu akzeptieren.

»Dort kommt der Grund Ihres Hierseins«, sagte er mit dem Todesmut der Verzweiflung, aber mit wenig Hoffnung, dass das belohnt wurde.

»Was? Die? Das kann doch nicht Ihr Ernst sein. Sie sei jung, hat sie am Telefon gesagt. Bei der da müssen Sie mir erst einmal Gold zusätzlich dranhängen.«

»Das wird es wohl nicht geben. Dennoch ist sie eine exzellente Partie. Kann gut kochen. Beim Geldausgeben muss man ihr zwar ein wenig auf die Finger gucken. Aber das ist sie gewohnt.«

»Unverschämtheit«, sagte der Heiratsunwillige und machte sich auf, das Grundstück zu verlassen. Wenigstens das hatte geklappt. Adalbert überlegte gerade, ob er Gertruds abstoßende Wirkung an den Japanern ausprobieren sollte, die immer noch am Teich herumlungerten, als seine Tochter, eingemummelt in Elisabeths Nerzmantel, vorsichtig die Freitreppe an der Haustür herunterstakste. Es fror heftig.

»Wo geht er denn hin?«, fragte sie ihren Vater.

»Keine Ahnung, aber ich hoffe, endlich weg. Das war einer dieser Heiratskandidaten der Helmersheim, die die ganze Zeit hier umherlaufen.«

»Wie kommst du denn darauf?«

»Weil sie eine Kontaktanzeige aufgeben hat. Daher.«

»Nein, also das war ich«, erwiderte Angelika. »Jetzt hast du ihn verscheucht.« Sie blickte dem ungehobelten Galan bedauernd hinterher.

Auch wenn Adalbert die letzten Tage einiges Unschöne gesehen hatte, gingen ihm die elendigen Knochen noch am meisten auf die Nerven. Wenn sich in seinem Haus schon jede Menge Irre aufhielten, um die er sich kümmern musste, wollte er nicht auch noch in ständiger Gefahr leben, dass jemand in den Sack guckte.

Als er und Elisabeth – oder die Frau, die sich Elisabeth nannte – vor 40 Jahren die Leiche vergruben, hatte Adalbert nicht geglaubt, diese jemals wiederzusehen. Dass es nun doch so weit kam, verdankte er seinem nachlassenden Gedächtnis, das scheinbar Erinnerungen herausfilterte, die es für zu lang her oder einfach nicht mehr für wichtig genug empfand. Er hatte vergessen, dass der Oleander damals eigens gepflanzt worden war, um das Grab zu verdecken.

Die richtige Elisabeth hatte viel gehabt, warum man sie hätte heiraten wollen. Aber vor allen Dingen hatte sie eines – viel Geld. Darüber hinaus noch eine gute Menschenkenntnis, die sich zeigte, indem sie noch vor der Heirat Zweifel überkamen, ob der dürre Adalbert Wackernagel wirklich die beste und einzige Wahl war oder es nicht doch noch einen anderen Mann in der Welt gab, der sie hätte ehelichen wollen. Allerdings war sie so abgeschottet von den Versuchungen der westlichen Welt gewesen, dass sie auch ein Stück trockenes Brot gierig herunterschlang, da sie keinen Sahnekuchen kannte.

Sie hatte den größten Teil ihrer Kindheit und Jugend in einer Schule für christliche junge Mädchen in der Schweiz verbracht, die nach der Meinung von Elisabeths Vater der einzig richtige Ort war, einem Kind Werte beizubringen. Dieser Meinung verdankte er, dass sie sich entschloss, nach ihrer Volljährigkeit noch neun Jahre in der Schweiz zu bleiben, bevor sie mit 30 Jahren zurückkehrte und ihrem Vater Adalbert präsentierte, den sie in Lugano kennengelernt hatte. Sie war zu einer Fremden in ihrer Heimat geworden und keinem mehr bekannt. Adalbert hingegen hätte sich durchaus mit ihr als Ehefrau zufriedengeben können, wenn er nicht Teil des perfiden Plans gewesen wäre, der ihm nun den Sack mit Knochen beschert hatte.

Schon als junger Mann bemühte er sich, romantische Gefühle zu vermeiden. Trotzdem glaubte er, so etwas wie Liebe zu spüren, als er die Frau kennenlernte, die kurz darauf zu Elisabeth werden sollte. Da dieses Gefühl so neu und heftig für ihn war, vernebelte es eine Zeit lang sein Gehirn. Der Plan, Elisabeth um die Ecke zu bringen, um sich auf dem

Polster ihrer Erbschaft auszuruhen, war einfach zu naheliegend, um nicht ausgeführt zu werden, zumal Elisabeths Vater unter Bauchspeicheldrüsenkrebs im Endstadium litt, der sich nach dem Vorfall mit der Flasche Fusel auch nicht mehr besserte. Er schaffte es vor seinem Tod allerdings noch, das Geld vor Adalbert intuitiv zu schützen, was allerdings für diesen im Ergebnis nur einen kleinen Unterschied machte. Seine Situation damals unterschied sich lächerlich wenig von den Begebenheiten vierzig Jahre später. Adalbert hatte nur die Abhängigkeiten ausgetauscht.

Seine große Liebe machte es sich sehr schnell komfortabel in der Situation, nachdem sie sich bewusst gemacht hatte, dass sie augenscheinlich jetzt und in Zukunft am längeren Hebel saß. Eine Zukunft, die ihnen immerhin 40 Jahre Ehe und zwei Kinder bescherte. Normaler konnte eine Ehe kaum sein, und die Leiche lag hier auch nicht im Keller, sondern im Garten. Damit fiel sie kaum auf und geriet mit den Jahren immer mehr in Vergessenheit, zumal sich die neue Elisabeth nahtlos in das Leben der alten einfügte.

Adalbert stellte den Sack erst einmal wieder hinter das Kamingitter und betrachtete ihn trübsinnig. Er dachte darüber nach, ob er mit der echten Elisabeth nicht vielleicht besser gefahren wäre. Es hätte immerhin die Möglichkeit bestanden, dass deren Gene nicht dermaßen denaturiert gewesen wären und sie wenigstens Kinder mit einem Sinn und Zweck im Leben geboren hätte.

Die ganzen Überlegungen konnten ihn nicht von der Tatsache ablenken, dass er zwar den Schnüffler los, die Gefahr dennoch nicht vorüber war. Gertrud weilte immer noch im Haus. Wenn man einmal von dem Bündel mit den Knochen absah, das anklagend hinter den Holzpaneelen wartete, mussten irgendwo auch noch Elisabeths Tagebücher sein.

Adalbert beschloss, das Haus bei der nächsten Gelegenheit selbst einmal gründlich zu durchsuchen. Wenn Roetig die Tagebücher nicht gefunden hatte, musste ihm etwas entgangen sein.

Dass seine Tochter eine Heiratsanzeige aufgegeben hatte, schockte Adalbert nicht so sehr wie die Tatsache, dass er Gertrud vollkommen überflüssig einen Antrag gemacht hatte. Das Weib dachte sicher noch, er hätte das aus freien Stücken und aus Zuneigung getan. Wenn sie das glaubte, bezweifelte er, dass er sie ohne Gewaltanwendung aus dem Haus bekommen würde. Denn seine Drohung, sie der Polizei zu übergeben, hatte nur so lange Bestand, solange sie nicht herausbekam, wie seine Beteiligung an diesem unglückseligen, aber zweifellos befriedigenden Vorgang war.

Adalbert hatte nicht vor, die Entscheidung auf die lange Bank zu schieben. Er begab sich ins Haus, wo Gertrud in der Küche stillschweigend und ohne Murren die Mahlzeit für die Familie zubereitete, als wollte sie sich durch gutes Essen wieder einen Platz in diesem Haus erkochen.

»Wofür brauchen wir dieses Fischzeug?«, fragte er, kurzfristig von seinem eigentlichen Vorhaben abgelenkt, aber die Garnelen auf der Anrichte waren nun mal nicht zu übersehen.

»Die Kinder mögen es. Ich auch. Dir wird es ebenfalls schmecken.«

Das stand außer Frage, auch wenn seine Kinder die Garnelen in sich hineinstopfen würden wie Schweine in einem Mastbetrieb. Adalbert gliederte seine Präferenzen beim Essen nicht nach dem, was ihm schmeckte, sondern danach, was nahrhaft, gesund und preiswert war. Momentan sah er nichts in der Küche, was diese Kriterien erfüllte. Aber das würde sich ändern. Schließlich war es nun wieder sein Geld. Wenn auch noch nicht auf dem Papier, dann zumindest moralisch. Dass es bei Mördern mit der Moral ungefähr so weit her war wie bei den Römern zu Zeit der Christenverfolgung, hielt ihn nicht davon ab, seiner Haushälterin ihren weiteren Werdegang in diesem Haus darzulegen.

»Die Kinder werden das Haus verlassen. Soviel ist klar. Ich hoffe doch stark, dass Sie dem Beispiel so schnell wie möglich folgen wollen.«

»Aber warum? Wir sind doch verlobt.«

»Das waren wir mal. Wenigstens nach Ihrer Einschätzung. Jetzt sind wir es garantiert nicht mehr.«

»Ich kann verstehen, dass du böse bist. Aber vielleicht ist alles nicht mehr ganz so abwegig, wenn du noch ein paar Nächte darüber geschlafen hast.«

»Glauben Sie mir, ich habe das genug überschlafen. Ich weigere mich, mit einer Verbrecherin in einem Haus zu wohnen.«

»Wenn deine Frau dir das Geld hinterlassen hätte, würdest du dich nicht dermaßen an ihrem Tod stören.«

»Das steht nicht zur Debatte. Ich werde auf jeden Fall nicht mit einer Mörderin das Haus teilen, nicht als Haushälterin und erst recht nicht als Ehefrau.«

»Dann musst du wohl die Polizei rufen.«

Das war ein heikles Thema, denn die wollte Adalbert auf gar keinen Fall im Haus haben.

»Reden Sie keinen Blödsinn«, sagte er. »Den Skandal will ich mir gar nicht vorstellen. Ebenso wenig wie den Presserummel, der dann hier herrscht. Ich habe die letzten Tage mehr Menschen auf meinem Grundstück gesehen, als ich in meinem kompletten Leben sehen wollte.«

»Was wirst du dann machen?«

Für eine heimtückische Mörderin sah Gertrud gelassener aus, als es Adalbert in solch einer Situation vermutet hätte. Er überlegte, woher das kam und ob Elisabeth nicht die erste Frau gewesen war, die ihr zum Opfer fiel. Er verwarf diesen Gedanken aber sofort wieder. Ohne Roetig war die Helmersheim ein Schaf. Der schnelle Reichtum und ihr Sohn hatten ihr einen kurzen Moment beschert, der sie aus ihrer Schlafmützigkeit gerissen und ihr fast so etwas wie ein Profil beschert hatte.

»Ich gebe Ihnen die Gelegenheit, mit einem blauen Auge aus der Sache herauszukommen. Was habe ich davon, wenn Sie auf der Anklagebank verheult aussehen und die Fernsehteams und Reporter mir überall auflauern, wo ich gehe und stehe.«

»Was muss ich dafür tun?«

Gertrud hatte schon längst aufgehört, das Essen vorzubereiten, sondern sich an den Küchentisch gesetzt und sich ein Glas Rotwein eingeschenkt, den sie aus dem Küchenschrank geholt hatte. Adalbert konnte nur hoffen, dass er den nicht bezahlt hatte.

»Sie überschreiben mir das Vermögen meiner Frau und ich lasse Sie anstandslos ziehen.«

»Ich möchte nicht aus diesem Haus. Mir gefällt es hier. Die Idee, Ehefrau zu sein, ebenfalls. Ich glaube, damit sind wir nicht einer Meinung.«

»Das ist keine Glaubensfrage«, erwiderte Adalbert und ärgerte sich, dass er ihr überhaupt die Möglichkeit gegeben hatte, auf seine Aussage zu antworten. Besser wäre es gewesen, ihre Koffer sofort die Freitreppe hinunterzuwerfen. Diese gute altmodische Art, die Dinge zu regeln, war wenigstens unmissverständlich.

»Das ist ebenfalls kein Wunsch von mir, nicht einmal eine freundliche Aufforderung. Das ist ganz einfach nur Ihre Möglichkeit, sich auch in Zukunft in Freiheit zu bewegen.«

»Meine Freiheit ist deine Freiheit«, sagte Gertrud kryptisch und nippte an ihrem Glas. Offenbar schmeckte ihr der Wein nicht, so, wie sie die Lippen verzog. Adalbert hoffte, er wäre so trocken, dass er staubte.

»Reden Sie nicht solch einen Blödsinn. Es gibt kein besseres Angebot. Wenn Sie das nicht tun, dann bleibt mir nichts anderes übrig, als den harten Weg zu gehen.«

»Das glaube ich nicht«, sagte Gertrud und sah zu wenig beunruhigt aus, als Adalbert seinerseits nicht zu beunruhigen.

»Im Gegenteil. Ich bin sicher, dass alle sehr gerne hören würden, was ich zu sagen habe.«

»Ich wüsste nicht, warum man einer Frau zuhören sollte, die meine Frau umgebracht hat.«

»Weil sie gar nicht deine Frau war«, sagte Gertrud.

Adalbert dachte an den Knochensack hinter den Holzpaneelen und hoffte immer noch, er hätte neuerdings Hörschwierigkeiten.

»Du hast ihre Tagebücher gesucht, so war es doch? Die hat sie wirklich gut versteckt. Aber der Zufall hat mir geholfen. Oder war es Vorsehung? Was meinst du?«

Adalbert meinte im Moment erst einmal gar nichts. Es sah nicht so aus, als würde sich das in den nächsten Sekunden ändern. Also schwieg er.

»Siehst du«, sagte Gertrud, die sein Schweigen als stumme Zustimmung aufnahm. »Daher werde ich das Haus nicht verlassen und auch meine Millionen behalten. Aber ich möchte gerne einen Ehemann. Da ist es gut, dass ich schon mit einem passenden Exemplar verlobt bin. Wir werden noch so eine schöne Zeit haben, du wirst sehen!«

»Warum stehen die Möbel noch draußen?«, brüllte Adalbert aus der Haustür heraus Richtung Gesindehaus, das scheinbar verlassen war. Da er Vladimir aber hineingehen und nicht wieder herauskommen sehen hatte, wusste er, dass er sehr wohl da war.

»Was brüllst du denn so?«, fragte Gertrud, die hinter ihm auftauchte. Seitdem sie ihre Stellung im Hause Wackernagel endgültig gefestigt hatte, wohnte sie wieder in der Villa, wenn auch in ihrem ursprünglichen Zimmer.

Das war nicht ohne Diskussion abgegangen, da sie sich bereits in Elisabeths Zimmer einnisten wollte, wogegen Adalbert heftig widersprochen hatte.

»Das kommt überhaupt nicht infrage«, sagte er, als sie mit diesem Vorschlag gekommen war. »Nicht so nah an meinem Schlafzimmer.«

»Aber es sind doch getrennte Räume.«

»Vollkommen gleichgültig. Ich will es nicht.«

»Du meinst vor der Hochzeit.«

»Nein, ich meine im Allgemeinen. Das bedeutet, auch nach der Hochzeit nicht.«

»Liebster, den Wunsch kann ich dir nicht erfüllen. Ich will es nicht. Außerdem würde es komisch aussehen.«

»Komisch sieht hier sowieso schon so einiges aus. Da wird das nicht weiter auffallen.«

»Nach der Hochzeit. Das ist mein letztes Angebot. Danach werde ich dich nicht mehr um Erlaubnis fragen.«

Adalbert überlegte, ob er nicht einfach in die zweite Wohnung im Gesindehaus ziehen sollte. So hätte er zwar den Gärtner als Nachbarn, aber das erschien ihm als ein durchaus angenehmer Tausch. Zumindest hatte Vladimir den Vorteil, dass er wenig redete, wenn er auch manchmal einen strengen Geruch ausströmte.

»Was riecht denn hier so merkwürdig?«, fragte Gertrud, als hätte sie seine Gedanken gelesen. Allerdings war Vladimir nicht in Sicht.

»Was weiß ich?«, erwiderte er daher. »Das kommt wahrscheinlich aus dem Ort.«

»Viel zu weit weg«, entgegnete Gertrud und drängte sich an ihm vorbei, um mit hochgestreckter Nase die Luft zu schnuppern. »Riecht nach verbranntem Holz.«

»Ich sehe keines«, sagte Adalbert und ließ seinen Blick prüfend über das Gelände schweifen. Vielleicht verbrannte Vladimir gerade irgendwelchen Kompost. Aber es war keine Rauchsäule zu sehen.

»Dann kommt es vielleicht doch aus dem Ort«, sagte Gertrud und verschwand wieder im Haus. »Komm rein, es gibt Mittagessen.«

Adalberts Nasenflügel bebten nochmals, aber er konnte außer dem Geruch nichts Außergewöhnliches feststellen. Er folgte der Helmersheim ins Esszimmer.

»Der Geruch wird immer schlimmer«, sagte sie, nachdem sie das Dessert aufgetragen hatte.

Adalbert biss zwar fast in die Tischkante, mitten in der Woche ohne Besuch – bei dem er das auch nicht für nötig fand – Nachtisch kredenzt zu bekommen, aber er hatte beschlossen, sich darüber nicht mehr allzu sehr aufzuregen. Da es trotz allem nicht mehr sein Geld war, würde er sich seine Lebenszeit durch solche Aufregung nur unnütz verkürzen. Die Helmersheim konnte ihr Geld ausgeben, wie sie wollte. Es war nicht mehr seins. Das war es zwar noch nie gewesen, aber heute war er weiter davon entfernt als je zuvor.

»Dann müssen Sie eben noch mal nachgucken«, sagte er und ließ sich die Mousse schmecken, die umso besser mundete, da er sie nicht bezahlen musste.

Gertrud knallte ihre Serviette auf den Esszimmertisch und bedachte ihn mit einem zornigen Blick. Sie hatte sich das Privileg, einen Ehemann zu besitzen, ganz sicher anders vorgestellt. Hätte sie mal besser vorher Elisabeth danach befragt. Adalbert freute sich zwar, die Haushälterin verärgert zu sehen, jedoch stellte er fest, dass seine Frau etliche erfreuliche Vorteile gehabt hatte, die der Helmersheim abgingen. Distinguiertes Verhalten zum Beispiel. Er verbot sich, schwermütig zu werden und konzentrierte sich auf das Dessert. Das wenigstens war fantastisch, auch wenn es die dazugehörige Frau nicht war.

»Du lieber Himmel! Adalbert!«

Die dazugehörige Stimme war es ebenfalls nicht.

»Adalbert! Es brennt!«

Das klang allerdings auch nicht viel besser. Die Mousse musste leider warten. Adalbert begab sich zur Haustür, wo er Gertrud schreckensstarr und mit anklagendem Zeigefinger Richtung Möbelhaufen vorfand. Der brannte. Und das lichterloh.

»Verdammt.« Adalbert zog die Luft ein. Das war eine schlechte Idee. Er hustete. »Wonach riecht das?«

»Höllenfeuer. Schwefel. Ich wusste, damit kommen wir nicht durch!«

»Reden Sie nicht so einen vermaledeiten Unsinn. Ich habe Schwefel zwar noch nie gerochen, aber so riecht er auf keinen Fall. Zu süß.«

»Vater unser, der du bist im Himmel ...«

»Halten Sie in drei Gottes Namen den Mund!«, brüllte Adalbert. »Für ein schlechtes Gewissen ist es vielleicht ein wenig zu spät. Wo ist dieser verdammte Gärtner? Vladimir!«

Diesmal trug seine durch das Alter dünne Stimme weit in den Vorhof hinein und hätte ausreichen müssen, den Angerufenen aus der Reserve zu locken. Der allerdings glänzte mit Abwesenheit.

»Ich wusste doch, ich habe etwas gerochen«, jammerte Gertrud, die eindeutig in Notzeiten zu nichts zu gebrauchen war. Wieder einmal dachte Adalbert wehmütig an Elisabeth. Die hätte sich durch solch ein Feuer nicht aus der Ruhe bringen lassen.

»Rufen Sie gefälligst die Feuerwehr!«, schnauzte er, aber seine ungeliebte Verlobte schluchzte nur noch.

»Lassen Sie es, ich mache es selbst«, sagte er resigniert. Aber dazu kam er nicht. Der süßliche Geruch war zu stark und zu verlockend. Er verließ das Haus und ging die Freitreppe hinunter, um näher an das Möbelberg-Gebilde zu kommen. Hier war der Geruch am stärksten. Sehr stark sogar, um genau zu sein. Adalbert war zwar altmodisch, kannte diesen Geruch aber aus der Jugend seiner Sprösslinge nur allzu genau.

»Verdammt!«, entfuhr es ihm. Als er einen Blick auf Gertrud warf, die anscheinend wieder handlungsfähig war und ins Haus verschwand, um ihrerseits die Feuerwehr anzurufen, rannte er ihr beeindruckend behände hinterher.

»Lassen Sie das«, fuhr er sie an, als sie sich erschrocken umdrehte.

»Aber das Feuer ...«, erwiderte sie hilflos.

»... bringt uns noch alle ins Gefängnis«, entgegnete er und knuffte so lange an ihr herum, bis sie wieder mit ihm vor die Haustür trat.

»Ich sage Ihnen, was da brennt. Drogen. Drogen, die wahrscheinlich eins meiner gehirnamputierten Kinder ins Haus geschleppt hat.«

»Drogen?«, fragte Gertrud piepsig, hatte jedoch offensichtlich vergessen, dass sie eigentlich die Feuerwehr rufen wollte.

»Lassen Sie diese verdammten Möbel verbrennen. Die braucht sowieso keiner mehr. Was ich auf jeden Fall nicht brauchen kann, sind neugierige Polizisten auf dem Grundstück. Und Sie sicher auch nicht.«

»Die Möbel brennen, aber sonst ist wirklich alles toll«, lallte der Gerichtsvollzieher, der plötzlich hinter den Flammen auftauchte.

Teil 8

Kapitel 27

Clara war in eine Starre gefallen, seit Mitzi das Weite gesucht hatte. Leider kam sie damit bei ihrem Bruder nicht durch. Aber auch wenn Adalbert es ihr nicht extra gesagt hätte, war ihr klar, dass die Leiche von Roetig verschwinden musste. Danach konnte sie sich wieder mit ihrer Trauer beschäftigen.

Die Leiche wurde wirklich zum Problem. Jemand aus dem Ort hatte die Feuerwehr gerufen, da die Rauchsäule bis nach Seligenwalde zu sehen war. Zu der Zeit waren wenigstens schon alle verräterischen Gerüche abgedampft. Die Feuerwehr bestand darauf, das Haus zu untersuchen, ob dort alles in Ordnung war. Clara musste ihre ganze Überzeugungskraft aufwenden, um sie davon abzubringen, nachdem sie erst einmal ihren Bruder davon abhalten musste, die Feuerwehr zu verunglimpfen.

Die Kinder waren nach den jüngsten Vorfällen von der Bildfläche verschwunden. Es war auch nicht daran zu denken, dass sie Roetig mit ihrem Bruder aus dem Haus schaffen konnte. Sie musste jemanden finden, der stark genug und bereit war, das zu tun. Dabei fiel ihr nur Vladimir ein.

Der tauchte immer dann in ihrer Nähe auf, wenn sie nur einen Fuß vor die Tür setzte, um ihr die Schönheiten des Parks zu zeigen, die er in regelmäßigen Abständen veränderte. Ob auf seinen Wunsch oder auf den Wunsch ihres Bruders hin, konnte sie nie ergründen, mochte aber den Gedanken, dass er das alles ausschließlich wegen ihr tat. Wenn er schon Blumen für sie pflanzte, dann musste es doch wohl möglich sein, ihn dazu zu bewegen, die Leiche auf dem Grundstück zu vergraben. So verschieden waren diese beiden Vorgehensweisen nicht.

Sie mummelte sich in ihren Janker und machte sich auf, den Gärtner zu suchen. Sie beschloss, es erst einmal im Gesindehaus zu versuchen und hatte Glück. Es blieb ihr erspart, das Grundstück abzulaufen.

»Frau Clara«, sagte Vladimir sichtbar verlegen, als er die Haustür aufmachte.

»Vladimir, ich muss Sie sprechen«, sagte Clara und wartete kein Herein ab, da sie Gertrud aus dem Haupthaus kommen sah. Die wollte mit ihrem Küchenkörbchen offenbar in den Kräutergarten im Gewächshaus, das merkwürdigerweise nicht in der Nähe des Hauses, sondern bei den Rabatten stand. Clara hatte nicht die geringste Lust, über ihren Besuch bei Vladimir ausgefragt zu werden.

»Ist nicht aufgeräumt«, sagte Vladimir und griff nach einem Stapel Socken, der sein Dasein auf dem Sofa frönte.

»Das ist nicht wichtig«, erwiderte Clara. Sie war seit dem Umbau damals nicht mehr im Gesindehaus gewesen. Die Front des länglichen, aber schmalen Wohnzimmers, das an einen Schlauch erinnerte, war voll verglast und man hatte einen fantastischen Ausblick auf den Park. Es waren weder Rollladen noch Stores zu sehen, aber das Herrenhaus lag außer Sichtweite und der Park war unter normalen Umständen für die Öffentlichkeit nicht zugänglich. Dennoch würde Clara in der Dunkelheit nicht mit Licht hier drinnen sitzen wollen. Sie verschob diesen Gedanken, da Vladimir sie erwartungsvoll ansah. Sie glaubte nicht, dass er Interesse daran hatte, die Lichtverhältnisse hier im Raum mit ihr zu diskutieren.

»Vladimir, ich brauche Ihre Hilfe«, sagte sie. Das war offenbar der richtige Anfang. Vladimir sah aus, als würde er ihr liebend gerne helfen.

»Kein Problem«, sagte er und richtete sich merklich auf, um größer zu erscheinen, was ihm aber neben der langen, schlanken Clara nicht wirklich gelang.

»Ich stecke in einer – sagen wir mal – delikaten Klemme.«

»Ich werde helfen«, erwiderte Vladimir und deutete ihr an, sich zu setzen.

Clara hätte es zwar lieber schnell hinter sich gebracht, aber vielleicht war das keine schlechte Idee. Im Sitzen plauderte es sich sowieso besser. Vor allen Dingen, wenn man so ungeheuerliche Wünsche hatte wie sie jetzt.

»Es ist nicht ganz einfach, Sie darum zu bitten«, fuhr sie vorsichtig fort. »Aber alleine komme ich mit der Situation nicht klar.«

»Dafür ich da. Ich Ihnen erfülle alle Wünsche.«

Clara hoffte das nicht.

»Ich habe Besuch von jemandem, der nicht gehen will.« Es war schwieriger als gedacht.

»Die fette Frau?«

»Nein, die ist schon weg.«

»Das ist gut. Sie war Komplizin von Alexander.«

Das war Clara neu.

»Wer sagt denn das?«

»Keiner sagt. Habe ich gesehen morgens, ganz früh. Hat sich mit dem im Park getroffen.«

Clara hatte die letzten Tage so viel über Mitzi erfahren, dass es darauf nun auch nicht mehr ankam.

»Ja, sie ist weg. Aber der Detektiv ist noch da.«

»Soll ich rauswerfen?«

Vladimir stand auf und sah aus, als wolle er umgehend zur Tat schreiten. Clara hoffte, er konnte einen Teil seiner Begeisterung hinüberretten, wenn er erfuhr, dass er Roetig – wenn überhaupt – nur in der Horizontalen aus dem Haus bekam.

»Damit sind wir schon beim Punkt. Ja, genau das sollen Sie. Aber nicht so, wie Sie es sich denken.«

»Will Chef auch, dass er geht?«

»Oh ja«, sagte Clara voller Inbrunst. Das konnte sie mit bestem Gewissen behaupten.

»Für Sie mache ich Gefallen. Für Chef nicht. Er traut mir nicht mehr.«

»Das ist doch Blödsinn, Vladimir. Mein Bruder hält große Stücke auf Sie.«

»Wollte mich kündigen.«

»Aber Sie wissen doch, wie er ist. Er wird Ihnen niemals kündigen.«

»Also tue ich auch ihm Gefallen.« Vladimir schien beruhigt. »Aber erst einmal Ihnen. Soll ich Detektiv direkt herausschmeißen?«

»Genau das ist das Problem. Sie werden ihn eher heraustragen müssen.«

Clara wünschte sich, sie besäße Adalberts Unverfrorenheit, Dinge auszusprechen. Aber der war der Meinung gewesen, sie wäre besser für derart heikle Wünsche geeignet, und hatte sie förmlich aus dem Haus gescheucht, nicht ohne ihr verstehen zu geben, dass Vladimir einen Zusatzbonus durchaus erwarten konnte.

»Aber ich bin lesbisch«, entgegnete sie, als ihr aufging, was er damit meinte.

»Das wird ihm nicht auffallen«, hatte Adalbert gesagt. »Er hat keinen Vergleich.« Nach dieser lapidaren Antwort musste sie die Haustür von außen betrachten. Adalbert hatte sie geschlossen. Wahrscheinlich, damit sie nicht auf die Idee kam, ihre Mission noch mal zu überdenken.

»Will nicht gehen, was?«, brachte Vladimir sie wieder in die Gegenwart zurück.

»Kann nicht gehen. Das trifft es eher. Herr Roetig befindet sich in einem speziellen Zustand.«

»Was für Zustand?«

»Er ist tot.«

Mit einem hatte Adalbert auf jeden Fall recht. Vladimir hätte den Unterschied zwischen einer heterosexuellen und einer überzeugt lesbischen Frau nicht gemerkt. Es wäre ihm aber auch egal gewesen, zu einschneidend war das Erlebnis, das ihm diese erste sexuelle Erfahrung bescherte, die er in seinem Leben machen durfte, wenn man von den Malen absah, an denen er selbst Hand anlegte oder sich durch optische Reize wie Video oder später Fernsehen inspirieren ließ.

Daher kam ihm Claras Idee auch nicht mehr ganz so abwegig vor. Wahrscheinlich, weil die Glückshormone sich noch überall in seinem Körper verteilten und das rationale Denken so gut wie ausschlossen. Aber selbst ohne das war der Plan nicht gefährlicher oder verrückter als manche Wünsche, die er sich im Laufe der Jahre von Adalbert hatte anhören müssen. Nur ein Problem bestand, das ihn schon bei den Knochen gestört hatte. Schlechter Mensch oder nicht, Leichen und Knochen gehörten auf einen Friedhof und nicht in seinen Park.

»Dem Toten wird das nicht weiter stören«, sagte Clara, als sie sich ihr Hemdblusenkleid zuknöpfte.

»Gott schon«, erwiderte Vladimir schlicht. »Dafür ist Friedhof da.«

»Das geht aber leider nicht. Können wir da nicht etwas simulieren? Reichen nicht Weihwasser und ein paar Gebete?«

Roetig hatte der Familie großes Unrecht getan. Ihn auf dem Grundstück verschwinden zu lassen, erschien ihm als lässliche Sünde im Angesicht des Herrn, der mit Sicherheit bei seinen Schäfchen weitaus grenzwertigere Aktionen beobachten musste. Es konnte wohl nicht weiter schaden, seiner Traumfrau hierbei zu helfen, nachdem sie seinen Heiratsantrag schon rigoros abgelehnt hatte. Weihwasser und Gebete würden es schon tun.

Er postierte sich im Flur hinter den Butzenscheiben seiner Haustür und behielt das Haupthaus im Blick, in das Gertrud wieder eingezogen war, nachdem der Detektiv von der Bildfläche verschwunden war. Clara hatte sich angeboten, ihm Bescheid zu sagen, wenn Gertrud ging, aber er hatte das verwehrt. Auf der Lauer zu liegen war ein wichtiger Teil der Jagd und für ihn mindestens genauso befriedigend. Vom Flur aus konnte er den Hauseingang der Villa am besten im Auge behalten. Er musste sich beinahe zwei Stunden gedulden, bis Gertrud das Haus verließ, um in ein Taxi zu steigen. Der

Tormechanismus war immer noch kaputt, da sich bisher keine Firma gefunden hatte, die diese alten Ersatzteile bevorratete.

Vladimir verließ das Gesindehaus. Da er nicht wusste, was man für eine Leichenentsorgung so benötigte, hatte er sich ein entsprechendes Equipment zusammengestellt, obwohl er sich nicht sicher war, ob er das Jagdmesser wirklich bräuchte. Schließlich wollte er Roetig nicht aufbrechen wie Wild, um ihn später zu essen. Vor allen Dingen nicht nach der Zeit, die er bereits im Haus lag.

»Wo wollen Sie denn hin?«, fragte Adalbert, der ihm gegen sein Naturell die Tür geöffnet hatte. Das ließ die Dringlichkeit und die Klemme erahnen, in der sich der Hausherr befand. »In den vietnamesischen Urwald?«

Vladimir zog es vor, sich seinen Aufzug nicht madig reden zu lassen, da er sich auch im Vietnamkrieg zu wenig auskannte, um zu wissen, wie man dabei aussah.

»Weiß nicht, was ich brauche. Sehe ich dann«, erwiderte er daher nur. »Wo liegt er?«, fragte er und kam sich dabei sehr wichtig vor.

»Ich bringe dich hin«, sagte Clara, die die Treppe heruntergekommen war.

Er folgte ihr und bemerkte, dass sein Chef wiederum ihm folgte. Er musste in einem wirklich desolaten Zustand sein. Normalerweise interessierte ihn nicht, wie seine Anweisungen ausgeführt wurden, sondern nur das Ergebnis.

Anscheinend war man dazu übergegangen, Roetig mit Kühlakkus auf Temperatur zu halten, als ob die Kälte, die durch das geöffnete Fenster kam, dazu nicht ausgereicht hätte. Vladimir trat an die Leiche des Detektivs heran, dessen Schnurrbartenden mittlerweile traurig herunterhingen. Ihnen war anscheinend auch zu kalt. Vladimir griff ihn probeweise von hinten unter die Arme, um ihn aufzurichten, aber Roetig machte es ihm nicht einfach und ließ sich in keine vertikale Position bringen. Vladimir ließ ihn wieder ab und hatte nur erreicht, dass die Kühlakkus polternd auf den Boden fielen.

»So geht nicht«, sagte er und betrachtete das Problem, das vor ihm auf dem Boden lag und genauso viel Ärger machte wie zu seinen Lebzeiten.

Er griff noch mal zu, änderte aber seine Taktik und begann, Roetig rückwärts über den Boden zu ziehen. Das Parkett war zwar blank gebohnert, aber nicht so eben, dass es das zuließ. Er überlegte kurz, die Rollen zu holen, die er zum Möbelverschieben brauchte, bezweifelte aber, dass er den Detektiv darauf zum Halten bringen würde.

Seine Augen fielen auf den Läufer, der den Weg zwischen Tür und Sitzgruppe am Kamin definierte. Damit würde es gehen.

Ein paar Minuten später zog er Roetig auf dem Teppich liegend durch das Foyer, als würde er von einem Hundeschlitten durch den Schnee gezogen. Vladimir beglückwünschte sich zu seinem Geistesblitz, der in seinen Augen allerdings nicht die angemessene Würdigung empfing.

»Wurde auch langsam Zeit«, sagte Adalbert.

Wenigstens Clara schenkte ihm ein Lächeln, das Roetig mit einem letzten Ruck vor die Haustür katapultierte.

»Ich will nicht hoffen, dass Sie ihn jetzt mit meinem wertvollen Teppich durch den Park ziehen«, sagte Adalbert durch den Türschlitz. Er hatte es vorgezogen, in der sicheren Wärme des Hauses zu bleiben.

»Hole Schubkarre«, sagte Vladimir und ließ Clara mit dem steifen Detektiv alleine, um im Schuppen neben dem Gesindehaus eine zu holen.

»Beeilen Sie sich!«, brüllte ihm Adalbert hinterher. »Sonst können Sie der Helmersheim erklären, warum er hier die Tür blockiert, und dem Taxifahrer gleich mit.«

Zur Eile hätte man Vladimir nicht erst antreiben müssen, denn auch ihm war klar, dass die Leiche jetzt, nachdem sie aus dem Haus war, in seinen Verantwortungsbereich fiel. Sollte man ihn dabei erwischen, dass er Roetig mit der

Schubkarre durch die Gegend fuhr, würde er viel erklären müssen.

Er hatte die Leiche unsanft die Treppe hinunterrumpeln lassen und in die Schubkarre gehievt. Dann war es jedoch ein Leichtes, mit ihr in schnellem Schritt über die Wiese zu dem Platz zu laufen, wo der unwillkommene Besuch seine letzte Ruhestätte finden sollte. Auf dem Weg dorthin holte er den Sack mit den Knochen aus dem Schuppen. Sein Chef hatte die Gelegenheit genutzt, um auch dieses Problem aus dem Haus zu schaffen.

»Wenn Sie eine ganze Leiche vergraben, kommt es auf einen Sack mit Knochen nicht an«, hatte er zu Vladimir gesagt, als der versuchte, beim zukünftigen Tulpenbeet mit der Spitzhacke tiefer in den Boden zu gelangen. Dabei kam ihm zugute, dass er vier Tage zuvor die Wurzeln aus der Erde gerissen und damit den Boden bereits aufgelockert hatte. Um eine Leiche verschwinden zu lassen, reichte das jedoch noch nicht.

»Woher kommen Knochen?«

»Das ist eine alte, überaus langweilige Geschichte«, erwiderte sein Chef.

Da Adalbert nicht geantwortet hatte, dass ihn das nichts anging, bezweifelte Vladimir das allerdings. Aber die Sexualhormone wirkten nach. Er war in großmütiger Stimmung. Er würde dem Alten die Knochen begraben.

Vladimir zündete eine Kerze an und sprach ein Gebet. Das war auch dringend nötig, nachdem er in der Kirche die Schale mit dem Weihwasser am Eingang geleert und das in seine Feldflasche umgefüllt hatte. Leider hatte er keine andere Möglichkeit gesehen, da er dem Pfarrer nicht erklären wollte, wozu er das Weihwasser brauchte. Dafür war alles für die sterblichen Überreste getan worden, um ihnen ein würdiges Begräbnis zu bieten. Vladimir betrachtete das einsam

flackernde Grablicht, gesteckt in die Erde, in der im Frühjahr bereits die schönsten Tulpen blühen sollten. Er hatte
zwar seine Traumfrau nicht bekommen, dafür aber den besten organischen Dünger für sein Beet.

Kapitel 28

»Was macht denn nun mein Geld?«, fragte Hansen.

Er lutschte an einem Eisbeinknochen. Auch diesmal hatte man Adalbert wieder in das unscheinbare Lokal mit zweifelhafter Hygiene gebracht.

»Es arbeitet. Das hoffe ich zumindest.«

Die Hand dafür ins Feuer legen würde Adalbert allerdings nicht. Aber er hatte nicht vor, das Hansen auf die Nase zu binden.

»Sehen Sie, Herr Wackernagel. Ich war bis jetzt sehr fair, finden Sie nicht auch?«

Adalbert kannte sich mit Fairness in Verbrecherkreisen eindeutig zu wenig aus, um das beurteilen zu können. Es konnte allerdings nicht schaden, Hansen bei Laune zu halten. Die würde ihm noch früh genug vergehen.

»Absolut«, erwiderte er daher und klopfte seinen Plan vor seinem inneren Auge noch mal auf Lücken ab. Er klang ganz vernünftig, wenn man seine Beweggründe nicht kannte.

»Ich habe auch nicht vor, unsere Vereinbarung nicht zu halten, wenn Sie deswegen in Sorge sind.«

»Ich glaube nicht, dass ich derjenige bin, der hier Sorgen haben sollte.«

»Wirklich nicht? Wenn Sie kein Geld bekommen, drohen Sie mir Gewalt an. Das ist Ihr gutes Recht. Leider bekommen Sie damit Ihr Geld immer noch nicht.«

»Aber meine Genugtuung.«

»Papperlapapp. Genugtuung muss man sich auch leisten können. Was hilft es Ihnen, diese so lange zu bekommen, bis sie pleite sind? Wie viele Genugtuungen hatten Sie denn in der letzten Zeit?«

»Eindeutig zu viele. Aber das tut nichts zur Sache.«

»Tut es doch. Ich kenne mich in Ihrer Branche beileibe nicht aus. Sie ist aber sicher genauso krisengeschüttelt wie alle anderen, ganz egal, was diese Figuren in Berlin so erzählen. Warum sonst sollte man sich bei Ihnen Geld leihen? Außer natürlich, man ist so verblödet wie mein werter Herr Sohn.«

Hansen legte den sauber abgenagten Knochen zu den anderen und betrachtete erst bekümmert seinen leer gegessenen Teller und dann Adalbert. Auch wenn er heute ein bunt gemustertes Hemd trug, wirkte er trotzdem nicht weniger grau. Geld eintreiben schien ein trostloser Job zu sein.

»Herr Wackernagel, es täte mir weh, wenn Sie nicht zu unserer Vereinbarung stehen würden.«

»Sicher nicht so wie mir. Davon ist auch keine Rede. Ich schlage Ihnen nur etwas Dauerhafteres vor. Eine Wertanlage.«

»Ich habe nicht die besten Erfahrungen mit dem, was sich meine Schuldner unter Wertanlagen vorstellen. Meistens gehen unsere Vorstellungen davon, was wertvoll ist, leider sehr weit auseinander.«

»Das ist hier nicht der Fall. Da bin ich sicher. Wie Sie bestimmt wissen, besitze ich eine Firma.«

»Natürlich weiß ich das. Eine angestaubte und in die Jahre gekommene Fahnenfabrik.«

»Ein altehrwürdiges und traditionsreiches Unternehmen«, korrigierte Adalbert ihn.

»Brandt erzählt was anderes.«

Adalbert hätte sich denken können, dass der Bankdirektor eine Quatschtante war. Er hätte gerne gewusst, was er Hansen schuldig war.

»Dieser Schwachkopf erzählt viel Unsinn, wenn der Tag lang ist.«

»In erster Linie erzählt er, dass Sie einen Investor suchen. Stimmt das etwa nicht?«

»Das ist richtig.« Adalbert sah keine Veranlassung, das Offensichtliche zu leugnen. Das wäre kontraproduktiv für das, was er vorhatte.

»Sehen Sie. Das meine ich mit Wertanlagen, die mich nicht im Geringsten interessieren. Mit so etwas wollte Brandt mich auch schon ködern.«

»Was hätte er für einen Grund?«, fragte Adalbert, obwohl er sicher war, dass Brandt über seine Verhältnisse lebte.

»Geschäftsgeheimnis. Sagen wir mal, ich mache mit ihm Geschäfte und er mit mir. Im Augenblick hat sich das Kräfteverhältnis allerdings etwas zu meinen Ungunsten verschoben, muss ich zugeben.«

»Dann biete ich Ihnen die Möglichkeit, das wiederherzustellen.«

»Als Investor in Ihrer Firma? Davon halte ich nichts.«

»Daher schlage ich Ihnen so einen Schwachsinn auch gar nicht vor«, beeilte Adalbert sich zu sagen.

Offenbar hielten nicht alle Leute das Angebot für so verlockend wie er, in seine Firma einzusteigen. Allerdings war im Augenblick nicht der Zeitpunkt, den Beleidigten zu spielen. Ihm musste zügig etwas einfallen. Adalbert wollte sich nicht ausmalen, was Hansens Schläger mit seinen morschen Knochen anstellen würden. Vladimir konnte ihn danach garantiert umgehend im Tulpenbeet neben Roetig und den Knochen der echten Elisabeth verscharren.

»Was schlagen Sie dann vor? Ich gebe Ihnen einen Tipp. Bargeld ist sehr gefragt in der letzten Zeit. Quasi der letzte Schrei.«

Wahrscheinlich der allerletzte Schrei, wenn Adalbert seine Lebenserwartung mit der Höhe seines Bankkontos verglich. Ihm gingen kurz die Bilder durch den Kopf und er war einen Moment versucht, Hansen diese anzubieten. Der Moment war jedoch äußerst kurz. Die Bilder waren sehr viel mehr wert als Alexanders Schulden. Wahrscheinlich sogar mehr als seine Firma. In diesem Moment wusste Adalbert, wie er sich retten konnte.

»Ich überschreibe Ihnen meine Firma. Die ist sehr viel mehr wert als 100.000. Da stimmen Sie mir doch sicher zu.«

Hansen hatte zwischenzeitlich mit dem Nachtisch angefangen und lutschte den Löffel gewissenhaft sauber, bevor er ihn auf das Tischtuch legte. In Adalberts Augen lutschte er zu viel an seinem Essen herum. Dem Zustand der Tischdecke hätte ein verkleckerter Löffel nicht mehr schaden können.

»Ihre Firma? Sie meinen die ganze?«

»Alles andere wäre wohl Blödsinn. Oder wieder eine Investition. Aber das wollten Sie ja nicht.«

»Richtig.«

Hansen drehte mit seinem Zeigefinger den Löffel auf dem Tisch herum. Adalbert hoffte, er nähme ihn nur nicht wieder in den Mund. Das weckte Assoziationen in ihm, die er gar nicht mochte.

»Ihr Unternehmen ist marode. Das weiß ich. Aber doch sicher wesentlich mehr wert als die Summe, die Sie mir schulden.«

»Das ist es eindeutig. Aber ich bin jetzt 74 Jahre alt. Mein Enkel ist zu klein und meine Kinder sind für nichts zu gebrauchen.«

»Das ist sehr schade«, sagte Hansen.

Er sah friedlich aus. Adalbert war es das erste Mal seit zehn Tagen ebenfalls wieder. In der Firma verpasste er nichts mehr. Zu viel hatte sich in den letzten Jahren verändert.

»Ich nehme Ihr Angebot an«, sagte Hansen und stand auf. Er ging auf Adalbert zu, um ihm die Hand zu geben.

Der stellte fest, dass Hansen jünger war, als er aus der Ferne wirkte. Er dachte an seinen Buchhalter und den Produktionsleiter – wie hieß der noch gleich? – und beschloss, denen sofort die gute Nachricht zu überbringen. Hansen würde sie nicht nur zum Arbeiten bewegen, er würde sie durchkauen und dann wieder ausspucken. Meinetwegen auch ablecken. Ihr Schlendrian war auf jeden Fall beendet. Das war eine sehr erfreuliche Vorstellung.

»Ich hoffe, Sie bringen gute Nachrichten«, sagte Bankdirektor Brandt, als Adalbert ohne anzuklopfen sein Büro betrat, ohne sich von der Sekretärin mit den hektischen roten Flecken im Gesicht abhalten zu lassen.

»Sie haben es auf jeden Fall geschafft, mir restlos jeden Nerv zu rauben«, sagte dieser. »Auf meinem ganzen Grundstück gibt es keinen Fleck mehr, an dem ich ungestört sein kann. Dieses verdammte Tor ist kaputt und wird nicht repariert, deswegen kann jeder Idiot durch meine Rabatten marschieren. Wenn Sie das als gute Nachrichten ansehen, bestärkt das nur meine Meinung über Ihren Verstand.«

Brandt verzichtete darauf, sich nähere Informationen über Adalberts Meinung einzuholen.

»Ich sehe, Sie haben sich mit den Investoren befasst.«

»Investoren? Dass ich nicht lache. Eine Rotte von Japsen, Verbrechern und Zuhältern, wenn nicht noch was Schlimmeres, sind noch lange keine Investoren.«

Brandt versuchte sich krampfhaft ins Gedächtnis zu rufen, was für Leute er auf Wackernagels Grundstück geschickt hatte, die diese lausige Beurteilung verdienten, kam aber mit seinen Überlegungen nicht zufriedenstellend weiter.

»Hoch angesehene Geschäftsleute, das kann ich Ihnen versichern. Absolut solvent. Das sollte Ihnen in Ihrer Situation doch am wichtigsten sein.«

»Liquide müssen sie sein, da haben Sie recht. Sonst hätten sie meinem schwachsinnigen Sohn keine 50.000 Euro geben können.«

»Warum sollte einer so etwas tun?«

»Was fragen Sie mich? Um es sich bei mir wieder zu holen wahrscheinlich. Das wäre das richtige Geschäftsmodell für Ihre Bank. Gierig genug sind Sie schließlich schon.«

»Was meinen Sie? Ihrem Sohn 50.000 Euro zu geben?«, fragte Brandt, der nun eindeutig nicht mehr mitkam.

»Das hätten Sie besser mal gemacht. Dann hätte ich jetzt nicht den Ärger am Hals.«

»Wollen wir uns nicht lieber wieder über die Investoren unterhalten?«, fragte Brandt erschöpft, dem es schnuppe war, wann und von wem Alexander Wackernagel Geld bekommen hatte. Auf jeden Fall nicht von seinem Vater, so viel war sicher.

»Ich rede nur noch so lange davon, wie ich Ihnen mitteile, dass ich keine Investoren brauche.«

»Wir hatten uns doch geeinigt, dass ...«

»Sie hatten sich geeinigt. Ich bin von Einigkeit ganz weit entfernt, das versichere ich Ihnen.«

Brandt hatte nicht die Kraft, diese Diskussion noch mal zu führen und seine Interessen bei Adalbert durchzuboxen, da er sich seiner Stelle längst nicht so sicher war, wie er es Adalbert gegenüber hatte durchblicken lassen. Er bezweifelte, dass ihn der Aufsichtsrat nur mit einem Klaps auf die kurzen dicken Finger aus der Sache heraushalten würde. Vielleicht war es doch an der Zeit, den Job abzugeben und sich in einem ruhigen Alterssitz einem noch ruhigeren Hobby hinzugeben, zum Beispiel Angeln.

»Wie ist jetzt Ihre Lösung zu den Problemen?«, fragte er dann. »Denn Probleme haben Sie, das haben Sie schon verstanden?«

»Sprechen Sie nicht mit mir wie mit einem Idioten. Ich habe selbst für eine Lösung gesorgt.«

»Aber das ist doch eine großartige Neuigkeit«, sagte Brandt und richtete sich wieder in seinem Sessel auf. Lange Angelausflüge würden noch warten müssen.

»Das sagen Sie auch nur, weil Sie sich Sorgen um Ihren Kopf machen. Ihr Kopf bleibt sicher, aber das heißt nicht, dass ich das begrüße.«

»Aber ich«, erwiderte der Bankdirektor. »Wie geht es denn nun weiter? Wird Ihre Verlobte in die Firma investieren?«

»Sicher nicht. Ich will keine Frau in meiner Firma haben, die dann das Sagen hat. Ich will nicht einmal mehr eine Frau. Darum werde ich mich allerdings erst nach dieser Sache hier kümmern können.«

»Sagen Sie mir jetzt, was Sie vorhaben, oder nicht?«

»Ich werde meine Firma an einen anderen Besitzer überschreiben.«

»Überschreiben? Was bedeutet das? Für welche Summe?«

»Gar keine Summe, nur überschreiben.«

»Herr Wackernagel, ich weiß nicht, ob die Aufregung in letzter Zeit gut für Sie war.«

Vielleicht hatte er es mit dem initiierten Massenansturm auf das Grundstück doch übertrieben. Der Verstand des alten Mannes hatte offenbar gelitten.

»Im Gegenteil. Die Aufregung hat mir sehr nützliche Erkenntnisse verschafft über meine Familie, meine Firma und das Leben im Allgemeinen.«

»Erkenntnisse lassen einen normalerweise keine Dummheiten begehen.«

»Seien Sie sicher, dass ich mir das gut überlegt habe. Warum soll ich Geld in eine Firma stecken, die nichts mehr bringt? Das widerspricht jeder ökonomischen Logik. Ich werde mich in Zukunft darauf beschränken, Vermögen zu mehren, anstatt zu verbrennen.«

»Eine vernünftige Sichtweise.«

»Die einzige Sichtweise.«

Ebenfalls der Weg für Brandt, seine angespannte Lage zu verbessern, in der er sich bereits seit Monaten befand. Wahrscheinlich hatte es mehr Vorteile für ihn und die Bank, wenn der alte Wackernagel von der Bildfläche verschwand.

»Ihr Sohn wird sehr stolz sein, dass Sie so viel Vertrauen in ihn setzen.«

»Mein Sohn? Was hat der denn damit zu tun?«

»Wem sonst sollten Sie Ihre Firma übergeben wollen?«

»Dick und Doof, Susi und Strolch, der Micky Maus? Alle besser als mein Versager von Sohn.«

»Ihrer Tochter?«, fragte Brandt und fühlte sich wieder so hilflos wie zu Beginn des Gesprächs.

»Ich muss mich wundern, dass Sie einen Posten bekleiden, auf dem Sie etwas zu sagen haben«, erwiderte Adalbert. »Ich habe Leute gefunden, die etwas vom Geschäft verstehen, auch wenn sie die Firma nicht mehr in dem Sinne fortführen werden, wie ich es getan habe.«

Letzteres konnte Brandt allerdings nur begrüßen. Frauen dabei beobachten zu müssen, wie sie spitze Nadeln durch zu dicke Stoffe trieben und dabei blutige Fingerkuppen bekamen, verkörperte nicht das, was er sich in Deutschland unter einem sozialverträglichen Arbeitsklima vorstellte. Egal wen der alte Wackernagel aufgetrieben hatte, er konnte die Lage für alle Mitarbeiter der maroden Fahnenfabrik nur verbessern. Für fast alle.

»Darf man wissen, wen Sie als Ihren Nachfolger auserkoren haben?«

»Ich denke, dass Sie ihn kennen. Oder wenigstens eines seiner Etablissements, die er am anderen Ende von Seligenwalde führt. Schaurige Gegend, aber überzeugende Geschäftsleute. Äußerst professionell, wenn man von ihrer Art des Geldverdienens einmal absieht.«

Brandt kannte Hansen nur zu gut. Allerdings nicht von seinen Bankgeschäften. Er bezweifelte, dass es für Neudorf und den Produktionsleiter so gut ausgehen würde wie für die Näherinnen. Es sein denn, sie könnten Striptease tanzen.

»Dann ist ja jetzt alles wieder beim Alten«, sagte Alexander, als er – ganz gegen seine Gewohnheit – plötzlich hereinschneite, als wäre das das Normalste der Welt. Er war schnurstracks in die Küche gegangen, wo die Reste vom Mittagessen – Maishähnchen mit Rosmarinkartoffeln – förmlich darauf warteten, in seinem Magen zu verschwinden. Adalbert hatte gegen das Gericht an sich schon etwas, aber dass sein Sohn unverbrämt die teuren Zutaten in sich hineinschaufelte, trug nicht zur Verbesserung seiner Laune bei, die sowieso nicht allzu gut war.

»Ich weiß nicht, was du meinst«, sagte er verdrossen.

Die drohende Eheschließung mit Gertrud trug auch nicht gerade dazu bei, dass sich seine Stimmung merklich gebessert hatte, obwohl er nun nichts mehr befürchten musste. Aber alleine der Gedanke an diese unheilige Allianz, die nur darauf ausgerichtet war, sich gegenseitig nicht ins Verderben zu reißen, konnte einem schon die Petersilie verhageln. Fordernden, unverschämten Nachwuchs konnte er beim besten Willen nicht auch noch vertragen.

»Roetig ist doch jetzt weg. Nur hätte es Geld vielleicht auch getan, damit er verschwindet.«

»Ja, Geld ist ein starker Motivator«, erwiderte Adalbert. »Das solltest du doch wohl am besten wissen.«

»Ich weiß nicht, was du meinst.«

Alexander ging zum Kühlschrank, um sich ein Bier zu holen. Die Helmersheim liebte Bier, das sie nun täglich voller Begeisterung in sich hineinschüttete, seit sie kein Gehalt mehr dafür bekam, das Haus in Ordnung zu halten und ihr auch sonst keiner mehr etwas zu sagen hatte.

»Ich möchte dich daran erinnern, dass du mir vor ein paar Tagen ziemlich deutlich gedroht hast.«

»Ach das.« Alexander winkte ab. »Das ist Schnee von gestern. Ich habe Geld gebraucht, stimmt. Ich war der Meinung, mein Vater sollte es mir geben. Vor allen Dingen, weil ich in der Bredouille war. Hat sich aber erledigt. Alles gut.«

Adalbert wollte ihm nicht auf die Nase binden, was es ihn gekostet hatte, dass sich seine Bredouille einfach so erledigte. Dennoch hatte er keineswegs vor, seinen Sohn so leicht davonkommen zu lassen.

»Meinst du?«, fragte er. »Ich kann dir versichern, gar nichts ist gut. Denn ich weiß über die Art deiner Probleme leider nur allzu gut Bescheid.«

»Wovon redest du?«, fragte Alexander. Er schaufelte zwar immer noch Hähnchenfleisch in sich hinein, kaute aber nicht mehr so schnell.

»Von deiner Herangehensweise, dich von Problemen zu befreien. Sich Probleme vom Hals zu schaffen, indem man sich größere aufhalst, ist nicht gerade der Weg, mit dem man nobelpreisverdächtig wird.«

»Ich weiß nicht, wovon du sprichst.«

Schweißtröpfchen erschienen über seiner Oberlippe. Das passierte schon, seit er ein Kind war. Wenn Alexander log, schwitzte er genau dort.

»Das weißt du sehr gut«, erwiderte Adalbert ungerührt. »Was du mit deinem Leben machst, ist mir im Prinzip gleichgültig. Wenn es mich jedoch beeinträchtigt, dann habe ich dazu schon etwas zu sagen.«

»Okay, ich habe mir etwas Geld geliehen und es nicht zurückgezahlt.«

»Etwas? Mein Junge, wir haben ganz verschiedene Vorstellungen davon, was dieses Etwas bedeutet.«

»Ja, ist gut. Vielleicht auch etwas mehr. Wieso weißt du überhaupt davon?«

Adalbert hatte sich nie viele Illusionen über seine Kinder gemacht, aber so begriffsstutzig zu sein, gehörte in seinen Augen bestraft.

»Könnte es vielleicht daran liegen, dass deine Gläubiger hier auf diesem Grundstück waren? Ich meine mich ebenfalls daran zu erinnern, dass ich eine mir bis dato unbekannte Frau um das Haus habe laufen sehen.«

»Das hast du also bemerkt?«

»Ja, das habe ich. Das war auch nicht sonderlich schwer. Ich dagegen hatte damit zu tun, deine Freunde zu unterhalten.«

Alexander sah zwar noch nicht schuldbewusster aus, hatte aber wenigstens schon einmal aufgehört zu essen, was Adalbert als Fortschritt wertete.

»Deswegen haben sie mich nicht mehr verfolgt.«

»Falsch. Das haben sie getan, weil ich sie darum gebeten habe. Ich habe ihnen versprochen, das mit dir zu klären, und dafür einen Aufschub bekommen.«

»Du hast nicht bezahlt?«

»Bin ich verrückt geworden? Woher soll ich das Geld nehmen?«

»Na ja, ich dachte, die Firma wirft auch noch etwas ab.«

»Die Firma gehört mittlerweile der Bank. Daran ist nichts zu ändern. Wie kommst du auf die Idee, dass ich deine Schulden bezahle? Vor allen Dingen, wo du mich sowieso bestehlen wolltest?«

»Ich wollte ... was? Wie kommst du darauf?«

»Dein Fehler ist es, mich für senil zu halten. Du glaubst wirklich, ich hätte von deiner Austauschaktion der Bilder nichts mitbekommen?«

Das war der Wendepunkt für seinen Sohn. Der wusste nur nichts davon. Adalberts weitere Schritte standen und fielen mit seiner Reaktion auf diese Anschuldigung. Alexander hatte viel von ihm geerbt, leider keine Moral.

»Die alten Schinken. Ich dachte, dafür interessiert sich eh keiner mehr.«

»Das ist noch lange kein Grund, sie zu stehlen.«

»Aber sie waren falsch! Warum habe ich damit jemandem geschadet?«

Adalbert beglückwünschte sich noch immer, dass er sich die Nacht um die Ohren geschlagen hatte, um die Bilder auszutauschen.

»Weil du dachtest, sie wären echt. Du hast sie gestohlen, obwohl du wusstest, dass sie dir weder gehören, noch dass ich Verständnis dafür aufbringen würde.«

»Du hast mir doch kein Geld gegeben. Warum beklagst du dich jetzt?«

»Weil mir das sehr viele unliebsame Diskussionen eingebracht hat. Und falls du meinst, du wärst aus dem Schneider, dann habe ich eine Neuigkeit für dich: Du bist es nicht.«

»Was meinst du?«

»Deine raffgierigen Freunde sind keinesfalls zufrieden. Sie haben nur eine Pause eingelegt.«

»Du meinst, sie wollen ihr Geld immer noch?«

»Aber ja. Ich habe dir einen Aufschub verschafft, weil ich dir die Gelegenheit geben wollte, deine Verbindlichkeiten selbst zu regeln.«

»Aber ich habe das Geld nicht!«

»Das ist mir klar. Ich habe es leider auch nicht. Auch wenn ich es hätte, würde ich es dir nicht geben.«

»Was soll ich denn jetzt bloß tun?«

»An deiner Stelle würde ich das Land verlassen.«

»Sehr witzig. Wo soll ich denn hin?«

»Gut, dass du es ansprichst. Ich habe die letzten Tage mit vielen Japanern geredet. Zwangsläufig«, fügte Adalbert nicht ohne Bedauern hinzu. »Interessanterweise habe ich einen getroffen, der deine Fähigkeiten durchaus zu schätzen wüsste.«

»Welche Fähigkeiten?«

»Einfallsreich und zielorientiert. Das ist die nette Variante. Scheinbar sehr begehrt in asiatischen Ländern.«

»Das ist deine Lösung für mich? Ich soll nach Japan gehen?«

»Du wirst nach Japan gehen. Hier wartet sonst nur noch Folter oder ein Leben als Frau auf dich.«

Adalbert war normalerweise ein wahrheitsliebender Mensch. Diesmal brachten seine eigenen Lügen fast sogar eine Art Lächeln auf sein Gesicht.

Nachdem er seinen Sohn endlich losgeworden war, war es an der Zeit, seiner Tochter ebenfalls das Leben zu verpassen, das ihm für sie vorschwebte. Da er nicht glaubte, dass die Japaner eine Verwendung für sie hatten, musste er sie anderweitig an den Mann bringen.

Das war wörtlich zu nehmen. Adalbert war davon überzeugt, dass sie unter der Haube am besten aufgehoben wäre. Wenn sie nicht in der Lage war, einen Ehemann zu finden, dann musste er das tun. Es musste jemand sein, der finanzkräftig genug war, ihre Schulden zu übernehmen. Da er keinen normalen Mann finden würde, der das freiwillig tat, musste einer daran glauben, der unter einem Makel litt, der ihm den klaren Verstand vernebeln würde. So einen hatte er parat.

»Wie gedenkst du deine Schulden abzubezahlen?«, fragte er seine Tochter, als er sie in die Villa zurückzitiert hatte.

»Weiß nicht. Ich dachte, du könntest vielleicht ...«

Den Rest des Satzes ließ sie unbeendet. Aber Adalbert hatte auch so schon genug gehört.

»Wie käme ich denn dazu? Wegen mir könntest du ins Gefängnis wandern. Der einzige Grund, warum ich mich überhaupt damit beschäftige, ist, dass ich nicht will, dass unser Name in den Dreck gezogen wird.«

»Das war wieder klar, dass du nur an dich denkst. Mama hätte mir bestimmt etwas gegeben.«

»Deine Mutter hat dir in den letzten Monaten vor ihrem Tod gerade nichts mehr gegeben, da sie es leid war, immer für deine Verbindlichkeiten aufzukommen.«

»Das kannst du nicht wissen.«

»Wieso nicht? Ich war in dieser Zeit doch nicht auf dem Mond. Auch wenn du es dir nicht vorstellen kannst, deine Mutter und ich haben miteinander geredet.«

Das hatte Angelika nicht ernsthaft erwartet, wenigstens schloss Adalbert das aus ihrem Gesichtsausdruck. Immerhin war ihr die Argumentationsgrundlage genommen worden.

»Ich habe schon mal an eine Privatinsolvenz gedacht«, sagte sie.

»Auf gar keinen Fall. Das werde ich nicht zulassen.«

»Das kannst du mir gar nicht verbieten.«

»Mag sein. Aber ich kann es verhindern. Für eine Privatinsolvenz musst du gewisse Voraussetzungen erfüllen. Ich werde dafür sorgen, dass du diese nicht hast.«

»Was soll ich denn dann bitte machen? Du gibst mir kein Geld, ich darf keine Insolvenz anmelden. Also kann ich nur ins Gefängnis. Was soll denn dann aus Timo werden?«

Das war genau das, was Adalbert davon abhielt, seine Tochter wirklich ins Gefängnis wandern zu lassen. Er würde in dieser Zeit seinen Enkel am Hals haben. Das ließe sich gar nicht vermeiden, denn ins Kinderheim würde er ihn in der Zeit natürlich nicht schicken. Das aber würde er Angelika selbstverständlich nicht auf die Nase binden.

»Das hättest du dir früher überlegen müssen, bevor du sämtliche Warenbestände des Internets aufgekauft hast.«

»So viel war das gar nicht. Als alleinerziehende Mutter braucht man so viel und hat so wenig Geld.«

»Und ich ziehe mir die Hose mit der Kneifzange an. Dass du alleinerziehend bist, hast du selbst zu verantworten. Du hättest jederzeit etwas aus deinem Leben machen können.«

Adalbert war müde und hatte keine Lust mehr, sich den Kopf für seine Tochter zu zerbrechen. Das hier war die letzte Aktion, bevor er den Rest seines Lebens mit der Haushälterin ausharren musste. Wenigstens war das Geld dann wieder in der Familie, wo es hingehörte.

»Wenn du mir nicht helfen willst, warum musste ich dann unbedingt hierhin kommen?«

»Weil ich dir helfen werde. Nur vielleicht nicht so, wie du es dir vorgestellt hast. Ich beabsichtige, deinen eigenen Plan wieder aufzugreifen.«

Angelika sah nicht danach aus, als könnte sie sich nur im Entferntesten an ihre Pläne erinnern.

»Einen reichen Mann zu finden.« Adalbert seufzte.

»Oh ja, stimmt. Das hast du mir auch verdorben.«

»Nichts habe ich dir verdorben. Das Lügengebilde wäre dir schnell um die Ohren geflogen. So genial war diese Idee also nicht.«

Wen wunderte das? Seine Tochter war nicht gerade für ihre Genialität bekannt.

»Deine Kandidaten hatten sicher nicht vor, Geld mitzubringen. Die haben das Haus gesehen und wollten ihre Chance nutzen.«

»Das kannst du nicht wissen.«

»Und ob ich das weiß. Hättest du mir das vorher gesagt, hätte ich dich schon darauf hingewiesen.«

Und mir diese blödsinnige Verlobung erspart, allerdings sagte er das nicht laut. Wut war im Moment ein schlechter Ratgeber. Seine Tochter würde ihr Fett schon bekommen. Er hatte nicht vor, sie zufriedener durchs Leben gehen zu lassen, als er es selbst zu erwarten hatte. So weit käme es noch.

»Was soll ich denn jetzt machen?«

»Du wirst heiraten. Einen gut situierten Mann, der im Gegenzug dazu bereit ist, deine Schulden zu bezahlen.«

»Nee, das tu ich bestimmt nicht. Erst will ich den Typ mal sehen.«

»Du wirst ihn schon noch sehen. Keine Sorgen. Aber heiraten tust du ihn trotzdem.«

»Du kannst doch nicht einfach über mein Leben bestimmen. Schließlich habe ich auch Ansprüche.«

»Wer pleite ist, hat keine Ansprüche mehr zu haben. Sei froh, dass dich überhaupt noch einer will. Nicht für das!«, sagte er schnell, als er sah, dass Angelika sich zu einer Antwort anschickte.

»Wer ist es denn?«, fragte sie stattdessen.

»Der Direktor der Dester-Bank. Er ist mir noch einen Gefallen schuldig.«

Adalbert hatte Erkundigungen über Brandt eingeholt. Der Direktor lebte nach dem Tod seiner Mutter alleine in einer 60er-Jahre-Villa, die er aufwändig renoviert hatte, nachdem ihm seine Mutter das nicht mehr verbieten konnte. Er hatte die Hoffnung gehegt, dass mit einer neuen Fassade, dem unvermeidlichen Sportwagen und dem nötigen Kleingeld willige Frauen in Scharen über ihn herfallen würden. Leider war es bei der Hoffnung geblieben, da selbst willfährige Frauen, die das Geld schon gelockt hätte, nicht übersehen konnten, dass der dazugehörige Mann alles andere als verlockend war. Brandt war dementsprechend verzweifelt. Es war nicht schwer gewesen, ihn zu überzeugen. Angelika dagegen umso mehr.

»Den alten Sack? Der ist doch hässlich wie die Nacht.«

»Eine Schönheit bist du auch nicht gerade. Du bist nicht in der Situation, dir das auszusuchen.«

»Und wenn ich es nicht mache, was dann?«

»Dann wirst du deine Schulden in einer Zelle absitzen. So einfach ist das.«

Damit war alles besprochen und Angelikas Schicksal besiegelt.

Kapitel 29

»Adalbert kommst du? Wir wollten doch gleich einkaufen fahren.«

Adalbert wollte definitiv nicht. Eigentlich wollte er noch nicht mal verheiratet sein, war aber bereit gewesen, sich damit abzufinden, weil es – bei Licht betrachtet – nicht so eine große Veränderung zu seinem bisherigen Leben sein würde. Hatte er sich zumindest gedacht.

Leider besaß Gertrud nicht die Erfahrung seiner langjährigen Ehefrau, die längst wusste, dass man nicht alles gemeinsam unternehmen musste, um komfortabel verheiratet zu sein. Gertrud war beseelt von der Ehe, die ihr leider so romantisch verklärt erschien, dass in ihren Augen die Quintessenz einer glücklichen Partnerschaft war, so viel Zeit wie möglich gemeinsam zu verbringen.

Unnütz zu erwähnen, dass Adalberts Anmerkung, sie sollten doch lieber auch in ihrer Ehe die bewährten Wege gehen und alles so laufen lassen wie gehabt, nicht auf fruchtbaren Boden fiel. Nicht, dass er es erwartet hätte. Einer Frau, die bereit war, sich durch Erpressung den Lebensstil zu verschaffen, den sie so unbedingt wollte, konnte man mit Logik nicht beikommen. Auch nicht mit der Angewohnheit, dass Adalbert sie konsequent weiter siezte, was vor dem Standesamt zu einiger Verwirrung geführt hatte.

»Adalbert ist so furchtbar steif. Er kann sich einfach nicht an das vertrauliche Du gewöhnen«, sagte sie entschuldigend.

Das wurde von dem Standesbeamten nicht weiter kommentiert. Der hatte genug damit zu tun, sich über die fehlenden Gäste zu wundern. Alles in allem war es eine komplett überflüssige Zeremonie, die Adalbert zusätzlich dadurch vermiest wurde, dass Gertrud darauf bestand, danach noch opulent essen zu gehen. Er beschloss, diesen Tag schnellstmöglich zu vergessen, an dem er nicht nur seine Selbstbestimmung aufgab, sondern noch 150 Euro fürs Mittagessen blechen musste, weil die Helmersheim darauf bestand, Champagner zu trinken. Sein kärgliches Mahl, bestehend aus einem Teller Rinderbrühe und einem Stück Brot, konnte diesen Verlust nicht mehr wettmachen.

»Adalbert, komm doch. Der Wagen steht bereit.«

Der Bentley war wieder da. Mit ihm Baumgartner, sein Chauffeur, der erneut seinen Platz in der zweiten Wohnung des Gesindehauses eingenommen hatte. Der Verkäufer vom Autohaus Trotz war erleichtert, als Gertrud den Wagen wieder zurückkaufte, und akzeptierte einen Preis, der weit unter dem lag, den er Adalbert gezahlt hatte. Sein Plan, mit der Luxuskarosse sein Image aufzupolieren und potenzielle Käufer mit dicken Brieftaschen anzulocken, war nicht aufgegangen. So blickte er Tag für Tag aus dem Fenster auf die monstöse Front des Bentleys und fragte sich, wie in aller Welt er darauf gekommen war, dass in Seligenwalde der richtige Ort wäre, Luxuswagen an potente Millionäre zu verkaufen. Zumal er außer der Familie Wackernagel in der Gegend keinen einzigen kannte.

Diese Tatsache hatte auch das Schicksal von Baumgartner bestimmt, der keine neue Anstellung gefunden hatte und frustriert in einem Ein-Zimmer-Appartement hockte und darauf wartete, dass bessere Zeiten kamen, während er dabei noch etliche Kilo zulegte. Da er außer Autofahren nichts beherrschte, war er schwerer vermittelbar, als das Arbeitsamt es sich vorstellte.

»Wir stellen Baumgartner wieder ein«, sagte Gertrud, als Adalbert fragte, ob sie den Führerschein zu machen gedenke. Ein Vorhaben, dem er nicht viel entgegenzusetzen hatte. Er wollte es aber auch nicht wirklich, da er den Komfort eines Wagens mit Chauffeur immer genossen hatte, wenn er sich gestattete, nicht allzu intensiv darüber nachzudenken, was dieser Luxus kostete. Der Bentley und Baumgartner kamen und Adalbert schwieg. Er weigerte sich allerdings, das ebenfalls zu tun, als Gertrud mit dem nächsten Wunsch an ihn herantrat.

»Ich finde, wir sollten den Gärtner entlassen.«

»Vladimir? Das kommt überhaupt nicht infrage.« Vladimir war sein einziger Verbündeter der alten Zeit. Adalbert würde ihn auf gar keinen Fall gehen lassen.

»Warum nicht? Wer braucht schon einen eigenen Gärtner?«

»Wer braucht schon einen Chauffeur?«

»Das ist etwas anderes.«

»Warum? Vielleicht möchten Sie demnächst den Rasen mähen? Sich um die Rabatten kümmern? Das Waldstück aufforsten? Den Teich vor dem Umkippen bewahren?«

Mehr Aufgabenbereiche fielen ihm beim besten Willen nicht ein.

»Das kann auch eine Firma von außerhalb.«

»Fremde Leute auf dem Grundstück? Davon hatte ich die letzten Wochen genug.«

»Gut. Wenn du deinen Gärtner behalten willst, wird dich das etwas kosten.«

»Schwachsinnige Forderung. Sie wissen genau, dass ich kein eigenes Geld mehr habe.« Adalbert dachte an die Bilder hinter der Holzverkleidung im Arbeitszimmer. Seine Notreserve. Das hatte er ganz alleine Vladimir zu verdanken. Bei ihm hatten Mitzis Reize nicht gewirkt. Der hatte die Zeit mit Mitzi in seinem Bett genutzt, die Bilder wieder auszutauschen und Adalbert seine Loyalität zu beweisen.

»Ich rede auch nicht von Geld. Dir sollte aufgefallen sein, dass wir seit unserer Hochzeit die Ehe noch nicht vollzogen haben.«

»Das ist beileibe kein Fehler. Was bin ich? Ein Zuchthengst?«, erwiderte Adalbert, aber er fühlte die Gefahr näherkommen und es gab nichts, was er dagegen tun konnte. Außer Vladimir zu entlassen, nur war das keine Option. Ebenfalls konnte er nicht riskieren, dass ein übereifriger

Gärtner das Grab entdeckte, in dem seine Frau und Roetig ruhten.

»Aber die einzige Möglichkeit, deinen Willen durchzusetzen.«

Nichts war mehr übrig von der Fahrigkeit, die der Haushälterin die ganzen Jahre zu eigen war. Als Hausherrin und Millionenerbin hatte sie ein Gewand angezogen, das ihr offensichtlich ganz genau passte.

So kam Adalbert zum dritten Sex in seinem Leben. Er hatte nicht vor, das noch mal zu wiederholen. Er hoffte, Vladimir nicht ein weiteres Mal vor der drohenden Arbeitslosigkeit retten zu müssen. Allerdings war genau das der Vorteil des Chauffeurs. Gertrud erinnerte sich anscheinend an die Zeiten, als sie Baumgartner durchaus anziehend gefunden hatte. Ihre eigene Attraktivität war durch ihre Stellung gestiegen und ihr Lieblingsangestellter bekam das Vergnügen gewährt, die Gelüste seiner Chefin zu befriedigen. Das hatte Adalbert unfreiwillig mitbekommen, als er das Tulpenbeet begutachten wollte und dabei an der Garage vorbeikam. Er hoffte, er würde diesen Anblick so schnell wie möglich vergessen. Tatsache war aber, dass er seit diesem Tag von seinen Pflichten als Ehemann befreit war.

Seine Schwester war auch nicht leer ausgegangen. Gertrud zeigte Erbarmen und gab ihr genügend Geld, um das Haus zu sanieren und eine neue Heizung zu bezahlen. Mit ihrer kleinen Rente würde sie nun sicher über die Runden kommen. Um das allerdings zu gewährleisten, hatte sie bereits erneut einen Besuch in der Villa angekündigt. Adalbert befürchtete, dass sich an diesen Besuchen nichts ändern würde. Elisabeth war zwar tot, aber Clara hatte eine neue Chance ergriffen, ihren Lebensunterhalt durch Gertrud weiterhin zu sichern.

»Adalbert! Komm endlich, sonst hole ich dich!«

Er verließ das Haus durch die Hintertür und ging über den schmalen Steinpfad. Er blickte auf das mit schwarzer Blumenerde bedeckte Grab, auf dem spätestens im Mai die ersten Tulpen blühen würden. Heute war der erste Tag seit Januar, an dem Plustemperaturen herrschten. Er klopfte fordernd an die Tür des Gesindehauses.

»Vladimir, machen Sie sofort auf.«

Der öffnete so schnell, als hätte er im Flur genau auf diesen Moment gewartet. Sicher war es auch so.

»Müssen sich wieder verstecken?«, fragte Vladimir, machte aber Platz, um Adalbert hereinzulassen.

Kapitel 30

»Die Banner sind immer noch nicht fertig?«, sagte Hansen und ließ die Fertigungspläne sinken.

»Wie auch? Die Näherinnen weigern sich, weil sie die Motive unanständig finden.« Der Produktionsleiter schwitzte, wie immer, wenn er der neuen Geschäftsführung über den Status der erledigten Aufträge berichten musste.

»Die Weiber sollen sich nicht so anstellen. Schließlich verdienen sie saumäßig viel Geld.«

Das war etwas, was die Näherinnen neuerdings dem Produktionsleiter voraushatten. Er verdiente definitiv NICHT saumäßig viel Geld. Sogar noch weniger als zu den Zeiten des alten Wackernagels. Die neuen Eigentümer hatten die unpopuläre Entscheidung getroffen, leistungsgerecht zu bezahlen. Das hatte außer ihn ebenfalls den Leiter der Buchhaltung getroffen.

»Sie wollen das Motiv trotzdem nicht sticken«, erwiderte er trotzig, wohl wissend, dass ihn das nicht weiterbringen würde.

»Dann ist es Ihre Aufgabe, die Damen davon zu überzeugen«, sagte Hansen. »Wenn Sie das nicht können, muss ich mir die Frage stellen, wie entbehrlich Sie auf Ihrem Posten sind.«

Der Produktionsleiter wollte ihm nicht verraten, dass Ähnliches bereits von Adalbert Wackernagel geäußert worden war. Er würde die Näherinnen zur Räson bringen und dachte an glühende Ketten und auspeitschen. Das würden sie nicht ernsthaft riskieren.

»Ich regle das«, sagte er und wünschte, er würde sich nur halb so zuversichtlich fühlen, wie er sich anhörte.

»Das hoffe ich«, erwiderte Hansen und blätterte im Umsatzbericht. »Schicken Sie mir Neudorf rein.«

Froh, dem Verhör entronnen zu sein, ging der Produktionsleiter in den Vorraum und zeigte auf Neudorf, der seit

Neuestem nicht mehr zu seinen besten Freunden gehörte, nachdem der erfahren hatte, dass der versucht hatte, ihn bei der neuen Geschäftsleitung zu diskreditieren.

»Neudorf, warum haben Sie die neuen Zahlen für unsere Geschäfte in Hamburg noch nicht parat?«

»Weil ich nicht glauben kann, dass Sie diese durch die Bilanz schleusen wollen«, entgegnete Neudorf. Er war um einiges schlagfertiger als der Produktionsleiter.

»Das lassen Sie ruhig mal mein Problem sein«, erwiderte Hansen. »Von Ihnen erwarte ich, dass Sie die Dinge so buchen, wie ich das von Ihnen verlange.«

»Aber ich habe keine Erfahrung mit DER Art von doppelter Buchführung«, sagte der Buchhalter hilflos.

»Dann lernen Sie es oder verschwenden nicht meine Zeit. Ihre Entscheidung.«

Diese Entscheidung war auf keinen Fall eine faire, so viel konnte Neudorf behaupten.

»Wenn das schiefgeht, bin ich mit dran«, sagte er kläglich.

»Wenn Sie es nicht tun auch«, erwiderte Hansen gelassen. »Ich habe mir mal die Bücher angesehen. Da ist mir so einiges aufgefallen, das dem Wackernagel wohl entgangen ist. Wundert mich schon. Cleverer Hund, der Alte. Aber mit seinen Gedanken anscheinend nicht mehr voll dabei gewesen. Wie auch, bei all dem Zirkus bei ihm zu Hause.«

»Ich weiß nicht, was Sie meinen«, sagte Neudorf stur.

»Aber nicht doch«, erwiderte Hansen gönnerhaft. »Wissen Sie, ich verabscheue Gewalt. Aber wenn man mich verarschen will, bin ich durchaus bereit, die Augen einen kurzen Moment ganz fest zuzumachen.«

»Ich werde die Buchungen so fertigstellen, wie Sie es für richtig halten«, sagte der Buchhalter folgsam.

»Na, geht doch«, erwiderte Hansen und lehnte sich zufrieden im Sessel zurück.

Draußen schwenkten die Näherinnen Protestplakate.

Mitzi Weidenbruch konnte sich auf eines immer verlassen. Sie war das, was man allzeit bereit nannte, und sie hatte keine Scheu, auch ungewöhnliche Wege zu gehen, um das zu bekommen, was sie wollte.

Die Villa verlassen zu müssen, hatte sie zwar kurzfristig in Panik versetzt, aber sie besann sich schnell wieder auf ihre Kernkompetenzen und die besagten unter anderem, dass sie sicher nicht länger als zehn Minuten hilflos an einer Straße stehen musste, ohne dass ein Kavalier anhielt, um sie dorthin zu fahren, wo immer sie hinwollte. Dabei war hilfreich, den Ausschnitt ihrer Kleider – der sowieso immer tiefer hing als bei normalen Frauen – noch weiter herunterzuziehen, was den Nebeneffekt hatte, dass der hintere Saum entsprechend nachrutschte und einen nicht unerheblichen Bereich ihres prachtvollen Hinterteils freilegte. Das brachte sie immer ein gutes Stück weiter, in dem Fall in einen Audi und zu einem Mann in den besten Jahren mit weißem Haar und jugendlichen Gesichtszügen. Sein Alter war unmöglich zu schätzen.

»Servus, Fräulein, wo wollen Sie denn hin? Und dann noch mit so viel Gepäck.«

»Wohin mich der Weg führt«, antwortete Mitzi kokett und bemühte sich, die Papprollen in dem Laubkorb unter Kontrolle zu halten.

Sie verstaute mit Hilfe ihres neuen Kavaliers alles in seinem Kofferraum und nahm schnaufend auf dem Beifahrersitz Platz.

»Ich bin Max Glockner. Ich fahre nach Darmstadt«, sagte ihr neuestes Opfer.

Er sah wirklich annehmbar aus. Mitzi hatte nichts dagegen, nach einer Lesbe und einem alten Sack, der sich konsequent geweigert hatte, ihr Paradies zu betreten, einen garantiert erfolgreicheren Versuch mit Max Glockner zu starten.

»Genau da, wo ich hin will«, erwiderte Mitzi. Glockner lächelte und tätschelte ihr Knie. Sie ließ ihn gewähren. Das war eine legitime Methode, sich an den Benzinkosten zu beteiligen, da war sie Realistin. Hauptsache, sie kam voran. In Darmstadt angekommen würde sie sich als Erstes darum kümmern, die Bilder an einen Antiquar zu verkaufen. Sie war sich sicher, dass Adalbert sie nicht als gestohlen gemeldet hatte.

»Was wollen Sie jetzt genau von mir?«, fragte der Antiquitätenhändler, als er die Plastikabdeckung der ersten Rolle geöffnet hatte und das darin verstaute Bild betrachtete.

»Ich biete Ihnen Bilder an. Was sonst?«, erwiderte Mitzi, die eine dunkle Vorahnung bekam. Die sollte sich bestätigen.

»Bilder? Sie kommen hier mit bedruckten Tapetenrollen an und wollen ernsthaft Geld von mir?«

»Das ist nicht möglich. Die sind alle echt. Gucken Sie ruhig noch mal genau hin.«

»Werte Frau, seien Sie sicher, ich habe ganz genau hingesehen. Das hier ist auf keinen Fall etwas wert. Auf jeden Fall nicht das, was Ihnen vorschwebt. Muss ich mir ernsthaft noch alle anderen anschauen?«

»Nein, lassen Sie das. Ich schenke sie Ihnen«, entgegnete Mitzi missmutig. Morgens waren noch alle Bilder in Ordnung gewesen. Sie brauchte die anderen nicht zu überprüfen, um das zu bestätigen, was sie sowieso schon wusste.

Sie verließ das Geschäft und war überrascht, Max Glockners Auto noch am Straßenrand zu sehen.

»Habe gedacht, ich warte auf dich«, sagte der und zwinkerte ihr zu. »Kommst du mit?«

»Ja, warum nicht?«, antwortete Mitzi und kletterte wieder ins Auto.

Vielen Dank

Vielen Dank, dass Sie mein Buch gekauft haben.
In einer Welt, in der jeden Tag so viele Bücher publiziert
werden, ist es für mich etwas Besonderes, wenn Leser mein
Buch kaufen.

Über ein paar nette Worte in einer Rezension, den sozialen
Medien, oder einfach im Gespräch mit einem Freund
würde ich mich sehr freuen.

Vergessen Sie nicht, einmal vorbeizuschauen bei:
www.acscharp.de
www.facebook.com/scharp.ac
www.wolkensirup.de